續古文辭類篹卷

四部備要

集部

中華書局據原刻本校刊

桐鄉 陸費逵 總勘
杭縣 高時顯 吳汝霖 輯校
杭縣 丁輔之 監造

續古文辭類纂目錄

上編目次經子

論辨類

序跋類

詔令類

辭賦類

序跋類

奏議類

書說類

傳狀類

碑文

哀祭類

敘記類上

賓僚二十七

敘記類下

湘軍志曾軍篇　曾軍後篇　湖北篇　水師篇

營制篇二十八

右文四百四十九篇總二十八卷分上中下三編皆以補姚氏姬傳古文辭類纂所未備也上編經子姚氏纂文之例首斷自國策不復上及六經以云尊經然觀其目次每類必溯源經子之所自來雖不錄猶錄也今次為三卷曰論辨曰序跋曰奏議曰書說曰詔令曰傳狀曰雜記曰箴銘曰頌贊曰辭賦曰哀祭其為類十有一左氏敘事之文自為一體姚纂無類可傳則取曾文正公經史百家雜鈔之目以入之錄敘記為一卷又別增典志一卷典志亦雜鈔之目也中編曰史姚氏纂文不錄史傳其說以為史多不可

勝錄然推此義法類求之馬班而降可讀之史蓋少今錄史記紀傳世家爲五卷漢書紀傳爲四卷序跋奏議書說詔令辭賦哀祭姚纂所遺而尚有可頗採者爲一卷三國志五代史其書最爲馴雅有法漢以後史之良也取一二類著焉通鑑法左氏敘事體也史之八書漢之十志皆典章國故與周禮儀禮全經同錄敘記爲一卷典志爲一卷下編方劉前後之文文無所謂古今要趨於當姚氏之論卓矣而譔次方劉文或爲世儒所非此方劉文之不足以饜人意姚氏無可議也今依此例傳益之使究一代之變其爲類十有三曰論辨曰序跋曰奏議曰書說曰贈序曰傳狀曰碑志曰雜記曰箴銘曰頌贊曰辭賦曰哀祭曰敘記次爲十卷無者姑闕焉古文辭粗備於是矣文章之道莫大乎與天下爲公而非可用一人一家

之私議自劉向父子總七略梁昭明太子集文選而後先古文章始有所歸宋歐陽氏表章韓愈明茅順甫錄八家而後斯文之傳若有所屬姚先生與於千載之後獨持灼見總括羣言一一衡量其高下銖黍之得毫釐之失皆辨析之醇駁較然由是古今之文章謬悠殽亂莫能折衷一是者得姚先生而悉歸論定即其所自造述亦浸淫近復於古然百餘年來流風相師傳嬗賡續沿流而莫之止遂有文敝道喪之患至湘鄉曾文正公出擴姚氏而大之並功德言為一塗挈攬衆長轢歸掩方跨越百氏將遂席兩漢而還之三代使司馬遷班固韓愈歐陽修之文絕而復續豈非所謂豪傑之士大雅不羣者哉蓋自歐陽氏以來一人而已余今所論纂其品藻次第一以習聞諸曾氏者述而錄之曾氏之學蓋出於桐城固知其

與姚先生之旨合而非廣己於不可畔岸也循姚氏之說屏棄六朝駢麗之習以求所謂神理氣味格律聲色者法愈嚴而體愈尊循曾氏之說將盡取儒者之多識格物博辨訓詁一內諸雄奇萬變之中以矯桐城末流虛車之飾其道相資無可偏廢故既敘述略例亦明夫不敢封己抱殘守一先生家言暖暖姝姝而私自悅以足也然遂欲執塗之人而強同則是又大惑已按茅鹿門八家之說世皆以爲定自朱右不知吳文正草廬序王文公集已言之眉山祇數二蘇氏僅得七人子由尚不與也

彙者余鈔此編成客有示余長沙王先謙氏所撰續古文辭類纂刻本命名與余適同而體例甚異王選祇及方劉以後人文多至四百數十首余纂加約本朝文才二百四十餘頗有溢出王選外者而奏議辭賦敘記則又王選所無人心耆好之殊蓋難強同

要之於姚氏無異趨也後之君子並覽觀焉
唐以前史漢並尊自昌黎韓氏太史子雲相如之論
出不及孟堅而馬班始有軒輕其後柳子厚李習之
之倫祖述其言遂若斯文之傳孟堅擯不得與此與
以耳食何異獨蘇明允稱之曰遷固雖以辭勝然亦
兼道與法而有之時得仲尼遺意焉而惜乎其少信
從也余謂子長網羅百代孟堅紀述一朝義法固自
有當未可執彼議此且班書典雅宏贍微特元明人
莫能爲卽唐宋諸賢昌黎而外亦未有能幾之者曾
文正公略師班氏其文規恢閎闊遂岸然直躋兩漢
況進於此者邪故今斷以馬班韓歐爲百世不祧之
宗云
桐城宗派之說流俗相沿已踰百歲其敝至於淺弱
不振爲有識者所譏讀曾文正公暨吳南屏二家之

書斷斷之辯自可以止然工輸雖巧不用規矩準繩又可乎哉　本朝文章其體實正自望溪方氏至姚先生而辭始雅潔至曾文正公始變化以臻於大桐城之言乃天下之至言也昔孔子論文義主修辭而以立誠爲本昌黎韓氏則曰沈浸醲郁含英咀華未有辭不工且雄而文能造其極者余今所論纂博觀慎取蓋亦有年凡神理氣味格律聲色有一不備者文雖佳不入望溪方氏致力於史漢獨深其讀史書後各篇多足闡發馬班義理頗取以綴諸傳之後道光初與縣康撫軍刻姚氏古文辭類纂本有畫段圈點後數年吳啓昌重刻於江甯以爲近乎時藝用姚先生命去之然觀先生答徐季雅書不又有圈點啓發人意愈解說之言乎余以後世之變何所不有自秦燔詩書而漢儒有章句之學自劉向校書而後

儒有校讎之學宋元明以來品藻詩文或加丹黃判
別高下於是有評點之學　本朝以經藝試士科場
定例又有點句句股之學皆因時適變涂轍百出不
窮今悉採而用之不得以古之所無非今之所有傳
曰法後王謂其近己而俗變相類也吾又何疑焉
古人選文不錄生存杜標榜也余意不然文章優劣
如人之有妍媸美惡觸目自見匪一人之力所能私
姚先生以乾隆四十年出都數見劉海峯於樅陽其
纂次古文辭時海峯尚存也余論　本朝之文蓋至
咸同閒而極盛錄者尤多自曾文正吳南屏鄭子尹
而下其人大都生平所親炙否則亦其與接者也武
昌張廉卿桐城吳摯甫夙所嚴憚無錫薛叔耘頗與
去聲商訂此編桐城蕭穆敬孚雖未錄其文而匡諍啓
發裨助宏多皆孔子所謂益友也嗚呼文章經國之

大業不朽之盛事世有直諒多聞引繩墨以糾余不逮者禱祀求之矣

光緒十五年秋九月遵義黎庶昌纂敘

續古文辭類纂目錄

續古文辭類纂卷一　　上編之一

論辨類

書洪範第十一（尚書依吳汝綸寫定尚書家塾本。按此乃余友吳君摯甫篤學者古之書。今採入是編。欲使遠方孤僻之士。窺見漢伏生所傳。今文二十八篇之舊。雖當時傳本。未必盡然。而百世下可見者。祇此而已。非好奇也。）

惟十有三祀。王訪于箕子。王乃（漢書作迺。）言曰。烏呼箕子。惟天陰騭（史記作定。）下民相協厥居。我不知其彝倫攸敘。（漢書作逌敘。）箕子乃言曰。我聞在昔鯀陻（說文作垔。漢石經作伊。）洪（漢石經作鴻。）水。汨（漢石經作白。）陳其五行。帝乃震怒。不畀洪範九疇。彝倫攸斁。（說文作殬。）鯀則殛（釋文又作極。）死。禹乃嗣興。天乃錫禹洪範九疇。彝倫攸敘。初一曰五行。次二曰敬（漢書作羞。）用五事。次三曰農用八政。次四曰協（漢書作叶。）用五紀。次五曰建用皇（大傳作王。）極。次六曰乂（漢書漢石經竝作艾。）用三德。次七曰明用稽疑。次八曰念用庶徵。次九曰饗（依谷

（永傳改）用五福威（史記作畏）用六極一（史記漢石經并不複舉一二等字）五
行一曰水二曰火三曰木四曰金五曰土水曰潤下
火曰炎上木曰曲直金曰從革土爰（史記作曰）稼穡潤下
作鹹炎上作苦曲直作酸從革作辛稼穡作甘二五
事一曰貌（釋文作貌）一二曰言三曰視四曰聽五曰思心
（依漢書補心字）貌曰恭言曰從視曰明聽曰聰思心曰睿（漢書
作容鄭詩箋引作叡）恭作肅從作乂（漢書作艾）明作悊（史記作智鄭本作哲）聰
作謀睿作聖三八政一曰食二曰貨三曰祀四曰司
空五曰司徒六曰司寇七曰賓八曰師四五紀一曰
歲二曰月三曰日四曰星辰五曰厤數五皇極皇建
其有極斂時五福用敷（史記作傳）錫厥庶民惟時厥庶民
于女極錫女保極凡厥庶民無（史記作毋）有淫朋（漢石經作朋）
人無有比德惟皇作極凡厥庶民有猷有爲有守女
則念之不協（王伯厚引大傳作叶）于極不離（依史記定正大傳作麗）于咎

皇則受之而康而色曰予攸好德女則錫之福時人德（依正義本校增德字）斯其惟皇之極無虐（馬本作亡侮）煢獨（史記作毋侮鰥寡大傳作毋侮矜寡）而畏高明人之有能有為使羞（王符作循）其行而邦（王符作國乃）其昌凡厥正人既富方穀女弗能使有好于而家時人斯其辜于其無好（依史記鄭本同無德字正義云定本無德字）女雖錫之福其作女用咎無偏無頗（天寶四載詔改頗為陂宣和六年詔復從舊文）遵王之義（匡謬正俗作誼）無有作好（說文作玫）遵王之道無有作惡遵王之路無偏無黨王道蕩蕩無黨無偏王道平平（史記張釋之傳引作便便一作辨）無反無側王道正直會其有極歸其有極曰皇極之敷言（史記作傳言）是彝（史記作夷）是訓（史記訓作順）于帝其訓（史記下訓作順）凡厥庶民極之敷言是訓（史記作順）是行以近天子之光曰天子作民父母以（漢書無以字）為天下王六（漢石經無六字）三德一曰正直二曰剛克三曰柔克（李賢作剋）平康正直彊弗友剛克燮友（史記作內）

友。柔克沈潛。左傳史記并作漸漢書引作湛漸。剛克高明柔克惟辟作福。惟辟作威。惟辟玉食。臣無有作福作威玉食。臣之有作福作威玉食。其漢書引無其字。害于而家。凶于而國。人用側頗僻。漢石經作辟。民用僭忒。漢書作慝。七稽疑。擇建立卜筮人。乃命卜筮。曰雨。曰霽。史記作濟鄭本同。曰圛。依說文作圛。史記作涕。詩疏古文作悌。今文作圛。賈逵以今文校定爲圛。鄭依賈所奏定。曰雺。史記作霧在曰涕下。周禮注作蟊。在曰圛下。今依文選注作雺。曰克。周禮注作剋。曰貞。曰悔。說文作𠧪。凡七。卜五。占用二。衍忒。史記作貣。立時人作卜筮。三人占。則從二人之言。女則有大疑。謀及乃心。謀及卿士。謀及庶民。依漢石經改。謀及卜筮。女則從。龜從。筮從。卿士從。庶民從。是之謂大同。身其康彊。子孫其逢。史記身上子上並有而字。吉。女則從。龜從。筮從。卿士逆。庶民逆。吉。卿士從。龜從。筮從。女則逆。庶民逆。吉。庶民從。龜從。筮從。女則逆。卿士逆。吉。女則從。龜從。筮逆。卿士逆。庶民逆。作內吉。作外凶。龜筮共違于人。用靜吉。用作凶。八庶徵。曰雨。曰暘（漢書作陽）。曰燠（史漢並作奧）。曰寒。曰風。曰時（史記無此二字）。五是（依史記校改。後漢書引作五氏。一作五韙）。來備。各以其敘（史記作序）。庶草蕃廡（說文作緐無。漢書作蕃滋）。一極備凶。一極無凶。曰休徵。曰肅時雨若。曰乂（漢書作艾）。時暘（漢書作陽）。若。曰悊（史記作智。鄭本作哲）。時燠若。曰謀。時寒若。曰聖。時風若。曰咎徵。曰狂。恆雨若。曰僭。恆暘若。曰豫（史漢並作舒。鄭王本同。大傳作荼。徐邈豫音舒）。恆燠（釋文又作奧）。若。曰急。恆寒若。曰霿（依漢書定正。史記作霧。宋書隋書作瞀。今孔本作蒙。段從大傳作雺）。恆風若。曰。王眚（依史記改）。惟歲。卿士惟月。師尹惟日。歲月日時無易。百穀用成。乂用明。俊（史記作畯。李善同）。民用章。家用平康。日月歲時既易。百穀用不成。乂用昏不明。俊民用微。家用不寧。庶民惟星。星有好風。星有好雨。日月之行。則有冬有夏（荀悅引有有寒有暑四字）。月之從星。則以風雨。九五福。一曰壽。二曰富。三曰康寧。四曰攸好德。五曰考

終命六極一曰凶短折二曰疾三曰憂四曰貧五曰
惡六曰弱

孟子養氣章

公孫丑問曰夫子加齊之卿相得行道焉雖由此霸王不異矣如此則動心否乎孟子曰否我四十不動心曰若是則夫子過孟賁遠矣曰是不難告子先我不動心曰不動心有道乎曰有北宮黝之養勇也不膚撓不目逃思以一毫挫於人若撻之於市朝不受於褐寬博亦不受於萬乘之君視刺萬乘之君若刺褐夫無嚴諸侯惡聲至必反之孟施舍之所養勇也曰視不勝猶勝也量敵而後進慮勝而後會是畏三軍者也舍豈能為必勝哉能無懼而已矣孟施舍似曾子北宮黝似子夏夫二子之勇未知其孰賢然而孟施舍守約也昔者曾子謂子襄曰子好勇乎吾嘗

聞大勇於夫子矣。自反而不縮。雖褐寬博。吾不惴焉。自反而縮。雖千萬人。吾往矣。孟施舍之守氣。又不如曾子之守約也。曰。敢問夫子之不動心與告子之不動心。可得聞與。告子曰。不得於言。勿求於心。不得於心。勿求於氣。不得於心。勿求於氣。可。不得於言。勿求於心。不可。夫志。氣之帥也。氣。體之充也。夫志至焉。氣次焉。故曰。持其志。無暴其氣。既曰。志至焉。氣次焉。又曰。持其志。無暴其氣者。何也。曰。志壹則動氣。氣壹則動志也。今夫蹶者趨者。是氣也。而反動其心。敢問夫子惡乎長。曰。我知言。我善養吾浩然之氣。敢問何謂浩然之氣。曰。難言也。其爲氣也。至大至剛。以直養而無害。則塞于天地之閒。其爲氣也。配義與道。無是。餒也。是集義所生者。非義襲而取之也。行有不慊於心。則餒矣。我故曰。告子未嘗知義。以其外之也。必有事

焉而勿正心勿忘勿助長也無若宋人然宋人有閔
其苗之不長而揠之者芒芒然歸謂其人曰今日病
矣予助苗長矣其子趨而往視之苗則槁矣天下之
不助苗長者寡矣以爲無益而舍之者不耘苗者也
助之長者揠苗者也非徒無益而又害之何謂知言
曰詖辭知其所蔽淫辭知其所陷邪辭知其所離遁
辭知其所窮生於其心害於其政發於其政害於其
事聖人復起必從吾言矣宰我子貢善爲說辭冉牛
閔子顏淵善言德行孔子兼之曰我於辭命則不能
也然則夫子既聖矣乎曰惡是何言也昔者子貢問
於孔子曰夫子聖矣乎孔子曰聖則吾不能我學不
厭而教不倦也子貢曰學不厭智也教不倦仁也仁
且智夫子既聖矣夫聖孔子不居是何言也昔者竊
聞之子夏子游子張皆有聖人之一體冉牛閔子顏

淵則具體而微敢問所安曰姑舍是曰伯夷伊尹何如曰不同道非其君不事非其民不使治則進亂則退伯夷也何事非君何使非民治亦進亂亦進伊尹也可以仕則仕可以止則止可以久則久可以速則速孔子也皆古聖人也吾未能有行焉乃所願則學孔子也伯夷伊尹於孔子若是班乎曰否自有生民以來未有孔子也曰然則有同與曰有得百里之地而君之皆能以朝諸侯有天下行一不義殺一不辜而得天下皆不爲也是則同曰敢問其所以異曰宰我子貢有若智足以知聖人汙不至阿其所好宰我曰以予觀於夫子賢於堯舜遠矣子貢曰見其禮而知其政聞其樂而知其德由百世之後等百世之王莫之能違也自生民以來未有夫子也有若曰豈惟民哉麒麟之於走獸鳳凰之於飛鳥泰山之於丘垤

河海之於行潦類也聖人之於民亦類也出於其類拔乎其萃自生民以來未有盛於孔子也

孟子好辯章

公都子曰外人皆稱夫子好辯敢問何也孟子曰予豈好辯哉予不得已也天下之生久矣一治一亂當堯之時水逆行氾濫於中國蛇龍居之民無所定下者爲巢上者爲營窟書曰洚水警余洚水者洪水也使禹治之禹掘地而注之海驅蛇龍而放之菹水由地中行江淮河漢是也險阻既遠鳥獸之害人者消然後人得平土而居之堯舜既沒聖人之道衰暴君代作壞宮室以爲汙池民無所安息棄田以爲園囿使民不得衣食邪說暴行又作園囿汙池沛澤多而禽獸至及紂之身天下又大亂周公相武王誅紂伐奄三年討其君驅飛廉於海隅而戮之滅國者五十

驅虎豹犀象而遠之天下大悅書曰丕顯哉文王謨丕承哉武王烈佑啓我後人咸以正無缺世衰道微邪說暴行有作臣弑其君者有之子弑其父者有之孔子懼作春秋春秋天子之事也是故孔子曰知我者其惟春秋乎罪我者其惟春秋乎聖王不作諸侯放恣處士橫議楊朱墨翟之言盈天下天下之言不歸楊則歸墨楊氏爲我是無君也墨氏兼愛是無父也無父無君是禽獸也公明儀曰庖有肥肉廄有肥馬民有飢色野有餓莩此率獸而食人也楊墨之道不息孔子之道不著是邪說誣民充塞仁義也仁義充塞則率獸食人人將相食吾爲此懼閑先聖之道距楊墨放淫辭邪說者不得作作於其心害於其事作於其事害於其政聖人復起不易吾言矣昔者禹抑洪水而天下平周公兼夷狄驅猛獸而百姓寧孔

子成春秋而亂臣賊子懼詩云戎狄是膺荊舒是懲則莫我敢承無父無君是周公所膺也我亦欲正人心息邪說距詖行放淫辭以承三聖者豈好辯哉予不得已也能言距楊墨者聖人之徒也

孟子孔子在陳章

萬章問曰孔子在陳曰盍歸乎來吾黨之士狂簡進取不忘其初孔子在陳何思魯之狂士孟子曰孔子不得中道而與之必也狂獧乎狂者進取獧者有所不爲也孔子豈不欲中道哉不可必得故思其次也敢問何如斯可謂狂矣曰如琴張曾皙牧皮者孔子之所謂狂矣何以謂之狂也曰其志嘐嘐然曰古之人古之人夷考其行而不掩焉者也狂者又不可得欲得不屑不潔之士而與之是獧也是又其次也孔子曰過我門而不入我室我不憾焉者其惟鄉原乎

鄉原德之賊也曰何如斯可謂之鄉原矣曰何以是嘐嘐也言不顧行行不顧言則曰古之人古之人行何爲踽踽涼涼生斯世也爲斯世也善斯可矣閹然媚於世也者是鄉原也萬章曰一鄉皆稱原人焉無所往而不爲原人孔子以爲德之賊何哉曰非之無舉也刺之無刺也同乎流俗合乎汙世居之似忠信行之似廉潔衆皆悅之自以爲是而不可與入堯舜之道故曰德之賊也孔子曰惡似而非者惡莠恐其亂苗也惡佞恐其亂義也惡利口恐其亂信也惡鄭聲恐其亂樂也惡紫恐其亂朱也惡鄉原恐其亂德也君子反經而已矣經正則庶民興庶民興斯無邪慝矣

莊子逍遙遊

莊子依古逸叢書仿宋本

北冥有魚其名爲鯤鯤之大不知其幾千里也化而

爲鳥其名爲鵬鵬之背不知其幾千里也怒而飛其翼若垂天之雲是鳥也海運則將徙於南冥南冥者天池也齊諧者志怪者也諧之言曰鵬之徙於南冥也水擊三千里摶扶搖而上者九萬里去以六月息者也野馬也塵埃也生物之以息相吹也天之蒼蒼其正色邪其遠而无所至極邪其視下也亦若是則已矣且夫水之積也不厚則其負大舟也无力覆杯水於坳堂之上則芥爲之舟置杯焉則膠水淺而舟大也風之積也不厚則其負大翼也无力故九萬里則風斯在下矣而後乃今培風背負青天而莫之夭閼者而後乃今將圖南蜩與鷽鳩笑之曰我決起而飛槍榆枋時則不至而控於地而已矣奚以之九萬里而南爲適莽蒼者三湌而反腹猶果然適百里者宿舂糧適千里者三月聚糧之二蟲又何知小知不

及大知小年不及大年奚以知其然也朝菌不知晦朔蟪蛄不知春秋此小年也楚之南有冥靈者以五百歲爲春五百歲爲秋上古有大椿者以八千歲爲春八千歲爲秋而彭祖乃今以久特聞衆人匹之不亦悲乎湯之問棘也是已

窮髮之北有冥海者天池也有魚焉其廣數千里未有知其脩者其名爲鯤有鳥焉其名爲鵬背若太山翼若垂天之雲摶扶搖羊角而上者九萬里絕雲氣負青天然後圖南且適南冥也斥鴳笑之曰彼且奚適也我騰躍而上不過數仞而下翶翔蓬蒿之閒此亦飛之至也而彼且奚適也此小大之辯也故夫知效一官行比一鄉德合一君而徵一國者其自視也亦若此矣而宋榮子猶然笑之且舉世而譽之而不加勸舉世而非之而不加沮定乎內外之分辯乎榮辱之境斯已矣彼其於世

未數數然也。雖然。猶有未樹也。夫列子御風而行。泠然善也。旬有五日而後反。彼於致福者。未數數然也。此雖免乎行。猶有所待者也。若夫乘天地之正。而御六氣之辯。以遊无窮者。彼且惡乎待哉。故曰。至人无己。神人無功。聖人無名。

堯讓天下於許由。曰。日月出矣。而爝火不息。其於光也。不亦難乎。時雨降矣。而猶浸灌。其於澤也。不亦勞乎。夫子立而天下治。而我猶尸之。吾自視缺然。請致天下。許由曰。子治天下。天下旣已治也。而我猶代子。吾將爲名乎。名者實之賓也。吾將爲賓乎。鷦鷯巢於深林。不過一枝。偃鼠飲河。不過滿腹。歸休乎君。予无所用天下爲。庖人雖不治庖。尸祝不越樽俎而代之矣。

肩吾問於連叔曰。吾聞言於接輿。大而无當。往而不反。吾驚怖其言。猶河漢而无極也。大有逕庭。不近人情焉。連叔曰。其言謂何哉。

曰藐姑射之山有神人居焉肌膚若冰雪綽約若處子不食五穀吸風飲露乘雲氣御飛龍而游乎四海之外其神凝使物不疵癘而年穀熟吾以是狂而不信也連叔曰然瞽者无以與乎文章之觀聾者无以與乎鐘鼓之聲豈唯形骸有聾盲哉夫知亦有之是其言也猶時女也之人也之德也將旁礴萬物以爲一世蘄乎亂孰弊弊焉以天下爲事之人也物莫之傷大浸稽天而不溺大旱金石流土山焦而不熱是其塵垢粃穅將猶陶鑄堯舜者也孰肯以物爲事宋人資章甫而適諸越越人斷髮文身無所用之堯治天下之民平海內之政往見四子藐姑射之山汾水之陽窅然喪其天下焉

惠子謂莊子曰魏王貽我大瓠之種我樹之成而實五石以盛水漿其堅不能自舉也剖之以爲瓢則瓠落无所容非不呺然大也吾

爲其无用而掊之。莊子曰夫子固拙於用大矣。宋人有善爲不龜手之藥者。世世以洴澼絖爲事。客聞之請買其方百金。聚族而謀曰。我世世爲洴澼絖。不過數金。今一朝而鬻技百金。請與之。客得之。以說吳王。越有難。吳王使之將。冬與越人水戰。大敗越人。裂地而封之。能不龜手一也。或以封。或不免於洴澼絖。則所用之異也。今子有五石之瓠。何不慮以爲大樽而浮乎江湖。而憂其瓠落无所容。則夫子猶有蓬之心也夫。

惠子謂莊子曰。吾有大樹。人謂之樗。其大本擁腫而不中繩墨。其小枝卷曲而不中規矩。立之塗。匠者不顧。今子之言。大而无用。衆所同去也。莊子曰。子獨不見狸狌乎。卑身而伏。以候敖者。東西跳梁。不避高下。中於機辟。死於罔罟。今夫斄牛。其大若垂天之雲。此能爲大矣。而不能執鼠。今子有大樹。患其无用。

何不樹之於无何有之鄉廣莫之野彷徨乎无爲其側逍遙乎寢臥其下不夭斤斧物无害者无所可用安所困苦哉

莊子養生主

吾生也有涯而知也无涯以有涯隨无涯殆已已而爲知者殆而已矣爲善无近名爲惡无近刑緣督以爲經可以保身可以全生可以養親可以盡年庖丁爲文惠君解牛手之所觸肩之所倚足之所履膝之所踦砉然嚮然奏刀騞然莫不中音合於桑林之舞乃中經首之會文惠君曰譆善哉技蓋至此乎庖丁釋刀對曰臣之所好者道也進乎技矣始臣之解牛之時所見无非牛者三年之後未嘗見全牛也方今之時臣以神遇而不以目視官知止而神欲行依乎天理批大郤導大窾因其固然技經肯綮之未嘗而

況大軱乎良庖歲更刀割也族庖月更刀折也今臣之刀十九年矣所解數千牛矣而刀刃若新發於硎彼節者有閒而刀刃者无厚以无厚入有閒恢恢乎其於游刃必有餘地矣是以十九年而刀刃若新發於硎雖然每至於族吾見其難爲怵然爲戒視爲止行爲遲動刀甚微謋然已解如土委地提刀而立爲之四顧爲之躊躇滿志善刀而藏之文惠君曰善哉吾聞庖丁之言得養生焉

公文軒見右師而驚曰是何人也惡乎介也天與其人與曰天也非人也天之生是使獨也人之貌有與也以是知其天也非人也澤雉十步一啄百步一飲不蘄畜乎樊中神雖王不善也

老聃死秦失弔之三號而出弟子曰非夫子之友邪曰然然則弔焉若此可乎曰然始也吾以爲其人也而今非也向吾入而弔焉有老者哭之如哭其

子少者哭之如哭其母彼其所以會之必有不蘄言而言不蘄哭而哭者是遁天倍情忘其所受古者謂之遁天之刑適來夫子時也適去夫子順也安時而處順哀樂不能入也古者謂是帝之縣解指窮於爲薪火傳也不知其盡也

莊子駢拇

駢拇枝指出乎性哉而侈於德附贅縣疣出乎形哉而侈於性多方乎仁義而用之者列於五藏哉而非道德之正也是故駢於足者連无用之肉也枝於手者樹无用之指也多方駢枝於五藏之情者淫僻於仁義之行而多方於聰明之用也是故駢於明者亂五色淫文章青黃黼黻之煌煌非乎而離朱是已多於聽者亂五聲淫六律金石絲竹黃鐘大呂之聲非乎而師曠是已枝於仁者擢德塞性以收名聲使天

下簧鼓以奉不及之法非乎而曾史是已駢於辯者纍瓦結繩竄句遊心於堅白同異之閒而敝跬譽无用之言非乎而楊墨是已故此皆多駢旁枝之道非天下之至正也彼正正者不失其性命之情故合者不爲駢而枝者不爲跂長者不爲有餘短者不爲不足是故鳧脛雖短續之則憂鶴脛雖長斷之則悲故性長非所斷性短非所續無所去憂也噫仁義其非人情乎彼仁人何其多憂也且夫駢於拇者決之則泣枝於手者齕之則啼二者或有餘於數或不足於數其於憂一也今世之仁人蒿目而憂世之患不仁之人決性命之情而饕貴富故意仁義其非人情乎自三代以下者天下何其囂囂也且夫待鉤繩規矩而正者是削其性者也待繩約膠漆而固者是侵其德者也屈折禮樂呴俞仁義以慰天下之心者此失

其常然也天下有常然常然者曲者不以鉤直者不以繩圓者不以規方者不以矩附離不以膠漆約束不以纆索故天下誘然皆生而不知其所以生同焉皆得而不知其所以得故古今不二不可虧也則仁義又奚連連如膠漆纆索而遊乎道德之閒爲哉使天下惑也夫小惑易方大惑易性何以知其然邪自虞氏招仁義以撓天下也天下莫不奔命於仁義是非以仁義易其性與故嘗試論之自三代以下者天下莫不以物易其性矣小人則以身殉利士則以身殉名大夫則以身殉家聖人則以身殉天下故此數子者事業不同名聲異號其於傷性以身爲殉一也臧與穀二人相與牧羊而俱亡其羊問臧奚事則挾筴讀書問穀奚事則博塞以遊二人者事業不同其於亡羊均也伯夷死名於首陽之下盜跖死利於東

陵之上二人者所死不同其於殘生傷性均也奚必
伯夷之是而盜跖之非乎天下盡殉也彼其所殉仁
義也則俗謂之君子其所殉貨財也則俗謂之小人
其殉一也則有君子焉有小人焉若其殘生損性則
盜跖亦伯夷已又惡取君子小人於其閒哉　且夫屬
其性乎仁義者雖通如曾史非吾所謂臧也屬其性
於五味雖通如俞兒非吾所謂臧也屬其性乎五聲
雖通如師曠非吾所謂聰也屬其性乎五色雖通如
離朱非吾所謂明也吾所謂臧者非仁義之謂也臧
於其德而已矣吾所謂臧者非所謂仁義之謂也任
其性命之情而已矣吾所謂聰者非謂其聞彼也自
聞而已矣吾所謂明者非謂其見彼也自見而已矣
夫不自見而見彼不自得而得彼者是得人之得而
不自得其得者也適人之適而不自適其適者也夫

適人之適而不自適其適雖盜跖與伯夷是同爲淫僻也余愧乎道德是以上不敢爲仁義之操而下不敢爲淫僻之行也

莊子馬蹄

馬蹄可以踐霜雪毛可以禦風寒齕草飲水翹足而陸此馬之眞性也雖有義臺路寢無所用之及至伯樂曰我善治馬燒之剔之刻之雒之連之以羈馽編之以皁棧馬之死者十二三矣飢之渴之馳之驟之整之齊之前有橛飾之患而後有鞭筴之威而馬之死者已過半矣陶者曰我善治埴圓者中規方者中矩匠人曰我善治木曲者中鉤直者應繩夫埴木之性豈欲中規矩鉤繩哉然且世世稱之曰伯樂善治馬而陶匠善治埴木此亦治天下者之過也吾意善治天下者不然彼民有常性織而衣耕而食是謂同

德一而不黨命曰天放故至德之世其行填填其視顛顛當是時也山无蹊隧澤无舟梁萬物羣生連屬其鄉禽獸成羣草木遂長是故禽獸可係羈而遊鳥鵲之巢可攀援而闚夫至德之世同與禽獸居族與萬物並惡乎知君子小人哉同乎无知其德不離同乎无欲是謂素樸素樸而民性得矣及至聖人蹩躠爲仁踶跂爲義而天下始疑矣澶漫爲樂摘僻爲禮而天下始分矣故純樸不殘孰爲犧樽白玉不毀孰爲珪璋道德不廢安取仁義性情不離安用禮樂五色不亂孰爲文采五聲不亂孰應六律夫殘樸以爲器工匠之罪也毀道德以爲仁義聖人之過也夫馬陸居則食草飲水喜則交頸相靡怒則分背相踶馬知已此矣夫加之以衡扼齊之以月題而馬知介倪闉扼鷙曼詭銜竊轡故馬之知而態至盜者伯樂之

罪也夫赫胥氏之時民居不知所爲行不知所之含哺而熙鼓腹而遊民能以此矣及至聖人屈折禮樂以匡天下之形縣跂仁義以慰天下之心而民乃始踶跂好知爭歸於利不可止也此亦聖人之過也

莊子胠篋

將爲胠篋探囊發匱之盜而爲守備則必攝緘縢固扃鐍此世俗之所謂知也然而巨盜至則負匱揭篋擔囊而趨唯恐緘縢扃鐍之不固也然則向之所謂知者不乃爲大盜積者也故嘗試論之世俗之所謂知者有不爲大盜積者乎所謂聖者有不爲大盜守者乎何以知其然邪昔者齊國鄰邑相望雞狗之音相聞罔罟之所布耒耨之所刺方二千餘里闔四境之內所以立宗廟社稷治邑屋州閭鄉曲者曷嘗不法聖人哉然而田成子一旦殺齊君而盜其國所盜

者豈獨其國邪并與其聖知之法而盜之故田成子有乎盜賊之名而身處堯舜之安小國不敢非大國不敢誅十二世有齊國則是不乃竊齊國并與其聖知之法以守其盜賊之身乎嘗試論之世俗之所謂至知者有不爲大盜積者乎所謂至聖者有不爲大盜守者乎何以知其然邪昔者龍逢斬比干剖萇弘胣子胥靡故四子之賢而身不免乎戮故跖之徒問於跖曰盜亦有道乎跖曰何適而无有道邪夫妄意室中之藏聖也入先勇也出後義也知可否知也分均仁也五者不備而能成大盜者天下未之有也由是觀之善人不得聖人之道不立跖不得聖人之道不行天下之善人少而不善人多則聖人之利天下也少而害天下也多故曰脣竭則齒寒魯酒薄而邯鄲圍聖人生而大盜起掊擊聖人縱舍盜賊而天下

始治矣夫川竭而谷虛丘夷而淵實聖人已死則大盜不起天下平而无故矣聖人不死大盜不止雖重聖人而治天下則是重利盜跖也爲之斗斛以量之則幷與斗斛而竊之爲之權衡以稱之則幷與權衡而竊之爲之符璽以信之則幷與符璽而竊之爲之仁義以矯之則幷與仁義而竊之何以知其然邪彼竊鉤者誅竊國者爲諸侯諸侯之門而仁義存焉則是非竊仁義聖知邪故逐於大盜揭諸侯竊仁義幷斗斛權衡符璽之利者雖有軒冕之賞弗能勸斧鉞之威弗能禁此重利盜跖而使不可禁者是乃聖人之過也故曰魚不可脫於淵國之利器不可以示人彼聖人（當從別本作知）者天下之利器也非所以明天下也故絕聖弃知大盜乃止擿玉毀珠小盜不起焚符破璽而民朴鄙掊斗折衡而民不爭殫殘天下之聖法

而民始可與論議。擢亂六律。鑠絕竽瑟。塞瞽曠之耳。而天下始人含其聰矣。滅文章。散五采。膠離朱之目。而天下始人含其明矣。毀絕鉤繩。而弃規矩。攦工倕之指。而天下始人有其巧矣。故曰大巧若拙。削曾史之行。鉗楊墨之口。攘弃仁義。而天下之德始玄同矣。彼人含其明。則天下不鑠矣。人含其聰。則天下不累矣。人含其知。則天下不惑矣。人含其德。則天下不僻矣。彼曾史楊墨師曠工倕離朱。皆外立其德而以爚亂天下者也。法之所无用也。子獨不知至德之世乎。昔者容成氏。大庭氏。伯皇氏。中央氏。栗陸氏。驪畜氏。軒轅氏。赫胥氏。尊盧氏。祝融氏。伏犧氏。神農氏。當是時也。民結繩而用之。甘其食。美其服。樂其俗。安其居。鄰國相望。雞狗之音相聞。民至老死而不相往來。若此之時。則至治已。今遂至使民延頸舉踵。曰某所有賢者。贏糧而趣之。則內弃其親。而外去其主之事。足跡接乎諸侯之境。車軌結乎千里之外。則是上好知也過也。上誠好知而无道。則天下大亂矣。何以知其然邪。夫弓弩畢弋機變之知多。則鳥亂於上矣。鉤餌網罟罾笱之知多。則魚亂於水矣。削格羅落罝罘之知多。則獸亂於澤矣。知詐漸毒頡滑堅白解垢同異之變多。則俗惑於辯矣。故天下每每大亂。罪在於好知。故天下皆知求其所不知。而莫知求其所已知者。皆知非其所不善。而莫知非其所已善者。是以大亂。故上悖日月之明。下爍山川之精。中墮四時之施。惴耎之蟲。肖翹之物。莫不失其性。甚矣。夫好知之亂天下也。自三代以下者是已。舍夫種種之民。而悅夫役役之佞。釋夫恬淡无爲。而悅夫哼哼之意。哼哼已亂天下矣。

莊子秋水

秋水時至百川灌河涇流之大兩涘渚涯之閒不辨牛馬於是焉河伯欣然自喜以天下之美爲盡在己順流而東行至於北海東面而視不見水端於是焉河伯始旋其面目望洋向若而歎曰野語有之曰聞道百以爲莫己若者我之謂也且夫我嘗聞少仲尼之聞而輕伯夷之義者始吾弗信今我睹子之難窮也吾非至於子之門則殆矣吾長見笑於大方之家北海若曰井蛙不可以語於海者拘於墟也夏蟲不可以語於冰者篤於時也曲士不可以語於道者束於教也今爾出於涯涘觀於大海乃知爾醜爾將可與語大理矣天下之水莫大於海萬川歸之不知何時止而不盈尾閭泄之不知何時已而不虛春秋不變水旱不知此其過江河之流不可爲量數而吾未

嘗以此自多者自以比形於天地而受氣於陰陽吾在天地之閒猶小石小木之在大山也方存乎見少又奚以自多計四海之在天地之閒也不似礨空之在大澤乎計中國之在海內不似稊米之在大倉乎號物之數謂之萬人處一焉人卒九州穀食之所生舟車之所通人處一焉此其比萬物也不似毫末之在於馬體乎五帝之所連三王之所爭仁人之所憂任士之所勞盡此矣伯夷辭之以爲名仲尼語之以爲博此其自多也不似爾向之自多於水乎河伯曰然則吾大天地而小毫末可乎北海若曰否夫物量无窮時无止分无常終始无故是故大知觀於遠近故小而不寡大而不多知量无窮證曏今故故遙而不悶掇而不跂知時无止察乎盈虛故得而不喜失而不憂知分之无常也明乎坦塗故生而不悅死而

不禍知終始之不可故也計人之所知不若其所不知其生之時不若未生之時以其至小求窮其至大之域是故迷亂而不能自得也由此觀之又何以知毫末之足以定至細之倪又何以知天地之足以窮至大之域河伯曰世之議者皆曰至精无形至大不可圍是信情乎北海若曰夫自細視大者不盡自大視細者不明夫精小之微也垺大之殷也故異便此勢之有也夫精粗者期於有形者也无形者數之所不能分也不可圍者數之所不能窮也可以言論者物之粗也可以意致者物之精也言之所不能論意之所不能察致者不期精粗焉是故大人之行不出乎害人不多仁恩動不爲利不賤門隸貨財弗爭不多辭讓事焉不借人不多食乎力不賤貪汙行殊乎俗不多辟異爲在從衆不賤佞諂世之爵祿不足以

爲勸。戮恥不足以爲辱。知是非之不可爲分。細大之不可爲倪。聞曰。道人不聞。至德不得。大人无己。約分之至也。河伯曰。若物之外。若物之内。惡至而倪貴賤。惡至而倪小大。北海若曰。以道觀之。物无貴賤。以物觀之。自貴而相賤。以俗觀之。貴賤不在己。以差觀之。因其所大而大之。則萬物莫不大。因其所小而小之。則萬物莫不小。知天地之爲稊米也。知毫末之爲丘山也。則差數覩矣。以功觀之。因其所有而有之。則萬物莫不有。因其所无而无之。則萬物莫不无。知東西之相反。而不可以相无。則功分定矣。以趣觀之。因其所然而然之。則萬物莫不然。因其所非而非之。則萬物莫不非。知堯桀之自然而相非。則趣操覩矣。昔者堯舜讓而帝。之噲讓而絕。湯武爭而王。白公爭而滅。由此觀之。爭讓之禮。堯桀之行。貴賤有時。未可以爲

常也。梁麗可以衝城。而不可以窒穴。言殊器也。騏驥
驊騮。一日而馳千里。捕鼠不如狸狌。言殊技也。鴟鵂
夜撮蚤。察毫末。晝出瞋目而不見丘山。言殊性也。故
曰蓋師是而无非。師治而无亂乎。是未明天地之理。
萬物之情者也。是猶師天而无地。師陰而无陽。其不
可行明矣。然且語而不舍。非愚則誣也。帝王殊禪。三
代殊繼。差其時。逆其俗者。謂之簒夫。當其時。順其俗
者。謂之義之徒。默默乎河伯。女惡知貴賤之門。小大之
家。河伯曰。然則我何爲乎。何不爲乎。吾辭受趣舍。吾
終柰何。北海若曰。以道觀之。何貴何賤。是謂反衍。无
拘而志。與道大蹇。何少何多。是謂謝施。无一而行。與
道參差。嚴乎若國之有君。其无私德。繇繇乎若祭之
有社。其无私福。汎汎乎其若四方之无窮。其无所畛
域。兼懷萬物。其孰承翼。是謂无方。萬物一齊。孰短孰

長道无終始物有死生不恃其成一虛一滿不位乎其形年不可舉時不可止消息盈虛終則有始是所以語大義之方論萬物之理也物之生也若驟若馳无動而不變无時而不移何爲乎何不爲乎夫固將自化河伯曰然則何貴於道邪北海若曰知道者必達於理達於理者必明於權明於權者不以物害己至德者火弗能熱水弗能溺寒暑弗能害禽獸弗能賊非謂其薄之也言察乎安危寧於禍福謹於去就莫之能害也故曰天在內人在外德在乎天知天人之行本乎天位乎得蹢躅而屈伸反要而語極曰何謂天何謂人北海若曰牛馬四足是謂天落馬首穿牛鼻是謂人故曰无以人滅天无以故滅命无以得殉名謹守而勿失是謂反其真夔憐蚿蚿憐蛇蛇憐風風憐目目憐心夔謂蚿曰吾以一足趻踔而行予

无如矣今子之使萬足獨柰何蚿曰不然子不見夫唾者乎噴則大者如珠小者如霧雜而下者不可勝數也今予動吾天機而不知其所以然蚿謂蛇曰吾以衆足行而不及子之无足何也蛇曰夫天機之所動何可易邪吾安用足哉蛇謂風曰予動吾脊脅而行則有似也今子蓬蓬然起於北海蓬蓬然入於南海而似无有何也風曰然予蓬蓬然起於北海而入於南海也然而指我則勝我鰌我亦勝我雖然夫折大木蜚大屋者唯我能也故以衆小不勝爲大勝也爲大勝者唯聖人能之 孔子遊於匡宋人圍之數匝而弦歌不輟子路入見曰何夫子之娛也孔子曰來吾語女我諱窮久矣而不免命也求通久矣而不得時也當堯舜而天下无窮人非知得也當桀紂而天下无通人非知失也時勢適然夫水行不避蛟龍者

漁父之勇也陸行不避兕虎者獵夫之勇也白刃交於前視死若生者烈士之勇也知窮之有命知通之有時臨大難而不懼者聖人之勇也由處矣吾命有所制矣无幾何將甲者進辭曰以爲陽虎也故圍之今非也請辭而退

公孫龍問於魏牟曰龍少學先王之道長而明仁義之行合同異離堅白然不然可不可困百家之知窮衆口之辯吾自以爲至達已今吾聞莊子之言汒焉異之不知論之不及與知之弗若與今吾无所開吾喙敢問其方公子牟隱几大息仰天而笑曰子獨不聞夫埳井之鼃乎謂東海之鼈曰吾樂與出跳梁乎井幹之上入休乎缺甃之崖赴水則接腋持頤蹶泥則沒足滅跗還虷蟹與科斗莫吾能若也且夫擅一壑之水而跨跱埳井之樂此亦至矣夫子奚不時來入觀乎東海之鼈左足未入而右

膝已縶矣於是逡巡而卻告之海曰夫千里之遠不足以舉其大千仞之高不足以極其深禹之時十年九潦而水弗爲加益湯之時八年七旱而崖不爲加損夫不爲頃久推移不以多少進退者此亦東海之大樂也於是埳井之蛙聞之適適然驚規規然自失也且夫知不知是非之境而猶欲觀於莊子之言是猶使蚑負山商蚷馳河也必不勝任矣且夫知不知論極妙之言而自適一時之利者是非埳井之蛙與且彼方跐黃泉而登大皇无南无北奭然四解淪於不測无東无西始於玄冥反於大通子乃規規然而求之以察索之以辯是直用管闚天用錐指地也不亦小乎子往矣且子獨不聞夫壽陵餘子之學行於邯鄲與未得國能又失其故行矣直匍匐而歸耳今子不去將忘子之故失子之業公孫龍口呿而不合

舌舉而不下乃逸而走

莊子釣於濮水楚王使大夫二人往先焉曰願以境內累矣莊子持竿不顧曰吾聞楚有神龜已死三千歲矣王巾笥而藏之廟堂之上此龜者寧其死爲留骨而貴乎寧其生而曳尾於塗中乎二大夫曰寧生而曳尾塗中莊子曰往矣吾將曳尾於塗中

惠子相梁莊子往見之或謂惠子曰莊子來欲代子相於是惠子恐搜於國中三日三夜莊子往見之曰南方有鳥其名爲鵷鶵子知之乎夫鵷鶵發於南海而飛於北海非梧桐不止非練實不食非醴泉不飲於是鴟得腐鼠鵷鶵過之仰而視之曰嚇今子欲以子之梁國而嚇我邪

莊子與惠子遊於濠梁之上莊子曰鯈魚出游從容是魚之樂也惠子曰子非魚安知魚之樂莊子曰子非我安知我不知魚之樂惠子曰我非子固不知子矣子固非魚也

子之不知魚之樂全矣。莊子曰。請循其本。子曰女安
知魚樂云者。既已知吾知之而問我。我知之濠上也。
荀子議兵篇荀子依古逸叢書倣宋台州本。
臨武君與孫卿子。按漢書藝文志孫卿子三十三篇。顏師古曰。荀卿避宣帝諱。故曰孫。
議兵於趙孝成王前。王曰。請問兵要。臨武君對曰。上
得天時。下得地利。觀敵之變動。後之發。先之至。此用
兵之要術也。孫卿子曰。不然。臣所聞古之道。凡用兵
攻戰之本。在乎壹民。弓矢不調。則羿不能以中微。六
馬不和。則造父不能以致遠。士民不親附。則湯武不
能以必勝也。故善附民者。是乃善用兵者也。故兵要
在乎善附民而已。臨武君曰。不然。兵之所貴者埶利
也。所行者變詐也。善用兵者。感忽悠闇。莫知其所從
出。孫吳用之無敵於天下。豈必待附民哉。孫卿子曰。
不然。臣之所道。仁人之兵。王者之志也。君之所貴權

謀埶利也。所行攻奪變詐者。諸侯之事也。仁人之兵。不可詐者也。彼可詐者。怠慢者也。路亶楊倞注。路。暴露也。亶讀爲袒。者也。君臣上下之閒。滑然有離德者也。故以桀詐桀。猶巧拙有幸焉。以桀詐堯。譬之若以卵投石。以指撓沸。若赴水火。入焉焦沒耳。故仁人上下。百將一心。三軍同力。臣之於君也。下之於上也。若子之事父。弟之事兄。若手臂之扞頭目而覆胸腹也。詐而襲之。與先驚而後擊之。一也。且仁人之用十里之國。則將有百里之聽。用百里之國。則將有千里之聽。用千里之國。則將有四海之聽。必將聰明警戒。和傳而一。故仁人之兵。聚則成卒。散則成列。延則若莫邪之長刃。嬰之者斷。兌則若莫邪之利鋒。當之者潰。圜居而方正。則若盤石然。觸之者角摧。案角鹿埵隴種東籠楊倞注。皆摧敗披靡之貌。或曰。鹿埵。下之貌。如禾實垂下然。埵。丁果反。隴種。遺失貌。如隴之種物然。或曰。即鍾也。東籠。與凍瀧同沾溼貌如衣服之沾溼然而退耳且夫暴國之君將誰與至哉彼其所與至者必其民也而其民之親我歡若父母其好我芬若椒蘭彼反顧其上則若灼黥若仇讎人之情雖桀跖豈又肯爲其所惡賊其所好者哉是猶使人之子孫自賊其父母也彼必將來告之夫又何可詐也故仁人用國日明諸侯先順者安後順者危慮敵之者削反之者亡詩曰武王載發有虔秉鉞如火烈烈則莫我敢遏此之謂也孝成王臨武君曰善請問王者之兵設何道何行而可孫卿子曰凡在大王將率末事也臣請遂道王者諸侯强弱存亡之效安危之埶君賢者其國治君不能者其國亂隆禮貴義者其國治簡禮賤義者其國亂治者强亂者弱是强弱之本也上足卬則下可用也上不足卬則下不可用也下可用則强下不可用則弱是强弱之常

也隆禮效功上也重祿貴節次也上功賤節下也是强弱之凡也好士者强不好士者弱愛民者强不愛民者弱政令信者强政令不信者弱民齊者强不齊者弱賞重者强賞輕者弱刑威者强刑侮者弱械用兵革攻完便利者强械用兵革窳楛不便利者弱重用兵者强輕用兵者弱權出一者强權出二者弱是强弱之常也齊人隆技擊其技也得一首者則賜贖錙金無本賞矣是事小敵毳楊倞注毳讀爲脆則偷可用也事大敵堅則渙然離耳若飛鳥然傾側反覆無日是亡國之兵也兵莫弱是矣是其出賃市傭而戰之幾矣魏氏之武卒以度取之衣三屬之甲操十二石之弩負服矢五十个置戈其上冠軸帶劍贏三日之糧日中而趨百里中試則復其戶利其田宅是數年而衰而未可奪也改造則不易周也是故地雖大其稅

必寡是危國之兵也秦人其生民也陿阸其使民也酷烈劫之以埶隱之以阸忸之以慶賞鰌之以刑罰使天下之民所以要利於上者非鬬無由也阸而用之得而後功之功賞相長也五甲首而隸五家是最爲衆強長久多地以正故四世有勝非幸也數也故齊之技擊不可以遇魏氏之武卒魏氏之武卒不可以遇秦之銳士秦之銳士不可以當桓文之節制桓文之節制不可以敵湯武之仁義有遇之者若以焦熬投石焉兼是數國者皆干賞蹈利之兵也傭徒鬻賣之道也未有貴上安制綦節之理也諸侯有能微妙之以節則作而兼殆之耳故招近楊倞注近當爲延募選隆埶詐尚功利是漸之也禮義教化是齊之也故以詐遇詐猶有巧拙焉以詐遇齊辟之猶以錐刀墮大山也非天下之愚人莫敢試故王者之兵不試湯武

之誅桀紂也拱揖指麾而彊暴之國莫不趨使誅桀紂若誅獨夫故泰誓曰獨夫紂此之謂也故兵大齊則制天下小齊則制鄰敵若夫招近募選隆埶詐尚功利之兵則勝不勝無常代翕代張代存代亡相爲雌雄耳矣夫是之謂盜兵君子不由也故齊之田單楚之莊蹻秦之衛鞅燕之繆蟣是皆世俗之所謂善用兵者也是其巧拙强弱則未有以相君也若其道一也未及和齊也掎契楊倞注契讀爲挈司詐權謀傾覆未免盜兵也齊桓晉文楚莊吳闔閭越句踐是皆和齊之兵也可謂入其域矣然而未有本統也故可以霸而不可以王是强弱之效也孝成王臨武君曰善請問爲將孫卿子曰知莫大乎棄疑行莫大乎無過事莫大乎無悔事至無悔而止矣成不可必也故制號政令欲嚴以威慶賞刑罰欲必以信處舍收藏欲周

以固徒舉進退欲安以重欲疾以速窺敵觀變欲潛
以深欲伍以參遇敵決戰必道吾所明無道吾所疑
夫是之謂六術無欲將而惡廢無急勝而忘敗無威
內而輕外無見其利而不顧其害凡慮事欲孰而用
財欲泰夫是之謂五權所以不受命於主有三可殺
而不可使處不完可殺而不可使擊不勝可殺而不
可使欺百姓夫是之謂三至凡受命於主而行三軍
三軍既定百官得序羣物皆正則主不能喜敵不能
怒夫是之謂至臣慮必先事而申之以敬慎終如始
終始如一夫是之謂大吉凡百事之成也必在敬之
其敗也必在慢之故敬勝怠則吉怠勝敬則滅計勝
欲則從欲勝計則凶戰如守行如戰有功如幸敬謀
無壙（楊倞注壙與曠同）敬事無壙敬終無壙敬衆無壙敬敵
無壙夫是之謂五無壙慎行此六術五權三至而處

之以恭敬無擴夫是之謂天下之將則通於神明矣
臨武君曰善請問王者之軍制孫卿子曰將死鼓御
死轡百吏死職士大夫死行列聞鼓聲而進聞金聲
而退順命爲上有功次之令不進而進猶令不退而
退也其罪惟均不殺老弱不獵禾稼服者不禽格者
不舍犇命者不獲凡誅非誅其百姓也誅其亂百姓
者也百姓有扞其賊則是亦賊也以故順刃者生蘇
刃者死犇命者貢微子開楊倞注紂之庶兄名啓此云開者蓋漢景帝諱劉向改之也封於宋曹觸龍斷於軍殷之服民所以養生之
者也無異周人故近者歌謳而樂之遠者竭蹷而趨
之無幽閒辟陋之國莫不趨使而安樂之四海之內
若一家通達之屬莫不從服夫是之謂人師詩曰自
西自東自南自北無思不服此之謂也王者有誅而
無戰城守不攻兵格不擊上下相喜則慶之不屠城

不潛軍不留衆師不越時故亂者樂其政不安其上
欲其至也臨武君曰善陳囂（楊倞注陳囂荀卿弟子）問孫卿子
曰先生議兵常以仁義爲本仁者愛人義者循理然
則又何以兵爲凡所爲有兵者爲爭奪也孫卿子曰
非女所知也彼仁者愛人愛人故惡人之害之也義
者循理循理故惡人之亂之也彼兵者所以禁暴除
害也非爭奪也故仁人之兵所存者神所過者化若
時雨之降莫不說喜是以堯伐驩兜舜伐有苗禹伐
共工湯伐有夏文王伐崇武王伐紂此四帝兩王皆
以仁義之兵行於天下也故近者親其善遠方慕其
德兵不血刃遠邇來服德盛於此施及四極詩曰淑
人君子其儀不忒此之謂也李斯（楊倞注李斯孫卿弟子後爲秦相）
問孫卿子曰秦四世有勝兵强海內威行諸侯非以
仁義爲之也以便從事而已孫卿子曰非女所知也

女所謂便者不便之便也吾所謂仁義者大便之便也彼仁義者所以脩政者也政脩則民親其上樂其君而輕爲之死故曰凡在於軍將率末事也秦四世有勝諰諰然常恐天下之一合而軋己也此所謂末世之兵未有本統也故湯之放桀也非其逐之鳴條之時也武王之誅紂也非以甲子之朝而後勝之也皆前行素脩也此所謂仁義之兵也今女不求之於本而索之於末此世之所以亂也禮者治辨之極也彊國之本也威行之道也功名之摠也王公由之所以得天下也不由所以隕社稷也故堅甲利兵不足以爲勝高城深池不足以爲固嚴令繁刑不足以爲威由其道則行不由其道則廢楚人鮫革犀兕以爲甲鞈如金石宛鉅鐵釶慘如蠭蠆輕利僄遬卒如飄風然而兵殆於垂沙唐蔑死莊蹻起楚分而爲三四

是豈無堅甲利兵也哉其所以統之者非其道故也汝潁以爲險江漢以爲池限之以鄧林緣之以方城然而秦師至而鄢郢舉若振槁然是豈無固塞隘阻也哉其所以統之者非其道故也紂刳比干囚箕子爲炮烙刑殺戮無時臣下懍然莫必其命然而周師至而令不行乎下不能用其民是豈令不嚴刑不繁也哉其所以統之者非其道故也古之兵戈矛弓矢而已矣然而敵國不待試而詘城郭不辨溝池不拑固塞不樹機變不張然而國晏然不畏外而明內者無它故焉明道而分鈞之時使而誠愛之下之和上也如影嚮有不由令者然后誅之以刑故刑一人而天下服罪人不郵其上知罪之在己也是故刑罰省而威流無它故焉由其道故也古者帝堯之治天下也蓋殺一人刑二人而天下治傳曰威厲而不試刑

錯而不用此之謂也凡人之動也爲賞慶爲之則見害傷焉止矣故賞慶刑罰埶詐不足以盡人之力致人之死爲人主上者也其所以接下之百姓者無禮義忠信焉慮率用賞慶刑罰埶詐除阨其下獲其功用而已矣大寇則至使之持危城則必畔遇敵處戰則必北勞苦煩辱則必犇霍焉離耳下反制其上故賞慶刑罰埶詐之爲道者傭徒粥賣之道也不足以合大衆美國家故古之人羞而不道也故厚德音以先之明禮義以道之致忠信以愛之尚賢使能以次之爵服慶賞以申之時其事輕其任以調齊之長養之如保赤子政令以定風俗以一有離俗不順其上則百姓莫不敦惡莫不毒孽若祓不祥然後刑於是起矣是大刑之所加也辱孰大焉將以爲利邪則大刑加焉身苟不狂惑戇陋誰睹是而不改也哉然後

百姓曉然皆知脩上之法像上之志而安樂之於是有能化善脩身正行積禮義尊道德百姓莫不貴敬莫不親譽然後賞於是起矣是高爵豐祿之所加也榮孰大焉將以爲害邪則高爵豐祿以持養之生民之屬孰不願也雕雕焉縣貴爵重賞於其前縣明刑大辱於其後雖欲無化能乎哉故民歸之如流水所存者神所爲者化而順暴悍勇力之屬爲之化而愿旁辟曲私之屬爲之化而公矜糺收繚之屬爲之化而調夫是之謂大化至一詩曰王猶允塞徐方既來此之謂也

凡兼人者有三術有以德兼人者有以力兼人者有以富兼人者彼貴我名聲美我德行欲爲我民故辟門除涂以迎吾入因其民襲其處而百姓皆安立法施令莫不順比是故得地而權彌重兼人而兵俞强是以德兼人者也非貴我名聲也非美我

德行也彼畏我威劫我埶故民雖有離心不敢有畔慮若是則戎甲愈衆奉養必費是故得地而權彌輕兼人而兵愈弱是以力兼人者也非貴我名聲也非美我德行也用貧求富用飢求飽虛腹張口來歸我食若是則必發夫掌窌之粟以食之委之財貨以富之立良有司以接之已朞三年然後民可信也是故得地而權彌重兼人而國俞貧是以富兼人者也故曰以德兼人者王以力兼人者弱以富兼人者貧古今一也兼并易能也唯堅凝之難焉齊能并宋而不能凝也故魏奪之燕能并齊而不能凝也故田單奪之韓之上地（楊倞注上地上黨之地）方數百里完全富足而趨趙趙不能凝也故秦奪之故能并之而不能凝則必奪不能并之又不能凝其有則必亡能凝之則必能并之矣得之則凝兼兵（注作并）無強古者湯以薄武王

以塙楊倞注薄與亳同塙與鎬同皆百里之地也天下爲一諸侯爲臣無它故焉能凝之也故凝士以禮凝民以政禮脩而士服政平而民安士服民安夫是之謂大凝以守則固以征則强令行禁止王者之事畢矣

韓非子說難

凡說之難非吾知之有以說之難也又非吾辯之難能明吾意之難也又非吾敢横失能盡之難也凡說之難在知所說之心可以吾說當之所說出於爲名高者也而說之以厚利則見下節而遇卑賤必弃遠矣所說出於厚利者也而說之以名高則見無心而遠事情必不收矣所說實爲厚利而顯爲名高者也而說之以名高則陽收其身而實疏之若說之以厚利則陰用其言而顯弃其身此之不可不知也夫事以密成語以泄敗未必其身泄之也而語及其所匿

之事如是者身危貴人有過端而說者明言善議以推其惡者則身危周澤未渥也而語極知說行而有功則德亡說不行而有敗則見疑如是者身危夫貴人得計而欲自以爲功說者與知焉則身危彼顯有所出事迺自以爲也故說者與知焉則身危彊之以其所必不爲止之以其所不能已者身危故曰與之論大人則以爲閒己與之論細人則以爲粥權論其所愛則以爲借資論其所憎則以爲嘗己徑省其辭則不知而屈之汎濫博文則多而久之順事陳意則曰怯懦而不盡慮事廣肆則曰草野而倨侮此說之難不可不知也凡說之務在知飾所說之所敬而滅其所醜彼自知其計則毋以其失窮之自勇其斷則毋以其敵怒之自多其力則毋以其難概之規異事與同計譽異人與同行者則以飾之無傷也有與同

失者則明飾其無失也大忠無所拂辭悟言無所擊排迺後申其辯知焉此所以親近不疑知盡之難也得曠日彌久而周澤旣渥深計而不疑交爭而不罪迺明計利害以致其功直指是非以飾其身以此相持此說之成也伊尹爲庖百里奚爲虜皆所由干其上也故此二子者皆聖人也猶不能無役身而涉世如此其汚也則非能仕之所設也宋有富人天雨牆壞其子曰不築且有盜其鄰人之父亦云暮而果大亡其財其家甚知其子而疑鄰人之父昔者鄭武公欲伐胡迺以其子妻之因問羣臣曰吾欲用兵誰可伐者關其思曰胡可伐迺戮關其思曰胡兄弟之國也子言伐之何也胡君聞之以鄭爲親己而不備鄭鄭人襲胡取之此二說者其知皆當矣然而甚者爲戮薄者見疑非知之難也處知則難矣昔者彌子瑕

見愛於衛君衛國之法竊駕君車者罪至刖既而彌子之母病人聞往夜告之彌子矯駕君車而出君聞之而賢之曰孝哉爲母之故而犯刖罪與君遊果園彌子食桃而甘不盡而奉君君曰愛我哉忘其口而念我及彌子色衰而愛弛得罪於君君曰是嘗矯駕吾車又嘗食我以其餘桃故彌子之行未變於初也前見賢而後獲罪者愛憎之至變也故有愛於主則知當而加親見憎於主則罪當而加疏故諫說之士不可不察愛憎之主而後說之矣夫龍之爲蟲也可擾狎而騎也然其喉下有逆鱗徑尺人有嬰之則必殺人人主亦有逆鱗說之者能無嬰人主之逆鱗則幾矣

續古文辭類纂卷一

續古文辭類纂卷二一　上編之二一

序跋類

易乾文言

元者善之長也亨者嘉之會也利者義之和也貞者事之幹也君子體仁足以長人嘉會足以合禮利物足以和義貞固足以幹事君子行此四德者故曰乾元亨利貞初九曰潛龍勿用何謂也子曰龍德而隱者也不易乎世不成乎名遯世无悶不見是而无悶樂則行之憂則違之確乎其不可拔潛龍也九二曰見龍在田利見大人何謂也子曰龍德而正中者也庸言之信庸行之謹閑邪存其誠善世而不伐德博而化易曰見龍在田利見大人君德也九三曰君子終日乾乾夕惕若厲无咎何謂也子曰君子進德脩業忠信所以進德也脩辭立其誠所以居業也知至

至之可與幾也知終終之可與存義也是故居上位
而不驕在下位而不憂故乾乾因其時而惕雖危无
咎矣九四曰或躍在淵无咎何謂也子曰上下无常
非爲邪也進退无恆非離羣也君子進德脩業欲及
時也故无咎九五曰飛龍在天利見大人何謂也子
曰同聲相應同氣相求水流溼火就燥雲從龍風從
虎聖人作而萬物覩本乎天者親上本乎地者親下
則各從其類也上九曰亢龍有悔何謂也子曰貴而
无位高而无民賢人在下位而无輔是以動而有悔
也潛龍勿用下也見龍在田時舍也終日乾乾行事
也或躍在淵自試也飛龍在天上治也亢龍有悔窮
之災也乾元用九天下治也潛龍勿用陽氣潛藏見
龍在田天下文明終日乾乾與時偕行或躍在淵乾
道乃革飛龍在天乃位乎天德亢龍有悔與時偕極

乾元用九乃見天則乾元者始而亨者也利貞者性情也乾始能以美利利天下不言所利大矣哉大哉乾乎剛健中正純粹精也六爻發揮旁通情也時乘六龍以御天也雲行雨施天下平也君子以成德爲行日可見之行也潛之爲言也隱而未見行而未成是以君子弗用也君子學以聚之問以辯之寬以居之仁以行之易曰見龍在田利見大人君德也九三重剛而不中上不在天下不在田故乾乾因其時而惕雖危无咎矣九四重剛而不中上不在天下不在田中不在人故或之或之者疑之也故无咎夫大人者與天地合其德與日月合其明與四時合其序與鬼神合其吉凶先天而天弗違後天而奉天時天且弗違而況於人乎況於鬼神乎亢之爲言也知進而不知退知存而不知亡知得而不知喪其唯聖人乎

知進退存亡而不失其正者其唯聖人乎

易坤文言

坤至柔而動也剛至靜而德方後得主而有常含萬物而化光坤道其順乎承天而時行積善之家必有餘慶積不善之家必有餘殃臣弑其君子弑其父非一朝一夕之故其所由來者漸矣由辯之不早辯也易曰履霜堅冰至蓋言順也直其正也方其義也君子敬以直內義以方外敬義立而德不孤直方大不習无不利則不疑其所行也陰雖有美含之以從王事弗敢成也地道也妻道也臣道也地道无成而代有終也天地變化草木蕃天地閉賢人隱易曰括囊无咎无譽蓋言謹也君子黃中通理正位居體美在其中而暢於四支發於事業美之至也陰疑於陽必戰爲其嫌於无陽也故稱龍焉猶未離其類也故稱

血焉夫玄黃者天地之雜也天玄而地黃

易下繫庖犧氏一節

古者包犧氏之王天下也仰則觀象於天俯則觀法於地觀鳥獸之文與地之宜近取諸身遠取諸物於是始作八卦以通神明之德以類萬物之情作結繩而爲罔罟以佃以漁蓋取諸離包犧氏沒神農氏作斲木爲耜揉木爲耒耒耨之利以教天下蓋取諸益日中爲市致天下之民聚天下之貨交易而退各得其所蓋取諸噬嗑神農氏沒黃帝堯舜氏作通其變使民不倦神而化之使民宜之易窮則變變則通通則久是以自天祐之吉无不利黃帝堯舜垂衣裳而天下治蓋取諸乾坤刳木爲舟剡木爲楫舟楫之利以濟不通致遠以利天下蓋取諸渙服牛乘馬引重致遠以利天下蓋取諸隨重門擊柝以待暴客蓋取

諸豫。斷木爲杵。掘地爲臼。臼杵之利。萬民以濟。蓋取諸小過。弦木爲弧。剡木爲矢。弧矢之利。以威天下。蓋取諸睽。上古穴居而野處。後世聖人易之以宮室。上棟下宇。以待風雨。蓋取諸大壯。古之葬者。厚衣之以薪。葬之中野。不封不樹。喪期无數。後世聖人易之以棺槨。蓋取諸大過。上古結繩而治。後世聖人易之以書契。百官以治。萬民以察。蓋取諸夬。

易序卦按。二程子謂序卦非易之蘊。橫渠張氏曰。序卦無足疑。序卦相受。聖人作易。須有次序。又曰。觀聖人之書。須布遍細密。如覩大匠。豈以一斧可知哉。吾以張氏爲知言。

有天地。然後萬物生焉。盈天地之閒者唯萬物。故受之以屯。屯者盈也。屯者物之始生也。物生必蒙。故受之以蒙。蒙者蒙也。物之穉也。物穉不可不養也。故受之以需。需者飲食之道也。飲食必有訟。故受之以訟。訟必有衆起。故受之以師。師者衆也。衆必有所比。故

受之以比比者比也比必有所畜故受之以小畜物
畜然後有禮故受之以履履而泰然後安故受之以
泰泰者通也物不可以終通故受之以否物不可以
終否故受之以同人與人同者物必歸焉故受之以
大有有大者不可以盈故受之以謙有大而能謙必
豫故受之以豫豫必有隨故受之以隨以喜隨人者
必有事故受之以蠱蠱者事也有事而後可大故受
之以臨臨者大也物大然後可觀故受之以觀可觀
而後有所合故受之以噬嗑嗑者合也物不可以苟
合而已故受之以賁賁者飾也致飾然後亨則盡矣
故受之以剝剝者剝也物不可以終盡剝窮上反下
故受之以復復則不妄矣故受之以无妄有无妄然
後可畜故受之以大畜物畜然後可養故受之以頤
頤者養也不養則不可動故受之以大過物不可以

終過故受之以坎坎者陷也陷必有所麗故受之以離離者麗也

有天地然後有萬物有萬物然後有男女有男女然後有夫婦有夫婦然後有父子有父子然後有君臣有君臣然後有上下有上下然後禮義有所錯夫婦之道不可以不久也故受之以恆恆者久也物不可以久居其所故受之以遯遯者退也物不可以終遯故受之以大壯物不可以終壯故受之以晉晉者進也進必有所傷故受之以明夷夷者傷也傷於外者必反其家故受之以家人家道窮必乖故受之以睽睽者乖也乖必有難故受之以蹇蹇者難也物不可以終難故受之以解解者緩也緩必有所失故受之以損損而不已必益故受之以益益而不已必決故受之以夬夬者決也決必有所遇故受之以姤姤者遇也物相遇而後聚故受之以萃萃

者聚也聚而上者謂之升故受之以升升而不已必困故受之以困困乎上者必反下故受之以井井道不可不革故受之以革革物者莫若鼎故受之以鼎主器者莫若長子故受之以震震者動也物不可以終動止之故受之以艮艮者止也物不可以終止故受之以漸漸者進也進必有所歸故受之以歸妹得其所歸者必大故受之以豐豐者大也窮大者必失其居故受之以旅旅而无所容故受之以巽巽者入也入而後說之故受之以兌兌者說也說而後散之故受之以渙渙者離也物不可以終離故受之以節節而信之故受之以中孚有其信者必行之故受之以小過有過物者必濟故受之以既濟物不可窮也故受之以未濟終焉徐楚金說文部敘仿此

禮記冠義

凡人之所以爲人者禮義也禮義之始在於正容體齊顏色順辭令容體正顏色齊辭令順而後禮義備以正君臣親父子和長幼君臣正父子親長幼和而后禮義立故冠而后服備服備而后容體正顏色齊辭令順故曰冠者禮之始也是故古者聖王重冠古者冠禮筮日筮賓所以敬冠事敬冠事所以重禮重禮所以爲國本也故冠於阼以著代也醮於客位三加彌尊加有成也已冠而字之成人之道也見於母母拜之見於兄弟兄弟拜之成人而與爲禮也玄冠玄端奠摯於君遂以摯見於鄉大夫鄉先生以成人見也成人之者將責成人禮焉也責成人禮焉者將責爲人子爲人弟爲人臣爲人少者之禮行焉將責四者之行於人其禮可不重與故孝弟忠順之行立而後可以爲人可以爲人而后可以治人也故聖王

重禮。故曰冠者禮之始也。嘉事之重者也。是故古者重冠。重冠故行之於廟。行之於廟者。所以尊重事。尊重事而不敢擅重事。不敢擅重事。所以自卑而尊先祖也。

禮記鄉飲酒義

鄉飲酒之義。主人拜迎賓于庠門之外。入三揖而后至階。三讓而后升。所以致尊讓也。盥洗揚觶。所以致絜也。拜至拜洗。拜受拜送拜旣。所以致敬也。尊讓絜敬也者。君子之所以相接也。君子尊讓則不爭。絜敬則不慢。不慢不爭則遠於鬬辨矣。不鬬辨則無暴亂之禍矣。斯君子所以免於人禍也。故聖人制之以道。鄉人士君子。尊於房戶之閒。賓主共之也。尊有玄酒。貴其質也。羞出自東房。主人共之也。洗當東榮。主人之所以自絜。而以事賓也。賓主。象天地也。介僎。象陰

陽也。三賓象三光也。讓之三也。象月之三日而成魄
也。四面之坐。象四時也。天地嚴凝之氣。始於西南而
盛於西北。此天地之尊嚴氣也。此天地之義氣也。天
地溫厚之氣。始於東北而盛於東南。此天地之盛德
氣也。此天地之仁氣也。主人者尊賓。故坐賓於西北。
而坐介於西南。以輔賓。賓者接人以義者也。故坐於
西北。主人者接人以仁。以德厚者也。故坐於東南。而
坐僎於東北。以輔主人也。仁義接。賓主有事。俎豆有
數。曰聖。聖立而將之以敬。曰禮。禮以體長幼。曰德。德
也者得於身也。故曰古之學術道者。將以得身也。是
故聖人務焉。祭薦。祭酒。敬禮也。嚌肺。嘗禮也。啐酒。成
禮也。於席末。言是席之正。非專為飲食也。為行禮也。
此所以貴禮而賤財也。卒觶致實於西階上。言是席
之上。非專為飲食也。此先禮而後財之義也。先禮而

後財則民作敬讓而不爭矣鄉飲酒之禮六十者坐
五十者立侍以聽政役所以明尊長也六十者三豆
七十者四豆八十者五豆九十者六豆所以明養老
也民知尊長養老而后乃能入孝弟民入孝弟出尊
長養老而后成教成教而后國可安也君子之所謂
孝者非家至而日見之也合諸鄉射教之鄉飲酒之
禮而孝弟之行立矣孔子曰吾觀於鄉而知王道之
易易也主人親速賓及介而衆賓自從之至於門外
主人拜賓及介而衆賓自入貴賤之義別矣三揖至
于階三讓以賓升拜至獻酬辭讓之節繁及介省矣
至于衆賓升受坐祭立飲不酢而降隆殺之義辨矣
工入升歌三終主人獻之笙入三終主人獻之閒歌
三終合樂三終工告樂備遂出一人揚觶乃立司正
焉知其能和樂而不流也賓酬主人主人酬介介酬

衆賓少長以齒終於沃洗者焉知其能弟長而無遺
矣降說屨升坐脩爵無數飲酒之節朝不廢朝莫不
廢夕賓出主人拜送節文終遂焉知其能安燕而不
亂也貴賤明隆殺辨和樂而不流弟長而無遺安燕
而不亂此五行者足以正身安國矣彼國安而天下
安故曰吾觀於鄉而知王道之易易也鄉飲酒之義
立賓以象天立主以象地設介僎以象日月立三賓
以象三光古之制禮也經之以天地紀之以日月參
之以三光政教之本也烹狗於東方祖陽氣之發於
東方也洗之在阼其水在洗東祖天地之左海也尊
有玄酒教民不忘本也賓必南鄉東方者春春之爲
言蠢也產萬物者聖也南方者夏夏之爲言假也養
之長之假之仁也西方者秋秋之爲言愁也愁之以
時察守義者也北方者冬冬之爲言中也中者藏也

是以天子之立也左聖鄉仁右義偝藏也介必東鄉介賓主也主人必居東方東方者春春之爲言蠢也產萬物者也主人者造之產萬物者也月者三日則成魄三月則成時是以禮有三讓建國必立三卿三賓者政教之本禮之大參也禮記文多雜此編祇取天地嚴凝之氣一節以其議論精卓耳姚氏論文分陰陽剛柔實由此悟出

禮記聘義

聘禮上公七介侯伯五介子男三介所以明貴賤也介紹而傳命君子於其所尊弗敢質敬之至也三讓而后傳命三讓而后入廟門三揖而后至階三讓而后升所以致尊讓也君使士迎于竟大夫郊勞君親拜迎于大門之內而廟受北面拜貺拜君命之辱所以致敬也敬讓也者君子之所以相接也故諸侯相接以敬讓則不相侵陵卿爲上擯大夫爲承擯士爲

紹擯君親禮賓賓私面私覿致饔餼還圭璋賄贈饗食燕所以明賓客君臣之義也故天子制諸侯比年小聘三年大聘相厲以禮使者聘而誤主君弗親饗食也所以愧厲之也諸侯相厲以禮則外不相侵內不相陵此天子之所以養諸侯兵不用而諸侯自爲正之具也以圭璋聘重禮也已聘而還圭璋此輕財而重禮之義也諸侯相厲以輕財重禮則民作讓矣主國待客出入三積餼客於舍五牢之具陳於內米三十車禾三十車芻薪倍禾皆陳於外乘禽日五雙羣介皆有餼牢壹食再饗燕與時賜無數所以厚重禮也古之用財者不能均如此然而用財如此其厚者言盡之於禮也盡之於禮則內君臣不相陵而外不相侵故天子制之而諸侯務焉爾聘射之禮至大禮也質明而始行事日幾中而后禮成非强有力者

弗能行也故强有力者將以行禮也酒清人渴而不敢飲也肉乾人飢而不敢食也日莫人倦齊莊正齊而不敢解惰以成禮節以正君臣以親父子以和長幼此衆人之所難而君子行之故謂之有行有行之謂有義有義之謂勇敢故所貴於勇敢者貴其能以立義也所貴於立義者貴其有行也所貴於有行者貴其行禮也故所貴於勇敢者貴其敢行禮義也故勇敢强有力者天下無事則用之於禮義天下有事則用之於戰勝用之於戰勝則無敵用之於禮義則順治外無敵內順治此之謂盛德故聖王之貴勇敢强有力如此也勇敢强有力而不用之於禮義戰勝而用之於爭鬭則謂之亂人刑罰行於國所誅者亂人也如此則民順治而國安也子貢問於孔子曰敢問君子貴玉而賤碈者何也爲玉之寡而碈之多與

孔子曰非爲之碈多故賤之也玉之寡故貴之也夫
昔者君子比德於玉焉溫潤而澤仁也縝密以栗知
也廉而不劌義也垂之如隊禮也叩之其聲清越以
長其終詘然樂也瑕不揜瑜瑜不揜瑕忠也孚尹旁
達信也氣如白虹天也精神見于山川地也圭璋特
達德也天下莫不貴者道也詩云言念君子溫其如
玉故君子貴之也

孟子末章

孟子曰由堯舜至於湯五百有餘歲若禹皋陶則見
而知之若湯則聞而知之由湯至於文王五百有餘
歲若伊尹萊朱則見而知之若文王則聞而知之由
文王至於孔子五百有餘歲若太公望散宜生則見
而知之若孔子則聞而知之由孔子而來至於今百
有餘歲去聖人之世若此其未遠也近聖人之居若

此其甚也。然而無有乎爾。則亦無有乎爾。

莊子天下

天下之治方術者多矣。皆以其有爲不可加矣。古之所謂道術者。果惡乎在。曰无乎不在。曰神何由降。明何由出。聖有所生。王有所成。皆原於一。不離於宗。謂之天人。不離於精。謂之神人。不離於眞。謂之至人。以天爲宗。以德爲本。以道爲門。兆於變化。謂之聖人。以仁爲恩。以義爲理。以禮爲行。以樂爲和。薰然慈仁。謂之君子。以法爲分。以名爲表。以操爲驗。以稽爲決。其數一二三四是也。百官以此相齒。以事爲常。以衣食爲主。蕃息畜藏。老弱孤寡爲意。皆有以養民之理也。古之人其備乎。配神明。醇天地。育萬物。和天下。澤及百姓。明於本數。係於末度。六通四闢。小大精粗。其運无乎不在。其明而在數度者。舊法世傳之史。尚多有之其在於詩書禮樂者鄒魯之士搢紳先生多能明之詩以道志書以道事禮以道行樂以道和易以道陰陽春秋以道名分其數散於天下而設於中國者百家之學時或稱而道之天下大亂賢聖不明道德不一天下多得一察焉以自好譬如耳目鼻口皆有所明不能相通猶百家衆技也皆有所長時有所用雖然不該不徧一曲之士也判天地之美析萬物之理察古人之全寡能備於天地之美稱神明之容是故內聖外王之道闇而不明鬱而不發天下之人各爲其所欲焉以自爲方悲夫百家往而不反必不合矣後世之學者不幸不見天地之純古人之大體道術將爲天下裂不侈於後世不靡於萬物不暉於數度以繩墨自矯而備世之急古之道術有在於是者墨翟禽滑釐聞其風而悅之爲之太過已之大循作

爲非樂命之曰節用生不歌死无服墨子汎愛兼利而非鬭其道不怒又好學而博不異不與先王同毁古之禮樂黄帝有咸池堯有大章舜有大韶禹有大夏湯有大濩文王有辟雍之樂武王周公作武古之喪禮貴賤有儀上下有等天子棺槨七重諸侯五重大夫三重士再重今墨子獨生不歌死不服桐棺三寸而无槨以爲法式以此教人恐不愛人以此自行固不愛己未敗墨子道雖然歌而非歌哭而非哭樂而非樂是果類乎其生也勤其死也薄其道大觳使人憂使人悲其行難爲也恐其不可以爲聖人之道反天下之心天下不堪墨子雖獨能任柰天下何離於天下其去王也遠矣墨子稱道曰昔禹之湮洪水決江河而通四夷九州也名川三百支川三千小者无數禹親自操橐耜而九雜天下之川腓无胈脛无

毛沐甚雨櫛疾風置萬國禹大聖也而形勞天下也
如此使後世之墨者多以裘褐爲衣以跂蹻爲服日
夜不休以自苦爲極曰不能如此非禹之道也不足
謂墨相里勤之弟子五侯之徒南方之墨者苦獲已
齒鄧陵子之屬俱誦墨經而倍譎不同相謂別墨以
堅白同異之辯相訾以觭偶不仵之辭相應以巨子
爲聖人皆願爲之尸冀得爲其後世至今不決墨翟
禽滑釐之意則是其行則非也將使後世之墨者必
自苦以腓无胈脛无毛相進而已矣亂之上也治之
下也雖然墨子真天下之好也將求之不得也雖枯
槁不舍也才士也夫不累於俗不飾於物不苟於人
不忮於衆願天下之安寧以活民命人我之養畢足
而止以此白心古之道術有在於是者宋鈃尹文聞
其風而悅之作爲華山之冠以自表接萬物以別宥

爲始語心之容命之曰心之行以聏合驩以調海內請欲置之以爲主見侮不辱救民之鬭禁攻寢兵救世之戰以此周行天下上說下教雖天下不取强聒而不舍者也故曰上下見厭而强見也雖然其爲人太多其自爲太少曰請欲固置五升之飯足矣先生恐不得飽弟子雖飢不忘天下日夜不休曰我必得活哉圖傲乎救世之士哉曰君子不爲苛察不以身假物以爲无益於天下者明之不如己也以禁攻寢兵爲外以情欲寡淺爲內其小大精粗其行適至是而止

公而不黨易而无私決然无主趣物而不兩不顧於慮不謀於知於物无擇與之俱往古之道術有在於是者彭蒙田駢慎到聞其風而悅之齊萬物以爲首曰天能覆之而不能載之地能載之而不能覆之大道能包之而不能辯之知萬物皆有所可有所

不可故曰選則不徧教則不至道則无遺者矣是故
愼到棄知去己而緣不得已泠汰於物以爲道理曰
知不知將薄知而後鄰傷之者也謑髁无任而笑天
下之尚賢也縱脫无行而非天下之大聖椎拍輐斷
與物宛轉舍是與非苟可以免不師知慮不知前後
魏然而已矣推而後行曳而後往若飄風之還若羽
之旋若磨石之隧全而无非動靜无過未嘗有罪是
何故夫无知之物无建己之患无用知之累動靜不
離於理是以終身无譽故曰至於若无知之物而已
无用賢聖夫塊不失道豪桀相與笑之曰愼到之道
非生人之行而至死人之理適得怪焉田駢亦然學
於彭蒙得大教焉彭蒙之師曰古之道人至於莫之
是莫之非而已矣其風窢然惡可而言常反人不聚
觀而不免於魭斷其所謂道非道而所言之韙不免

於非彭蒙田駢慎到不知道雖然槩乎皆嘗有聞者也以本爲精以物爲粗以有積爲不足澹然獨與神明居古之道術有在於是者關尹老聃聞其風而悅之建之以常无有主之以太一以濡弱謙下爲表以空虛不毀萬物爲實關尹曰在己无居形物自著其動若水其靜若鏡其應若響芴乎若亡寂乎若清同焉者和得焉者失未嘗先人而常隨人老聃曰知其雄守其雌爲天下谿知其白守其辱爲天下谷人皆取先己獨取後曰受天下之垢人皆取實己獨取虛无藏也故有餘巋然而有餘其行身也徐而不費无爲也而笑巧人皆求福己獨曲全曰苟免於咎以深爲根以約爲紀曰堅則毀矣銳則挫矣常寬容於物不削於人可謂至極關尹老聃乎古之博大真人哉

寂漠无形變化无常死與生與天地並與神明往與

芒乎何之忽乎何適萬物畢羅莫足以歸古之道術有在於是者莊周聞其風而悅之以謬悠之說荒唐之言无端崖之辭時恣縱而不儻不以觭見之也以天下爲沈濁不可與莊語以巵言爲曼衍以重言爲真以寓言爲廣獨與天地精神往來而不敖倪於萬物不譴是非以與世俗處其書雖瓌瑋而連犿无傷也其辭雖參差而諔詭可觀彼其充實不可以已上與造物者遊而下與外死生无終始者爲友其於本也弘大而闢深閎而肆其於宗也可謂調適而上遂矣雖然其應於化而解於物也其理不竭其來不蛻芒乎昧乎未之盡者

惠施多方其書五車其道舛駁其言也不中厯物之意曰至大无外謂之大一至小无內謂之小一无厚不可積也其大千里天與地卑山與澤平日方中方睨物方生方死大同而與小同

異此之謂小同異萬物畢同畢異此之謂大同異南方无窮而有窮今日適越而昔來連環可解也我知天下之中央燕之北越之南是也汜愛萬物天地一體也惠施以此爲大觀於天下而曉辯者天下之辯者相與樂之卵有毛雞三足郢有天下犬可以爲羊馬有卵丁子有尾火不熱山出口輪不蹍地目不見指不至至不絕龜長於蛇矩不方規不可以爲圓鑿不圍枘飛鳥之景未嘗動也鏃矢之疾而有不行不止之時狗非犬黃馬驪牛三白狗黑孤駒未嘗有母一尺之捶日取其半萬世不竭辯者以此與惠施相應終身无窮桓團公孫龍辯者之徒飾人之心易人之意能勝人之口不能服人之心辯者之囿也惠施日以其知與人之辯特與天下之辯者爲怪此其柢也然惠施之口談自以爲最賢曰天地其壯乎施存

雄而无術南方有倚人焉曰黃繚問天地所以不墜不陷風雨雷霆之故惠施不辭而應不慮而對徧爲萬物說說而不休多而无已猶以爲寡益之以怪以反人爲實而欲以勝人爲名是以與衆不適也弱於德强於物其塗隩矣由天地之道觀惠施之能其猶一蚉一虻之勞者也其於物也何庸夫充一尚可曰愈貴道幾矣惠施不能以此自寧散於萬物而不厭卒以善辯爲名惜乎惠施之才駘蕩而不得逐萬物而不反是窮響以聲形與影競走也悲夫

奏議類

書無逸第卄

周公曰烏呼君子所其無（史記作毋漢書作亡）逸（史記作佚漢石經作劮）先知稼穡之艱難乃逸（論衡作佚）則知小人之依相小人厥父母勤勞稼穡厥子乃不知稼穡之艱難乃逸乃

咳(段據論語注校改。)既誕。(漢石經穡作嗇。咳作憲。誕作延。)否(漢石經作不。)則侮厥父母。曰。昔之人無聞知。周公曰。烏呼。我聞曰。昔在(中論作在昔。)殷王中宗。嚴(馬作儼。)恭寅畏天命。自度。(漢石經作亮。)治(石經作以。)民。祗(史記作震。)懼。不敢荒寧。肆中宗之享(史記石經並作饗。)國七十有五年。其在高宗時。(中論作寔。)舊勞于外。爰暨(鄭引作洎。)小人。作其即位。乃或亮(論語戴記弁作諒。)陰。(戴記史記弁作闇。大傳作梁闇。)三年不言。其惟不言。言乃雍。(戴記史記弁作讙。)不敢荒寧。嘉(史記作密。)靖殷邦。至于小大。無時或(史記無此二字。)怨。肆高宗之享國。五十有九(史記作五。)年。(漢石經作百年。)其在祖甲。不義惟王。舊爲小人。作其即位。爰知小人之依。能保惠于庶民。不敢侮鰥寡。肆祖甲之享國。三十有三年。(洪适據漢石經謂祖甲在中宗之上。)自時厥後立王。生則逸。生則逸。不知稼穡之艱難。不聞小人之勞。惟耽樂之從。自時厥後(漢書論衡並無自厥後三字。)亦罔或(漢書論衡並作有。)克壽。或十年。或七八年。

或五六年或四三年周公曰烏呼厥亦惟我周大王
王季克自抑畏文王卑（馬作俾）服即康功田功徽柔懿
恭（漢石經作共）懷保小民惠鮮鰥（漢石經民作人鮮作于鰥作矜漢書鮮亦作于）
寡自朝至于日中昃（釋文亦作仄成陽靈臺碑日稷不夏）不皇（依國語定正）
暇食用咸和萬民文王不敢盤于遊（晏子作遊于）田（李善作畋）
以庶邦（國語無此三字）惟正（國語作政）之供（國語作恭石經作共）文王受命
惟中身厥享國五十年周公曰烏呼繼自今嗣王則
其無淫于觀（漢書作酒石經同）于（漢書作毋石經同）逸（石經作劮）于遊于
（漢書石經並無此字）田以萬民（漢書石經並無此二字）惟（石經作維）正之供（漢書
石經並作共）無皇（石經作毋兄）曰今日耽樂乃非民攸訓非天
攸若時人丕則有愆無（漢書作毋）若（後漢書作如）殷王受（漢書作紂）
之迷亂酗于酒德哉周公曰烏呼我聞曰古之人猶
胥訓告胥保惠胥教誨民無或胥譸（馬本作輈郭璞引作侜上無胥）
（字說文同）張爲幻此厥不聽人乃訓之乃（漢石經無此二字上句聽作聖）

變亂先王之漢石經無此三字正刑至于小大民否則厥心違怨否則段云兩否則當爲丕則厥口詛祝周公曰烏呼自殷王中宗及高宗及祖甲及我周文王茲四人迪哲厥或告之曰小人怨女詈女則皇自黃伯思云石經作兄自洪适引石經作兄曰敬德厥愆曰朕之愆允若時不啻徐作翅不敢含怒此厥不聽人乃或譸張爲幻曰小人怨女詈女則信之則若時不永念厥辟不寬綽厥心亂罰無罪殺無辜怨有同是叢于厥身周公曰烏呼嗣王其漢石經無此字監石經作臨于茲

左傳季文子諫納莒僕文公十八年

莒紀公生大子僕又生季佗愛季佗而黜僕且多行無禮於國僕因國人以弒紀公以其寶玉來奔納諸宣公公命與之邑曰今日必授季文子使司寇出諸竟曰今日必達公問其故

季文子使大史克對曰先大夫臧文仲教行父事君
之禮行父奉以周旋弗敢失隊曰見有禮於其君者
事之如孝子之養父母也見無禮於其君者誅之如
鷹鸇之逐鳥雀也先君周公制周禮曰則以觀德德
以處事事以度功功以食民作誓命曰毁則爲賊掩
賊爲藏竊賄爲盜盜器爲姦主藏之名賴姦之用爲
大凶德有常無赦在九刑不忘行父還觀莒僕莫可
則也孝敬忠信爲吉德盜賊藏姦爲凶德夫莒僕則
其孝敬則弑君父矣則其忠信則竊寶玉矣其人則
盜賊也其器則姦兆也保而利之則主藏也以訓則
昏民無則焉不度於善而皆在於凶德是以去之昔
高陽氏有才子八人蒼舒隤敳檮戭大臨尨降庭堅
仲容叔達齊聖廣淵明允篤誠天下之民謂之八愷
高辛氏有才子八人伯奮仲堪叔獻季仲伯虎仲熊

叔豹季貍忠肅共懿宣慈惠和天下之民謂之八元此十六族也世濟其美不隕其名以至於堯堯不能舉舜臣堯舉八愷使主后土以揆百事莫不時序地平天成舉八元使布五教于四方父義母慈兄友弟共子孝內平外成昔帝鴻氏有不才子掩義隱賊好行凶德醜類惡物頑嚚不友是與比周天下之民謂之渾敦少皞氏有不才子毀信廢忠崇飾惡言靖譖庸回服讒蒐慝以誣盛德天下之民謂之窮奇顓頊氏有不才子不可教訓不知話言告之則頑舍之則嚚傲很明德以亂天常天下之民謂之檮杌此三族也世濟其凶增其惡名以至于堯堯不能去縉雲氏有不才子貪于飲食冒于貨賄侵欲崇侈不可盈厭聚斂積實不知紀極不分孤寡不恤窮匱天下之民以比三凶謂之饕餮舜臣堯賓于四門流四凶族渾

敦窮奇檮杌饕餮投諸四裔以禦螭魅是以堯崩而
天下如一同心戴舜以爲天子以其舉十六相去四
凶也故虞書數舜之功曰愼徽五典五典克從無違
教也曰納于百揆百揆時序無廢事也曰賓于四門
四門穆穆無凶人也舜有大功二十而爲天子今行
父雖未獲一吉人去一凶矣於舜之功二十之一也
庶幾免於戾乎

左傳魏絳諫伐戎 襄公四年

無終子嘉父使孟樂如晉因魏莊子納虎豹之皮以
請和諸戎晉侯曰戎狄無親而貪不如伐之
魏絳曰諸侯新服陳新來和將觀於我我德則睦否
則攜貳勞師於戎而楚伐陳必弗能救是弃陳也諸
華必叛戎禽獸也獲戎失華無乃不可乎夏訓有之
曰有窮后羿公曰后羿何如對曰昔有夏之方衰也

后羿自鉏遷於窮石·因夏民以代夏政·恃其射也·不脩民事而淫於原獸·弃武羅、伯因、熊髡、尨圉·而用寒浞·寒浞·伯明氏之讒子弟也·伯明后寒弃之·夷羿收之。信而使之·以爲己相·浞行媚于內·而施賂于外·愚弄其民·而虞羿于田·樹之詐慝·以取其國家·外內咸服·羿猶不悛·將歸自田·家衆殺而亨之·以食其子·其子不忍食·諸死于窮門·靡奔有鬲氏·浞因羿室·生澆及豷·恃其讒慝詐僞·而不德于民·使澆用師·滅斟灌、及斟尋氏·處澆于過·處豷于戈·靡自有鬲氏·收二國之燼·以滅浞、而立少康·少康滅澆于過·后杼滅豷于戈·有窮由是遂亡·失人故也·昔周辛甲之爲大史也·命百官·官箴王闕·於虞人之箴曰·芒芒禹迹·畫爲九州·經啓九道·民有寢廟·獸有茂草·各有攸處·德用不擾·在帝夷羿·冒于原獸·忘其國恤·而思其麀牡·武不

可重用不恢于夏家獸臣司原敢告僕夫（虞箴采入箴銘類）
虞箴如是可不懲乎於是晉侯好田故魏絳及之公
曰然則莫如和戎乎對曰和戎有五利焉戎狄荐居
貴貨易土土可賈焉一也邊鄙不聳民狎其野穡人
成功二也戎狄事晉四鄰振動諸侯威懷三也以德
綏戎師徒不勤甲兵不頓四也鑒于后羿而用德度
遠至邇安五也君其圖之公說使魏絳盟諸戎脩民
事田以時

左傳蘧啓彊諫恥晉 昭公五年

晉韓宣子如楚送女叔向為介鄭子皮子大叔勞諸
索氏大叔謂叔向曰楚王汰侈已甚子其戒之叔向
曰汰侈已甚身之災也焉能及人若奉吾幣帛慎吾
威儀守之以信行之以禮敬始而思終終無不復從
而不失儀敬而不失威道之以訓辭奉之以舊法考

之以先王度之以二國雖汏侈若我何及楚楚子朝其大夫曰晉吾仇敵也苟得志焉無恤其他今其來者上卿上大夫也若吾以韓起爲閽以羊舌肸爲司宮足以辱晉吾亦得志矣可乎大夫莫對

薳啓彊曰可苟有其備何故不可恥匹夫不可以無備況恥國乎是以聖王務行禮不求恥人朝聘有珪享頫有璋小有述職大有巡功設机而不倚爵盈而不飲宴有好貨飧有陪鼎入有郊勞出有贈賄禮之至也國家之敗失之道也則禍亂興城濮之役晉無楚備以敗於邲邲之役楚無晉備以敗於鄢自鄢以來晉不失備而加之以禮重之以睦是以楚弗能報而求親焉既獲姻親又欲恥之以召寇讎備之若何誰其重此若有其人恥之可也若其未有君亦圖之晉之事君臣曰可矣求諸侯而麇至求昏而薦女君

親送之上卿及上大夫致之猶欲恥之君其亦有備矣不然柰何韓起之下趙成中行吳魏舒范鞅知盈羊舌肸之下祁午張趯籍談女齊梁丙張骼輔躒苗賁皇皆諸侯之選也韓襄爲公族大夫韓須受命而使矣箕襄邢帶叔禽叔椒子羽皆大家也韓賦七邑皆成縣也羊舌四族皆彊家也晉人若喪韓起楊肸五卿八大夫輔韓須楊石因其十家九縣長轂九百其餘四十縣遺守四千奮其武怒以報其大恥伯華謀之中行伯魏舒帥之其蔑不濟矣君將以親易怨實無禮以速寇而未有其備使羣臣往遺之禽以逞君心何不可之有

書說類

書君奭第二十一

周公若曰君奭弗弔天降喪于殷殷既墜厥命我有

周既受我不敢知曰厥基永孚于休若天棐忱我亦不敢知曰其終（馬本作崇石經作道）出于不祥（石經作詳）烏呼君已曰時我我亦不敢寧于上帝命弗永遠念天威越我民罔尤違惟人在我後嗣子孫大弗克共（依漢書）上下遏佚前人光在家不知天命不易天難諶乃其墜命（漢書後嗣作嗣事遏佚作過失命上無天字天難諶作天應棐諶其墜作亡墜）弗克經歷嗣前人恭明德在今予小子旦非克有正迪惟前人光施于我沖子又曰天不可信我道（馬本作迪）惟寧王德延天不庸釋于文王受命公曰君奭我聞在昔成湯旣受命時則有若伊尹格于皇天在大甲時則有若保衡在大戊時則有若伊陟臣扈格于上帝巫咸乂王家在祖乙時則有若巫賢在武丁時則有若甘盤率惟茲有陳保乂有殷故殷禮陟配天多歷年所天惟純佑命則商實百姓王人罔不秉德明恤小臣屏侯

甸矧咸奔走（釋文又作本奏）惟茲惟德稱用乂厥辟故一人
有事于四方若卜筮罔不是孚（王褒引迪一人使四方若卜筮李善引迪
一人有事四方若卜筮無不是孚）公曰君奭天壽平格保乂有殷有
殷嗣天滅威今女永念則有固命厥亂明我新造邦
公曰君奭在昔（戴記作昔在）上帝割申勸（戴記作周田觀鄭云今博士讀
爲厥亂勸）寧（戴記作文）王之德其集大命于厥躬惟文王尚克
脩和我有夏亦惟有若虢叔有若閎夭有若散宜生
有若泰顛有若南宮（馬本作君）括又曰無能（漢書作亡能）往來
茲迪彝教文王蔑德降于國人亦惟純（樊毅作醇）佑秉德
迪知天威乃惟時昭文王迪見冒（崔瑗作勖馬同）聞于上帝
惟時受有殷命哉武王惟茲四人尚迪有祿後暨武
王誕將天威咸劉厥敵惟茲四人昭武王惟冒（說文作⿰目冒）
丕單稱德今在予小子旦若游大川予往暨女奭其
濟小子同未在位誕無我責收罔勖不及耇造德不

降我則鳴鳥釋文或作鳳非不聞矧曰其有能格公曰烏呼
君肆其監于茲我受命無疆惟休亦大惟艱告君乃
猷裕我不以後人迷公曰前人敷乃心乃悉命女作
女民極曰女明勗偶王在亶乘茲大命惟文王德丕
承無疆之恤公曰君告女朕允保奭其女克敬以予
監于殷喪大否肆念我天威予不允惟若茲誥予惟
曰襄我二人女有合哉言曰在時二人天休滋至惟
時二人弗戡其女克敬德明我俊足利本作畯民在讓後
人于丕時烏呼篤棐時二人我式克至于今日休我
咸成文王功于不怠丕冒海隅出日罔不率俾公曰
君予不惠若茲多誥予惟用閔于天越民公曰烏呼
君惟乃知民德亦罔不能厥初惟其終祗若茲往敬
用治

左傳鄭子家與趙宣子書 文公十七年

晉侯蒐于黃父遂復合諸侯于扈平宋也公不與會齊難故也書曰諸侯無功也於是晉侯不見鄭伯以爲貳於楚也鄭子家使執訊而與之書以告趙宣子曰

寡君卽位三年召蔡侯而與之事君九月蔡侯入于敝邑以行敝邑以侯宣多之難寡君是以不得與蔡侯偕十一月克減侯宣多而隨蔡侯以朝于執事十二年六月歸生佐寡君之嫡夷以請陳侯于楚而朝諸君十四年七月寡君又朝以蕆陳事十五年五月陳侯自敝邑往朝于君往年正月燭之武往朝夷也八月寡君又往朝以陳蔡之密邇於楚而不敢貳焉則敝邑之故也雖敝邑之事君何以不免在位之中一朝于襄而再見于君夷與孤之二三臣相及於絳雖我小國則蔑以過之矣今大國曰爾未逞吾志敝

邑有士無以加焉古人有言曰畏首畏尾身其餘幾
又曰鹿死不擇音小國之事大國也德則其人也不
德則其鹿也鋌而走險急何能擇命之罔極亦知亡
矣將悉敝賦以待於鯈唯執事命之文公二年六月
壬申朝于齊四年二月壬戌爲齊侵蔡亦獲成於楚
居大國之閒而從於彊令豈其罪也大國若弗圖無
所逃命

左傳晉侯使呂相絕秦 成公十三年

晉侯使呂相絕秦曰昔逮我獻公及穆公相好戮力
同心申之以盟誓重之以昏姻天禍晉國文公如齊
惠公如秦無祿獻公即世穆公不忘舊德俾我惠公
用能奉祀于晉又不能成大勳而爲韓之師亦悔于
厥心用集我文公是穆之成也文公躬擐甲胄跋履
山川踰越險阻征東之諸侯虞夏商周之胤而朝諸

秦則亦既報舊德矣鄭人怒君之疆埸我文公帥諸侯及秦圍鄭秦大夫不詢于我寡君擅及鄭盟諸侯疾之將致命于秦文公恐懼綏靜諸侯秦師克還無害則是我有大造于西也無祿文公即世穆爲不弔蔑死我君寡我襄公迭我殽地奸絕我好伐我保城殄滅我費滑散離我兄弟撓亂我同盟傾覆我國家我襄公未忘君之舊勳而懼社稷之隕是以有殽之師猶願赦罪于穆公穆公弗聽而即楚謀我天誘其衷成王隕命穆公是以不克逞志于我穆襄即世康靈即位康公我之自出又欲闕翦我公室傾覆我社稷帥我蝥賊以來蕩搖我邊疆我是以有令狐之役康猶不悛入我河曲伐我涑川俘我王官翦我羈馬我是以有河曲之戰東道之不通則是康公絕我好也及君之嗣也我君景公引領西望曰庶撫我乎君

亦不惠稱盟利吾有狄難入我河縣焚我箕郜芟夷我農功虔劉我邊陲我是以有輔氏之聚君亦悔禍之延而欲徼福于先君獻穆使伯車來命我景公曰吾與女同好弃惡復脩舊德以追念前勳言誓未就景公即世我寡君是以有令狐之會君又不祥背弃盟誓白狄及君同州君之仇讎而我之昏姻也君來賜命曰吾與女伐狄寡君不敢顧昏姻畏君之威而受命于吏君有二心於狄曰晉將伐女狄應且憎是用告我楚人惡君之二三其德也亦來告我曰秦背令狐之盟而來求盟于我昭告昊天上帝秦三公楚三王曰余雖與晉出入余唯利是視不穀惡其無成德是用宣之以懲不壹諸侯備聞此言斯是用痛心疾首暱就寡人寡人帥以聽命唯好是求君若惠顧諸侯矜哀寡人而賜之盟則寡人之願也其承寧諸

侯以退。豈敢徼亂。君若不施大惠。寡人不佞。其不能以諸侯退矣。敢盡布之執事。俾執事實利圖之。

左傳晉叔向詒鄭子產書 昭公六年

鄭人鑄刑書。叔向使詒子產書。曰。始吾有虞於子。今則已矣。昔先王議事以制。不爲刑辟。懼民之有爭心也。猶不可禁禦。是故閑之以義。糾之以政。行之以禮。守之以信。奉之以仁。制爲祿位以勸其從。嚴斷刑罰。以威其淫。懼其未也。故誨之以忠。聳之以行。教之以務。使之以和。臨之以敬。涖之以彊。斷之以剛。猶求聖哲之上。明察之官。忠信之長。慈惠之師。民於是乎可任使也。而不生禍亂。民知有辟。則不忌於上。並有爭心。以徵於書。而徼幸以成之。弗可爲矣。夏有亂政而作禹刑。商有亂政而作湯刑。周有亂政而作九刑。三辟之興。皆叔世也。今吾子相鄭國。作封洫。立謗政。制參辟。鑄刑書。將以靖民。不亦難乎。詩曰。儀式刑文王之德。日靖四方。又曰。儀刑文王。萬邦作孚。如是。何辟之有。民知爭端矣。將弃禮而徵於書。錐刀之末。將盡爭之。亂獄滋豐。賄賂並行。終子之世。鄭其敗乎。肸聞之。國將亡。必多制。其此之謂乎。復書曰。若吾子之言。僑不才。不能及子孫。吾以救世也。既不承命。敢忘大惠。

詔令類

書甘誓第四

大戰于甘。乃召六卿。王曰。嗟。六事之人。予誓告女。有扈氏威侮五行。怠棄三正。天用勦說文作劋。絶其命。今予惟共依史記改。高誘李賢並作龔。行天之罰。左不攻于左。女不共命。右不攻于右。女不共命。御非其馬之正。史記墨子並作政。女不共命。用命。賞于祖。不用命。戮墨子作僇。史記同。于社．予則奴（依鄭本．詩疏引作帑．戮漢書引作僇．）女．

書湯誓第五

王曰．格爾衆庶．悉聽朕言．非台小子敢行稱亂．有夏多罪．天命殛之．今爾有衆．女曰．我后不恤我衆．舍我穡事而割正．（史記作政．無夏字．孔傳同．今本夏字誤賸．）予惟聞女衆言．夏氏有罪．予畏上帝．不敢不正．今女其曰．夏罪其如台．夏王率遏衆力．率割（史記作奪．）夏邑．有衆率怠弗協．曰．時日害（依孟子改．）喪．予及女皆（孟子作偕．）亡．夏德若茲．今朕必往．爾尚輔予一人．致天之罰．予其大賚（史記作理．）女．爾無不信．朕不食言．爾不從誓言．予則奴戮女．罔有攸赦．

書牧誓第十

時甲子昧爽．王（鄭引有武字．）朝至于商郊牧野．乃誓．王左杖黃鉞．（釋文又作戉．）右秉白旄（說文作髦．）以麾．曰．逖（郭璞李善引並作逷．）矣．西土之人．王曰．嗟．我友邦（史記作有國．）冢君．御事．司徒．

司馬司空亞旅師氏千夫長百夫長及庸蜀羌髳微盧（史記作纑）彭濮人稱（郭璞作偁）爾戈比爾干立爾矛予其誓

王曰古人有言曰牝雞無晨牝雞之晨惟家之索今商王受（史漢並作紂）惟婦言是用（漢書無是字唐石經旁注是字）昏棄厥肆祀弗荅昏棄厥（史記有家國二字）遺（史記有其字）王（漢石經作任）父母弟不迪乃惟四方之多罪逋逃是崇（漢書作宗）是長是信是使是以爲大夫卿士俾暴虐于百姓以姦宄于商邑今予發惟共（依史記文選或作龔）行天之罰今日之事不愆于六步七步乃止齊焉夫子勖哉不愆（蓺文類聚兩不愆並作僭）弗于四伐五伐六伐七伐乃止齊焉勖哉夫子尚桓桓（說文作狟）如虎如貔如熊如羆（史記作如虎如羆如豺如離）于商郊弗御（依匡謬正俗）克奔以役西土勖哉夫子爾所不勖其于爾躬有戮

書召誥第十七

惟二月既望。越六日乙未。王朝步自周。則至于豐。惟大保先周公相宅。越若來三月。惟丙午朏。王伯厚云漢人引作蠢。越三日戊申。大保朝至于雒。卜宅。厥既得卜。李賢引有吉字。則經營。越三日庚戌。大保乃以庶殷攻位于雒汭。越五日甲寅。位成。若翌日乙卯。周公朝至于雒。則達觀于新邑營。越三日丁巳。用牲于郊。牛二。越翌日戊午。乃社于新邑。牛一。羊一。豕一。越七日甲子。周公乃朝用書。命庶殷侯甸男邦伯。厥既命殷庶。庶殷丕作。大保乃以庶邦冢君出取幣。乃復入錫周公。曰拜手稽首。旅王若公誥告庶殷。越几尚書越字。說文漢書引並作粵。自鄭引無此字。乃御事。烏呼。皇天上帝。改厥元子茲大國殷之命。惟王受命。無疆惟休。亦無疆惟恤。烏呼。曷其柰何弗敬。天既遐終大邦殷之命。茲殷多先哲王在天。越厥後王後民。茲服厥命。厥終智藏瘝郭漢作鰥。在夫知保抱攜持厥婦子以哀籲天徂厥亡出執嗚呼天亦哀于四方民其眷命用懋王其疾敬德相古先民有夏天迪從子保面稽天若今時既墜厥命今相有殷天迪格保面稽天若今時既墜厥命今沖子嗣則無遺壽耇(漢書作耇老)曰其稽我古人之德矧曰其有能稽謀自天嗚呼有王雖小元子哉其丕能(集韵丕作不說文無能字)諴于小民今休王不敢後用顧畏于民喦(王伯厚謂許說文作喦誤)王來紹上帝自服于土中旦曰其作大邑其自時配皇天毖祀于上下其自時中乂王厥有成命治民今休王先服殷御事比介(足利本作邇)于我有周御事節性惟日其邁王敬作所不可不敬德我不可不監于有夏亦不可不監(崔駰作鑒)于有殷我不敢知曰有夏服天命惟有歷年我不敢知曰不其延惟不敬厥德乃早墜厥命我不敢知曰有殷受天命惟有歷年我不敢

知曰不其延惟不敬厥德乃早墜厥命今王嗣受厥
命我亦惟茲二國命嗣若功王乃初服烏呼若生子
罔不在厥初生自貽哲命今天其命哲命吉凶命歷
年知今我初服宅新邑肆惟王其疾敬德王其德之
用祈天永命其惟王勿以小民淫用非彝亦敢殄戮
用乂民若有功其惟王位在德元小民乃惟刑用于
天下越王顯上下勤恤其曰我受天命丕若有夏歷
年式勿替有殷歷年欲王以小民受天永命拜手稽
首曰予小臣敢以王之讎民（釋文或作酬民）百君子越友民
保受王威命明德王末有成命王亦顯我非敢勤惟
恭奉幣用共（依段校）王能祈天永命

書呂刑第二十六（戴記作甫刑）

惟呂（史記作甫）命王享國百年耄（漢書作眊鄭本作旄釋文亦作薹）荒度
作詳（依鄭本校增漢書作度時作刑）刑以詰四方王曰若古有訓蚩

尤惟始作亂。延及于平民。（李賢作延于平人。）罔不寇賊。鴟義（王符作消義。）姦宄。（鄭作軌。）奪（說文作敚。）攘（陸贄作斆。）矯（漢書作撟。鄭同。）虔。苗民弗用靈。（戴記作匪用命。墨子作否用練。）制（墨子作折。）以刑。惟作五虐（墨子作殺。）之刑曰法。殺戮無辜。爰始淫爲劓刵劅黥。（夏侯等書作臏宮劓割頭庶剠。說文作刖劓斀黥。劅今作椓。黥鄭作剠。）越茲麗刑并制。罔差有辭。民興胥漸。泯泯棼棼。（漢書作湎湎紛紛。逸周書作泯泯芬芬。）罔中于信。以覆詛盟。虐威庶戮（論衡作僇。）方（論衡作旁。）告無辜于上。（論衡作天帝二字。）上帝監民。罔有馨香。德刑發聞惟腥。皇（按趙岐引帝清問下民句無皇。）帝哀矜庶戮之不辜。報虐以（論衡作用。）威。遏絕苗民。無世在下。乃命重黎。絕地天通。罔有降格。羣后之逮在下。（墨子逮作肆。）明明棐（墨子作不。）常。鰥寡無（墨子作不。）蓋。皇帝（王伯厚云。趙岐引無皇字。）清問下民。鰥寡有辭于（墨子作有。）苗。（墨子引羣后之逮十四字在此文下。）德威惟畏。（戴記墨子並作威。）德明惟明。乃命（墨子作召。）三后。恤功于民。伯夷降典。折（墨子作哲。漢書作悊。陶潛作制。）民惟刑。

禹平水土主名山川稷降（墨子作隆）播種農殖嘉穀三后成功惟殷（墨子作維假）于民士（梁統作爰）制百姓于刑之中（梁統作衷）以教祗德穆穆在上明明在下灼于四方罔不惟德之勤故乃明于刑之中率乂于民棐彝典獄非訖于威惟訖于富敬忌（戴記下有而字）罔有擇言在身（戴記作躬）惟克天德自作元命配享在下

王曰嗟四方司政典獄非爾惟作天牧今爾何監非時伯夷播刑之（戴記下有不字）迪其今爾何懲惟時苗民匪察于獄之麗罔擇吉人觀于五刑之中惟時庶威奪貨斷制五刑以亂無辜上帝不蠲降咎于苗苗民無辭于罰乃絕厥世

王曰烏呼念之哉伯父伯兄仲叔季弟幼子童孫皆聽朕言庶有格命今爾罔不由慰曰（依正義本改釋文本作日）勤爾罔或戒不勤天齊于民（楊賜作平人）俾（楊賜作假馬本作矜）我一日非終惟終在人爾尚敬逆天命以奉我一人雖畏勿畏

雖休勿休。惟敬五刑。以成三德。一人有慶。兆民賴之。其寧惟永。王曰。吁。馬作于。墨子作於。來。有邦有土。告爾詳依鄭本及兩漢書注定正。墨作訟。史作祥。刑。在今爾安百姓。何擇非墨子作言。句上有女字。人。何敬非墨子作不。下同。刑。何度史記作居。非及。史記作非其宜。兩造具備。史記造一作遭。師聽五辭。五辭簡孚。正于五刑。五刑不簡。正于五罰。五罰不服。正于五過。五過之疵。惟官。惟反。惟內。惟貨。惟來。馬作求。以上十字史記作官獄內獄。其罪惟均。史記作鈞。其審克漢書作核。之。五刑之疑有赦。五罰之疑有赦。其審克之。簡孚有衆。惟貌說文作緢。史記作訊。有稽。無簡不聽。史記作疑。具嚴天威。墨史記作黥。辟疑赦。其罰百鍰。史記作率。亦作選。說文作鋝。大傳作饌。閱實其罪。劓辟疑赦。其罰惟倍。史記作倍灑。灑一作蓰。閱實其罪。剕史記作臏。辟疑赦。其罰倍差。閱實其罪。宮辟疑赦。其罰六史記作五。百鍰。閱實其罪。大辟疑赦。其罰千鍰。閱實其罪。墨罰之屬千。劓罰之屬千。剕玉篇作⿰足非。罰之屬五百宮罰之屬三百大辟之罰其屬二百五刑三體石經作型之屬三千上下比罪無僭亂辭勿用不行惟察惟法其審克之上刑適輕下服下刑適劉愷作挾重上服輕重諸罰有權刑罰世應劭作時輕世重惟齊非齊有倫有要罰懲非死人王伯厚云漢人引作佞極于病非佞折獄惟良折獄罔非在中察辭于差非從惟從哀敬漢書作鮮大傳作矜折漢書作哲大傳同獄明啓刑書胥占咸庶中正其刑其罰其審克之獄成而孚輸而孚其刑上備有并兩刑王曰嗚呼敬之哉官伯族姓朕言多懼朕敬于刑有德惟刑今天相民作配在下明清于單辭民之亂罔不中聽獄之兩辭無或私家于獄之兩辭獄貨非寶惟府辜功報以庶尤說文作訧永畏惟罰非天不中惟人在命天罰不極庶民罔有令政在于天下王曰嗚呼嗣孫今往何監非德于民之中尚明聽之哉哲人

惟刑無疆之辭屬于五極咸中有慶受王嘉師監于茲詳刑

書秦誓第二十八

公曰嗟我士聽無譁予誓告女羣言之首古人有言曰民訖自若是多盤責人斯無難惟受責俾如流是惟艱哉我心之憂日月逾邁若弗員（依正義）來惟古之謀人則曰未就予忌（說文作來就惎惎）惟今之謀人姑將以爲親雖則員（依漢書注定正）然尚猷詢茲黃髮則罔所愆（顏師古作詧北堂書鈔作憿）番番良士旅力既愆我尚有之仡仡（馬作訖訖）勇夫射御不違我尚不欲惟截截善諞言（馬作偏言說文引戔戔巧言公羊傳作惟諓諓善竫言王逸引諓諓竫言釋文偏又作諞）俾君子易辭（公羊傳作怠史記作俾君子怠）我皇多有之（公羊傳作而況乎我多有之）昧昧我思之如（大學作若）有一介（釋文又作个）臣斷斷猗（說文作㫁㫁猗大學猗作兮公羊傳作惟介斷斷焉）一無他（釋文亦作它）技其心休休焉其如（此二字公

（羊作能字上無焉字）有容人之有技若己有之人之彥（大學注或作盤）聖其心好之不啻如自其口出是（大學作寔）能容之以保我子孫黎民亦職（論衡作尚）有利哉人之有技冒（大學作媢）疾以惡之人之彥聖而違之俾不達（大學作通）是不能容以不能保我子孫黎民亦曰殆哉邦之杌（說文作阢）隉曰由一人邦之榮懷亦尚一人之慶

左傳王子朝告諸侯（昭公二十六年）

冬十月丙申王起師于滑辛丑在郊遂次于尸十一月辛酉晉師克鞏召伯盈逐王子朝王子朝及召氏之族毛伯得尹氏固南宮嚚奉周之典籍以奔楚陰忌奔莒以叛召伯逆王于尸及劉子單子盟遂軍圉澤次于隄上癸酉王入于成周甲戌盟于襄宮晉師使成公般戍周而還十二月癸未王入于莊宮王子朝使告于諸侯曰

昔武王克殷成王靖四方康王息民並建母弟以蕃屏周亦曰吾無專享文武之功且爲後人之迷敗傾覆而溺入于難則振救之至于夷王王愆于厥身諸侯莫不並走其望以祈王身至于厲王王心戾虐萬民弗忍居王于彘諸侯釋位以閒王政宣王有志而後效官至于幽王天不弔周王昏不若用愆厥位攜王奸命諸侯替之而建王嗣用遷郟鄏則是兄弟之能用力於王室也至于惠王天不靖周生頹禍心施于叔帶惠襄辟難越去王都則有晉鄭咸黜不端以綏定王家則是兄弟之能率先王之命也在定王六年秦人降妖曰周其有頿王亦克能修其職諸侯服享二世共職王室其有閒王位諸侯不圖而受其亂災至于靈王生而有頿王甚神聖無惡於諸侯靈王景王克終其世今王室亂單旗劉狄剝亂天下壹行

不若。謂先王何常之有。唯余心所命。其誰敢討之。帥羣不弔之人。以行亂于王室。侵欲無厭。規求無度。貫瀆鬼神。慢弃刑法。倍奸齊盟。傲很威儀。矯誣先王。晉爲不道。是攝是贊。思肆其罔極。茲不穀震盪播越。竄在荊蠻。未有攸底。若我一二兄弟甥舅。獎順天法。無助狡猾。以從先王之命。毋速天罰。赦圖不穀。則所願也。敢盡布其腹心。及先王之經。而諸侯實深圖之。昔先王之命曰。王后無適。則擇立長。年鈞以德。德鈞以卜。王不立愛。公卿無私。古之制也。穆后及大子壽。早天即世。單劉贊私立少。以閒先王。亦唯伯仲叔季圖之。

傳狀類

書堯典第一

曰（李善作粵）若稽古帝堯曰放勳（說文古文作勛）欽明文思（緯作塞）安安（緯作晏晏）允恭克讓（漢書作攘）光（漢書作橫）被四表格（說文作假）于上下克明俊（戴記作峻史記作馴）德以親九族九族既睦平（大傳作辨史記作便）章百姓百姓昭明協和萬邦（史漢並作國）黎民於變（漢書作蕃孔宙碑作卞）時雍乃命羲和欽若昊天厤象日月星辰敬授民（依史漢改）時分命羲仲宅嵎（說文作堣）夷（緯作禺鐵釋文引緯及史作禺銕今史作郁夷）曰暘（說文引作崵）谷寅（李仲璇作賓）賓出日平秩（鄭作辨馬作苹）秩（說文作平豒史記作便程）東作日中星鳥以殷仲（史記作中）春厥民析鳥獸孳尾（史記作字微）申命羲叔宅南交（鄭補曰明都三字）平秩南僞（史記作爲依鄭本改）敬致日永星火以正仲夏厥民因鳥獸希革分命和仲宅（鄭引作度）西曰昧（虞翻云古作丣）

谷·大傳作柳穀鄭云故書柳作檟·寅集韻作賓·淺大傳作餞衛包依之·內大傳作入依段校·
日·平秩西成·宵中·星虛·以殷仲秋·厥民夷·鳥獸毛鄭作
氀·毨·申命和叔·宅朔方·曰幽都·平在朔易·史記作便在伏物·
日短·星昴·以正仲冬·厥民奧·史記作燠依鄭本改·鳥獸氄說文作㲝·
又作㲨·毛·說文一作髦·帝曰·咨·女·依段校·羲暨和·期·說文作稘·三百
有六旬有六日·以閏月定史記作正·四時·成歲·允釐百工·
庶績咸熙·楊雄作喜·帝曰·疇說文作𠷎·咨崔篆作詶咨·若時登庸·放
齊曰·胤子朱·說文作絑·啓明·帝曰·吁·嚚訟馬作庸·史記作頑凶·可乎·
帝曰·疇咨若予采·驩兜曰·都·共工方鳩僝功·說文作方救僝
功一作㫄逑孱功·帝曰·吁·靖依漢書改·言·庸違·象恭·漢書作龔·滔天·帝
曰·咨·白虎通作諮·四賈公彥引作三·岳·湯湯洪水方割·鄭詩譜疏引作害·
蕩蕩懷漢書作褱·山襄陵·浩浩滔天·下民其咨·有能俾乂·
說文作𢿢·僉曰·於·鯀哉·帝曰·吁·咈哉·方漢書作放·命·圮族·岳曰·
异哉·試可乃已·帝曰·往欽哉·九載績用弗成·帝曰·咨

四岳。朕在位七十載。女能庸命巽(史記作踐)朕位。岳曰。否

(史記作鄙)德忝帝位。曰。明明敭仄(依文選注校改)陋。師錫帝曰。有

矜(依史記改)。在下。曰虞舜。帝曰。俞。予聞。如何。岳曰。瞽子。父

頑。母嚚。象傲。克諧以孝。烝烝乂不格姦。帝曰。(馬鄭王本無此

二字)我其試哉。女于時。觀厥刑于二女。釐降二女于嬀

汭。嬪于虞。帝曰。欽哉。慎(釋文作昚)徽五典。五典克從。內于

百揆。百揆時敘(左史並作序)。賓于四門。四門穆穆。內(史記作入

上同)于大麓(魏受禪表作鹿)。烈風雷雨弗(漢書作不)迷。帝曰。格。女舜

詢事考言。乃底可績。(依北堂書鈔校刪言字)三載。女陟帝位。舜

讓于德弗嗣(漢書作不台。史記作不懌。徐廣云。今文尚書作不怡。司馬貞云。史記不懌。一作

不澤)。正月上日。受終于文祖。在璿(大傳作琁。馬融作旋)機(唐石經已下並

從考靈曜作璣)玉衡。以齊七政。肆(說文作𩔣。漢書作遂)類于上帝。禋(續漢

志作垔。俗加土作堙。魏尊號奏作煙。大傳作湮)于六宗。望(漢書望下有秩字)于山川。

徧(史記作辯讀班)于羣神。揖(漢書注作楫。唐石經作輯)五瑞。既月。乃日覲

四岳羣牧班瑞于羣后歲二月東巡狩釋文作守至于岱宗柴望秩于山川肆史漢及何休鄭元並作遂覲東后協白虎通永和詔並作叶時月正日同漢書引同上有乃字律度量衡修五禮五玉漢書作樂三帛二生封禪書作牲一死摯說文作贄依釋文本作摯如五器卒乃復五月南巡狩至于南岳如岱禮八月西巡狩至于西岳如初十有一月朔巡狩至于北岳如西禮馬本作如初歸格于藝大傳作禰祖用特五載一巡狩羣后四朝敷漢書作傳奏以言明試以功車服以庸肇大傳作兆十有二州封十有二山濬川象以典刑流宥五刑鞭作官刑扑作教刑金作贖刑眚災肆赦怙終徐廣作衆一賊刑欽哉欽哉惟漢石經作維刑之卹徐廣云今文作謐哉流共工于幽州放驩兜于崇山竄孟子作殺三苗于三危殛鯀于羽山四罪史記作辠而天下咸服二十唐石經作廿有八載放勳姚方興本作帝乃殂漢書作徂注落說文無此字百姓如喪考妣三載

四海遏（春秋繁露作閼）密八音月正（薛綜作正月）元日舜格于文祖詢于四岳闢（說文引作闢史漢並作辟）四門明四目達（史記作通）四聰（杜預引作窻）咨十有二牧曰食哉惟時柔遠能邇惇德允元而難任（江熙作荏）人蠻夷率（漢書作帥）服舜曰咨四岳有能奮庸熙帝之載使宅百揆亮采惠疇僉曰伯禹作司空帝曰俞咨禹女平水土惟時（說文作時惟）懋哉禹拜稽首讓于稷契（說文作偰）暨（說文作臮）皐陶（釋文作咎又作繇）帝曰俞女往哉帝曰棄黎民阻（漢書作祖徐廣同毛詩疏引作俎）飢女居（依列女傳校改）稷播時五穀帝曰契百姓不親五品不遜（說文作愻大傳作訓史記作馴又作訓張寵修堯廟碑五品用訓）女作司徒敬敷（左傳作布漢書作輔）五教（史記重有五教二字）在寬帝曰皐陶蠻夷猾夏寇賊姦宄（鄭作軌）女作士（高誘引士下有師字）五刑有服五服三就五流有宅（史記作度）五宅三居惟明克允帝曰疇若予工僉曰垂哉帝曰俞咨垂女共工垂拜稽首讓于殳（漢書作朱）斨暨

伯與漢書作柏譽帝曰俞往哉崔瑗作才女諧帝曰疇若予上下草木鳥獸禹姚方興作僉今依馬鄭王本曰益哉帝曰俞咨益女作朕虞益拜稽首讓于朱虎熊羆帝曰俞往哉女諧帝曰咨四岳有能典朕三禮僉曰伯夷帝曰俞咨伯白虎通伯上有爾字史記伯下有夷字女作秩宗夙夜惟寅直哉惟清伯拜稽首讓于夔緯作歸龍帝曰俞往欽哉帝曰夔命女典樂教冑說文作育史記作稺子直而溫寬而栗剛而無虐簡而無傲漢書作敖詩言志歌漢書作哥永漢書作詠又作咏言聲依永律和聲八音克諧說文作龤無相奪倫神人以和夔曰於予擊石拊石百獸率舞帝曰龍朕堲讒徐廣一作齊說殄行史記作僞震史記作振驚朕師命女作內言夙夜出內史漢並作入朕命惟允帝曰咨女二十有二人欽哉惟時亮天功三載考績三考黜陟幽明庶績咸熙分北三苗舜生三十徵鄭本作登庸三鄭作二十在位五十載陟方

乃死

雜記類

禮記深衣

古者深衣蓋有制度以應規矩繩權衡短毋見膚長毋被土續衽鉤邊要縫半下袼之高下可以運肘袂之長短反詘之及肘帶下毋厭髀上毋厭脅當無骨者制十有二幅以應十有二月袂圜以應規曲袷如矩以應方負繩及踝以應直下齊如權衡以應平故規者行舉手以爲容負繩抱方者以直其政方其義也故易曰坤六二之動直以方也下齊如權衡者以安志而平心也五法已施故聖人服之故規矩取其無私繩取其直權衡取其平故先王貴之故可以爲文可以爲武可以擯相可以治軍旅完且弗費善衣之次也具父母大父母衣純以繢具父母衣純以青

如孤子衣純以素純袂緣純邊廣各寸半

禮記投壺

投壺之禮主人奉矢司射奉中使人執壺主人請曰某有枉矢哨壺請以樂賓賓曰子有旨酒嘉肴某既賜矣又重以樂敢辭主人曰枉矢哨壺不足辭也敢固以請賓曰某既賜矣又重以樂敢固辭主人曰枉矢哨壺不足辭也敢固以請賓曰某固辭不得命敢不敬從賓再拜受主人般還曰辟主人阼階上拜送賓般還曰辟已拜受矢進卽兩楹閒退反位揖賓就筵司射進度壺閒以二矢半反位設中東面執八算興請賓曰順投爲入比投不釋勝飲不勝者正爵既行請爲勝者立馬一馬從二馬三馬既立請慶多馬請主人亦如之命弦者曰請奏貍首閒若一大師曰諾左右告矢具請拾投有入者則司射坐而釋一算

焉賓黨於右主黨於左卒投司射執算曰左右卒投請數二算爲純一純以取一算爲奇遂以奇算告曰某賢於某若干純奇則曰奇鈞則曰左右鈞命酌曰請行觴酌者曰諾當飲者皆跪奉觴曰賜灌勝者跪曰敬養正爵既行請立馬馬各直其算一馬從二馬以慶慶禮曰三馬既備請慶多馬賓主皆曰諾正爵既行請徹馬算多少視其坐籌室中五扶堂上七扶庭中九扶算長尺二寸壺頸脩七寸腹脩五寸口徑二寸半容斗五升壺中實小豆焉爲其矢之躍而出也壺去席二矢半矢以柘若棘毋去其皮

魯令弟子辭曰毋幠毋敖毋偝立毋踰言偝立踰言有常爵薛令弟子辭曰毋幠毋敖毋偝立毋踰言若是者浮司射庭長及冠士立者皆屬賓黨樂人及使者童子皆屬主黨按相臺本司射至主黨二十四字在盡用之爲射禮句下

鼓○□○○□□○□○○□半○□○□○○○
□□○□○魯鼓○□○○○□□○□○○□□
○□○○□□○半○□○○○□□○薛鼓取半
以下爲投壺禮盡用之爲射禮魯鼓○□○○□□
○○半○□○○□○○○□○□○薛鼓○□
○○○○□○□○□○○□○□○○□○半
○□○□○○○○□○

周禮輪人

輪人爲輪斬三材必以其時三材既具巧者和之轂也者以爲利轉也輻也者以爲直指也牙也者以爲固抱也輪敝三材不失職謂之完望而眡其輪欲其幎爾而下迆也進而眡之欲其微至也無所取之取諸圜也望其輻欲其揱爾而纖也進而眡之欲其肉稱也無所取之取諸易直也望其轂欲其眼也進而

眂之欲其幬之廉也無所取之取諸急也眂其綆欲
其蚤之正也察其菑蚤不齵則輪雖敝不匡凡斬轂
之道必矩其陰陽陽也者稹理而堅陰也者疏理而
柔是故以火養其陰而齊諸其陽則轂雖敝不藃轂
小而長則柞大而短則摯是故六分其輪崇以其一
爲之牙圍參分其牙圍而漆其二椁其漆內而中詘
之以爲之轂長以其長爲之圍以其圍之防捎其藪
五分其轂之長去一以爲賢去三以爲軹容轂必直
陳篆必正施膠必厚施筋必數幬必負幹既摩革色
青白謂之轂之善參分其轂長二在外一在內以置
其輻凡輻量其鑿深以爲輻廣輻廣而鑿淺則是以
大扤雖有良工莫之能固鑿深而輻小則是固有餘
而强不足也故竑其輻廣以爲之弱則雖有重任轂
不折參分其輻之長而殺其一則雖有深泥亦弗之

溓也參分其股圍去一以爲骹圍揉輻必齊平沈必均直以指牙牙得則無槷而固不得則有槷必足見也六尺有六寸之輪綆參分寸之二謂之輪之固凡爲輪行澤者欲杼行山者欲侔杼以行澤則是刀以割塗也是故塗不附侔以行山則是搏以行石也是故輪雖敝不甐于鑿凡揉牙外不廉而內不挫旁不腫謂之用火之善是故規之以眡其圜也萬之以眡其匡也縣之以眡其輻之直也水之以眡其平沈之均也量其藪以黍以眡其同也權之以眡其輕重之侔也故可規可萬可水可縣可量可權也謂之國工

輪人爲蓋達常圍三寸桯圍倍之六寸信其桯圍以爲部廣部廣六寸部長二尺桯長倍之四尺者二十分寸之一謂之枚部尊一枚弓鑿廣四枚鑿上二枚鑿下四枚鑿深二寸有半下直二枚鑿端一枚弓長

六尺謂之庇軹五尺謂之庇輪四尺謂之庇軫參分弓長而揉其一參分其股圍去一以爲蚤圍參分弓長以其一爲之尊上欲尊而宇欲卑上尊而宇卑則吐水疾而霤遠蓋已崇則難爲門也蓋已卑是蔽目也是故蓋崇十尺良蓋弗冒弗紘殷畝而馳不隊謂之國工

周禮輿人

輿人爲車輪崇車廣衡長參如一謂之參稱參分車廣去一以爲隧參分其隧一在前二在後以揉其式以其廣之半爲之式崇以其隧之半爲之較崇六分其廣以一爲之軫圍參分軫圍去一以爲式圍參分式圍去一以爲較圍參分較圍去一以爲軹圍參分軹圍去一以爲轛圍圓者中規方者中矩立者中縣衡者中水直者如生焉繼者如附焉凡居材大與小

無弇大倚小則摧引之則絕棧車欲弇飾車欲侈

周禮輈人

輈人爲輈輈有三度軸有三理國馬之輈深四尺有七寸田馬之輈深四尺駑馬之輈深三尺有三寸軸有三理一者以爲媺也二者以爲久也三者以爲利也軏前十尺而策半之凡任木任正者十分其輈之長以其一爲之圍衡任者五分其長以其一爲之圍小于度謂之無任五分其軫閒以其一爲之軸圍十分其輈之長以其一爲之當兔之圍參分其兔圍去一以爲頸圍五分其頸圍去一以爲踵圍

凡揉輈欲其孫而無弧深今夫大車之轅摯其登又難既克其登其覆車也必易此無故唯轅直且無橈也是故大車平地既節軒摯之任及其登阤不伏其轅必縊其牛此無故唯轅直且無橈也故登阤者倍任者也猶

能以登及其下阤也不援其邸必緧其牛後此無故唯轅直且無橈也是故輈欲頎典輈深則折淺則負輈注則利準利準則久和則安輈欲弧而無折經而無絕進則與馬謀退則與人謀終日馳騁左不楗行數千里馬不契需終歲御衣衽不敝此唯輈之和也勸登馬力馬力旣竭輈猶能一取焉良輈環灂自伏兔不至軌七寸軌中有灂謂之國輈軫之方也以象地也蓋之圜也以象天也輪輻三十以象日月也蓋弓二十有八以象星也龍旂九斿以象大火也鳥旟七斿以象鶉火也熊旗六斿以象伐也龜蛇四斿以象營室也弧旌枉矢以象弧也

周禮梓人

梓人爲筍虡天下之大獸五脂者膏者臝者羽者鱗者宗廟之事脂者膏者以爲牲臝者羽者鱗者以爲

筍虡外骨內骨卻行仄行連行紆行以脰鳴者以注
鳴者以旁鳴者以翼鳴者以股鳴者以胸鳴者謂之
小蟲之屬以爲雕琢厚脣弇口出目短耳大胸燿後
大體短脰若是者謂之臝屬恆有力而不能走其聲
大而宏有力而不能走則於任重宜大聲而宏則於
鍾宜若是者以爲鍾虡是故擊其所縣而由其虡鳴
銳喙決吻數目顧脰小體騫腹若是者謂之羽屬恆
無力而輕其聲清陽而遠聞無力而輕則於任輕宜
其聲清陽而遠聞於磬宜若是者以爲磬虡故擊其
所縣而由其虡鳴小首而長摶身而鴻若是者謂之
鱗屬以爲筍凡攫閷援簭之類必深其爪出其目作
其鱗之而深其爪出其目作其鱗之而則於眡必撥
爾而怒苟撥爾而怒則於任重宜且其匪色必似鳴
矣爪不深目不出鱗之而不作則必穨爾如委矣苟

頎爾如委則加任焉則必如將廢措其匪色必似不鳴矣梓人爲飲器勺一升爵一升觚三升獻以爵而酬以觚一獻而三酬則一豆矣食一豆肉飲一豆酒中人之食也凡試梓飲器鄉衡而實不盡梓師罪之梓人爲侯廣與崇方參分其廣而鵠居一焉上兩个與其身三下兩个半之上綱與下綱出舌尋縜寸焉張皮侯而棲鵠則春以功張五采之侯則遠國屬張獸侯則王以息燕祭侯之禮以酒脯醢其辭曰惟若寧侯毋或若女不寧侯不屬于王所故抗而射女强飲强食詒女曾孫諸侯百福

周禮匠人

匠人建國水地以縣置槷以縣眡以景爲規識日出之景與日入之景晝參諸日中之景夜考之極星以正朝夕匠人營國方九里旁三門國中九經九緯經

涂九軌左祖右社面朝後市市朝一夫夏后氏世室堂脩二七廣四脩一五室三四步四三尺九階四旁兩夾窗白盛門堂三之二室三之一殷人重屋堂脩七尋堂崇三尺四阿重屋周人明堂度九尺之筵東西九筵南北七筵堂崇一筵五室凡室二筵室中度以几堂上度以筵宮中度以尋野度以步涂度以軌廟門容大扃七个闈門容小扃參个路門不容乘車之五个應門二徹參个內有九室九嬪居之外有九室九卿朝焉九分其國以爲九分九卿治之王宮門阿之制五雉宮隅之制七雉城隅之制九雉經涂九軌環涂七軌野涂五軌門阿之制以爲都城之制宮隅之制以爲諸侯之城制環涂以爲諸侯經涂野涂以爲都經涂

匠人爲溝洫耜廣五寸二耜爲耦一耦之伐廣尺深尺謂之甽田首倍之廣二尺深二尺謂

之遂九夫爲井井閒廣四尺深四尺謂之溝方十里爲成成閒廣八尺深八尺謂之洫方百里爲同同閒廣二尋深二仞謂之澮專達於川各載其名凡天下之地埶兩山之閒必有川焉大川之上必有涂焉凡溝逆地防謂之不行水屬不理孫謂之不行梢溝三十里而廣倍凡行奠水磬折以參伍欲爲淵則句於矩凡溝必因水埶防必因地埶善溝者水漱之善防者水淫之凡爲防廣與崇方其閷參分去一大防外閷凡溝防必一日先深之以爲式里爲式然後可以傅衆力凡任索約大汲其版謂之無任葺屋參分瓦屋四分囷窌倉城逆牆六分堂涂十有二分竇其崇三尺牆厚三尺崇三之

箴銘類

詩賓之初筵

賓之初筵。左右秩秩。籩豆有楚。殽核維旅。酒既和旨。
飲酒孔偕。鐘鼓既設。舉醻逸逸。大侯既抗。弓矢斯張。
射夫既同。獻爾發功。發彼有的。以祈爾爵。籥舞笙鼓。
樂既和奏。烝衎烈祖。以洽百禮。百禮既至。有壬有林。
錫爾純嘏。子孫其湛。其湛曰樂。各奏爾能。賓載手仇。
室人入又。酌彼康爵。以奏爾時。賓之初筵。溫溫其恭。
其未醉止。威儀反反。曰既醉止。威儀幡幡。舍其坐遷。
屢舞僊僊。其未醉止。威儀抑抑。曰既醉止。威儀怭怭。
是曰既醉。不知其秩。賓既醉止。載號載呶。亂我籩豆。
屢舞僛僛。是曰既醉。不知其郵。側弁之俄。屢舞傞傞。
既醉而出。並受其福。醉而不出。是謂伐德。飲酒孔嘉。
維其令儀。凡此飲酒。或醉或否。既立之監。或佐之史。
彼醉不臧。不醉反恥。式勿從謂。無俾大怠。匪言勿言。
匪由勿語。由醉之言。俾出童羖。三爵不識。矧敢多又。

詩抑

抑抑威儀維德之隅人亦有言靡哲不愚庶人之愚亦職維疾哲人之愚亦維斯戾無競維人四方其訓之有覺德行四國順之訏謨定命遠猶辰告敬慎威儀維民之則其在于今興迷亂于政顛覆厥德荒湛于酒女雖湛樂從弗念厥紹罔敷求先王克共明刑肆皇天弗尚如彼泉流無淪胥以亡夙興夜寐洒埽廷內維民之章脩爾車馬弓矢戎兵用戒戎作用逷蠻方質爾人民謹爾侯度用戒不虞慎爾出話敬爾威儀無不柔嘉白圭之玷尚可磨也斯言之玷不可爲也無易由言無曰苟矣莫捫朕舌言不可逝矣無言不讎無德不報惠于朋友庶民小子子孫繩繩萬民靡不承視爾友君子輯柔爾顏不遐有愆相在爾室尚不愧于屋漏無曰不顯莫予云覯神之格思不

可度思矧可射思辟爾爲德俾臧俾嘉淑愼爾止不愆于儀不僭不賊鮮不爲則投我以桃報之以李彼童而角實虹小子荏染柔木言緡之絲溫溫恭人維德之基其維哲人告之話言順德之行其維愚人覆謂我僭民各有心於乎小子未知臧否匪手攜之言示之事匪面命之言提其耳借曰未知亦既抱子民之靡盈誰夙知而莫成昊天孔昭我生靡樂視爾夢夢我心慘慘誨爾諄諄聽我藐藐匪用爲教覆用爲虐借曰未知亦聿既耄於乎小子告爾舊止聽用我謀庶無大悔天方艱難曰喪厥國取譬不遠昊天不忒回遹其德俾民大棘

詩小毖

予其懲而毖後患莫予荓蜂自求辛螫肇允彼桃蟲拚飛維鳥未堪家多難予又集于蓼

左傳虞箴 襄公四年

芒芒禹迹。畫爲九州。經啓九道。民有寢廟。獸有茂草。各有攸處。德用不擾。在帝夷羿。冒于原獸。忘其國恤。而思其麀牡。武不可重。用不恢于夏家。獸臣司原。敢告僕夫。

禮記衞孔悝鼎銘

六月丁亥。公假于大廟。公曰。叔舅。乃祖莊叔。左右成公。成公乃命莊叔。隨難于漢陽。即宮于宗周。奔走無射。啓右獻公。獻公乃命成叔。纂乃祖服。乃考文叔。興舊耆欲。作率慶士。躬恤衞國。其勤公家。夙夜不解。民咸曰休哉。公曰。叔舅。予女銘。若纂乃考服。悝拜稽首曰。對揚以辟之勤大命。施于烝彝鼎。

頌贊類

詩六月

六月棲棲・戎車既飭・四牡騤騤・載是常服・玁狁孔熾・
我是用急・王于出征・以匡王國・比物四驪・閑之維則・
維此六月・既成我服・我服既成・于三十里・王于出征・
以佐天子・四牡脩廣・其大有顒・薄伐玁狁・以奏膚公・
有嚴有翼・共武之服・共武之服・以定王國・玁狁匪茹・
整居焦穫・侵鎬及方・至于涇陽・織文鳥章・白旆央央・
元戎十乘・以先啓行・戎車既安・如輊如軒・四牡既佶・
既佶且閑・薄伐玁狁・至于大原・文武吉甫・萬邦爲憲・
吉甫燕喜・既多受祉・來歸自鎬・我行永久・飲御諸友・
炰鱉膾鯉・侯誰在矣・張仲孝友・

詩采芑

薄言采芑・于彼新田・于此菑畝・方叔涖止・其車三千・
師干之試・方叔率止・乘其四騏・四騏翼翼・路車有奭・
簟茀魚服・鉤膺鞗革・薄言采芑・于彼新田・于此中鄉・

方叔涖止其車三千旂旐央央方叔率止約軝錯衡
八鸞瑲瑲服其命服朱芾斯皇有瑲蔥珩鴥彼飛隼
其飛戾天亦集爰止方叔涖止其車三千師干之試
方叔率止鉦人伐鼓陳師鞠旅顯允方叔伐鼓淵淵
振旅闐闐蠢爾蠻荊大邦爲讎方叔元老克壯其猶
方叔率止執訊獲醜戎車嘽嘽嘽嘽焞焞如霆如雷
顯允方叔征伐玁狁蠻荊來威

詩車攻

我車既攻我馬既同四牡龐龐駕言徂東田車既好
四牡孔阜東有甫草駕言行狩之子于苗選徒囂囂
建旐設旄搏獸于敖駕彼四牡四牡奕奕赤芾金舄
會同有繹決拾既佽弓矢既調射夫既同助我舉柴
四黃既駕兩驂不猗不失其馳舍矢如破蕭蕭馬鳴
悠悠旆旌徒御不驚大庖不盈之子于征有聞無聲

允矣君子展也大成

詩皇矣

皇矣上帝臨下有赫監觀四方求民之莫維此二國
其政不獲維彼四國爰究爰度上帝耆之憎其式廓
乃眷西顧此維與宅作之屏之其菑其翳修之平之
其灌其栵啓之辟之其檉其椐攘之剔之其檿其柘
帝遷明德串夷載路天立厥配受命既固帝省其山
柞棫斯拔松柏斯兌帝作邦作對自大伯王季維此
王季因心則友則友其兄則篤其慶載錫之光受祿
無喪奄有四方維此王季帝度其心貊其德音其德
克明克明克類克長克君王此大邦克順克比比于
文王其德靡悔既受帝祉施于孫子帝謂文王無然
畔援無然歆羨誕先登于岸密人不恭敢距大邦侵
阮徂共王赫斯怒爰整其旅以按徂旅以篤周祜以

對于天下依其在京侵自阮疆陟我高岡無矢我陵我陵我阿無飲我泉我泉我池度其鮮原居岐之陽在渭之將萬邦之方下民之王帝謂文王予懷明德不大聲以色不長夏以華不識不知順帝之則帝謂文王詢爾仇方同爾兄弟以爾鉤援與爾臨衝以伐崇墉臨衝閑閑崇墉言言執訊連連攸馘安安是類是禡是致是附四方以無侮臨衝茀茀崇墉仡仡是伐是肆是絕是忽四方以無拂

詩崧高

崧高維嶽駿極于天維嶽降神生甫及申維申及甫維周之翰四國于蕃四方于宣亹亹申伯王纘之事于邑于謝南國是式王命召伯定申伯之宅登是南邦世執其功王命申伯式是南邦因是謝人以作爾庸王命召伯徹申伯土田王命傅御遷其私人申伯

之功召伯是營有俶其城寢廟既成既成藐藐王錫
申伯四牡蹻蹻鉤膺濯濯王遣申伯路車乘馬我圖
爾居莫如南土錫爾介圭以作爾寶往近王舅南土
是保申伯信邁王餞于郿申伯還南謝于誠歸王命
召伯徹申伯土疆以峙其粻式遄其行申伯番番既
入于謝徒御嘽嘽周邦咸喜戎有良翰不顯申伯王
之元舅文武是憲申伯之德柔惠且直揉此萬邦聞
于四國吉甫作誦其詩孔碩其風肆好以贈申伯

詩烝民

天生烝民有物有則民之秉彝好是懿德天監有周
昭假于下保茲天子生仲山甫仲山甫之德柔嘉維
則令儀令色小心翼翼古訓是式威儀是力天子是
若明命使賦王命仲山甫式是百辟纘戎祖考王躬
是保出納王命王之喉舌賦政于外四方爰發肅肅

王命仲山甫將之邦國若否仲山甫明之既明且哲以保其身夙夜匪解以事一人人亦有言柔則茹之剛則吐之維仲山甫柔亦不茹剛亦不吐不侮矜寡不畏彊禦人亦有言德輶如毛民鮮克舉之我儀圖之維仲山甫舉之愛莫助之袞職有闕維仲山甫補之仲山甫出祖四牡業業征夫捷捷每懷靡及四牡彭彭八鸞鏘鏘王命仲山甫城彼東方四牡騤騤八鸞喈喈仲山甫徂齊式遄其歸吉甫作誦穆如清風仲山甫永懷以慰其心

詩江漢

江漢浮浮武夫滔滔匪安匪遊淮夷來求既出我車既設我旟匪安匪舒淮夷來鋪江漢湯湯武夫洸洸經營四方告成于王四方既平王國庶定時靡有爭王心載寧江漢之滸王命召虎式辟四方徹我疆土

匪疚匪棘王國來極于疆于理至于南海王命召虎
來旬來宣文武受命召公維翰無曰予小子召公是
似肇敏戎公用錫爾祉釐爾圭瓚秬鬯一卣告于文
人錫山土田于周受命自召祖命虎拜稽首天子萬
年虎拜稽首對揚王休作召公考天子萬壽明明天
子令聞不已矢其文德洽此四國

詩常武

赫赫明明王命卿士南仲大祖大師皇父整我六師
以脩我戎既敬既戒惠此南國王謂尹氏命程伯休
父左右陳行戒我師旅率彼淮浦省此徐土不留不
處三事就緒赫赫業業有嚴天子王舒保作匪紹匪
遊徐方繹騷震驚徐方如雷如霆徐方震驚王奮厥
武如震如怒進厥虎臣闞如虓虎鋪敦淮濆仍執醜
虜截彼淮浦王師之所王旅嘽嘽如飛如翰如江如

漢如山之苞如川之流緜緜翼翼不測不克濯征徐國王猶允塞徐方既來徐方既同天子之功四方既平徐方來庭徐方不回王曰還歸

詩閟宮

閟宮有侐實實枚枚赫赫姜嫄其德不回上帝是依無災無害彌月不遲是生后稷降之百福黍稷重穋稙穉菽麥奄有下國俾民稼穡有稷有黍有稻有秬奄有下土纘禹之緒后稷之孫實維大王居岐之陽實始翦商至于文武纘大王之緒致天之屆于牧之野無貳無虞上帝臨女敦商之旅克咸厥功王曰叔父建爾元子俾侯于魯大啓爾宇爲周室輔乃命魯公俾侯于東錫之山川土田附庸周公之孫莊公之子龍旂承祀六轡耳耳春秋匪解享祀不忒皇皇后帝皇祖后稷享以騂犧是饗是宜降福既多周公皇

祖亦其福女　秋而載嘗夏而楅衡白牡騂剛犧尊將
將毛炰胾羹籩豆大房萬舞洋洋孝孫有慶俾爾熾
而昌俾爾壽而臧保彼東方魯邦是常不虧不崩不
震不騰三壽作朋如岡如陵　公車千乘朱英綠縢二
矛重弓公徒三萬貝冑朱綅烝徒增增戎狄是膺荊
舒是懲則莫我敢承俾爾昌而熾俾爾壽而富黃髮
台背壽胥與試俾爾昌而大俾爾耆而艾萬有千歲
眉壽無有害　泰山巖巖魯邦所詹奄有龜蒙遂荒大
東至于海邦淮夷來同莫不率從魯侯之功　保有鳧
繹遂荒徐宅至于海邦淮夷蠻貊及彼南夷莫不率
從莫敢不諾魯侯是若　天錫公純嘏眉壽保魯居常
與許復周公之宇魯侯燕喜令妻壽母宜大夫庶士
邦國是有既多受祉黃髮兒齒　徂來之松新甫之柏
是斷是度是尋是尺松桷有舄路寢孔碩新廟奕奕

奚斯所作。孔曼且碩。萬民是若。

詩長發

濬哲維商。長發其祥。洪水芒芒。禹敷下土方。外大國是疆。幅隕既長。有娀方將。帝立子生商。玄王桓撥。受小國是達。受大國是達。率履不越。遂視既發。相土烈烈。海外有截。帝命不違。至于湯齊。湯降不遲。聖敬日躋。昭假遲遲。上帝是祗。帝命式于九圍。受小球大球。爲下國綴旒。何天之休。不競不絿。不剛不柔。敷政優優。百祿是遒。受小共大共。爲下國駿厖。何天之龍。敷奏其勇。不震不動。不戁不竦。百祿是總。武王載旆。有虔秉鉞。如火烈烈。則莫我敢曷。苞有三蘖。莫遂莫達。九有有截。韋顧既伐。昆吾夏桀。昔在中葉。有震且業。允也天子。降于卿士。實維阿衡。實左右商王。

詩殷武

撻彼殷武奮伐荆楚罙入其阻裒荆之旅有截其所
湯孫之緒維女荆楚居國南鄉昔有成湯自彼氐羌
莫敢不來享莫敢不來王曰商是常天命多辟設都
于禹之績歲事來辟勿予禍適稼穡匪解天命降監
下民有嚴不僭不濫不敢怠遑命于下國封建厥福
商邑翼翼四方之極赫赫厥聲濯濯厥靈壽考且寧
以保我後生陟彼景山松柏丸丸是斷是遷方斲是
虔松桷有梴旅楹有閑寢成孔安

辭賦類

詩猗嗟

猗嗟昌兮頎而長兮抑若揚兮美目揚兮巧趨蹌兮
射則臧兮猗嗟名兮美目清兮儀既成兮終日射侯
不出正兮展我甥兮猗嗟孌兮清揚婉兮舞則選兮
射則貫兮四矢反兮以禦亂兮

詩蒹葭

蒹葭蒼蒼白露爲霜所謂伊人在水一方遡洄從之道阻且長遡游從之宛在水中央　蒹葭萋萋白露未晞所謂伊人在水之湄遡洄從之道阻且躋遡游從之宛在水中坻　蒹葭采采白露未已所謂伊人在水之涘遡洄從之道阻且右遡游從之宛在水中沚

詩七月

七月流火九月授衣一之日觱發二之日栗烈無衣無褐何以卒歲三之日于耜四之日舉趾同我婦子饁彼南畝田畯至喜　七月流火九月授衣春日載陽有鳴倉庚女執懿筐遵彼微行爰求柔桑春日遲遲采蘩祁祁女心傷悲殆及公子同歸　七月流火八月萑葦蠶月條桑取彼斧斨以伐遠揚猗彼女桑七月鳴鵙八月載績載玄載黃我朱孔陽爲公子裳　四月

秀葽五月鳴蜩八月其穫十月隕蘀一之日于貉取
彼狐狸爲公子裘二之日其同載纘武功言私其豵
獻豜于公五月斯螽動股六月莎雞振羽七月在野
八月在宇九月在戶十月蟋蟀入我牀下穹窒熏鼠
塞向墐戶嗟我婦子曰爲改歲入此室處六月食鬱
及薁七月亨葵及菽八月剝棗十月穫稻爲此春酒
以介眉壽七月食瓜八月斷壺九月叔苴采荼薪樗
食我農夫九月築場圃十月納禾稼黍稷重穋禾麻
菽麥嗟我農夫我稼既同上入執宮功晝爾于茅宵
爾索綯亟其乘屋其始播百穀二之日鑿冰沖沖三
之日納于凌陰四之日其蚤獻羔祭韭九月肅霜十
月滌場朋酒斯饗曰殺羔羊躋彼公堂稱彼兕觥萬
壽無疆

詩東山

我徂東山慆慆不歸我來自東零雨其濛我東曰歸我心西悲制彼裳衣勿士行枚蜎蜎者蠋烝在桑野敦彼獨宿亦在車下我徂東山慆慆不歸我來自東零雨其濛果臝之實亦施于宇伊威在室蠨蛸在戶町畽鹿場熠燿宵行亦可畏也伊可懷也我徂東山慆慆不歸我來自東零雨其濛鸛鳴于垤婦歎于室洒埽穹窒我征聿至有敦瓜苦烝在栗薪自我不見于今三年我徂東山慆慆不歸我來自東零雨其濛倉庚于飛熠燿其羽之子于歸皇駁其馬親結其縭九十其儀其新孔嘉其舊如之何

詩采薇

采薇采薇薇亦作止曰歸曰歸歲亦莫止靡室靡家玁狁之故不遑啓居玁狁之故采薇采薇薇亦柔止曰歸曰歸心亦憂止憂心烈烈載飢載渴我戍未定

靡使歸聘　采薇采薇薇亦剛止曰歸曰歸歲亦陽止
王事靡盬不遑啓處憂心孔疚我行不來　彼爾維何
維常之華彼路斯何君子之車戎車既駕四牡業業
豈敢定居一月三捷　駕彼四牡四牡騤騤君子所依
小人所腓四牡翼翼象弭魚服豈不日戒玁狁孔棘
昔我往矣楊柳依依今我來思雨雪霏霏行道遲遲
載渴載飢我心傷悲莫知我哀

詩出車

我出我車于彼牧矣自天子所謂我來矣召彼僕夫
謂之載矣王事多難維其棘矣　我出我車于彼郊矣
設此旐矣建彼旄矣彼旟旐斯胡不旆旆憂心悄悄
僕夫況瘁　王命南仲往城于方出車彭彭旂旐央央
天子命我城彼朔方赫赫南仲玁狁于襄　昔我往矣
黍稷方華今我來思雨雪載塗王事多難不遑啓居

豈不懷歸畏此簡書喓喓草蟲趯趯阜螽未見君子
憂心忡忡既見君子我心則降赫赫南仲薄伐西戎
春日遲遲卉木萋萋倉庚喈喈采蘩祁祁執訊獲醜
薄言還歸赫赫南仲玁狁于夷

詩節南山

節彼南山維石巖巖赫赫師尹民具爾瞻憂心如惔
不敢戲談國既卒斬何用不監節彼南山有實其猗
赫赫師尹不平謂何天方薦瘥喪亂弘多民言無嘉
憯莫懲嗟尹氏大師維周之氐秉國之均四方是維
天子是毗俾民不迷不弔昊天不宜空我師弗躬弗
親庶民弗信弗問弗仕勿罔君子式夷式已無小人
殆瑣瑣姻亞則無膴仕昊天不傭降此鞠訩昊天不
惠降此大戾君子如屆俾民心闋君子如夷惡怒是
違不弔昊天亂靡有定式月斯生俾民不寧憂心如

酲誰秉國成不自爲政卒勞百姓駕彼四牡四牡項
領我瞻四方蹙蹙靡所騁方茂爾惡相爾矛矣既夷
既懌如相醻矣昊天不平我王不寧不懲其心覆怨
其正家父作誦以究王訩式訛爾心以畜萬邦

詩正月

正月繁霜我心憂傷民之訛言亦孔之將念我獨兮
憂心京京哀我小心癙憂以痒父母生我胡俾我瘉
不自我先不自我後好言自口莠言自口憂心愈愈
是以有侮憂心惸惸念我無祿民之無辜并其臣僕
哀我人斯于何從祿瞻烏爰止于誰之屋瞻彼中林
侯薪侯蒸民今方殆視天夢夢既克有定靡人弗勝
有皇上帝伊誰云憎謂山蓋卑爲岡爲陵民之訛言
寧莫之懲召彼故老訊之占夢具曰予聖誰知烏之
雌雄謂天蓋高不敢不局謂地蓋厚不敢不蹐維號

斯言有倫有脊哀今之人胡爲虺蜴瞻彼阪田有菀其特天之扤我如不我克彼求我則如不我得執我仇仇亦不我力心之憂矣如或結之今茲之正胡然厲矣燎之方揚寧或滅之赫赫宗周褒姒滅之終其永懷又窘陰雨其車既載乃棄爾輔載輸爾載將伯助予無棄爾輔員于爾輻屢顧爾僕不輸爾載終踰絕險曾是不意魚在于沼亦匪克樂潛雖伏矣亦孔之炤憂心慘慘念國之爲虐彼有旨酒又有嘉殽洽比其鄰昏姻孔云念我獨兮憂心慇慇佌佌彼有屋蔌蔌方有穀民今之無祿天夭是椓哿矣富人哀此惸獨

荀子成相篇 楊倞注以初發語名篇雜論君臣治亂之事以自見其意故下云託於成相以喻意漢書藝文志謂之成相雜辭蓋亦賦之流也朱子楚辭後語取之

請成相世之殃愚闇愚闇墮賢良人主無賢如瞽無

相何倀倀請布基慎聖人愚而自專事不治主忌苟勝羣臣莫諫必逢災論臣過反其施尊主安國尚賢義拒諫飾非愚而上同國必禍曷謂罷國多私比周還主黨與施遠賢近讒忠臣蔽塞主勢移曷謂賢明君臣上能尊主愛下民主誠聽之天下爲一海內賓主之孽讒人達賢能遁逃國乃蹷愚以重愚闇以重闇成爲桀世之災妬賢能飛廉知政任惡來卑其志意大其園囿高其臺榭（楚辭後語無榭字）武王怒師牧野紂卒易鄉啓乃下武王善之封（後語有之字）於宋立其祖世之衰讒人歸比干見刳箕子累武王誅之呂尚招麾殷民懷世之禍惡賢士子胥見殺百里徙穆公得之强配五伯六卿施世之愚惡大儒逆斥不通孔子拘展禽三絀春申道綴基畢輸請牧基賢者思堯在萬世如見之讒人罔極險陂傾側此之疑基必施辨賢

罷文武之道同伏戲由之者治不由者亂何疑爲凡
成相辨法方至治之極復後王愼墨季惠百家之說
誠不詳(後語作祥)治復一脩之吉君子執之心如結衆人
貳之讒夫棄之形是詰水至平端不傾心術如此象
聖人(楊倞注而有埶之上疑脫一字)而有埶直而用抴必參天世無
王窮賢良暴人芻豢仁人糟糠禮樂滅息聖人隱伏
墨術行治之經禮與刑君子以脩百姓寧明德愼罰
國家既治四海平治之志後埶富君子誠之好以待
處之敦固有深藏之能遠思思乃精志之榮好而壹
之神以成精神相反一而不貳爲聖人治之道美不
老君子由之佼以好下以教誨子弟上以事祖考成
相竭辭不蹶君子道之順以達宗其賢良辨其殃孽
請成相道聖王堯舜尚賢身辭讓許由善卷重義輕
利行顯明堯讓賢以爲民氾利兼愛德施均辨治上

下。貴賤有等明君臣。堯授能舜遇時。尚賢推德天下治。雖有賢聖適不遇世孰知之。堯不德舜不辭。妻以二女任以事。大人哉舜南面而立萬物備。舜授禹以天下。尚得（楊倞注。得當爲德。）推賢不失序。外不避仇內不阿親賢者予。禹勞心力堯有德。干戈不用三苗服。舉舜甽畝任之天下身休息。得后稷五穀殖。夔爲樂正鳥獸服。契爲司徒民知孝弟尊有德。禹有功抑下鴻辟除民害逐共工。北決九河通十二渚疏三江。禹溥（楊倞注。溥讀爲敷。）土平天下。躬親爲民行勞苦。得益皐陶橫革直成爲輔。契玄王生昭明居於砥石遷于商。十有四世乃有天乙是成湯。天乙湯論舉當身讓卞隨舉牟光。道古賢聖基必張。願陳辭。世亂惡善不此治。隱諱疾賢良由姦詐鮮無災。患難哉阪爲先。（楊倞注。阪與反同。反先聖之所爲。楚辭後語。以聖字屬下句。）聖知不用愚者謀。前車已覆後未知更何覺時不覺悟不知苦迷惑失指易上下忠不上達蒙揜耳目塞門戶門戶塞大迷惑悖亂昏莫不終極是非反易比周欺上惡正直正是惡心無度邪枉辟回夫後語作失道途己無郵人我獨自美豈獨楊倞注或曰下無獨字無故不知戒後必有恨後遂過不肯悔讒夫多進反覆言語生詐態人之態不如備爭寵嫉賢利惡忌妬功毀賢下斂黨與上蔽匿上壅蔽失輔埶任用讒夫不能制孰公長父之難厲王流于彘周幽厲所以敗不聽規諫忠是害嗟我何人獨不遇時當亂世欲衷對言不從恐為子胥身離凶進諫不聽剄而獨鹿棄之江觀往事以自戒治亂是非亦可識託於成相以喻意

請成相言治方君論有五約以明君謹守之下皆平正國乃昌臣下職莫游食務本節用財無極事業聽

之莫得相使一民力守其職足衣食厚薄有等明爵服利往卬上莫得擅與孰私得君法明論有常表儀既設民知方進退有律莫得貴賤孰私王君法儀禁不為莫不說教名不移修之者榮離之者辱孰它師刑稱陳守其銀（楊倞注銀與垠同）下不得用輕私門罪禍有律莫得輕重威不分請牧祺明有基主好論議必善謀五聽循領莫不理續主執持聽之經明其請參伍明謹施賞刑顯者必得隱者復顯民反誠言有節稽其實信誕以分賞罰必下不欺上皆以情言明若日上通利隱遠至觀法不法見不視耳目既顯吏敬法令莫敢恣君教出行有律吏謹將之無鈹（楊倞注鈹與披同）滑下不私請各以（後語注以下疑脫所字）宜舍巧拙臣謹修君制變公察善思論不亂以治天下後世法之成律貫

荀子賦篇

爰有大物非絲非帛文理成章非日非月爲天下明生者以壽死者以葬城郭以固三軍以强粹而王駁而伯無一焉而亡臣愚不識敢請之王王曰此夫文而不采者與簡然易知而致有理者與君子所敬而小人所不者與性不得則若禽獸性得之則甚雅似者與匹夫隆之則爲聖人諸侯隆之則一四海者與致明而約甚順而體請歸之禮禮

皇天隆物以示下民或厚或薄帝不齊均桀紂以亂湯武以賢惽惽淑淑皇皇穆穆周流四海曾不崇日君子以修跖以穿室大參于天精微而無形行義以正事業以成可以禁暴足窮百姓待之而後寧泰臣愚而不識願問其名曰此夫安寬平而危險隘者邪修潔之爲親而雜汙之爲狄者邪甚深藏而外勝敵者邪法禹舜而能弇迹者邪行爲動靜待之而後適

者邪。血氣之精也。志意之榮也。百姓待之而後寧也。天下待之而後平也。明達純粹而無疵也。夫是之謂君子之知。知。

有物於此。居則周靜致下。動則綦高以鉅。員者中規。方者中矩。大參天地。德厚堯禹。精微乎毫毛。而盈大乎寓宙。忽兮其極之遠也。攭兮其相逐而反也。卬卬兮天下之咸蹇也。德厚而不捐。五采備而成文。往來惽憊。通于大神。出入甚極。莫知其門。天下失之則滅。得之則存。弟子不敏。此之願陳。君子設辭。請測意之。曰此夫大而不塞者與。充盈大宇而不窕。入郄穴而不偪者與。行遠疾速而不可託訊者與。往來惽憊而不可爲固塞者與。暴至殺傷而不億忌者與。功被天下而不私置者與。託地而游宇。友風而子雨。冬日作寒。夏日作暑。廣大精神。請歸之雲。雲。

有物於此。儳儳兮其狀。屢化如神。功被天下。爲萬世文。禮樂以成。貴賤以分。養老長幼。待之而後存。名號不美。與暴爲鄰。功立而身廢。事成而家敗。棄其耆老。收其後世。人屬所利。飛鳥所害。臣愚而不識。請占之五帝。五帝占之曰。此夫身女好而頭馬首者與。屢化而不壽者與。善壯而拙老者與。有父母而無牝牡者與。冬伏而夏游。食桑而吐絲。前亂而後治。夏生而惡暑。喜溼而惡雨。蛹以爲母。蛾以爲父。三俯三起。事乃大已。夫是之謂蠶理。蠶

有物於此。生於山阜。處於室堂。無知無巧。善治衣裳。不盜不竊。穿窬而行。日夜合離。以成文章。以能合從。又善連衡。下覆百姓。上飾帝王。功業甚博。不見賢良。時用則存。不用則亡。臣愚不識。敢請之王。王曰。此夫始生鉅其成功小者邪。長其尾而銳其剽者邪。頭銛

達而尾趙繚者邪。一往一來。結尾以爲事。無羽無翼。
反覆甚極。尾生而事起。尾邅而事已。簪以爲父。管以
爲母。既以縫表。又以連裏。夫是之謂箴理。箴
天下不治。請陳佹詩。天地易位。四時易鄉。列星隕墜。
旦暮晦盲。幽晦登昭。日月下藏。公正無私。反見從橫。
志愛公利。重樓疏堂。無私罪人。憼革二兵。道德純備。
讒口將將。仁人絀約。敖暴擅彊。天下幽險。恐失世英。
螭龍爲蝘蜓。鴟梟爲鳳皇。比干見刳。孔子拘匡。昭昭
乎其知之明也。郁郁乎其遇時之不祥也。拂乎其欲
禮義之大行也。楊倞注。當爲拂乎其遇時之不詳也。郁郁乎其欲禮義之大行。闇乎
天下之晦盲也。皓天不復。憂無疆也。千歲必反。古之
常也。弟子勉學。天不忘也。聖人共手。時幾將矣。與愚
以疑。願聞反辭。其小歌也。念彼遠方。何其塞矣。仁人
詘約。暴人衍矣。忠臣危殆。讒人服矣。琁玉瑤珠。不知

佩也。雜布與錦不知異也。閭娵子奢莫之媒也。嫫母刁父。是之喜也。以盲爲明。以聾爲聰。以危爲安。以吉爲凶。嗚呼上天。曷維其同。

哀祭類

書金縢冊祝

惟爾元孫某。（史記作王發。）遘厲虐疾。若爾三王。是有丕（鄭讀丕。史記作負。）子（徐廣作負茲。）之責于天。以旦代某之身。予仁若考。（此四字。史記作旦巧二字。）能多材多藝。能事鬼神。乃元孫不若旦多材多藝。不能事鬼神。乃命于帝庭。敷佑四方。用能定爾子孫于下地。四方之民。罔不祗畏。嗚呼。無墜天之降寶命。我先王亦永有依歸。今我卽命于元龜。爾之許我。我其以璧與圭。歸俟爾命。爾不許我。我乃屏璧與圭。

詩黃鳥

交交黃鳥止于棘誰從穆公子車奄息維此奄息百夫之特臨其穴惴惴其慄彼蒼者天殲我良人如可贖兮人百其身　交交黃鳥止于桑誰從穆公子車仲行維此仲行百夫之防臨其穴惴惴其慄彼蒼者天殲我良人如可贖兮人百其身　交交黃鳥止于楚誰從穆公子車鍼虎維此鍼虎百夫之禦臨其穴惴惴其慄彼蒼者天殲我良人如可贖兮人百其身

左傳衛太子蒯聵禱神　哀公二年

曾孫蒯聵敢昭告皇祖文王烈祖康叔文祖襄公鄭勝亂從晉午在難不能治亂使鞅討之蒯聵不敢自佚備持矛焉敢告無絕筋無折骨無面傷以集大事無作三祖羞大命不敢請佩玉不敢愛

左傳魯哀公誄孔子　哀公十六年

旻天不弔不憖遺一老俾屏余一人以在位煢煢余

在疚。嗚呼哀哉尼父。無自律。

續古文辭類篹卷二

珍傲宋版邸

敘記類

左傳秦晉韓之戰 僖公十五年

晉侯之入也。秦穆姬屬賈君焉。且曰。盡納羣公子。晉侯烝於賈君。又不納羣公子。是以穆姬怨之。晉侯許賂中大夫。既而皆背之。賂秦伯以河外列城五。東盡虢略。南及華山。內及解梁城。既而不與。晉饑。秦輸之粟。秦饑。晉閉之糴。故秦伯伐晉。卜徒父筮之。吉。涉河侯車敗。詰之。對曰。乃大吉也。三敗必獲晉君。其卦遇蠱䷑。曰。千乘三去。三去之餘。獲其雄狐。夫狐蠱。必其君也。蠱之貞風也。其悔山也。歲云秋矣。我落其實而取其材。所以克也。實落材亡。不敗何待。三敗及韓。晉侯謂慶鄭曰。寇深矣。若之何。對曰。君實深之。可若何。公曰。不孫。卜右。慶鄭吉。弗使。步揚御戎。家僕徒爲右乘小駟鄭入也慶鄭曰古者大事必乘其產生其水土而知其人心安其教訓而服習其道唯所納之無不如志今乘異產以從戎事及懼而變將與人易亂氣狡憤陰血周作張脈僨興外彊中乾進退不可周旋不能君必悔之弗聽九月晉侯逆秦師使韓簡視師復曰師少於我鬭士倍我公曰何故對曰出因其資入用其寵饑食其粟三施而無報是以來也今又擊之我怠秦奮倍猶未也公曰一夫不可狃況國乎遂使請戰曰寡人不佞能合其衆而不能離也君若不還無所逃命秦伯使公孫枝對曰君之未入寡人懼之入而未定列猶吾憂也苟列定矣敢不承命韓簡退曰吾幸而得囚壬戌戰于韓原晉戎馬還濘而止公號慶鄭慶鄭曰愎諫違卜固敗是求又何逃焉遂去之梁由靡御韓簡虢射爲右輅秦伯將止之

鄭以救公誤之遂失秦伯秦獲晉侯以歸

晉大夫反首拔舍從之秦伯使辭焉曰二三子何其慼也寡人之從君而西也亦晉之妖夢是踐豈敢以至晉大夫三拜稽首曰君履后土而戴皇天皇天后土實聞君之言羣臣敢在下風穆姬聞晉侯將至以大子罃弘與女簡璧登臺而履薪焉使以免服衰經逆且告曰上天降災使我兩君匪以玉帛相見而以興戎若晉君朝以入則婢子夕以死夕以入則朝以死唯君裁之乃舍諸靈臺大夫請以入公曰獲晉侯以厚歸也既而喪歸焉用之大夫其何有焉且晉人慼憂以重我天地以要我不圖晉憂重其怒也我食吾言背天地也重怒難任背天不祥必歸晉君公子縶曰不如殺之無聚慝焉子桑曰歸之而質其大子必得大成晉未可滅而殺其君祇以成惡且史佚有言曰無始

禍無怙亂無重怒重怒難任陵人不祥乃許晉平晉
侯使郤乞告瑕呂飴甥且召之子金教之言曰朝國
人而以君命賞且告之曰孤雖歸辱社稷矣其卜貳
圉也衆皆哭晉於是乎作爰田呂甥曰君亡之不恤
而羣臣是憂惠之至也將若君何衆曰何爲而可對
曰征繕以輔孺子諸侯聞之喪君有君羣臣輯睦甲
兵益多好我者勸惡我者懼庶有益乎衆說晉於是
乎作州兵初晉獻公筮嫁伯姬於秦遇歸妹䷵之
睽䷥史蘇占之曰不吉其繇曰士刲羊亦無衁也
女承筐亦無貺也西鄰責言不可償也歸妹之睽猶
無相也震之離亦離之震爲雷爲火爲嬴敗姬車說
其輹火焚其旗不利行師敗于宗丘歸妹睽孤寇張
之弧姪其從姑六年其逋逃歸其國而弃其家明年
其死於高梁之虛及惠公在秦曰先君若從史蘇之

占。吾不及此。夫韓簡侍。曰。龜象也。筮數也。物生而後
有象。象而後有滋。滋而後有數。先君之敗德。及可數
乎。史蘇是占。勿從何益。詩曰。下民之孽。匪降自天。僔
沓背憎。職競由人。十月。晉陰飴甥會秦伯。盟于王城
秦伯曰。晉國和乎。對曰。不和。小人恥失其君而悼喪
其親。不憚征繕以立圉也。曰。必報讎。寧事戎狄。君子
愛其君而知其罪。不憚征繕以待秦命。曰。必報德。有
死無二。以此不和。秦伯曰。國謂君何。對曰。小人慼謂
之不免。君子恕以爲必歸。小人曰。我毒秦。秦豈歸君。
君子曰。我知罪矣。秦必歸君。貳而執之。服而舍之。德
莫厚焉。刑莫威焉。服者懷德。貳者畏刑。此一役也。秦
可以霸。納而不定。廢而不立。以德爲怨。秦不其然。秦
伯曰。是吾心也。改館晉侯。饋七牢焉。蛾析謂慶鄭曰。
盍行乎。對曰。陷君於敗。敗而不死。又使失刑。非人臣

也。臣而不臣。行將焉入。十一月。晉侯歸。丁丑。殺慶鄭而後入。是歲。晉又饑。秦伯又餼之粟。曰吾怨其君而矜其民。且吾聞唐叔之封也。箕子曰。其後必大。晉其庸可冀乎。姑樹德焉。以待能者。於是秦始征晉河東。置官司焉。

左傳晉楚城濮之戰僖公二十八年

楚子將圍宋。使子文治兵於睽。終朝而畢。不戮一人。子玉復治兵於蔿。終日而畢。鞭七人。貫三人耳。國老皆賀子文。子文飲之酒。蔿賈尚幼。後至不賀。子文問之。對曰。不知所賀。子之傳政於子玉。曰以靖國也。靖諸內而敗諸外。所獲幾何。子玉之敗。子之舉也。舉以敗國。將何賀焉。子玉剛而無禮。不可以治民。過三百乘。其不能以入矣。苟入而賀。何後之有。冬、楚子及諸侯圍宋。宋公孫固如晉告急。先軫曰。報施救患。取威定霸於是乎在矣狐偃曰楚始得曹而新昏于衞若伐曹衞楚必救之則齊宋免矣於是乎蒐于被廬作三軍謀元帥趙衰曰郤縠可臣亟聞其言矣說禮樂而敦詩書詩書義之府也禮樂德之則也德義利之本也夏書曰賦納以言明試以功車服以庸君其試之乃使郤縠將中軍郤溱佐之使狐偃將上軍讓於狐毛而佐之命趙衰爲卿讓於欒枝先軫使欒枝將下軍先軫佐之荀林父御戎魏犨爲右晉侯始入而教其民二年欲用之子犯曰民未知義未安其居於是乎出定襄王入務利民民懷生矣將用之子犯曰民未知信未宣其用於是乎伐原以示之信民易資者不求豐焉明徵其辭公曰可矣乎子犯曰民未知禮未生其共於是乎大蒐以示之禮作執秩以正其官民聽不惑而後用之出穀戍釋宋圍一戰而霸文

之教也。二十八年春晉侯將伐曹假道于衞衞人弗
許還自南河濟侵曹伐衞正月戊申取五鹿二月晉
郤縠卒原軫將中軍胥臣佐下軍上德也晉侯齊侯
盟于斂盂衞侯請盟晉人弗許衞侯欲與楚國人不
欲故出其君以說于晉衞侯出居于襄牛公子買戍
衞楚人救衞不克公懼於晉殺子叢以說焉謂楚人
曰不卒戍也晉侯圍曹門焉多死曹人尸諸城上晉
侯患之聽輿人之謀曰稱舍於墓師遷焉曹人兇懼
爲其所得者棺而出之因其兇也而攻之三月丙午
入曹數之以其不用僖負羈而乘軒者三百人也且
曰獻狀令無入僖負羈之宮而免其族報施也魏犨
顛頡怒曰勞之不圖報於何有爇僖負羈氏魏犨傷
於胷公欲殺之而愛其材使問且視之病將殺之魏
犨束胷見使者曰以君之靈不有寧也距躍三百曲

踊三百乃舍之殺顛頡以徇于師立舟之僑以爲戎右宋人使門尹般如晉師告急公曰宋人告急舍之則絕告楚不許我欲戰矣齊秦未可若之何先軫曰使宋舍我而賂齊秦藉之告楚我執曹君而分曹衞之田以賜宋人楚愛曹衞必不許也喜賂怒頑能無戰乎公說執曹伯分曹衞之田以畀宋人楚子入居于申使申叔去穀使子玉去宋曰無從晉師晉侯在外十九年矣而果得晉國險阻艱難備嘗之矣民之情僞盡知之矣天假之年而除其害天之所置其可廢乎軍志曰允當則歸又曰知難而退又曰有德不可敵此三志者晉之謂矣子玉使伯棼請戰曰非敢必有功也願以閒執讒慝之口王怒少與之師唯西廣東宮與若敖之六卒實從之子玉使宛春告於晉師曰請復衞侯而封曹臣亦釋宋之圍子犯曰子玉

無禮哉君取一臣取二不可失矣先軫曰子與之定
人之謂禮楚一言而定三國我一言而亡之我則無
禮何以戰乎不許楚言是弃宋也救而弃之謂諸侯
何楚有三施我有三怨怨讎已多將何以戰不如私
許復曹衛以攜之執宛春以怒楚既戰而後圖之公
說乃拘宛春於衛且私許復曹衛曹衛告絕於楚子
玉怒從晉師晉師退軍吏曰以君辟臣辱也且楚師
老矣何故退子犯曰師直爲壯曲爲老豈在久乎微
楚之惠不及此退三舍辟之所以報也背惠食言以
亢其讎我曲楚直其衆素飽不可謂老我退而楚還
我將何求若其不還君退臣犯曲在彼矣退三舍楚
衆欲止子玉不可 夏四月戊辰晉侯宋公齊國歸父
崔夭秦小子憖次于城濮楚師背酅而舍晉侯患之
聽輿人之誦曰原田每每舍其舊而新是謀公疑焉

子犯曰戰也戰而捷必得諸侯若其不捷表裏山河
必無害也公曰若楚惠何欒貞子曰漢陽諸姬楚實
盡之思小惠而忘大恥不如戰也晉侯夢與楚子搏
楚子伏己而盬其腦是以懼子犯曰吉我得天楚伏
其罪吾且柔之矣子玉使鬭勃請戰曰請與君之士
戲君馮軾而觀之得臣與寓目焉晉侯使欒枝對曰
寡君聞命矣楚君之惠未之敢忘是以在此爲大夫
退其敢當君乎既不獲命矣敢煩大夫謂二三子戒
爾車乘敬爾君事詰朝將見晉車七百乘韅靷鞅靽
晉侯登有莘之虛以觀師曰少長有禮其可用也遂
伐其木以益其兵己巳晉師陳于莘北胥臣以下軍
之佐當陳蔡子玉以若敖之六卒將中軍曰今日必
無晉矣子西將左子上將右胥臣蒙馬以虎皮先犯
陳蔡陳蔡奔楚右師潰狐毛設二旆而退之欒枝使

輿曳柴而僞遁楚師馳之原軫郤溱以中軍公族橫擊之狐毛狐偃以上軍夾攻子西楚左師潰楚師敗績子玉收其卒而止故不敗晉師三日館穀及癸酉而還甲午至于衡雍作王宮于踐土鄉役之三月鄭伯如楚致其師爲楚師既敗而懼使子人九行成于晉晉欒枝入盟鄭伯五月丙午晉侯及鄭伯盟于衡雍丁未獻楚俘于王駟介百乘徒兵千鄭伯傅王用平禮也己酉王享醴命晉侯宥王命尹氏及王子虎內史叔興父策命晉侯爲侯伯賜之大輅之服戎輅之服彤弓一彤矢百玈弓矢千秬鬯一卣虎賁三百人曰王謂叔父敬服王命以綏四國糾逖王慝晉侯三辭從命曰重耳敢再拜稽首奉揚天子之丕顯休命受策以出出入三覲衛侯聞楚師敗懼出奔楚遂適陳使元咺奉叔武以受盟癸亥王子虎盟諸侯于

王庭要言曰皆獎王室無相害也有渝此盟明神殛之俾隊其師無克祚國及而玄孫無有老幼君子謂是盟也信謂晉於是役也能以德攻初楚子玉自爲瓊弁玉纓未之服也先戰夢河神謂己曰畀余余賜女孟諸之麋弗致也大心與子西使榮黃諫弗聽榮季曰死而利國猶或爲之況瓊玉乎是糞土也而可以濟師將何愛焉弗聽出告二子曰非神敗令尹令尹其不勤民實自敗也既敗王使謂之曰大夫若入其若申息之老何子西孫伯曰得臣將死二臣止之曰君其將以爲戮及連穀而死晉侯聞之而後喜可知也曰莫余毒也已蔿呂臣實爲令尹奉己而已不在民矣

左傳晉楚邲之戰 宣公十二年

厲之役鄭伯逃歸自是楚未得志焉鄭既受盟于辰

陵又徼事于晉十二年春楚子圍鄭旬有七日鄭人卜行成不吉卜臨于大宮且巷出車吉國人大臨守陴者皆哭楚子退師鄭人脩城進復圍之三月克之入自皇門至于逵路鄭伯肉袒牽羊以逆曰孤不天不能事君使君懷怒以及敝邑孤之罪也敢不唯命是聽其俘諸江南以實海濱亦唯命其翦以賜諸侯使臣妾之亦唯命若惠顧前好徼福於厲宣桓武不泯其社稷使改事君夷於九縣君之惠也孤之願也非所敢望也敢布腹心君實圖之左右曰不可許也得國無赦王曰其君能下人必能信用其民矣庸可幾乎退三十里而許之平潘尫入盟子良出質夏六月晉師救鄭荀林父將中軍先縠佐之士會將上軍郤克佐之趙朔將下軍欒書佐之趙括趙嬰齊爲中軍大夫鞏朔韓穿爲上軍大夫荀首趙同爲下軍大

夫韓厥爲司馬。及河聞鄭既及楚平。桓子欲還曰無及於鄭而勦民。焉用之。楚歸而動不後。隨武子曰善會聞用師。觀釁而動。德刑政事典禮不易。不可敵也。不爲是征。楚軍討鄭。怒其貳而哀其卑。叛而伐之。服而舍之。德刑成矣。伐叛刑也。柔服德也。二者立矣。昔歲入陳。今茲入鄭。民不罷勞。君無怨讟。政有經矣。荊尸而舉。商農工賈不敗其業。而卒乘輯睦。事不奸矣。蔿敖爲宰。擇楚國之令典。軍行右轅。左追蓐。前茅慮無。中權。後勁。百官象物而動。軍政不戒而備。能用典矣。其君之舉也。內姓選於親。外姓選於舊。舉不失德。賞不失勞。老有加惠。旅有施舍。君子小人。物有服章。貴有常尊。賤有等威。禮不逆矣。德立刑行。政成事時。典從禮順。若之何敵之。見可而進。知難而退。軍之善政也。兼弱攻昧。武之善經也。子姑整軍而經武乎。猶有弱而昧者。何必楚。仲虺有言曰。取亂侮亡。兼弱也。
汋曰。於鑠王師。遵養時晦。晦者昧也。武曰。無競惟烈。撫
弱耆昧以務烈所。可也。彘子曰。不可。晉所以霸。師武
臣力也。今失諸侯。不可謂力。有敵而不從。不可謂武。
由我失霸。不如死。且成師以出。聞敵彊而退。非夫也。
命爲軍帥。而卒以非夫。唯羣子能。我弗爲也。以中軍
佐濟。知莊子曰。此師殆哉。周易有之。在師䷆之臨
䷒曰。師出以律。否臧凶。執事順成爲臧。逆爲否。衆
散爲弱。川壅爲澤。有律以如己也。故曰律。否臧。且律
竭也。盈而以竭。夭且不整。所以凶也。不行之謂臨。有
帥而不從。臨孰甚焉。此之謂矣。果遇必敗。彘子尸之。
雖免而歸。必有大咎。韓獻子謂桓子曰。彘子以偏師
陷。子罪大矣。子爲元帥。師不用命。誰之罪也。失屬亡
師。爲罪已重。不如進也。事之不捷。惡有所分。與其專

罪六人同之。不猶愈乎。師遂濟。

楚子北師次于郔。沈尹將中軍。子重將左。子反將右。將飲馬於河而歸。聞晉師既濟。王欲還。嬖人伍參欲戰。令尹孫叔敖弗欲。曰。昔歲入陳。今茲入鄭。不無事矣。戰而不捷。參之肉其足食乎。參曰。若事之捷。孫叔爲無謀矣。不捷。參之肉將在晉軍。可得食乎。令尹南轅反旆。伍參言於王曰。晉之從政者新。未能行令。其佐先縠剛愎不仁。未肯用命。其三帥者專行不獲。聽而無上。衆誰適從。此行也。晉師必敗。且君而逃臣。若社稷何。王病之。告令尹改乘轅而北之。次于管以待之。

晉師在敖鄗之閒。鄭皇戌使如晉師。曰。鄭之從楚。社稷之故也。未有貳心。楚師驟勝而驕。其師老矣。而不設備。子擊之。鄭師爲承。楚師必敗。彘子曰。敗楚服鄭。於此在矣。必許之。欒武子曰。楚自克庸以來。其君無日不討國人而訓之于民生之不易禍至之無日戒懼之不可以怠在軍無日不討軍實而申儆之于勝之不可保紂之百克而卒無後訓之以若敖蚡冒篳路藍縷以啓山林箴之曰民生在勤勤則不匱不可謂驕先大夫子犯有言曰師直爲壯曲爲老我則不德而徼怨于楚我曲楚直不可謂老其君之戎分爲二廣廣有一卒卒偏之兩右廣初駕數及日中左則受之以至于昏內官序當其夜以待不虞不可謂無備子良鄭之良也師叔楚之崇也師叔入盟子良在楚楚鄭親矣來勸我戰我克則來不克遂往以我卜也鄭不可從趙括趙同曰率師以來唯敵是求克敵得屬又何俟必從彘子知季曰原屏咎之徒也趙莊子曰欒伯善哉實其言必長晉國

楚少宰如晉師曰寡君少遭閔凶不能文聞二先君之出入此行也將鄭是訓定豈敢求

罪于晉二三子無淹久隨季對曰昔平王命我先君文侯曰與鄭夾輔周室毋廢王命今鄭不率寡君使羣臣問諸鄭豈敢辱候人敢拜君命之辱彘子以爲諂使趙括從而更之曰行人失辭寡君使羣臣遷大國之迹於鄭曰無辟敵羣臣無所逃命

楚子又使求成于晉晉人許之盟有日矣楚許伯御樂伯攝叔爲右以致晉師許伯曰吾聞致師者御靡旌摩壘而還樂伯曰吾聞致師者左射以菆代御執轡御下兩馬掉鞅而還攝叔曰吾聞致師者右入壘折馘執俘而還皆行其所聞而復晉人逐之左右角之樂伯左射馬而右射人角不能進矢一而已麋興於前射麋麗龜晉鮑癸當其後使攝叔奉麋獻焉曰以歲之非時獻禽之未至敢膳諸從者鮑癸止之曰其左善射其右有辭君子也既免

晉魏錡求公族未得而怒欲敗

晉師請致師弗許請使許之遂往請戰而還楚潘黨逐之及熒澤見六麋射一麋以顧獻曰子有軍事獸人無乃不給於鮮敢獻於從者叔黨命去之趙旃求卿未得且怒於失楚之致師者請挑戰弗許請召盟許之與魏錡皆命而往郤獻子曰二憾往矣弗備必敗彘子曰鄭人勸戰弗敢從也楚人求成弗能好也師無成命多備何爲士季曰備之善若二子怒楚楚人乘我喪師無日矣不如備之楚之無惡除備而盟何損於好若以惡來有備不敗且雖諸侯相見軍衛不徹警也彘子不可士季使鞏朔韓穿帥七覆于敖前故上軍不敗趙嬰齊使其徒先具舟于河故敗而先濟潘黨既逐魏錡趙旃夜至於楚軍席於軍門之外使其徒入之楚子爲乘廣三十乘分爲左右右廣雞鳴而駕日中而說左則受之日入而說許偃御右

廣養由基爲右彭名御左廣屈蕩爲右乙卯王乘左廣以逐趙旃趙旃弃車而走林屈蕩搏之得其甲裳晉人懼二子之怒楚師也使軘車逆之潘黨望其塵使騁而告曰晉師至矣楚人亦懼王之入晉軍也遂出陳孫叔曰進之寧我薄人無人薄我詩云元戎十乘以先啓行先人也軍志曰先人有奪人之心薄之也遂疾進師車馳卒奔乘晉軍桓子不知所爲鼓於軍中曰先濟者有賞中軍下軍爭舟舟中之指可掬也晉師右移上軍未動工尹齊將右拒卒以逐下軍楚子使唐狡與蔡鳩居告唐惠侯曰不穀不德而貪以遇大敵不穀之罪也然楚不克君之羞也敢藉君靈以濟楚師使潘黨率游闕四十乘從唐侯以爲左拒以從上軍駒伯曰待諸乎隨季曰楚師方壯若萃於我吾師必盡不如收而去之分謗生民不亦可乎

殿其卒而退不敗王見右廣將從之乘屈蕩戶之曰
君以此始亦必以終自是楚之乘廣先左晉人或以
廣隊不能進楚人惎之脫扃少進馬還又惎之拔旆
投衡乃出顧曰吾不如大國之數奔也趙旃以其良
馬二濟其兄與叔父以他馬反遇敵不能去棄車而
走林逢大夫與其二子乘謂其二子無顧顧曰趙傁
在後怒之使下指木曰尸女於是授趙旃綏以免明
日以表尸之皆重獲在木下楚熊負羈囚知罃知莊
子以其族反之廚武子御下軍之士多從之每射抽
矢菆納諸廚子之房廚子怒曰非子之求而蒲之愛
董澤之蒲可勝既乎知季曰不以人子吾子其可得
乎吾不可以苟射故也射連尹襄老獲之遂載其尸
射公子穀臣囚之以二者還及昏楚師軍於邲晉之
餘師不能軍宵濟亦終夜有聲丙辰楚重至於邲遂

次于衡雍。潘黨曰。君盍築武軍。而收晉尸。以爲京觀。臣聞克敵必示子孫。以無忘武功。楚子曰。非爾所知也。夫文止戈爲武。武王克商。作頌曰。載戢干戈。載櫜弓矢。我求懿德。肆于時夏。允王保之。又作武。其卒章曰。耆定爾功。其三曰。鋪時繹思。我徂惟求定。其六曰。綏萬邦。屢豐年。夫武禁暴戢兵保大定功安民和衆豐財者也。故使子孫無忘其章。今我使二國暴骨。暴矣。觀兵以威諸侯。兵不戢矣。暴而不戢。安能保大。猶有晉在。焉得定功。所違民欲猶多。民何安焉。無德而强爭諸侯。何以和衆。利人之幾。而安人之亂。以爲己榮。何以豐財。武有七德。我無一焉。何以示子孫。其爲先君宮。告成事而已。武非吾功也。古者明王伐不敬。取其鯨鯢而封之。以爲大戮。於是乎有京觀。以懲淫慝。今罪無所。而民皆盡忠以死君命。又可以爲京觀

乎祀于河作先君宮告成事而還是役也鄭石制實
入楚師將以分鄭而立公子魚臣辛未鄭殺僕叔及
子服君子曰史佚所謂毋怙亂者謂是類也詩曰亂
離瘼矣爰其適歸歸於怙亂者也夫鄭伯許男如楚
秋晉師歸桓子請死晉侯欲許之士貞子諫曰不可
城濮之役晉師三日穀文公猶有憂色左右曰有喜
而憂如有憂而喜乎公曰得臣猶在憂未歇也困獸
猶鬭況國相乎及楚殺子玉公喜而後可知也曰莫
余毒也已是晉再克而楚再敗也楚是以再世不競
今天或者大警晉也而又殺林父以重楚勝其無乃
久不競乎林父之事君也進思盡忠退思補過社稷
之衛也若之何殺之夫其敗也如日月之食焉何損
於明晉侯使復其位

左傳齊晉鞌之戰 成公二年

衞侯使孫良夫石稷甯相向禽將侵齊與齊師遇石子欲還孫子曰不可以師伐人遇其師而還將謂君何若知不能則如無出今既遇矣不如戰也夏有杜注闕文失新築戰事石成子曰師敗矣子不少須衆懼盡子喪師徒何以復命皆不對又曰子國卿也隕子辱矣子以衆退我此乃止且告車來甚衆齊師乃止次于鞫居新築人仲叔于奚救孫桓子桓子是以免既衞人賞之以邑辭請曲縣繁纓以朝許之仲尼聞之曰惜也不如多與之邑唯器與名不可以假人君之所司也名以出信信以守器器以藏禮禮以行義義以生利利以平民政之大節也若以假人與人政也政亡則國家從之弗可止也已

孫桓子還於新築不入遂如晉乞師臧宣叔亦如晉乞師皆主郤獻子晉侯許之七百乘郤子曰此城濮之賦也有先君之明與先

大夫之肅故捷克於先大夫無能爲役請八百乘許之郤克將中軍士燮佐上軍欒書將下軍韓厥爲司馬以救魯衛臧宣叔逆晉師且道之季文子帥師會之及衛地韓獻子將斬人郤獻子馳將救之至則既斬之矣郤子使速以徇告其僕曰吾以分謗也師從齊師于莘六月壬申師至于靡笄之下齊侯使請戰曰子以君師辱於敝邑不腆敝賦詰朝請見對曰晉與魯衛兄弟也來告曰大國朝夕釋憾於敝邑之地寡君不忍使羣臣請於大國無令輿師淹於君地能進不能退君無所辱命齊侯曰大夫之許寡人之願也若其不許亦將見也齊高固入晉師桀石以投人禽之而乘其車繫桑本焉以徇齊壘曰欲勇者賈余餘勇癸酉師陳于鞌邴夏御齊侯逢丑父爲右晉解張御郤克鄭丘緩爲右齊侯曰余姑翦滅此而朝食

不介馬而馳之郤克傷於矢流血及屨未絕鼓音曰余病矣張侯曰自始合而矢貫余手及肘余折以御左輪朱殷豈敢言病吾子忍之緩曰自始合苟有險余必下推車子豈識之然子病矣張侯曰師之耳目在吾旗鼓進退從之此車一人殿之可以集事若之何其以病敗君之大事也擐甲執兵固即死也病未及死吾子勉之左并轡右援枹而鼓馬逸不能止師從之齊師敗績逐之三周華不注

韓厥夢子輿謂己曰旦辟左右故中御而從齊侯邴夏曰射其御者君子也公曰謂之君子而射之非禮也射其左越于車下射其右斃于車中綦毋張喪車從韓厥曰請寓乘從左右皆肘之使立於後韓厥俛定其右逢丑父與公易位將及華泉驂絓於木而止丑父寢於轏中蛇出於其下以肱擊之傷而匿之故不能推車而及韓

厥執縶馬前再拜稽首奉觴加璧以進曰寡君使羣臣爲魯衛請曰無令輿師陷入君地下臣不幸屬當戎行無所逃隱且懼奔辟而忝兩君臣辱戎士敢告不敏攝官承乏丑父使公下如華泉取飲鄭周父御佐車宛茷爲右載齊侯以免韓厥獻丑父郤獻子將戮之呼曰自今無有代其君任患者有一於此將爲戮乎郤子曰人不難以死免其君我戮之不祥赦之以勸事君者乃免之

齊侯免求丑父三入三出每出齊師以帥退入于狄卒狄卒皆抽戈楯冒之以入于衛師衛師免之遂自徐關入齊侯見保者曰勉之齊師敗矣辟女子女子曰君免乎曰免矣曰鋭司徒免乎曰免矣曰苟君與吾父免矣可若何乃奔齊侯以爲有禮既而問之辟司徒之妻也予之石窌

晉師從齊師入自丘輿擊馬陘齊侯使賓媚人賂以紀甗玉

磬與地不可則聽客之所爲賓婿人致賂晉人不可曰必以蕭同叔子爲質而使齊之封內盡東其畝對曰蕭同叔子非他寡君之母也若以匹敵則亦晉君之母也吾子布大命於諸侯而曰必質其母以爲信其若王命何且是以不孝令也詩曰孝子不匱永錫爾類若以不孝令於諸侯其無乃非德類也乎先王疆理天下物土之宜而布其利故詩曰我疆我理南東其畝今吾子疆理諸侯而曰盡東其畝而已唯吾子戎車是利無顧土宜其無乃非先王之命也乎反先王則不義何以爲盟主其晉實有闕四王之王也樹德而濟同欲焉五伯之霸也勤而撫之以役王命今吾子求合諸侯以逞無疆之欲詩曰布政優優百祿是遒子實不優而弃百祿諸侯何害焉不然寡君之命使臣則有辭矣曰子以君師辱於敝邑不腆敝

賦以犒從者畏君之震師徒橈敗吾子惠徼齊國之福不泯其社稷使繼舊好唯是先君之敝器土地不敢愛子又不許請收合餘燼背城借一敝邑之幸亦云從也況其不幸敢不唯命是聽魯衞諫曰齊疾我矣其死亡者皆親暱也子若不許讎我必甚唯子則又何求子得其國寶我亦得地而紓於難其榮多矣齊晉亦唯天所授豈必晉晉人許之對曰羣臣帥賦輿以爲魯衞請若苟有以藉口而復於寡君君之惠也敢不唯命是聽 禽鄭自師逆公秋七月晉師及齊國佐盟于袁婁使齊人歸我汶陽之田公會晉師于上鄍賜三帥先路三命之服司馬司空輿帥候正亞旅皆受一命之服

左傳晉楚鄢陵之戰 成公十六年

晉侯將伐鄭范文子曰若逞吾願諸侯皆叛晉可以

逞若唯鄭叛晉國之憂可立俟也欒武子曰不可以當吾世而失諸侯必伐鄭乃興師欒書將中軍士燮佐之郤錡將上軍荀偃佐之韓厥將下軍郤至佐新軍荀罃居守郤犨如衛遂如齊皆乞師焉欒黶來乞師孟獻子曰有勝矣夏四月戊寅晉師起

鄭人聞有晉師使告于楚姚句耳與往楚子救鄭司馬將中軍令尹將左右尹子辛將右過申子反入見申叔時曰師其何如對曰德刑詳義禮信戰之器也德以施惠刑以正邪詳以事神義以建利禮以順時信以守物民生厚而德正用利而事節時順而物成上下和睦周旋不逆求無不具各知其極故詩曰立我烝民莫匪爾極是以神降之福時無災害民生敦厖和同以聽莫不盡力以從上命致死以補其闕此戰之所由克也今楚內弃其民而外絕其好瀆齊盟而食話言奸

時以動而疲民以逞民不知信進退罪也人恤所厎其誰致死子其勉之吾不復見子矣姚句耳先歸子駟問焉對曰其行速過險而不整速則失志不整喪列志失列喪將何以戰楚懼不可用也五月晉師濟河聞楚師將至范文子欲反曰我僞逃楚可以紓憂夫合諸侯非吾所能也以遺能者我若羣臣輯睦以事君多矣武子曰不可六月晉楚遇於鄢陵范文子不欲戰郤至曰韓之戰惠公不振旅箕之役先軫不反命邲之師荀伯不復從皆晉之恥也子亦見先君之事矣今我辟楚又益恥也文子曰吾先君之亟戰也有故秦狄齊楚皆彊不盡力子孫將弱今三彊服矣敵楚而已唯聖人能內外無患自非聖人外寧必有內憂盍釋楚以爲外懼乎甲午晦楚晨壓晉軍而陳軍吏患之范匄趨進曰塞井夷竈陳於軍中而疏

行首晉楚唯天所授何患焉文子執戈逐之曰國之存亡天也童子何知焉欒書曰楚師輕窕固壘而待之三日必退退而擊之必獲勝焉郤至曰楚有六間不可失也其二卿相惡王卒以舊鄭陳而不整蠻軍而不陳陳不違晦在陳而囂合而加囂各顧其後莫有鬭心舊不必良以犯天忌我必克之楚子登巢車以望晉軍子重使大宰伯州犂侍于王後王曰騁而左右何也曰召軍吏也皆聚於中軍矣曰合謀也張幕矣曰虔卜於先君也徹幕矣曰將發命也甚囂且塵上矣曰將塞井夷竈而爲行也皆乘矣左右執兵而下矣曰聽誓也戰乎曰未可知也乘而左右皆下矣曰戰禱也伯州犂以公卒告王苗賁皇在晉侯之側亦以王卒告皆曰國士在且厚不可當也苗賁皇言於晉侯曰楚之良在其中軍王族而已請分良以

擊其左右而三軍萃於王卒必大敗之公筮之史曰吉其卦遇復☷☳曰南國蹙射其元王中厥目國蹙王傷不敗何待公從之有淖於前乃皆左右相違於淖步毅御晉厲公欒鍼為右彭名御楚共王潘黨為右石首御鄭成公唐苟為右欒范以其族夾公行陷於淖欒書將載晉侯鍼曰書退國有大任焉得專之且侵官冒也失官慢也離局姦也有三罪焉不可犯也乃掀公以出於淖癸巳潘尫之黨與養由基蹲甲而射之徹七札焉以示王曰君有二臣如此何憂於戰王怒曰大辱國詰朝爾射死藝呂錡夢射月中之退入於泥占之曰姬姓日也異姓月也必楚王也射而中之退入於泥亦必死矣及戰射共王中目王召養由基與之兩矢使射呂錡中項伏弢以一矢復命郤至三遇楚子之卒見楚子必下免冑而趨風楚子

使工尹襄問之以弓曰方事之殷也有韎韋之跗注君子也識見不穀而趨無乃傷乎郤至見客免胄承命曰君之外臣至從寡君之戎事以君之靈間蒙甲胄不敢拜命敢告不寧君命之辱爲事之故敢肅使者三肅使者而退晉韓厥從鄭伯其御杜溷羅曰速從之其御屢顧不在馬可及也韓厥曰不可以再辱國君乃止郤至從鄭伯其右茀翰胡曰諜輅之余從之乘而俘以下郤至曰傷國君有刑亦止石首曰衛懿公唯不去其旗是以敗於熒乃內旌於弢中唐苟謂石首曰子在君側敗者壹大我不如子子以君免我請止乃死楚師薄於險叔山冉謂養由基曰雖君有命爲國故子必射乃射再發盡殪叔山冉搏人以投中車折軾晉師乃止囚楚公子茷欒鍼見子重之旌請曰楚人謂夫旌子重之麾也彼其子重也日臣

之使於楚也子重問晉國之勇臣對曰好以衆整曰
又何如臣對曰好以暇今兩國治戎行人不使不可
謂整臨事而食言不可謂暇請攝飲焉公許之使行
人執榼承飲造于子重曰寡君乏使使鍼御持矛是
以不得犒從者使某攝飲子重曰夫子嘗與吾言於
楚必是故也不亦識乎受而飲之免使者而復鼓旦
而戰見星未已子反命軍吏察夷傷補卒乘繕甲兵
展車馬雞鳴而食唯命是聽晉人患之苗賁皇徇曰
蒐乘補卒秣馬利兵脩陳固列蓐食申禱明日復戰
乃逸楚囚王聞之召子反謀穀陽豎獻飲於子反子
反醉而不能見王曰天敗楚也夫余不可以待乃宵
遁晉入楚軍三日穀范文子立於戎馬之前曰君幼
諸臣不佞何以及此君其戒之周書曰惟命不于常
有德之謂楚師還及瑕王使謂子反曰先大夫之覆

師徒者君不在子無以爲過不穀之罪也子反再拜稽首曰君賜臣死死且不朽臣之卒實奔臣之罪也子重使謂子反曰初隕師徒者而亦聞之矣盍圖之對曰雖微先大夫有之大夫命側側敢不義側亡君師敢亡其死王使止之弗及而卒

左傳宋之盟 襄公二十七年

宋向戌善於趙文子又善於令尹子木欲弭諸侯之兵以爲名如晉告趙孟趙孟謀於諸大夫韓宣子曰兵民之殘也財用之蠹小國之大菑也將或弭之雖曰不可必將許之弗許楚將許之以召諸侯則我失爲盟主矣晉人許之如楚楚亦許之如齊齊人難之陳文子曰晉楚許之我焉得已且人曰弭兵而我弗許則固攜吾民矣將焉用之齊人許之告於秦秦亦許之皆告於小國爲會於宋 五月甲辰晉趙武至於

宋丙午鄭良霄至六月丁未朔宋人享趙文子叔向
爲介司馬置折俎禮也仲尼使舉是禮也以爲多文
辭戊申叔孫豹齊慶封陳須無衞石惡至甲寅晉荀
盈從趙武至丙辰邾悼公至壬戌楚公子黑肱先至
成言於晉丁卯宋向戌如陳從子木成言於楚戊辰
滕成公至子木謂向戌請晉楚之從交相見也庚午
向戌復於趙孟趙孟曰晉楚齊秦匹也晉之不能於
齊猶楚之不能於秦也楚君若能使秦君辱於敝邑
寡君敢不固請於齊壬申左師復言於子木子木使
馹謁諸王王曰釋齊秦他國請相見也秋七月戊寅
左師至是夜也趙孟及子晳盟以齊言庚辰子木至
自陳陳孔奐蔡公孫歸生至曹許之大夫皆至以藩
爲軍晉楚各處其偏伯夙謂趙孟曰楚氛甚惡懼難
趙孟曰吾左還入於宋若我何辛巳將盟於宋西門

之外楚人衷甲伯州犂曰合諸侯之師以爲不信無乃不可乎夫諸侯望信於楚是以來服若不信是弃其所以服諸侯也固請釋甲子木曰晉楚無信久矣事利而已苟得志焉焉用有信大宰退告人曰令尹將死矣不及三年求逞志而弃信志將逞乎志以發言言以出信信以立志參以定之信亡何以及三趙孟患楚衷甲以告叔向叔向曰何害也匹夫一爲不信猶不可單斃其死若合諸侯之卿以爲不信必不捷矣食言者不病非子之患也夫以信召人而以僭濟之必莫之與也安能害我且吾因宋以守病則夫能致死與宋致死雖倍楚可也子何懼焉又不及是曰弭兵以召諸侯而稱兵以害我吾庸多矣非所患也

季武子使謂叔孫以公命曰視邾滕既而齊人請邾宋人請滕皆不與盟叔孫曰邾滕人之私也我列

國也何故視之宋衛吾匹也乃盟故不書其族言違命也晉楚爭先晉人曰晉固爲諸侯盟主未有先晉者也楚人曰子言晉楚匹也若晉常先是楚弱也且晉楚狎主諸侯之盟也久矣豈專在晉叔向謂趙孟曰諸侯歸晉之德只非歸其尸盟也子務德無爭先且諸侯盟小國固必有尸盟者楚爲晉細不亦可乎乃先楚人書先晉晉有信也壬午宋公兼享晉楚之大夫趙孟爲客子木與之言弗能對使叔向侍言焉子木亦不能對也乙酉宋公及諸侯之大夫盟于蒙門之外子木問於趙孟曰范武子之德何如對曰夫子之家事治言於晉國無隱情其祝史陳信於鬼神無愧辭子木歸以語王王曰尚矣哉能歆神人宜其光輔五君以爲盟主也子木又語王曰宜晉之伯也有叔向以佐其卿楚無以當之不可與爭晉荀盈遂

如楚泣盟。鄭伯享趙孟于垂隴。子展伯有子西子產子大叔二子石從。趙孟曰。七子從君。以寵武也。請皆賦以卒君貺。武亦以觀七子之志。子展賦草蟲。趙孟曰。善哉。民之主也。抑武也不足以當之。伯有賦鶉之賁賁。趙孟曰。牀笫之言不踰閾。況在野乎。非使人之所得聞也。子西賦黍苗之四章。趙孟曰。寡君在。武何能焉。子產賦隰桑。趙孟曰。武請受其卒章。子大叔賦野有蔓草。趙孟曰。吾子之惠也。印段賦蟋蟀。趙孟曰。善哉。保家之主也。吾有望矣。公孫段賦桑扈。趙孟曰。匪交匪敖。福將焉往。若保是言也。欲辭福祿。得乎。卒享。文子告叔向曰。伯有將爲戮矣。詩以言志。志誣其上。而公怨之以爲賓榮。其能久乎。幸而後亡。叔向曰。然。已侈。所謂不及五稔者。夫子之謂矣。文子曰。其餘皆數世之主也。子展其後亡者也。在上不忘降。印氏

其次也樂而不荒樂以安民不淫以使之後士不亦
可乎宋左師請賞曰請免死之邑公與之邑六十以
示子罕子罕曰凡諸侯小國晉楚所以兵威之畏而
後上下慈和慈和而後能安靖其國家以事大國所
以存也無威則驕驕則亂生亂生必滅所以亡也天
生五材民並用之廢一不可誰能去兵兵之設久矣
所以威不軌而昭文德也聖人以興亂人以廢廢興
存亡昏明之術皆兵之由也而子求去之不亦誣乎
以誣道蔽諸侯罪莫大焉縱無大討而又求賞無厭
之甚也削而投之左師辭邑向氏欲攻司城左師曰
我將亡夫子存我德莫大焉又可攻乎君子曰彼其
之子邦之司直樂喜之謂乎何以恤我我其收之向
戌之謂乎

續古文辭類纂卷四

典志類

書禹貢第三

禹敷(荀子大戴史記竝作傅)土，隨山刊木，奠高山大川。冀州既載，壺口治梁及岐。既脩大原，至于岳陽(史漢竝作嶽)。覃懷底績，至于衡漳(漢書作章)。厥土惟白壤，厥賦惟上上錯，厥田惟中中。恆衞既從，大陸既作(史記作爲)。鳥(依史漢改)夷皮服。夾右碣石入于河。

濟(說文漢書竝作沛)河惟兗(史記作沇)州。九河既道，雷夏既澤，雍沮會同。桑土既蠶，是(風俗通作民乃二字)降丘宅(風俗通作度)土。厥土黑墳，厥草(說文作艸漢書作屮)惟繇，厥木惟條。厥田惟中下，厥賦貞，作十有三載(史記漢書馬鄭本竝作年)乃(漢書作迺)同。厥貢漆絲，厥篚(說文作匪漢書作棐)織文。浮于濟漯(五經文字作㶟)達(史記作通)于河。

海岱惟青州。嵎夷既略，濰(史記作維漢書作惟)淄(漢書作甾)其(史記作既)道。厥土白墳，海濱(漢書作瀕)廣斥(史漢作瀉)。竝厥田惟上下。厥賦中上。厥貢鹽絺。海物惟錯。岱畎絲枲鉛松怪石。萊夷作牧。厥篚檿(史記作酓)絲。浮于汶。達于濟。海岱及淮惟徐州。淮沂其乂。蒙羽其蓺(依漢書改)。大野(漢書作壄)既豬(史記作都)。東原底平。厥土赤埴(鄭本作戠)墳。草木漸(說文作蔪)包(說文作苞)。厥田惟上中。厥賦中中。厥貢惟土五色。羽畎(孔穎達引作甽)。夏翟(漢書作狄)。嶧陽孤桐。泗濱(漢書作瀕)。浮磬。淮夷蠙(釋文作玭。又)珠暨(史漢竝作泉詩疏引作洎)。魚。厥篚玄纖縞。浮于淮泗。達于菏(依說文水經注定正)。淮海惟楊(唐石經作揚)州。彭蠡既豬(史記作都)。陽鳥攸(漢書作逌)居。三江既入。震(史記作振)澤底定。篠(說文作筱)。簜(釋文或作簒)。既敷。厥草惟夭。厥木惟喬。厥土惟塗泥。厥田惟下下。厥賦下上上錯。厥貢惟金三品。瑤琨(漢書作瓚馬本同)。篠簜齒革羽旄(依史漢改)。惟木(史漢竝無此二字)。鳥夷卉服。厥篚織貝。厥包(說文作苞鄭同)橘柚錫貢。沿(史漢竝作均馬同。鄭作松)。于江海。達于淮泗。荊及衡陽惟荊州。江漢朝宗于海。九江孔殷。沱潛史記作涔。漢書作灊。既史記作已。道。雲土夢蜀石經作雲夢土。宋太宗詔從土夢。作乂。厥土惟塗泥。厥田惟下中。厥賦上上下。厥貢羽毛齒革。惟金三品。杶釋文又作櫄。榦栝柏。礪漢書作厲。經音義作砅。砥。砮丹。惟箘簵說文作簬。楛說文作枯。史記箘簵楛。一作箭足杅。三邦底貢厥名。包匭菁茅。厥篚玄纁璣組。九江納錫大龜。浮于江沱潛于依釋文本校增。漢。逾于雒。至于南河。

荊河惟豫州。伊雒瀍淮南作廛。澗。既入于河。熒唐石經作滎。左傳釋文云。或作滎非。播依馬本改。既豬。鄭引作都。道菏史漢並作荷。澤。被孟豬。大傳作孟諸。史記作明都。漢書作盟豬。厥土惟壤。下土墳壚。厥田惟中上。厥賦錯上中。厥貢漆枲史記作絲。絺紵。厥篚纖纊。錫貢磬錯。浮于雒。達漢書作入。于河。

華陽黑水惟梁州。岷說文作𡵓。史記作汶。漢書作崏。嶓既蓺。沱潛史記作涔。漢書作灊。既道。蔡蒙旅平。和鄭讀桓。夷底績。厥土青黎。史記作驪。厥田惟下上。厥賦下中三錯。厥貢璆釋文作璆。史記同。鐵銀鏤砮磬。熊羆狐狸織皮。西傾。漢書作頃。因桓是來。浮于潛。逾于沔。入于渭。亂于河。

黑水西河惟雍州。弱水既西。涇屬渭汭。釋文作內。又漆沮既從。灃漢書作酆水經作豐。水攸同。荊岐既。史記作已。旅。終南惇史漢並作敦。物。至于鳥鼠。原隰底績。至于豬史記作都。野。漢書作壄。三危既宅。史記作度。三苗丕敘。史漢並作序。厥土惟黃壤。厥田惟上上。厥賦中下。厥貢惟璆琳。釋文作玲。又琅玕。浮于積石。至于龍門西河。會于渭汭。織皮昆依漢書改。崙。史記作侖。析大戴作鮮。後漢書作賜。支渠搜。史作廋。漢作叟。西戎即敘。

史漢並作序。道史記有九山二字。岍釋文又作汧。馬本作開。及岐。至于荊山。逾于河。壺口雷首。至于大岳。史漢並作嶽。底史記作砥。柱析城。至于王屋。大行恆山。至于碣石。入于海。西傾漢書作頃。朱圉漢志作圄。鳥鼠。至于大華。熊耳外方桐柏。至于陪漢書作倍。史記作負。尾。道嶓冢。至于荊山。內方。至于大別。岷史作汶。漢作㟭。山之陽。至于衡山。過九江。至于敷漢志作傅。淺史記一作滅。原。

道史記有九川二字。九

弱釋文或作溺說文同水至于合黎漢書作蔾水經作離餘波入于流沙道黑水至于三危入于南海道河積石至于龍門南至于華陰東至于底柱又東至于孟李善作盟津東過雒汭漢志作內至于大伾釋文又作岯或作邳史記水經作邳北過降鄭云或作絳非蔡作洚水至于大陸又北播爲九河同爲逆漢志作迎河入于海嶓冢道漾史記作瀁漢志作養東流爲漢又東爲滄史記作蒼浪之水過三澨至于大別南入于江東匯澤爲彭蠡東爲北江入于海岷史記作汶王逸作岐山道江東別爲沱又東至于醴依史漢改過九江至于東陵東迆北會于匯東爲中江入于海道沇水東流爲濟漢志作泲入于河泆依史記改漢書作軼爲滎東出于陶丘北說文出作至又東至于菏又東北會于汶又北東史記作東北入于海道淮自桐柏東會于泗沂東入于海道渭自鳥鼠同穴東會于灃又東會于涇史記作又東北至于涇又東過漆沮入于河道雒自

熊耳東北會于澗瀍又東會于伊又東北入于河九州攸同四奧依正義本史記同唐石經作隩廣韻作墺既宅九山栞漢碑作甄旅九川滌原史漢竝作既疏九澤既陂河渠書作灑四海會同六府孔脩庶土交正厎慎財賦咸則三壤成賦中邦錫土姓祗台德先不距朕行五百里甸服百里賦納總二百里納銍詩疏作秷三百里納秸漢書作戛鄭本作𥟅釋文或作稭服四百里粟五百里米詩疏引粟米上竝有納字五百里侯服百里采二百里男邦史記作任國三百里諸侯五百里綏服三百里揆文教二百里奮武衛五百里要服三百里夷二百里蔡五百里荒服三百里蠻二百里流東漸于海西被于流沙朔南暨聲教訖于四海禹錫玄圭緯作珪告厥成功

書顧命弟二十四

惟四月哉生魄漢書作霸王不懌馬作不釋漢書作王有疾不豫甲子王

乃洮類漢書作沬水相被冕服馮依周禮注正說文作凭玉几乃同
召太保奭芮伯彤伯畢公衞侯毛公師氏虎臣漢書古今
人表彤伯作師伯虎臣作龍臣皆人名百尹御事王曰嗚呼疾大漸惟
幾病日臻既彌留恐不獲誓言嗣茲予審訓命女昔
君文王武王李善引昔君作昔先君又作昔我君宣重光奠麗陳教則
肄肄不違用克達漢石經作通殷集石經作就大命在後說文作后
之侗說文作詷馬同敬迓天威嗣守文武大訓無敢昏逾今
天降疾殆弗興弗悟爾尚明時朕言用敬保元子釗
弘濟于艱難柔遠能邇安勸小大庶邦思夫人自亂
于威儀爾無以釗冒馬鄭王作勖貢馬鄭王作贛于非幾茲卽
依石經改受命還出綴衣于庭越翌依集韻日乙丑成依漢書補
此字馬鄭竝有王崩大保命仲漢表作中桓南宮毛漢表作髦俾爰齊
侯呂伋以二干戈虎賁百人逆白虎通作迎子釗于南門
之外延入翼室後漢書注作翌恤宅李賢作度宗丁卯命作冊度

越七日癸酉·伯相命士須材·狄設黼扆（石經作衣·）綴衣牖閒南鄉·敷（說文作布·）重蔑（說文作莧·莧蔑古通·用唐石經作篾非·）席黼純華玉仍几·西序東鄉·敷重底（玉篇作蔇非·）席·綴純·文貝仍几·東序西鄉·（依周禮注定正·俗作嚮·上下同·）敷重豐席·畫純·雕玉仍几·西夾南鄉·敷重筍席·玄紛純·漆仍几·越玉五重·陳寶（說文作案·）赤刀大訓弘璧琬琰·在西序·大玉夷玉天球河圖·在東序·（李善作杼·又蔡邕引顓頊河圖洛書在東序·）胤之舞衣大貝鼖鼓在西房·兌之戈和之弓垂之竹矢·在東房·大路（依周禮注·）在賓階面·綴（周禮注作贅·）路在阼階面·先路在左塾之前·次路在右塾之前·二人雀弁執惠·立于畢門之內·四人綦（馬鄭作騏·）弁·執戈上刃·夾兩階戺·一人冕執劉·立于東堂·一人冕·執戉·（依釋文引說文定正·）立于西堂·一人冕執戣·立于東垂·一人冕·執瞿·立于西垂·一人冕·執銳（說文作鈗·）立于側階·

王麻冕黼裳·由賓階隮·卿士邦君麻冕

蟻裳入即位太保太史太宗皆麻冕彤裳太保承(說文作偁奉)介圭上宗奉同(白虎通作銅)瑁由阼階隮太史秉書由賓階隮御王冊命曰皇后憑玉几道揚末命命女嗣訓臨君(李善作君臨)周邦率循大卞燮和天下用答揚文武之光訓王再拜興答(白虎通作對)曰眇眇予末小子其能而亂四方以敬忌天威乃受同瑁王三宿三祭三咤(說文作託馬本作詫釋文亦作宅玉篇或作吒)上宗曰饗太保受同降盥以異同秉璋以酢授宗人同拜王答拜太保受同祭嚌宅授宗人同拜王答拜太保降收諸侯出廟門

[俟]王出在應門之內太保率西方諸侯入應門左畢公率東方諸侯入應門右皆布乘黃朱(白虎通作黼黻衣黃朱紱)賓稱奉圭兼幣曰一二臣衛敢執壤奠皆再拜稽首王義嗣德答拜太保暨芮伯咸進相揖皆再拜稽首曰敢敬告天子皇天改大邦殷之命惟周文武誕受

羑若克恤西土惟新陟王畢協賞罰戡定厥功用敷遺後人休今王敬之哉張皇六師無壞我高祖寡命

王若曰（馬鄭王本已下爲康王之誥）庶邦侯甸男衛惟予一人釗報誥昔君文武丕平富不務咎底至齊信用昭明于天下則亦有熊羆之士不二心之臣保乂王家用端命于上帝皇天用訓厥道付畀四方乃命建侯樹屏在我後之人今予一二伯父尚胥暨顧綏爾先公之臣服于先王雖爾身在外乃心罔（漢書作無）不在王室用奉恤厥若無遺鞠子羞羣公既皆聽命相揖趨出王釋冕反（白虎通無反字）喪服

儀禮士冠禮（儀禮依張爾岐鄭注句讀按鄭目錄云童子任職居士位年二十而冠）

士冠禮筮于廟門主人玄冠朝服緇帶素韠即位于門東西面有司如主人服即位于西方東面北上筮與席所卦者具饌于西塾布席于門中闑西閾外西

面筮人執筴抽上韇兼執之進受命於主人宰自右少退贊命筮人許諾左還卽席坐西面卦者在左卒筮書卦執以示主人主人受眡反之筮人還東面旅占卒進告吉若不吉則筮遠日如初儀徹筮席宗人告事畢

主人戒賓賓禮辭許主人再拜賓答拜主人退賓拜送

前期三日筮賓如求日之儀

乃宿賓賓如主人服出門左西面再拜主人東面答拜乃宿賓賓許主人再拜賓答拜主人退賓拜送宿贊冠者一人亦如之

厥明夕爲期于廟門之外主人立于門東兄弟在其南少退西面北上有司皆如宿服立于西方東面北上擯者請期宰告曰質明行事告兄弟及有司告事畢擯者告期于賓之家

夙興設洗直于東榮南北以堂深水在洗東陳服于房中西墉下東領北上爵弁服纁裳純衣緇帶韎韐皮弁服素積緇帶素

韠玄端玄裳黃裳雜裳可也緇帶爵韠緇布冠缺項青組纓屬于缺緇纚廣終幅長六尺皮弁笄爵弁笄緇組紘纁邊同篋櫛實於簞蒲筵二在南側尊一甒醴在服北有篚實勺觶角柶脯醢南上爵弁皮弁緇布冠各一匴執以待于西坫南南面東上賓升則東面主人玄端爵韠立于阼階下直東序西面兄弟畢袗玄立于洗東西面北上擯者玄端負東塾將冠者采衣紒在房中南面賓如主人服贊者玄端從之立于外門之外擯者告主人迎出門左西面再拜賓答拜主人揖贊者與賓揖先入每曲揖至于廟門揖入三揖至于階三讓主人升立于序端西面賓西序東面贊者盥于洗西升立于房中西面南上主人之贊者筵于東序少北西面將冠者出房南面贊者奠纚笄櫛于筵南端賓揖將冠者將冠者即筵坐贊者坐

櫛設纚賓降主人降賓辭主人對賓盥卒壹揖壹讓升主人升復初位賓筵前坐正纚興降西階一等執冠者升一等東面授賓賓右手執項左手執前進容乃祝坐如初乃冠興復位贊者卒冠者興賓揖之適房服玄端爵韠出房南面賓揖之即筵坐櫛設笄賓盥正纚如初降二等受皮弁右執項左執前進祝加之如初復位贊者卒紘興賓揖之適房服素積素韠容出房南面賓降三等受爵弁加之服纁裳韎韐其他如加皮弁之儀徹皮弁冠櫛筵入于房筵于戸西南面贊者洗于房中側酌醴加柶覆之面葉賓揖冠者就筵筵西南面賓授醴于戸東加柶面枋筵前北面冠者筵西拜受觶賓東面荅拜薦脯醢冠者即筵坐左執觶右祭脯醢以柶祭醴三興筵末坐啐醴建柶興降筵坐奠觶拜執觶興賓荅拜冠者奠觶于薦

東降筵北面坐取脯降自西階適東壁北面見于母母拜受子拜送母又拜 賓降直西序東面主人降復初位冠者立于西階東南面賓字之冠者對 賓出主人送于廟門外請醴賓賓禮辭許賓就次冠者見於兄弟兄弟再拜冠者答拜見贊者西面拜亦如之入見姑姊如見母 乃易服服玄冠玄端爵韠奠摯見於君遂以摯見於鄉大夫鄉先生 乃醴賓以壹獻之禮主人酬賓束帛儷皮贊者皆與贊冠者爲介 賓出主人送于外門外再拜歸賓俎 若不醴則醮用酒尊于房戶之閒兩甒有禁玄酒在西加勺南枋洗有篚在西南順始加醮用脯醢賓降取爵于篚辭降如初卒洗升酌冠者拜受賓答拜如初冠者升筵坐左執爵右祭脯醢祭酒興筵末坐啐酒降筵拜賓答拜冠者奠爵于薦東立于筵西徹薦爵筵尊不徹加皮弁如

初儀。再醮。攝酒。其他皆如初。加爵弁如初儀。三醮。有乾肉折俎。嚌之。其他如初。北面取脯。見于母。若殺。則特豚載合升。離肺實于鼎。設扃鼏。始醮如初。再醮兩豆葵菹蠃醢。兩籩栗脯。三醮。攝酒如再醮。加俎嚌之。皆如初。嚌肺。卒醮。取籩脯以降如初。若孤子則父兄戒宿。冠之日。主人紒而迎賓。拜。揖。讓。立于序端。皆如冠主。禮於阼。凡拜北面于阼階上。賓亦北面于西階上答拜。若殺。則舉鼎陳于門外。直東塾北面。若庶子則冠于房外南面。遂醮焉。冠者母不在。則使人受脯于西階下。戒賓曰。某有子某將加布於其首。願吾子之教之也。賓對曰。某不敏。恐不能共事以病吾子。敢辭。主人曰。某猶願吾子之終教之也。賓對曰。吾子重有命。某敢不從。宿曰。某將加布於某之首。吾子將莅之。敢宿。賓對曰。某敢不夙興。始加祝曰。令月吉日。始加元服。棄爾幼志。順爾成德。壽考惟祺。介爾景福。再加曰。吉月令辰。乃申爾服。敬爾威儀。淑愼爾德。眉壽萬年。永受胡福。三加曰。以歲之正。以月之令。咸加爾服。兄弟具在。以成厥德。黃耇無疆。受天之慶。醴辭曰。甘醴惟厚。嘉薦令芳。拜受祭之。以定爾祥。承天之休。壽考不忘。醮辭曰。旨酒既清。嘉薦亶時。始加元服。兄弟具來。孝友時格。永乃保之。再醮曰。旨酒既湑。嘉薦伊脯。乃申爾服。禮儀有序。祭此嘉爵。承天之祜。三醮曰。旨酒令芳。籩豆有楚。咸加爾服。肴升折俎。承天之慶。受福無疆。字辭曰。禮儀既備。令月吉日。昭告爾字。爰字孔嘉。髦士攸宜。宜之于假。永受保之。曰伯某甫。仲。叔。季。唯其所當。屨夏用葛。玄端黑屨。青絇繶純。純博寸。素積白屨。以魁柎之。緇絇繶純。純博寸。爵弁纁屨。黑絇繶純。純博寸。冬皮屨可也。不屨繐屨。

記

冠義。始冠緇布之冠也。太古冠布。齊則緇之。其緌也。孔子曰。吾未之聞也。冠而敝之可也。適子冠於阼。以著代也。醮於客位。加有成也。三加彌尊。諭其志也。冠而字之。敬其名也。委貌。周道也。章甫。殷道也。毋追。夏后氏之道也。周弁。殷哻。夏收。三王共皮弁素積。無大夫冠禮。而有其昏禮。古者五十而后爵。何大夫冠禮之有。公侯之有冠禮也。夏之末造也。天子之元子猶士也。天下無生而貴者也。繼世以立諸侯。象賢也。以官爵人。德之殺也。死而謚。今也。古者生無爵。死無謚

儀禮士昏禮 鄭目錄云。士娶妻之禮。以昏爲期。因而名焉。必以昏者。陽往而陰來。日入三商爲昏。昏。本作昏。

昏禮。下達。納采用鴈。主人筵于戶西。西上右几。使者玄端至。擯者出請事。入告。主人如賓服。迎于門外。再

拜賓不答拜揖入至于廟門揖入三揖至于階三讓
主人以賓升西面賓升西階當阿東面致命主人阼
階上北面再拜授于楹閒南面賓降出主人降授老
鴈擯者出請賓執鴈請問名主人許賓入授如初禮
擯者出請賓告事畢入告出請醴賓賓禮辭許主人
徹几改筵東上側尊甒醴于房中主人迎賓于廟門
外揖讓如初升主人北面再拜賓西階上北面答拜
主人拂几授校拜送賓以几辟北面設于坐左之西
階上答拜贊者酌醴加角柶面葉出于房主人受醴
面枋筵前西北面賓拜受醴復位主人阼階上拜送
贊者薦脯醢賓即筵坐左執觶祭脯醢以柶祭醴三
西階上北面坐啐醴建柶興坐奠觶遂拜主人答拜
賓即筵奠于薦左降筵北面坐取脯主人辭賓降授
人脯出主人送于門外再拜

納吉用鴈如納采禮

納

徵玄纁束帛儷皮如納吉禮請期用鴈主人辭賓許
告期如納徵禮期初昏陳三鼎于寢門外東方北面
北上其實特豚合升去蹄舉肺脊二祭肺二魚十有
四腊一肫髀不升皆飪設扃鼏設洗于阼階東南饌
于房中醯醬二豆菹醢四豆兼巾之黍稷四敦皆蓋
大羹湆在爨尊于室中北墉下有禁玄酒在西綌冪
加勺皆南枋尊于房戶之東無玄酒篚在南實四爵
合巹主人爵弁纁裳緇袘從者畢玄端乘墨車從車
二乘執燭前馬婦車亦如之有裧至于門外主人筵
于戶西西上右几女次純衣纁袡立于房中南面姆
纚笄宵衣在其右女從者畢袗玄纚笄被纇黼在其
後主人玄端迎于門外西面再拜賓東面答拜主人
揖入賓執鴈從至于廟門揖入三揖至于階三讓主
人升西面賓升北面奠鴈再拜稽首降出婦從降自

西階。主人不降送。壻御婦車。授綏。姆辭不受。婦乘以
几。姆加景。乃驅。御者代。壻乘其車先。俟于門外。婦至。
主人揖婦以入。及寢門。揖入。升自西階。媵布席于奧。
夫入于室。卽席。婦尊西。南面。媵御沃盥交。贊者徹尊
冪。舉者盥出。除鼏。舉鼎入。陳于阼階南。西面。北上。匕
俎從設。北面載。執而俟。匕者逆退。復位于門東。北面
西上。贊者設醬于席前。菹醢在其北。俎入。設于豆東。
魚次。腊特于俎北。贊設黍于醬東。稷在其東。設湆于
醬南。設對醬于東。菹醢在其南。北上。設黍于腊北。其
西稷。設湆于醬北。御布對席。贊啓會。卻于敦南。對敦
于北。贊告具。揖婦。卽對筵。皆坐。皆祭。祭薦黍稷肺。贊
爾黍。授肺脊。皆食。以湆醬。皆祭舉。食舉也。三飯卒食。
贊洗爵。酌酳主人。主人拜受。贊戶內北面答拜。酳婦
亦如之。皆祭。贊以肝從。皆振祭。嚌肝。皆實于菹豆。卒

贊皆拜贊答拜受爵再醋如初無從三醋用巹亦如之爵洗爵酌于戶外尊入戶西北面奠爵拜皆答拜坐祭卒爵拜皆答拜興主人出婦復位乃徹于房中如設于室尊否主人說服于房媵受婦說服于室御受姆授巾御衽于奥媵衽良席在東皆有枕北止主人入親說婦之纓燭出媵餕主人之餘御餕婦餘贊酌外尊醋之媵侍于戶外呼則聞

夙興婦沐浴纚笄宵衣以俟見質明贊見婦于舅姑席于阼舅卽席席于房外南面姑卽席婦執笲棗栗自門入升自西階進拜奠于席舅坐撫之興答拜婦還又拜降階受笲腶脩升進北面拜奠于席姑坐舉以興拜授人

贊醴婦席于戶牖閒側尊甒醴于房中婦疑立于席西贊者酌醴加柶面枋出房席前北面婦東面拜受贊西階上北面拜送婦又拜薦脯醢婦升席左執觶右祭

脯醢以柶祭醴三降席東面坐啐醴建柶興拜贊答
拜婦又拜奠于薦東北面坐取脯降出授人于門外
舅姑入于室婦盥饋特豚合升側載無魚腊無稷並
南上其他如取女禮婦贊成祭卒食一酳無從席于
北墉下婦徹設席前如初西上婦餕舅辭易醬婦餕
姑之饌御贊祭豆黍肺舉肺脊乃食卒姑酳之婦拜
受姑拜送坐祭卒爵姑受奠之婦徹于房中媵御餕
姑酳之雖無娣媵先於是與始飯之錯 舅姑共饗婦
以一獻之禮舅洗于南洗姑洗于北洗奠酬舅姑先
降自西階婦降自阼階歸婦俎于婦氏人 舅饗送者
以一獻之禮酬以束錦姑饗婦人送者酬以束錦若
異邦則贈丈夫送者以束錦 若舅姑既沒則婦入三
月乃奠菜席于廟奧東面右几席于北方南面祝盥
婦盥于門外婦執笲菜祝帥婦以入祝告稱婦之姓

曰某氏來婦敢奠嘉菜于皇舅某子婦拜扱地坐奠菜于几東席上還又拜如初婦降堂取笲菜入祝曰某氏來婦敢告于皇姑某氏奠菜于席如初禮婦出祝闔牖戶老醴婦于房中南面如舅姑醴婦之禮壻饗婦送者丈夫婦人如舅姑饗禮

記

士昏禮凡行事必用昏昕受諸禰廟辭無不腆無辱摯不用死皮帛必可制腊必用鮮魚用鮒必殽全女子許嫁笄而醴之稱字祖廟未毀教于公宮三月若祖廟已毀則教于宗室問名主人受鴈還西面對賓受命乃降祭醴始扱一祭又扱再祭賓右取脯左奉之乃歸執以反命納徵執皮攝之內文兼執足左首隨入西上參分庭一在南賓致命釋外足見文主人受幣士受皮者自東出于後自左受遂坐攝皮逆退

適東壁。父醴女而俟迎者。母南面于房外。女出于母左。父西面戒之。必有正焉。若衣若笄。母戒諸西階上。不降。婦乘以几。從者二人坐持几。相對。婦入寢門。贊者徹尊冪。酌玄酒。三屬于尊。棄餘水于堂下階閒。加勺。笄。緇被纁裏。加于橋。舅答拜。宰徹笄。婦席薦饌于房。饗婦姑薦焉。婦洗在北堂。直室東隅。篚在東北面盥。婦酢舅。更爵。自薦。不敢辭洗。舅降則辟于房。不敢拜洗。凡婦人相饗。無降。婦入三月。然後祭行。庶婦則使人醮之。婦不饋。昏辭曰。吾子有惠。貺室某也。某有先人之禮。使某也請納采。對曰。某之子惷愚。又弗能教。吾子命之。某不敢辭。致命曰。敢納采。問名曰。某既受命。將加諸卜。敢請女為誰氏。對曰。吾子有命。且以備數而擇之。某不敢辭。醴曰。子為事故。至於某之室。某有先人之禮。請醴從者。對曰。某既得將事矣。敢辭。

先人之禮敢固以請某辭不得命敢不從也 納吉曰
吾子有貺命某加諸卜占曰吉使某也敢告對曰某
之子不教唯恐弗堪子有吉我與在某不敢辭 納徵
曰吾子有嘉命貺室某也某有先人之禮儷皮束帛
使某也請納徵致命曰某敢納徵對曰吾子順先典
貺某重禮某不敢辭敢不承命 請期曰吾子有賜命
某既申受命矣惟是三族之不虞使某也請吉日對
曰某既前受命矣唯命是聽曰某命某聽命于吾子
對曰某固唯命是聽使者曰某使某受命吾子不許
某敢不告期曰某日對曰某敢不敬須 凡使者歸反
命曰某既得將事矣敢以禮告主人曰聞命矣 父醮
子命之辭曰往迎爾相承我宗事勗帥以敬先妣之
嗣若則有常子曰諾唯恐弗堪不敢忘命 賓至擯者
請對曰吾子命某以茲初昏使某將請承命對曰某

固敬具以須父送女命之曰戒之敬之夙夜毋違命
母施衿結帨曰勉之敬之夙夜無違宮事庶母及門
內施鞶申之以父母之命命之曰敬恭聽宗爾父母
之言夙夜無愆視諸衿鞶壻授綏姆辭曰未教不足
與為禮也宗子無父母命之親皆沒己躬命之支子
則稱其宗弟則稱其兄若不親迎則婦入三月然後
壻見曰某以得為外昏姻請覿主人對曰某以得為
外昏姻之數某之子未得濯溉於祭祀是以未敢見
今吾子辱請吾子之就宮某將走見對曰某以非他
故不足以辱命請終賜見對曰某以得為昏姻之故
不敢固辭敢不從主人出門左西面壻入門東面奠
摯再拜出擯者以摯出請受壻禮辭許受摯入主人
再拜受壻再拜送出見主婦主婦闔扉立于其內壻
立于門外東面主婦一拜壻答再拜主婦又拜壻出

主人請醴及揖讓入醴以一獻之禮主婦薦奠酬無幣壻出主人送再拜

儀禮喪服子夏傳（鄭目錄云天子以下死而相喪衣服年月親疏隆殺之禮不忍言死而言喪喪者棄亡之辭若全存居於彼焉已亡之耳）

喪服斬衰裳苴絰杖絞帶冠繩纓菅屨者傳曰斬者何不緝也苴絰者麻之有蕡者也苴絰大搹左本在下去五分一以爲帶齊衰之絰斬衰之帶也去五分一以爲帶大功之絰齊衰之帶也去五分一以爲帶小功之絰大功之帶也去五分一以爲帶緦麻之絰小功之帶也去五分一以爲帶苴杖竹也削杖桐也杖各齊其心皆下本杖者何爵也無爵而杖者何擔主也非主而杖者何輔病也童子何以不杖不能病也婦人何以不杖亦不能病也絞帶者繩帶也冠繩纓條屬右縫冠六升外畢鍛而勿灰衰三升菅屨者

菅菲也外納居倚廬寢苫枕塊哭晝夜無時歠粥朝
一溢米夕一溢米寢不脫絰帶既虞翦屏柱楣寢有
席食疏食水飲朝一哭夕一哭而已既練舍外寢始
食菜果飯素食哭無時 父傳曰爲父何以斬衰也父
至尊也 諸侯爲天子傳曰天子至尊也 君傳曰君至
尊也 父爲長子傳曰何以三年也正體於上又乃將
所傳重也庶子不得爲長子三年不繼祖也 爲人後
者傳曰何以三年也受重者必以尊服服之何如而
可爲之後同宗則可爲之後何如而可以爲人後支
子可也爲所後者之祖父母妻妻之父母昆弟昆弟
之子若子 妻爲夫傳曰夫至尊也 妾爲君傳曰君至
尊也 女子子在室爲父 布總箭笄髽衰三年傳曰總
六升長六寸箭笄長尺吉笄尺二寸 子嫁反在父之
室爲父三年 公士大夫之衆臣爲其君布帶繩屨傳

曰公卿大夫室老士貴臣其餘皆衆臣也君謂有地
者也衆臣杖不以即位近臣君服斯服矣繩屨者繩
菲也

疏衰裳齊牡麻絰冠布纓削杖布帶疏屨三年
者傳曰齊者何緝也牡麻者枲麻也牡麻絰右本在
上冠者沽功也疏屨者藨蒯之菲也

父卒則爲母繼
母如母傳曰繼母何以如母繼母之配父與因母同
故孝子不敢殊也

慈母如母傳曰慈母者何也傳曰
妾之無子者妾子之無母者父命妾曰女以爲子命
子曰女以爲母若是則生養之終其身如母死則喪
之三年如母貴父之命也

母爲長子傳曰何以三年
也父之所不降母亦不敢降也

疏衰裳齊牡麻絰冠
布纓削杖布帶疏屨期者傳曰問者曰何冠也曰齊
衰大功冠其受也緦麻小功冠其衰也帶緣各視其
冠

父在爲母傳曰何以期也屈也至尊在不敢伸其

私尊也。父必三年然後娶。達子之志也。妻傳曰。爲妻何以期也。妻至親也。出妻之子爲母。傳曰。出妻之子爲母期。則爲外祖父母無服。傳曰。絕族無施服。親者屬。出妻之子爲父後者。則爲出母無服。傳曰。與尊者爲一體。不敢服其私親也。父卒繼母嫁。從爲之服報。傳曰。何以期也。貴終也。不杖麻屨者。祖父母。傳曰。何以期也。至尊也。世父母叔父母。傳曰。世父叔父何以期也。與尊者一體也。然則昆弟之子何以亦期也。旁尊也。不足以加尊焉。故報之也。父子一體也。夫妻一體也。昆弟一體也。故父子首足也。夫妻胖合也。昆弟四體也。故昆弟之義無分。然而有分者。則辟子之私也。子不私其父。則不成爲子。故有東宮。有西宮。有南宮。有北宮。異居而同財。有餘則歸之宗。不足則資之宗。世母叔母何以亦期也。以名服也。大夫之適子爲妻。傳曰。何以期也。父之所不降。子亦不敢降也。何以不杖也。父在則爲妻不杖。昆弟。爲衆子。昆弟之子。傳曰。何以期也。報之也。大夫之庶子爲適昆弟。傳曰。何以期也。父之所不降。子亦不敢降也。適孫。傳曰。何以期也。不敢降其適也。有適子者無適孫。孫婦亦如之。爲人後者。爲其父母報。傳曰。何以期也。不貳斬也。何以不貳斬也。持重於大宗者。降其小宗也。爲人後者孰後。後大宗也。曷爲後大宗。大宗者尊之統也。禽獸知母而不知父。野人曰。父母何算焉。都邑之士則知尊禰矣。大夫及學士則知尊祖矣。諸侯及其大祖。天子及其始祖之所自出。尊者尊統上。卑者尊統下。大宗者。尊之統也。大宗者。收族者也。不可以絕。故族人以支子後大宗也。適子不得後大宗。女子子適人者爲其父母昆弟之爲父後者。傳曰。爲父何以期也。婦人不貳斬也婦人不貳斬者何也婦人有三從之義無專用之道故未嫁從父既嫁從夫夫死從子故父者子之天也夫者妻之天也婦人不貳斬者猶曰不貳天也婦人不能貳尊也爲昆弟之爲父後者何以亦期也婦人雖在外必有歸宗曰小宗故服期也

繼父同居者傳曰何以期也傳曰夫死妻穉子幼子無大功之親與之適人而所適者亦無大功之親所適者以其貨財爲之築宮廟歲時使之祀焉妻不敢與焉若是則繼父之道也同居則服齊衰期異居則服齊衰三月也必嘗同居然後爲異居未嘗同居則不爲異居

爲夫之君傳曰何以期也從服也

姑姊妹女子子適人無主者姑姊妹報傳曰無主者謂其無祭主者也何以期也爲其無祭主故也

爲君之父母妻長子祖父母傳曰何以期也從服也父母長子君服

斬妻則小君也父卒然後爲祖後者服斬　妾爲女君
傳曰何以期也妾之事女君與婦之事舅姑等　婦爲
舅姑傳曰何以期也從服也夫之昆弟之子傳曰何
以期也報之也　公妾大夫之妾爲其子傳曰何以期
也妾不得體君爲其子得遂也　女子子爲祖父母傳
曰何以期也不敢降其祖也　大夫之子爲世父母叔
父母子昆弟昆弟之子姑姊妹女子子無主者爲大
夫命婦者唯子不報傳曰大夫者其男子之爲大夫
者也命婦者其婦人之爲大夫妻者也無主者命婦
之無祭主者也何以言唯子不報也女子子適人者
爲其父母期故言不報也言其餘皆報也何以期也
父之所不降子亦不敢降也大夫曷爲不降命婦也
夫尊於朝妻貴於室矣　大夫爲祖父母適孫爲士者
傳曰何以期也大夫不敢降其祖與適也　公妾以及

士妾爲其父母傳曰何以期也妾不得體君得爲其
父母遂也　疏衰裳齊牡麻絰無受者　寄公爲所寓傳
曰寄公者何也失地之君也何以爲所寓服齊衰三
月也言與民同也　丈夫婦人爲宗子宗子之母妻傳
曰何以服齊衰三月也尊祖也尊祖故敬宗敬宗者
尊祖之義也宗子之母在則不爲宗子之妻服也　爲
舊君君之母妻傳曰爲舊君者孰謂也仕焉而已者
也何以服齊衰三月也言與民同也君之母妻則小
君也　庶人爲國君　大夫在外其妻長子爲舊國君傳
曰何以服齊衰三月也妻言與民同也長子言未去
也　繼父不同居者　曾祖父母傳曰何以齊衰三月也
小功者兄弟之服也不敢以兄弟之服服至尊也　大
夫爲宗子傳曰何以服齊衰三月也大夫不敢降其
宗也　舊君傳曰大夫爲舊君何以服齊衰三月也大

夫去君埽其宗廟故服齊衰三月也言與民同也何
大夫之謂乎言其以道去君而猶未絕也曾祖父母
爲士者如衆人傳曰何以齊衰三月也大夫不敢降
其祖也女子子嫁者未嫁者爲曾祖父母傳曰嫁者
其嫁於大夫者也未嫁者其成人而未嫁者也何以
服齊衰三月不敢降其祖也大功布衰裳牡麻絰無
受者子女子子之長殤中殤傳曰何以大功也未成
人也何以無受也喪成人者其文縟喪未成人者其
文不縟故殤之絰不樛垂蓋未成人也年十九至十
六爲長殤十五至十二爲中殤十一至八歲爲下殤
不滿八歲以下皆爲無服之殤無服之殤以日易月
以日易月之殤殤而無服故子生三月則父名之死
則哭之未名則不哭也叔父之長殤中殤姑姊妹之
長殤中殤昆弟之長殤中殤夫之昆弟之子女子子

之長殤中殤。適孫之長殤中殤大夫之庶子爲適昆弟之長殤中殤。公爲適子之長殤中殤大夫爲適子之長殤中殤。其長殤皆九月纓絰其中殤七月不纓絰。

大功布衰裳牡麻絰纓布帶三月受以小功衰卽葛九月者。傳曰大功布九升小功布十一升。

姑姊妹女子子適人者。傳曰何以大功也出也。

從父昆弟。

爲人後者爲其昆弟。傳曰何以大功也爲人後者降其昆弟也。

庶孫。

適婦。傳曰何以大功也不降其適也。

女子子適人者爲衆昆弟。

姪丈夫婦人報。傳曰姪者何也謂吾姑者吾謂之姪。

夫之祖父母世父母叔父母。傳曰何以大功也從服也夫之昆弟何以無服也其夫屬乎父道者妻皆母道也其夫屬乎子道者妻皆婦道也謂弟之妻婦者是嫂亦可謂之母乎故名者人治之大者也可不慎乎。

大夫爲世父母叔父母子

昆弟昆弟之子爲士者傳曰何以大功也尊不同也尊同則得服其親服公之庶昆弟大夫之庶子爲母妻昆弟傳曰何以大功也先君餘尊之所厭不得過大功也大夫之庶子則從乎大夫而降也父之所不降子亦不敢降也皆爲其從父昆弟之爲大夫者爲夫之昆弟之婦人子適人者大夫之妾爲君之庶子女子子嫁者未嫁者爲世父母叔父母姑姊妹傳曰嫁者其嫁於大夫者也未嫁者成人而未嫁者也何以大功也妾爲君之黨服得與女君同下言爲世父母叔父母姑姊妹者謂妾自服其私親也大夫大夫之妻大夫之子公之昆弟爲姑姊妹女子子嫁於大夫者君爲姑姊妹女子子嫁於國君者傳曰何以大功也尊同也尊同則得服其親服諸侯之子稱公子公子不得禰先君公子之子稱公孫公孫不得祖諸

侯此自卑別於尊者也若公子之子孫有封爲國君
者則世世祖是人也不祖公子此自尊別於卑者也
是故始封之君不臣諸父昆弟封君之子不臣諸父
而臣昆弟封君之孫盡臣諸父昆弟故君之所爲服
子亦不敢不服也君之所不服子亦不敢服也繐衰
裳牡麻經既葬除之者傳曰繐衰者何以小功之繐
也諸侯之大夫爲天子傳曰何以繐衰也諸侯之大
夫以時接見乎天子小功布衰裳澡麻帶經五月者
叔父之下殤適孫之下殤昆弟之下殤大夫庶子爲
適昆弟之下殤爲姑姊妹女子子之下殤爲人後者
爲其昆弟從父昆弟之長殤傳曰問者曰中殤何以
不見也大功之殤中從上小功之殤中從下爲夫之
叔父之長殤昆弟之子女子子夫之昆弟之子女子
子之下殤爲姪庶孫丈夫婦人之長殤大夫公之昆

弟大夫之子爲其昆弟庶子姑姊妹女子子之長殤
大夫之妾爲庶子之長殤 小功布衰裳牡麻絰卽葛
五月者 從祖祖父母從祖父母報 從祖昆弟 從父姊
妹 孫適人者 爲人後者爲其姊妹適人者 爲外祖父
母傳曰何以小功也以尊加也 從母丈夫婦人報傳
曰何以小功也以名加也外親之服皆緦也 夫之姑
姊妹娣姒婦報傳曰娣姒婦者弟長也何以小功也
以爲相與居室中則生小功之親焉 大夫大夫之子
公之昆弟爲從父昆弟庶孫姑姊妹女子子適士者
大夫之妾爲庶子適人者 庶婦 君母之父母從母傳
曰何以小功也君母在則不敢不從服君母不在則
不服 君子子爲庶母慈己者傳曰君子子者貴人之
子也爲庶母何以小功也以慈己加也 緦麻三月者
傳曰緦者十五升抽其半有事其縷無事其布曰緦

族曾祖父母族祖父母族父母族昆弟庶孫之婦庶
孫之中殤從祖姑姊妹適人者報從祖父從祖昆弟
之長殤外孫從父昆弟姪之下殤夫之叔父之中殤
下殤從母之長殤報庶子爲父後者爲其母傳曰何
以緦也傳曰與尊者爲一體不敢服其私親也然則
何以服緦也有死於宮中者則爲之三月不舉祭因
是以服緦也士爲庶母傳曰何以緦也以名服也大
夫以上爲庶母無服貴臣貴妾傳曰何以緦也以其
貴也乳母傳曰何以緦也以名服也從祖昆弟之子
曾孫父之姑從母昆弟傳曰何以緦也以名服也甥
傳曰甥者何也謂吾舅者吾謂之甥何以緦也報之
也壻傳曰何以緦報之也妻之父母傳曰何以緦從
服也姑之子傳曰何以緦報之也舅傳曰何以緦從
服也舅之子傳曰何以緦從服也夫之姑姊妹之長

殤夫之諸祖父母報君母之昆弟傳曰何以緦從服
也從父昆弟之子之長殤昆弟之孫之長殤爲夫之
從父昆弟之妻傳曰何以緦也以爲相與同室則生
緦之親焉長殤中殤降一等下殤降二等齊衰之殤
中從上大功之殤中從下按鄭氏注云布八十縷爲升升字當爲登登成也今之禮皆以登爲升俗誤已行久矣

記

公子爲其母練冠麻麻衣縓緣爲其妻縓冠葛絰帶
麻衣縓緣皆既葬除之傳曰何以不在五服之中也
君之所不服子亦不服也君之所爲服子亦不敢
不服也大夫公之昆弟大夫之子於兄弟降一等爲
人後者於兄弟降一等報於所爲後之兄弟之子若
子兄弟皆在他邦加一等不及知父母與兄弟居加
一等傳曰何如則可謂之兄弟傳曰小功以下爲兄

弟朋友皆在他邦袒免歸則已朋友麻君之所爲兄弟服室老降一等夫之所爲兄弟服妻降一等庶子爲後者爲其外祖父母從母舅無服不爲後如邦人宗子孤爲殤大功衰小功衰皆三月親則月筭如邦人改葬緦童子唯當室緦傳曰不當室則無緦服也凡妾爲私兄弟如邦人大夫弔於命婦錫衰命婦弔於大夫亦錫衰傳曰錫者何也麻之有錫者也錫者十五升抽其半無事其縷有事其布曰錫女子子適人者爲其父母婦爲舅姑惡笄有首以髽卒哭子折笄首以笄布總傳曰笄有首者惡笄之有首也惡笄者櫛笄也折笄首者折吉笄之首也吉笄者象笄也何以言子折笄首而不言婦終之也妾爲女君君之長子惡笄有首布總凡衰外削幅裳內削幅幅三袧若齊裳內衰外負廣出於適寸適博四寸出於衰衰

長六寸博四寸衣帶下尺衽二尺有五寸袂屬幅衣二尺有二寸袪尺二寸衰三升三升有半其冠六升以其冠爲受受冠七升齊衰四升其冠七升以其冠爲受受冠八升繐衰四升有半其冠八升大功八升若九升小功十升若十一升

儀禮士喪禮 鄭目錄云士喪其父母自始死至於既殯之禮

士喪禮死于適室幠用斂衾復者一人以爵弁服簪裳于衣左何之扱領于帶升自前東榮中屋北面招以衣曰皐某復三降衣于前受用篋升自阼階以衣尸復者降自後西榮楔齒用角柶綴足用燕几奠脯醢醴酒升自阼階奠于尸東帷堂乃赴于君主人西階東南面命赴者拜送有賓則拜之入坐于牀東衆主人在其後西面婦人俠牀東面親者在室衆婦人戶外北面衆兄弟堂下北面君使人弔徹帷主人迎

于寢門外見賓不哭先入門右北面弔者入升自西
階東面主人進中庭弔者致命主人哭拜稽顙成踊
賓出主人拜送于外門外君使人襚徹帷主人如初
襚者左執領右執要入升致命主人拜如初襚者入
衣尸出主人拜送如初唯君命出升降自西階遂拜
賓有大夫則特拜之卽位于西階下東面不踊大夫
雖不辭入也親者襚不將命以卽陳庶兄弟襚使人
以將命于室主人拜于位委衣于尸東牀上朋友襚
親以進主人拜委衣如初退哭不踊徹衣者執衣如
襚以適房爲銘各以其物亡則以緇長半幅䞓末長
終幅廣三寸書銘于末曰某氏某之柩竹杠長三尺
置于宇西階上甸人掘坎于階閒少西爲垼于西牆
下東鄉新盆槃瓶廢敦重鬲皆濯造于西階下陳襲
事于房中西領南上不綪明衣裳用布鬠笄用桑長

四寸縵中布巾環幅不鑿掩練帛廣終幅長五尺析
其末瑱用白纊幎目用緇方尺二寸䞓裏著組繫握
手用玄纁裏長尺二寸廣五寸牢中旁寸著組繫決
用正王棘若檡棘組繫纊極二冒緇質長與手齊䞓
殺掩足爵弁服純衣皮弁服褖衣緇帶韎韐竹笏夏
葛屨冬白屨皆繶緇絇純組綦繫于踵庶襚繼陳不
用貝三實于笲稻米一豆實於筐沐巾一浴巾二皆
用綌於笲櫛於簞浴衣於篋皆饌于西序下南上管
人汲不說繘屈之祝淅米于堂南面用盆管人盡階
不升堂受潘煮于垼用重鬲祝盛米于敦奠于貝北
士有冰用夷槃可也外御受沐入主人皆出戶外北
面乃沐櫛挋用巾浴用巾挋用浴衣渜濯棄于坎蚤
揃如他日鬠用組乃笄設明衣裳主人入卽位商祝
襲祭服褖衣次主人出南面左袒扱諸面之右盥于

盆上洗貝執以入宰洗柶建于米執以從商祝執巾從入當牖北面徹枕設巾徹楔受貝奠于尸西主人由足西牀上坐東面祝又受米奠于貝北宰從立于牀西在右主人左扱米實于右三實一貝左中亦如之又實米唯盈主人襲反位

商祝掩瑱設幎目乃屨綦結于跗連絇乃襲三稱明衣不在筭設韐帶搢笏設決麗于掔自飯持之設握乃連掔設冒櫜之幠用衾巾柶鬠蚤埋于坎

重木刊鑿之甸人置重于中庭參分庭一在南夏祝鬻餘飯用二鬲于西牆下冪用疏布久之繫用靲縣于重冪用葦席北面左衽帶用靲賀之結于後祝取銘置于重

厥明陳衣于房南領西上綪絞橫三縮一廣終幅析其末緇衾赬裏無紞祭服次散衣次凡十有九稱陳衣繼之不必盡用

饌于東堂下脯醢醴酒冪奠用功布實于簞在饌東設

盆盥于饌東有巾　苴絰大鬲下本在左要絰小焉散帶垂長三尺牡麻絰右本在上亦散帶垂皆饌于東方婦人之帶牡麻結本在房　牀笫夷衾饌于西坫南西方盥如東方　陳一鼎于寢門外當東塾少南西面其實特豚四鬄去蹄兩胉脊肺設扃鼏鼏西末素俎在鼎西西順覆匕東柄　士盥二人以並東面立于西階下布席于戶內下莞上簟商祝布絞衾散衣祭服祭服不倒美者在中士舉遷尸反位設牀笫于兩楹之閒衽如初有枕卒斂徹帷主人西面馮尸踊無算主婦東面馮亦如之主人髻髮袒衆主人免于房婦人髽于室士舉男女奉尸侇于堂幠用夷衾男女如室位踊無算主人出于足降自西階衆主人東卽位婦人阼階上西面主人拜賓大夫特拜士旅之卽位踊襲絰于序東復位　乃奠舉者盥右執匕郤之左執

俎横攝之入阼階前西面錯錯俎北面右人左執匕抽扃予左手兼執之取鼏委于鼎北加扃不坐乃朼載載兩髀于兩端兩肩亞兩胉亞脊脅在于中皆覆進柢執而俟夏祝及執事盥執醴先酒脯醢俎從升自阼階丈夫踊甸人徹鼎巾待于阼階下奠于尸東執醴酒北面西上豆錯俎錯于豆東立于俎北西上醴酒錯于豆南祝受巾巾之由足降自西階婦人踊奠者由重南東丈夫踊賓出主人拜送于門外乃代哭不以官

有襚者則將命擯者出請入告主人待于位擯者出告須以賓入賓入中庭北面致命主人拜稽顙賓升自西階出于足西面委衣如於室禮降出主人出拜送朋友親襚如初儀西階東北面哭踊三降主人不踊襚者以褶則必有裳執衣如初徹衣者亦如之升降自西階以東

宵爲燎于中庭厥明滅燎

陳衣于房南領西上綪絞紟衾二君襚祭服散衣庶襚凡三十稱紟不在算不必盡用東方之饌兩瓦甒其實醴酒角觶木柶毼豆兩其實葵菹芋蠃醢兩籩無縢布巾其實栗不擇脯四脡奠席在饌北斂席在其東掘肂見衽棺入主人不哭升棺用軸蓋在下熬黍稷各二筐有魚腊饌于西坫南陳三鼎于門外北上豚合升魚鱄鮒九腊左胖髀不升其他皆如初燭俟于饌東祝徹盥于門外入升自阼階丈夫踊祝徹巾授執事者以待徹饌先取醴酒北面其餘取先設者出于足降自西階婦人踊設于序西南當西榮如設于堂醴酒位如初執事豆北南面東上乃適饌帷堂婦人尸西東面主人及親者升自西階出于足西面袒士盥位如初布席如初商祝布絞紟衾衣美者在外君襚不倒有大夫則告士舉遷尸復位主人踊

無算卒斂徹帷主人馮如初主婦亦如之主人奉尸
斂于棺踊如初乃蓋主人降拜大夫之後至者北面
視肂衆主人復位婦人東復位設熬旁一筐乃塗踊
無算卒塗祝取銘置于肂主人復位踊襲乃奠燭升
自阼階祝執巾席從設于奧東面祝反降及執事執
饌士盥舉鼎入西面北上如初載魚左首進鬐三列
腊進柢祝執醴如初酒豆籩俎從升自阼階丈夫踊
甸人徹鼎奠由楹內入于室醴酒北面設豆右菹菹
南栗栗東脯豚當豆魚次腊特于俎北醴酒在籩南
巾如初既錯者出立于戶西西上祝後闔戶先由楹
西降自西階婦人踊奠者由重南東丈夫踊賓出婦
人踊主人拜送于門外入及兄弟北面哭殯兄弟出
主人拜送于門外衆主人出門哭止皆西面于東方
闔門主人揖就次君若有賜焉則視斂既布衣君至

主人出迎于外門外。見馬首不哭。還入門右。北面及衆主人袒。巫止于廟門外。祝代之。小臣二人執戈先。二人後。君釋采入門。主人辟。君升自阼階西鄉。祝負墉南面。主人中庭。君哭。主人哭拜稽顙成踊出。君命反行事。主人復位。君升主人。主人西楹東北面。升公卿大夫繼主人東上。乃斂。卒。公卿大夫逆降復位。主人降出。君反主人。主人中庭。君坐撫當心。主人拜稽顙成踊出。君反之。復初位。衆主人辟于東壁南面。君降西鄉。命主人馮尸。主人升自西階。由足西面馮尸。不當君所。踊。主婦東面馮。亦如之。奉尸斂于棺。乃蓋。主人降出。君反之。入門左。視塗。君升即位。衆主人復位。卒塗。主人出。君命之反奠。入門右。乃奠。升自西階。君要節而踊。主人從踊。卒奠。主人出。哭者止。君出門。廟中哭。主人不哭。辟。君式之。貳車畢乘。主人哭拜送。

襲入即位衆主人襲拜大夫之後至者成踊賓出主人拜送三日成服杖拜君命及衆賓不拜棺中之賜朝夕哭不辟子卯婦人即位于堂南上哭丈夫即位于門外西面北上外兄弟在其南南上賓繼之北上門東北面西上門西北面東上西方東面北上主人即位辟門婦人拊心不哭主人拜賓旁三右還入門哭婦人踊主人堂下置東序西面兄弟皆即位如外位卿大夫在主人之南諸公門東少進他國之異爵者門西少進敵則先拜他國之賓凡異爵者拜諸其位徹者盥于門外燭先入升自阼階丈夫踊祝取醴北面取酒立于其東取豆籩俎南面西上祝先出酒豆籩俎序從降自西階婦人踊設于序西南直西榮醴酒北面西上豆西面錯立于豆北南面籩俎既錯立于執豆之西東上酒錯復位醴錯于西遂先由主

人之北適饌乃奠醴酒脯醢升丈夫踊入如初設不巾錯者出立于戸西西上滅燭出祝闔戸先降自西階婦人踊奠者由重南東丈夫踊賓出婦人踊主人拜送衆主人出婦人踊出門哭止皆復位闔門主人卒拜送賓揖衆主人乃就次

朔月奠用特豚魚腊陳三鼎如初東方之饌亦如之無籩有黍稷用瓦敦有蓋當籩位主人拜賓如朝夕哭卒徹舉鼎入升皆如初奠之儀卒朼釋匕于鼎俎行朼者逆出甸人徹鼎其序醴酒菹醢黍稷俎其設于室豆錯俎錯腊特黍稷當籩位敦啟會卻諸其南醴酒位如初祝與執豆者巾乃出主人要節而踊皆如朝夕哭之儀月半不殷奠有薦新如朔奠徹朔奠先取醴酒其餘取先設者敦啟會面足序出如入其設于外如于室

筮宅冢人營之掘四隅外其壤掘中南其壤既朝哭主人皆

往北南北面免絰命筮者在主人之右筮者東面抽
上韇兼執之南面受命命曰哀子某爲其父某甫筮
宅度茲幽宅兆基無有後艱筮人許諾不述命右還
北面指中封而筮卦者在左卒筮執卦以示命筮者
命筮者受視反之東面旅占卒進告于命筮者與主
人占之曰從主人絰哭不踊若不從筮擇如初儀歸
殯前北面哭不踊既井椁主人西面拜工左還椁反
位哭不踊婦人哭于堂獻材于殯門外西面北上綪
主人徧視之如哭椁獻素獻成亦如之卜日既朝哭
皆復外位卜人先奠龜于西塾上南首有席楚焞置
于燋在龜東族長涖卜及宗人吉服立于門西東面
南上占者三人在其南北上卜人及執燋席者在塾
西闔東扉主婦立于其內席于闑西閾外宗人告事
具主人北面免絰左擁之涖卜即位于門東西面卜

人抱龜燋先奠龜西首燋在北宗人受卜人龜示高涖卜受視反之宗人還少退受命命曰哀子某來日某卜葬其父某甫考降無有近悔許諾不述命還即席西面坐命龜興授卜人龜負東扉卜人坐作龜興宗人受龜示涖卜涖卜受視反之宗人退東面乃旅占卒不釋龜告于涖卜與主人占曰某日從授卜人龜告于主婦主婦哭告于異爵者使人告于衆賓卜人徹龜宗人告事畢主人經入哭如筮宅賓出拜送若不從卜擇如初儀

儀禮既夕鄭目錄云士喪禮之下篇也既已也謂先葬二日已夕哭時與葬閒一日凡朝廟日請啓期必容焉

既夕哭請啓期告于賓夙興設盥于祖廟門外陳鼎皆如殯東方之饌亦如之俠牀饌于階閒二燭俟于殯門外丈夫髽散帶垂即位如初婦人不哭主人拜

賓入即位袒商祝免袒執功布入升自西階盡階不升堂聲三啓三命哭燭入祝降與夏祝交于階下取銘置于重踊無算商祝拂柩用功布幠用夷衾

遷于祖用軸重先奠從燭從柩從燭從主人從升自西階奠俟于下東面北上主人從升婦人升東面衆主人東即位正柩于兩楹閒用夷牀主人柩東西面置重如初席升設于柩西奠設如初巾之升降自西階主人踊無算降拜賓即位踊襲主婦及親者由足西面

薦車直東榮北輈質明滅燭徹者升自阼階降自西階乃奠如初升降自西階主人要節而踊薦馬纓三就入門北面交轡圉人夾牽之御者執策立于馬後哭成踊右還出賓出主人送于門外

有司請祖期曰日側主人入袒乃載踊無算卒束襲降奠當前束商祝飾柩一池紐前䞓後緇齊三采無貝設披屬引

陳

明器於乘車之西折橫覆之抗木橫三縮二加抗席
三加茵用疏布緇翦有幅亦縮二橫三器西南上綪
茵苞二筲三黍稷麥甕三醯醢屑冪用疏布甒二醴
酒冪用功布皆木桁久之用器弓矢耒耜兩敦兩杅
槃匜匜實于槃中南流無祭器有燕樂器可也役器
甲冑干笮燕器杖笠翣徹奠巾席俟于西方主人要
節而踊袒商祝御柩乃祖踊襲少南當前束婦人降
即位于階間祖還車不還器祝取銘置于茵二人還
重左還布席乃奠如初主人要節而踊薦馬如初賓
出主人送有司請葬期入復位公賵玄纁束馬兩擯
者出請入告主人釋杖迎于廟門外不哭先入門右
北面及衆主人袒馬入設賓奉幣由馬西當前輅北
面致命主人哭拜稽顙成踊賓奠幣于棧左服出宰
由主人之北舉幣于東士受馬以出主人送于外門

外拜襲入復位杖

賓賵者將命擯者出請入告出告須馬入設賓奉幣擯者先入賓從致命如初主人拜于位不踊賓奠幣如初舉幣受馬如初擯者出請若奠入告出以賓入將命如初士受羊如受馬又請若賻入告主人出門左西面賓東面將命主人拜賓坐委之宰由主人之北東面舉之反位若無器則捂受之又請賓告事畢拜送入贈者將命擯者出請納賓如初賓奠幣如初若就器則坐奠于陳凡將禮必請而后拜送兄弟賵奠可也所知則賵而不奠知死者贈知生者賻書賵於方若九若七若五書遣於策乃代哭如初宵爲燎于門內之右

厥明陳鼎五于門外如初其實羊左胖髀不升腸五胃五離肺豕亦如之豚解無腸胃魚腊鮮獸皆如初東方之饌四豆脾析蜱醢葵菹蠃醢四籩棗糗栗脯醴酒陳器滅燎執燭

侇輅北面賓入者拜之徹者入丈夫踊設于西北婦
人踊徹者東鼎入乃奠豆南上綪籩蠃醢南北上綪
俎二以成南上不綪特鮮獸醴酒在籩西北上奠者
出主人要節而踊

甸人抗重出自道道左倚之薦馬
馬出自道車各從其馬駕于門外西面而俟南上徹
者入踊如初徹巾苞牲取下體不以魚腊行器茵苞
器序從車從徹者出踊如初

主人之史請讀賵執算
從柩東當前束西面不命毋哭哭者相止也唯主人
主婦哭燭在右南面讀書釋算則坐卒命哭滅燭書
與算執之以逆出公史自西方東面命毋哭主人主
婦皆不哭讀遣卒命哭滅燭出

商祝執功布以御柩
執披主人袒乃行踊無算出宮踊襲至于邦門公使
宰夫贈玄纁束主人去杖不哭由左聽命賓由右致
命主人哭拜稽顙賓升實幣于蓋降主人拜送復位

杖。乃行。至于壙。陳器于道東西。北上。茵先入。屬引。主人袒。衆主人西面。北上。婦人東面。皆不哭。乃窆。主人哭踊無算。襲。贈用制幣玄纁束。拜稽顙。踊如初。卒。袒。拜賓。主婦亦拜賓。即位。拾踊三。襲。賓出。則拜送。藏器於旁。加見。藏苞筲於旁。加折。卻之。加抗席。覆之。加抗木。實土三。主人拜鄉人。即位。踊。襲。如初。乃反哭。入。升自西階。東面。衆主人堂下東面。北上。婦人入。丈夫踊。升自阼階。主婦入于室。踊。出。即位。及丈夫拾踊三。賓弔者升自西階。曰。如之何。主人拜稽顙。賓降出。主人送于門外。拜稽顙。遂適殯宮。皆如啓位。拾踊三。兄弟出。主人拜送。衆主人出門。哭止。闔門。主人揖衆主人。乃就次。猶朝夕哭。不奠。三虞。卒哭。明日。以其班祔。

記

士處適寑。寑、東首于北墉下。有疾。疾者齊。養者皆齊。

徹琴瑟。疾病。外內皆埽。徹褻衣。加新衣。御者四人皆坐持體。男女改服。屬纊以俟絕氣。男子不絕於婦人之手。婦人不絕於男子之手。乃行禱于五祀。乃卒。主人啼。兄弟哭。設牀第當牖。衽下莞上簟。設枕。遷尸。復者朝服。左執領。右執要。招而左。楔貌如軛。上兩末。綴足用燕几。校在南。御者坐持之。即牀而奠。當牖用吉器。若醴若酒。無巾柶。赴曰君之臣某死。赴母妻長子則曰君之臣某之某死。室中唯主人主婦坐。兄弟有命夫命婦在焉亦坐。尸在室。有君命。衆主人不出。襚者委衣于牀。不坐。其襚于室戶西北面致命。夏祝淅米差盛之。御者四人抗衾而浴。襢第。其母之喪。則內御者浴。鬠無笄。設明衣。婦人則設中帶。卒洗貝反于笄。實貝柱右顱左顱。夏祝徹餘飯。瑱塞耳。掘坎南順廣尺。輪二尺。深三尺。南其壤。垼用塊。明衣裳用幕布

袂屬幅長下膝有前後裳不辟長及轂縓綼緆緇純
設握裏親膚繫鉤中指結于擘甸人築坅坎隸人涅
廁既襲宵爲燎于中庭厥明滅燎陳衣凡絞紟用布
倫如朝服設棜于東堂下南順齊于坫饌于其上兩
甒醴酒酒在南篚在東南順實角觶四木柶二素勺
二豆在甒北二以並籩亦如之凡籩豆實具設皆巾
之觶俟時而酌柶覆加之面枋及錯建之小斂辟奠
不出室無踊節既馮尸主人袒髺髮絞帶衆主人布
帶大斂于阼大夫升自西階階東北面東上既馮尸
大夫逆降復位巾奠執燭者滅燭出降自阼階由主
人之北東既殯主人說髦三日絞垂冠六升外縪纓
條屬厭衰三升履外納杖下本竹桐一也居倚廬寢
苫枕塊不說絰帶哭晝夜無時非喪事不言歠粥朝
一溢米夕一溢米不食菜果主人乘惡車白狗幦蒲

蔽御以蒲菆犬服木錧約綏約轡木鑣馬不齊髦主婦之車亦如之疏布裧貳車白狗攝服其他皆如乘車朔月童子執帚卻之左手奉之從徹者而入比奠舉席埽室聚諸𡫥布席如初卒奠埽者執帚垂末內鬣從執燭者而東燕養饋羞湯沐之饌如他日朔月若薦新則不饋于下室筮宅冢人物土卜日吉告從于主婦主婦哭婦人皆哭主婦升堂哭者皆止啓之昕外內不哭夷牀輁軸饌于西階東其二廟則饌于禰廟如小斂奠乃啓朝于禰廟重止于門外之西東面柩入升自西階正柩于兩楹閒奠止于西階之下東面北上主人升柩東西面衆主人東即位婦人從升東面奠升設于柩西升降自西階主人要節而踊燭先入者升堂東楹之南西面後入者西階東北面在下主人降即位徹乃奠升降自西階主人踊如初

祝及執事舉奠巾席從而降柩從序從如初適祖薦
乘車鹿淺幦干笮革靾載旜載皮弁服纓轡貝勒縣
于衡道車載朝服槀車載蓑笠將載祝及執事舉奠
戶西南面東上卒束前而降奠席于柩西巾奠乃牆
抗木刊茵著用荼實綏澤焉葦苞長三尺一編菅筲
三其實皆瀹祖還車不易位執披者旁四人凡贈幣
無常凡糗不煎唯君命止柩于堩其餘則否車至道
左北面立東上柩至于壙斂服載之卒窆而歸不驅
君視斂若不待奠加蓋而出不視斂則加蓋而至卒
事既正柩賓出遂匠納車于階閒祝饌祖奠于主人
之南當前輅北上巾之弓矢之新沽功有弭飾焉亦
張可也有柲設依撻焉有韣猴矢一乘骨鏃短衛志
矢一乘軒輖中亦短衛

儀禮士虞禮

鄭目錄云虞安也士既葬其父母迎精而反日中而祭之於殯宮以安之

士虞禮特豕饋食側亨于廟門外之右東面魚腊爨亞之北上饎爨在東壁西面設洗於西階西南水在洗西篚在東尊于室中北墉下當戶兩甒醴酒酒在東無禁冪用絺布加勺南枋素几葦席在西序下苴刌茅長五寸束之實于篚饌于西坫上饌兩豆菹醢于西楹之東醢在西一鉶亞之從獻豆兩亞之四籩亞之北上饌黍稷二敦于階間西上藉用葦席匜水錯于槃中南流在西階之南簞巾在其東陳三鼎于門外之右北面北上設扃鼏匕俎在西塾之西羞燔俎在內西塾上南順 主人及兄弟如葬服賓執事者如弔服皆即位于門外如朝夕臨位婦人及內兄弟服即位于堂亦如之祝免澡葛絰帶布席于室中東面右几降出及宗人即位于門西東面南上宗人告有司具遂請拜賓如臨入門哭婦人哭主人即位于

堂眾主人及兄弟賓即位于西方如反哭位祝入門
左北面宗人西階前北面祝盥升取苴降洗之升入
設于几東席上東縮降洗觶升止哭主人倚杖入祝
從在左西面贊薦菹醢醢在北佐食及執事盥出舉
長在左鼎入設于西階前東面北上匕俎從設左人
抽扃鼏匕佐食及右人載卒朼者逆退復位俎入設
于豆東魚亞之腊特贊設二敦于俎南黍其東稷設
一鉶于豆南佐食出立于戶西贊者徹鼎祝酌醴命
佐食啓會佐食許諾啓會卻于敦南復位祝奠觶于
鉶南復位主人再拜稽首祝饗命佐食祭佐食許諾
鉤袒取黍稷祭于苴三取膚祭祭如初祝取奠觶祭
亦如之不盡益反奠之主人再拜稽首祝祝卒主人
拜如初哭出復位祝迎尸一人衰絰奉篚哭從尸尸
入門丈夫踊婦人踊淳尸盥宗人授巾尸及階祝延

尸。尸升。宗人詔踊如初。尸入戶。踊如初。哭止。婦人入
于房。主人及祝拜妥尸。尸拜遂坐。從者錯篚于尸左
席上。立于其北。尸取奠。左執之。取菹擩于醢。祭于豆
閒。祝命佐食墮祭。佐食取黍稷肺祭授尸。尸祭之。祭
奠。祝祝。主人拜如初。尸嘗醴。奠之。佐食舉肺脊授尸。
尸受振祭。嚌之。左手執之。祝命佐食邇敦。佐食舉黍
錯于席上。尸祭鉶。嘗鉶。泰羹湆自門入。設于鉶南。胾
四豆設于左。尸飯。播餘于篚。三飯。佐食舉幹。尸受振
祭。嚌之。實于篚。又三飯。舉胳祭如初。佐食舉魚腊實
于篚。又三飯。舉肩祭如初。舉魚腊俎。俎釋三个。尸卒
食。佐食受肺脊實于篚。反黍如初設。主人洗廢爵。酌
酒。酳尸。尸拜受爵。主人北面答拜。尸祭酒。嘗之。賓長
以肝從。實于俎。縮右鹽。尸左執爵。右取肝擩鹽。振祭。
嚌之。加于俎。賓降。反俎于西塾。復位。尸卒爵。祝受不

相爵主人拜尸答拜祝酌授尸尸以醋主人主人拜
受爵尸答拜主人坐祭卒爵拜尸答拜筵祝南面主
人獻祝祝拜坐受爵主人答拜薦菹醢設俎祝左執
爵祭薦奠爵興取肺坐祭嚌之興加于俎祭酒嘗之
肝從祝取肝擩鹽振祭嚌之加于俎卒爵拜主人答
拜祝坐授主人主人酌獻佐食佐食北面拜坐受爵
主人答拜佐食祭酒卒爵拜主人答拜受爵出實于
篚升堂復位主婦洗足爵于房中酌亞獻尸如主人
儀自反兩籩棗栗受于會南棗在西尸祭籩祭酒如
初賓以燔從如初尸祭燔卒爵如初酌獻祝籩燔從
獻佐食皆如初以虛爵入于房賓長洗繶爵三獻燔
從如初儀婦人復位祝出戶西面告利成主人哭皆
哭祝入尸謖從者奉篚哭如初祝前尸出戶踊如初
降堂踊如初出門亦如之祝反入徹設于西北隅如

其設也几在南廂用席祝薦席徹入于房祝自執其俎出贊闔牖戶主人降賓出主人出門哭止皆復位宗人告事畢賓出主人送拜稽顙

記

虞沐浴不櫛陳牲于廟門外北首西上寢右日中而行事殺于廟門西主人不視豚解羹飪升左肩臂臑肫胳脊脅離肺膚祭三取諸左膉上肺祭一實于上鼎升魚鱄鮒九實于中鼎升腊左胖髀不升實于下鼎皆設扃鼏陳之載猶進柢魚進鬐祝俎髀脰脊脅離肺陳于階閒敦東淳尸盥執槃西面執匜東面執巾在其北東面宗人授巾南面主人在室則宗人升戶外北面佐食無事則出戶負依南面鉶芼用苦若薇有滑夏用葵冬用荁有柶豆實葵菹菹以西蠃醢籩棗烝栗擇尸入祝從尸尸坐不說屨尸謖祝前鄉

尸•還出戶•又鄉尸•還過主人•又鄉尸•還降階•又鄉尸
降階•還及門•如出戶•尸出•祝反入門左•北面復位•然
後宗人詔降•尸服卒者之上服•男男尸•女女尸•必使
異姓•不使賤者•
無尸則禮及薦饌皆如初•既饗•祭于
苴•祝祝卒•不綏祭•無泰羹湇胾從獻•主人哭•出復位•
祝闔牖戶•降復位于門西•男女拾踊三•如食閒•祝升
止哭•聲三•啟戶•主人入•祝從•啟牖鄉•如初•主人哭•出
復位•卒徹•祝佐食降復位•宗人詔降如初•
始虞用柔
日•曰哀子某•哀顯相•夙興夜處不寧•敢用絜牲剛鬣•
香合•嘉薦普淖•明齊溲酒•哀薦祫事•適爾皇祖某甫•
饗•再虞皆如初•曰哀薦虞事•三虞卒哭他用剛日•亦
如初•曰哀薦成事•
獻畢•未徹•乃餞•尊兩甒于廟門外
之右•少南•水尊在酒西•勺北枋•洗在尊東南•水在洗
東•篚在西•饌籩豆•脯四脡•有乾肉折俎•二尹縮祭半

尹在西塾尸出執几從尸出門右南面席設于尊西北東面几在南賓出復位主人出卽位于門東少南婦人出卽位于主人之北皆西面哭不止尸卽席坐唯主人不哭洗廢爵酌獻尸尸拜受主人拜送哭復位薦脯醢設俎于薦東朐在南尸左執爵取脯擩醢祭之佐食授嚌尸受振祭嚌反之祭酒卒爵奠于南方主人及兄弟踊婦人亦如之主婦洗足爵亞獻如主人儀無從踊如初賓長洗繶爵三獻如亞獻踊如初佐食取俎實于篚尸謖從者奉篚哭從之祝前哭者皆從及大門內踊如初尸出門哭者止賓出主人送拜稽顙主婦亦拜賓丈夫說絰帶于廟門外入徹主人不與婦人說首絰不說帶無尸則不餞猶出几席設如初拾踊三哭止告事畢賓出

死三日而殯三月而葬遂卒哭將旦而祔則薦卒辭曰哀子某

來日某。隮祔爾于爾皇祖某甫。尚饗。女子曰皇祖妣某氏。婦曰孫婦于皇祖姑某氏。其他辭。一也。饗辭曰。哀子某圭爲而哀薦之饗。明日以其班祔。沐浴櫛搔翦。用專膚爲折俎。取諸脰膉。其他如饋食。用嗣尸。曰。孝子某孝顯相。夙興夜處。小心畏忌。不惰其身。不寧。用尹祭。嘉薦。普淖。普薦。溲酒。適爾皇祖某甫。以隮祔爾孫某甫。尚饗。朞而小祥。曰薦此常事。又朞而大祥。曰薦此祥事。中月而禫。是月也吉祭。猶未配。

儀禮特牲饋食禮鄭目錄云。特牲饋食之禮。謂諸侯之士祭祖禰。非天子之士。按祭祀自孰始。曰饋食者。初祭卽薦飪熟之牲體及黍稷。是用生人食道。以事其親也。

特牲饋食之禮。不諏日。及筮日。主人冠端玄。卽位于門外。西面。子姓兄弟如主人之服。立于主人之南。西面北上。有司羣執事如兄弟服。東面北上。席于門中闑西。閾外。筮人取筮于西塾。執之。東面受命于主人。

宰自主人之左贊命命曰孝孫某筮來日某諏此某事適其皇祖某子尚饗筮者許諾還即席西面坐卦者在左卒筮寫卦筮者執以示主人主人受視反之筮者還東面長占卒告于主人占曰吉若不吉則筮遠日如初儀宗人告事畢

前期三日之朝筮尸如求日之儀命筮曰孝孫某諏此某事適其皇祖某子筮某之某爲尸尚饗

乃宿尸主人立于尸外門外子姓兄弟立于主人之後北面東上尸如主人服出門左西面主人辟皆東面北上主人再拜尸答拜宗人擯辭如初卒曰筮子爲某尸占曰吉敢宿祝許諾致命尸許諾主人再拜稽首尸入主人退

宿賓賓如主人服出門左西面再拜主人東面答再拜宗人擯曰某薦歲事吾子將涖之敢宿賓曰某敢不敬從主人再拜賓答拜主人退賓拜送厥明夕陳鼎于門外北面

北上有鼏棜在其南南順實獸于其上東首牲在其西北首東足設洗于阼階東南壺禁在東序豆籩鉶在東房南上几席兩敦在西堂主人及子姓兄弟卽位于門東如初賓及衆賓卽位于門西東面北上宗人祝立于賓西北東面南上主人再拜賓答再拜三拜衆賓衆賓答再拜主人揖入兄弟從賓及衆賓從卽位于堂下如外位宗人升自西階視壺濯及豆籩反降東北面告濯具賓出主人出皆復外位宗人視牲告充雍正作豕宗人舉獸尾告備舉鼎鼏告絜請期曰羹飪告事畢賓出主人拜送

夙興主人服如初立于門外東方南面視側殺主婦視饎爨于西堂下亨于門外東方西面北上羹飪實鼎陳于門外如初尊于戶東玄酒在西實豆籩鉶陳于房中如初執事之俎陳于階閒二列北上盛兩敦陳于西堂藉用萑

几席陳于西堂如初尸盥匜水實于槃中簞巾在門
內之右祝筵几于室中東面主婦纚笄宵衣立于房
中南面主人及賓兄弟羣執事即位于門外如初宗
人告有司具主人拜賓如初揖入即位如初佐食北
面立于中庭主人及祝升祝先入主人從西面于戶
內主婦盥于房中薦兩豆葵菹蝸醢醢在北宗人遣
佐食及執事盥出主人降及賓盥出主人在右及佐
食舉牲鼎賓長在右及執事舉魚腊鼎除鼏宗人執
畢先入當阼階南面鼎西面錯右人抽扃委于鼎北
贊者錯俎加匕乃朼佐食升肵俎鼏之設于阼階西
卒載加匕于鼎主人升入復位俎入設于豆東魚次
腊特于俎北主婦設兩敦黍稷于俎南西上及兩鉶
芼設于豆南南陳祝洗酌奠奠于鉶南遂命佐食啓
會佐食啓會卻于敦南出立于戶西南面主人再拜

稽首祝在左卒祝主人再拜稽首祝迎尸于門外主人降立于阼階東尸入門左北面盥宗人授巾尸至于階祝延尸尸升入祝先主人從尸卽席坐主人拜妥尸尸答拜執奠祝饗主人拜如初祝命挼祭尸左執觶右取菹擩于醢祭于豆閒佐食取黍稷肺祭授尸尸祭之祭酒啐酒告旨主人拜尸奠觶答拜祭鉶嘗之告旨主人拜尸答拜祝命爾敦佐食爾黍稷于席上設大羹湆于醢北舉肺脊以授尸尸受振祭嚌之左執之乃食食舉主人羞肵俎于腊北尸三飯告飽祝侑主人拜佐食舉幹尸受振祭嚌之佐食受加于肵俎舉獸幹魚一亦如之尸實舉于菹豆佐食羞庶羞四豆設于左南上有醢尸又三飯告飽祝侑之如初舉骼及獸魚如初尸又三飯告飽祝侑之如初舉肩及獸魚如初佐食盛肵俎俎釋三个舉肺脊加

于脈俎反黍稷于其所

主人洗角升酌酳尸尸拜受主人拜送尸祭酒啐酒賓長以肝從尸左執角右取肝擩于鹽振祭嚌之加于菹豆卒角祝受尸角曰送爵皇尸卒爵主人拜尸答拜祝酌授尸尸以醋主人主人拜受角尸拜送主人退佐食授挼祭主人坐左執角受祭祭之祭酒啐酒進聽嘏佐食摶黍授祝祝授尸尸受以菹豆執以親嘏主人主人左執角再拜稽首受復位詩懷之實于左袂挂于季指卒角拜尸答拜主人出寫嗇于房祝以籩受筵祝南面主人酌獻祝祝拜受角主人拜送設菹醢俎祝左執角祭豆興取肺坐祭嚌之興加于俎坐祭酒啐酒以肝從祝左執角右取肝擩于鹽振祭嚌之加于俎卒角拜主人答拜受角酌獻佐食佐食北面拜受角主人拜送佐食坐祭卒角拜主人答拜受角降反于篚升入復

位主婦洗爵于房酌亞獻尸尸拜受主婦北面拜送
宗婦執兩籩戸外坐主婦受設于敦南祝贊籩祭尸
受祭之祭酒啐酒兄弟長以燔從尸受振祭嚌之反
之羞燔者受加于肵出尸卒爵祝受爵命送如初酢
如主人儀主婦適房南面佐食挼祭主婦左執爵右
撫祭祭酒啐酒入卒爵如主人儀獻祝籩燔從如初
儀及佐食如初卒以爵入于房賓三獻如初燔從如
初爵止席于戸內主婦洗爵酌致爵于主人主人拜
受爵主婦拜送爵宗婦贊豆如初主婦受設兩豆兩
籩俎入設主人左執爵祭薦宗人贊祭奠爵興取肺
坐絕祭嚌之興加于俎坐挩手祭酒啐酒肝從左執
爵取肝擩于鹽坐振祭嚌之宗人受加于俎燔亦如
之興席末坐卒爵拜主婦答拜受爵酌醋左執爵拜
主人答拜坐祭立飲卒爵拜主人答拜主婦出反于

房主人降洗酌致爵于主婦席于房中南面主婦拜受爵主人西面答拜宗婦薦豆俎從獻皆如主人主人更爵酌醋卒爵降實爵于篚入復位三獻作止爵尸卒爵酢酌獻祝及佐食洗爵酌致于主人主婦燔從皆如初更爵酢于主人卒復位主人降阼階西面拜賓如初洗賓辭洗卒洗揖讓升酌西階上獻賓賓北面拜受爵主人在右答拜薦脯醢設折俎賓左執爵祭豆奠爵興取肺坐絕祭嚌之興加于俎坐挩手祭酒卒爵拜主人答拜受爵酌酢奠爵拜賓答拜主人坐祭卒爵拜賓答拜揖執祭以降西面奠于其位位如初薦俎從設衆賓升拜受爵坐祭立飲薦俎設于其位辯主人備答拜焉降實爵于篚尊兩壺于阼階東加勺南枋西方亦如之主人洗觶酌于西方之尊西階前北面酬賓賓在左主人奠觶拜賓答拜主

人坐祭卒觶拜賓答拜主人洗觶賓辭主人對卒洗
酌西面賓北面拜主人奠觶于薦北賓坐取觶還東
面拜主人答拜賓奠觶于薦南揖復位主人洗爵獻
長兄弟于阼階上如賓儀洗獻衆兄弟如衆賓儀洗
獻內兄弟于房中如獻衆兄弟之儀主人西面答拜
更爵酢卒爵降實爵于篚入復位
長兄弟洗觚爲加爵如初儀不及佐食洗致如初無從
衆賓長爲加爵如初爵止
嗣舉奠盥入北面再拜稽首尸執奠進受復位祭酒啐酒尸舉肝舉奠左執觶再拜稽首進受肝復位坐食肝卒觶拜尸備答拜焉舉奠洗酌入尸拜受舉奠答拜尸祭酒啐酒奠之舉奠出復位
兄弟弟子洗酌于東方之尊阼階前北面舉觶于長兄弟如主人酬賓儀宗人告祭脀乃羞賓坐取觶阼階前北面酬長兄弟長兄弟在右賓祭觶拜長兄弟答拜

賓立、卒觶。酌于其尊。東面立。長兄弟拜、受觶。賓北面答拜。揖、復位。長兄弟西階前北面。衆賓長自左受旅如初。長兄弟卒觶。酌于其尊。西面立。受旅者拜受。長兄弟北面答拜。揖復位。衆賓及衆兄弟交錯以辯。皆如初儀。爲加爵者作止爵。如長兄弟之儀。長兄弟酬賓。如賓酬兄弟之儀。以辯。卒受者實觶于篚。賓弟子及兄弟弟子、洗。各酌于其尊。中庭北面西上。舉觶於其長。奠觶拜。長皆答拜。舉觶者祭。卒觶。拜。長皆答拜。舉觶者洗。各酌于其尊。復初位。長皆拜。舉觶者皆奠觶于薦右。長皆執以興。舉觶者皆復位答拜。長皆奠觶于其所。皆揖其弟子。弟子皆復其位。爵皆無筭。利洗散獻于尸。酢及祝。祝如初儀。降實散于篚。主人出立于戶外西南。祝東面告利成。尸謖。祝前。主人降。祝反及主人入復位。命佐食徹尸俎。俎出于廟門。徹庶羞。

設于西序下。筵對席。佐食分簋鉶。宗人遣舉奠及長
兄弟盥。立于西階下。東面北上。祝命嘗食。餕者舉奠
許諾。升入東面。長兄弟對之。皆坐。佐食授舉。各一膚
主人西面再拜。祝曰。餕有以也。兩餕奠舉于俎。許諾
皆答拜。若是者三。皆取舉。祭食。祭舉。乃食。祭鉶。食舉
卒食。主人降洗爵。宰贊一爵。主人升酌。酳上餕。上餕
拜受爵。主人答拜。酳下餕。亦如之。主人拜。祝曰。酳有
與也。如初儀。兩餕執爵拜。祭酒。卒爵拜。主人答拜。兩
餕皆降。實爵于篚。上餕洗爵。升酌。酢主人。主人拜受
爵。上餕即位。坐答拜。主人坐祭。卒爵拜。上餕答拜受
爵。降實于篚。主人出立于戸外西面。祝命徹阼俎豆
籩。設于東序下。祝執其俎以出。東面于戸西。宗婦徹
祝豆籩。入于房。徹主婦薦俎。佐食徹尸薦俎。敦設于
西北隅。几在南。厞用筵。納一尊。佐食闔牖戸。降。祝告

利成降出主人降卽位宗人告事畢賓出主人送于門外再拜佐食徹阼俎堂下俎畢出

記

特牲饋食其服皆朝服玄冠緇帶緇韠唯尸祝佐食玄端玄裳黃裳雜裳可也皆爵韠設洗南北以堂深東西當東榮水在洗東篚在洗西南順實二爵二觚四觶一角一散壺棜禁饌于東序南順覆兩壺焉蓋在南明日卒奠冪用綌卽位而徹之加勺籩巾以綌也纁裏棗烝栗擇鉶芼用苦若薇皆有滑夏葵冬荁棘心匕刻牲爨在廟門外東南魚腊爨在其南皆西面饎爨在西壁肵俎心舌皆去本末午割之實于牲鼎載心立舌縮俎賓與長兄弟之薦自東房其餘在東堂沃尸盥者一人奉槃者東面執匜者西面淳沃執巾者在匜北宗人東面取巾振之三南面授尸卒

執巾者受尸入主人及賓皆辟位出亦如之

嗣舉奠佐食設豆鹽佐食當事則戶外南面無事則中庭北面凡祝呼佐食許諾宗人獻與旅齒於衆賓佐食於旅齒於兄弟

尊兩壺於房中西牖下南上內賓立于其北東面南上宗婦北堂東面北上主婦及內賓宗婦亦旅西面宗婦贊薦者執以坐于戶外授主婦

尸卒食而祭饎爨雍爨

賓從尸俎出廟門乃反位

尸俎右肩臂臑肫胳正脊二骨橫脊長脅二骨短脅膚三離肺一刌肺三魚十有五腊如牲骨祝俎髀脡脊二骨脅二骨膚一離肺一阼俎臂正脊二骨橫脊長脅二骨短脅膚一離肺一主婦俎觳折其餘如阼俎佐食俎觳折脊脅膚一離肺一賓骼長兄弟及宗人折其餘如佐食俎衆賓及衆兄弟內賓宗婦若有公有司私臣皆殽脀膚一離肺一

公有司門西北面東上

獻。次衆賓。私臣。門東。北面。西上。獻。次兄弟。升。受。降。飲。

續古文辭類纂卷五

傳狀類

史記項羽本紀

史記依金陵書局張文虎校集解索隱正義合刻本按原本蓋作葢戚作戚侯作候謚作諡島作島缶旁皆作缶今悉依之

項籍者下相人也字羽初起時年二十四其季父項梁梁父卽楚將項燕爲秦將王翦所戮者也項氏世世爲楚將封於項故姓項氏項籍少時學書不成去學劍又不成項梁怒之籍曰書足以記名姓而已劍一人敵不足學學萬人敵於是項梁乃教籍兵法籍大喜略知其意又不肯竟學項梁嘗有櫟陽逮乃請蘄獄掾曹咎書抵櫟陽獄掾司馬欣以故事得已項梁殺人與籍避仇於吳吳中賢士大夫皆出項梁下每吳中有大繇役及喪項梁常爲主辦陰以兵法部勒賓客及子弟以是知其能秦始皇帝游會稽渡

浙江梁與籍俱觀籍曰彼可取而代也梁掩其口曰
毋妄言族矣梁以此奇籍籍長八尺餘力能扛鼎才
氣過人雖吳中子弟皆已憚籍矣秦二世元年七月
陳涉等起大澤中其九月會稽守通謂梁曰江西皆
反此亦天亡秦之時也吾聞先即制人後則爲人所
制吾欲發兵使公及桓楚將是時桓楚亡在澤中梁
曰桓楚亡人莫知其處獨籍知之耳梁乃出誡籍持
劍居外待梁復入與守坐曰請召籍使受命召桓楚
守曰諾梁召籍入須臾梁眴籍曰可行矣於是籍遂
拔劍斬守頭項梁持守頭佩其印綬門下大驚擾亂
籍所擊殺數十百人一府中皆慴伏莫敢起梁乃召
故所知豪吏諭以所爲起大事遂舉吳中兵使人收
下縣得精兵八千人梁部署吳中豪傑爲校尉候司
馬有一人不得用自言於梁梁曰前時某喪使公主

某事不能辦以此不任用公衆乃皆伏於是梁爲會稽守籍爲裨將徇下縣廣陵人召平於是爲陳王徇廣陵未能下聞陳王敗走秦兵又且至乃渡江矯陳王命拜梁爲楚王上柱國曰江東已定急引兵西擊秦項梁乃以八千人渡江而西聞陳嬰已下東陽使使欲與連和俱西陳嬰者故東陽令史居縣中素信謹稱爲長者東陽少年殺其令相聚數千人欲置長無適用乃請陳嬰嬰謝不能遂彊立嬰爲長縣中從者得二萬人少年欲立嬰便爲王異軍蒼頭特起陳嬰母謂嬰曰自我爲汝家婦未嘗聞汝先古之有貴者今暴得大名不祥不如有所屬事成猶得封侯事敗易以亡非世所指名也嬰乃不敢爲王謂其軍吏曰項氏世世將家有名於楚今欲舉大事將非其人不可我倚名族亡秦必矣於是衆從其言以兵屬項

梁項梁渡淮黥布蒲將軍亦以兵屬焉凡六七萬人
軍下邳當是時秦嘉已立景駒為楚王軍彭城東欲
距項梁項梁謂軍吏曰陳王先首事戰不利未聞所
在今秦嘉倍陳王而立景駒逆無道乃進兵擊秦嘉
秦嘉軍敗走追之至胡陵嘉還戰一日嘉死軍降景
駒走死梁地項梁已并秦嘉軍軍胡陵將引軍而西
章邯軍至栗項梁使別將朱雞石餘樊君與戰餘樊
君死朱雞石軍敗亡走胡陵項梁乃引兵入薛誅雞
石項梁前使項羽別攻襄城襄城堅守不下已拔皆
阬之還報項梁項梁聞陳王定死召諸別將會薛計
事此時沛公亦起沛往焉居鄛人范增年七十素居
家好奇計往說項梁曰陳勝敗固當夫秦滅六國楚
最無罪自懷王入秦不反楚人憐之至今故楚南公
曰楚雖三戶亡秦必楚也今陳勝首事不立楚後而

自立其勢不長今君起江東楚蠭午之將皆爭附君者以君世世楚將爲能復立楚之後也於是項梁然其言乃求楚懷王孫心民閒爲人牧羊立以爲楚懷王從民所望也陳嬰爲楚上柱國封五縣與懷王都盱台項梁自號爲武信君居數月引兵攻亢父與齊田榮司馬龍且軍救東阿大破秦軍於東阿田榮卽引兵歸逐其王假假亡走楚假相田角亡走趙角弟田閒故齊將居趙不敢歸田榮立田儋子市爲齊王項梁已破東阿下軍遂追秦軍數使使趣齊兵欲與俱西田榮曰楚殺田假趙殺田角田閒乃發兵項梁曰田假爲與國之王窮來從我不忍殺之趙亦不殺田角田閒以市於齊齊遂不肯發兵助楚項梁使沛公及項羽別攻城陽屠之西破秦軍濮陽東秦兵收入濮陽沛公項羽乃攻定陶定陶未下去西略地至

雝丘大破秦軍斬李由還攻外黃外黃未下項梁起東阿西北至定陶再破秦軍項羽等又斬李由益輕秦有驕色宋義乃諫項梁曰戰勝而將驕卒惰者敗今卒少惰矣秦兵日益臣爲君畏之項梁弗聽乃使宋義使於齊道遇齊使者高陵君顯曰公將見武信君乎曰然曰臣論武信君軍必敗公徐行卽免死疾行則及禍秦果悉起兵益章邯擊楚軍大破之定陶項梁死沛公項羽去外黃攻陳留陳留堅守不能下沛公項羽相與謀曰今項梁軍破士卒恐乃與呂臣軍俱引兵而東呂臣軍彭城東項羽軍彭城西沛公軍碭章邯已破項梁軍則以爲楚地兵不足憂乃渡河擊趙大破之當此時趙歇爲王陳餘爲將張耳爲相皆走入鉅鹿城章邯令王離涉閒圍鉅鹿章邯軍其南築甬道而輸之粟陳餘爲將將卒數萬人而軍

鉅鹿之北。此所謂河北之軍也。楚兵已破於定陶。懷王恐。從盱台之彭城。并項羽呂臣軍。自將之。以呂臣爲司徒。以其父呂青爲令尹。以沛公爲碭郡長。封爲武安侯。將碭郡兵。初宋義所遇齊使者高陵君顯在楚軍。見楚王曰。宋義論武信君之軍必敗。居數日。軍果敗。兵未戰而先見敗徵。此可謂知兵矣。王召宋義與計事而大說之。因置以爲上將軍。項羽爲魯公。爲次將。范增爲末將。救趙。諸別將皆屬宋義。號爲卿子冠軍。行至安陽。留四十六日不進。項羽曰。吾聞秦軍圍趙王鉅鹿。疾引兵渡河。楚擊其外。趙應其內。破秦軍必矣。宋義曰。不然。夫搏牛之蝱不可以破蟣蝨。今秦攻趙。戰勝則兵罷。我承其敝。不勝則我引兵鼓行而西。必舉秦矣。故不如先鬭秦趙。夫被堅執銳。義不如公。坐而運策。公不如義。因下令軍中曰。猛如虎。很

如羊貪如狠彊不可使者皆斬之乃遣其子宋襄相
齊身送之至無鹽飲酒高會天寒大雨士卒凍飢項
羽曰將戮力而攻秦久留不行今歲饑民貧士卒食
芋菽軍無見糧乃飲酒高會不引兵渡河因趙食與
趙并力攻秦乃曰承其敝夫以秦之彊攻新造之趙
其勢必舉趙趙舉而秦彊何敝之承且國兵新破王
坐不安席埽境內而專屬於將軍國家安危在此一
舉今不恤士卒而徇其私非社稷之臣項羽晨朝上
將軍宋義卽其帳中斬宋義頭出令軍中曰宋義與
齊謀反楚楚王陰令羽誅之當是時諸將皆慴服莫
敢枝梧皆曰首立楚者將軍家也今將軍誅亂乃相
與共立羽爲假上將軍使人追宋義子及之齊殺之
使桓楚報命於懷王懷王因使項羽爲上將軍當陽
君蒲將軍皆屬項羽 項羽已殺卿子冠軍威震楚國

名聞諸侯乃遣當陽君蒲將軍將卒二萬渡河救鉅鹿戰少利陳餘復請兵項羽乃悉引兵渡河皆沈船破釜甑燒廬舍持三日糧以示士卒必死無一還心於是至則圍王離與秦軍遇九戰絕其甬道大破之殺蘇角虜王離涉閒不降楚自燒殺當是時楚兵冠諸侯諸侯軍救鉅鹿下者十餘壁莫敢縱兵及楚擊秦諸將皆從壁上觀楚戰士無不一以當十楚兵呼聲動天諸侯軍無不人人惴恐於是已破秦軍項羽召見諸侯將入轅門無不膝行而前莫敢仰視項羽由是始爲諸侯上將軍諸侯皆屬焉

章邯軍棘原項羽軍漳南相持未戰秦軍數卻二世使人讓章邯章邯恐使長史欣請事至咸陽留司馬門三日趙高不見有不信之心長史欣恐還走其軍不敢出故道趙高果使人追之不及欣至軍報曰趙高用事於中下

無可爲者。今戰能勝。高必疾妒吾功。戰不能勝。不免於死。願將軍孰計之。陳餘亦遺章邯書曰。白起爲秦將。南征鄢郢。北阬馬服。攻城略地。不可勝計。而竟賜死。蒙恬爲秦將。北逐戎人。開榆中地數千里。竟斬陽周。何者。功多。秦不能盡封。因以法誅之。今將軍爲秦將三歲矣。所亡失以十萬數。而諸侯並起滋益多。彼趙高素諛日久。今事急。亦恐二世誅之。故欲以法誅將軍以塞責。使人更代將軍以脫其禍。夫將軍居外久。多內郤。有功亦誅。無功亦誅。且天之亡秦。無愚智皆知之。今將軍內不能直諫。外爲亡國將。孤特獨立而欲常存。豈不哀哉。將軍何不還兵與諸侯爲從。約共攻秦。分王其地。南面稱孤。此孰與身伏鈇質。妻子爲僇乎。（姚纂已入書說）章邯狐疑。陰使候始成使項羽。欲約約未成。項羽使蒲將軍日夜引兵度三戶。軍漳南。與

秦戰再破之項羽悉引兵擊秦軍汙水上大破之章
邯使人見項羽欲約項羽召軍吏謀曰糧少欲聽其
約軍吏皆曰善項羽乃與期洹水南殷虛上已盟章
邯見項羽而流涕爲言趙高項羽乃立章邯爲雍王
置楚軍中使長史欣爲上將軍將秦軍爲前行到新
安諸侯吏卒異時故繇使屯戍過秦中秦中吏卒遇
之多無狀及秦軍降諸侯諸侯吏卒乘勝多奴虜使
之輕折辱秦吏卒秦吏卒多竊言曰章將軍等詐吾
屬降諸侯今能入關破秦大善即不能諸侯虜吾屬
而東秦必盡誅吾父母妻子諸將微聞其計以告項
羽項羽乃召黥布蒲將軍計曰秦吏卒尚衆其心不
服至關中不聽事必危不如擊殺之而獨與章邯長
史欣都尉翳入秦於是楚軍夜擊阬秦卒二十餘萬
人新安城南行略定秦地函谷關有兵守關不得入

又聞沛公已破咸陽。項羽大怒。使當陽君等擊關。項羽遂入。至于戲西。沛公軍霸上。未得與項羽相見。沛公左司馬曹無傷使人言於項羽曰。沛公欲王關中。使子嬰爲相。珍寶盡有之。項羽大怒曰。旦日饗士卒。爲擊破沛公軍。當是時。項羽兵四十萬。在新豐鴻門。沛公兵十萬。在霸上。范增說項羽曰。沛公居山東時。貪於財貨。好美姬。今入關。財物無所取。婦女無所幸。此其志不在小。吾令人望其氣。皆爲龍虎。成五采。此天子氣也。急擊勿失。楚左尹項伯者。項羽季父也。素善留侯張良。張良是時從沛公。項伯乃夜馳之沛公軍。私見張良。具告以事。欲呼張良與俱去。曰毋從俱死也。張良曰。臣爲韓王送沛公。沛公今事有急。亡去不義。不可不語。良乃入。具告沛公。沛公大驚。曰爲之奈何。張良曰。誰爲大王爲此計者。曰鯫生說我曰。距關毋內諸侯秦地可盡王也故聽之良曰料大王士卒足以當項王乎沛公默然曰固不如也且爲之柰何張良曰請往謂項伯言沛公不敢背項王也沛公曰君安與項伯有故張良曰秦時與臣游項伯殺人臣活之今事有急故幸來告良沛公曰孰與君少長良曰長於臣沛公曰君爲我呼入吾得兄事之張良出要項伯項伯卽入見沛公沛公奉巵酒爲壽約爲婚姻曰吾入關秋豪不敢有所近籍吏民封府庫而待將軍所以遣將守關者備他盜之出入與非常也日夜望將軍至豈敢反乎願伯具言臣之不敢倍德也項伯許諾謂沛公曰旦日不可不蚤自來謝項王沛公曰諾於是項伯復夜去至軍中具以沛公言報項王因言曰沛公不先破關中公豈敢入乎今人有大功而擊之不義也不如因善遇之項王許諾沛公

旦日從百餘騎來見項王至鴻門謝曰臣與將軍戮力而攻秦將軍戰河北臣戰河南然不自意能先入關破秦得復見將軍於此今者有小人之言令將軍與臣有郤項王曰此沛公左司馬曹無傷言之不然籍何以至此項王即日因留沛公與飲項王項伯東嚮坐亞父南嚮坐亞父者范增也沛公北嚮坐張良西嚮侍范增數目項王舉所佩玉玦以示之者三項王默然不應范增起出召項莊謂曰君王爲人不忍若入前爲壽壽畢請以劍舞因擊沛公於坐殺之不者若屬皆且爲所虜莊則入爲壽壽畢曰君王與沛公飲軍中無以爲樂請以劍舞項王曰諾項莊拔劍起舞項伯亦拔劍起舞常以身翼蔽沛公莊不得擊於是張良至軍門見樊噲樊噲曰今日之事何如良曰甚急今者項莊拔劍舞其意常在沛公也噲曰此

迫矣臣請入與之同命噲即帶劍擁盾入軍門交戟之衛士欲止不內樊噲側其盾以撞衛士仆地噲遂入披帷西嚮立瞋目視項王頭髮上指目眥盡裂項王按劍而跽曰客何爲者張良曰沛公之參乘樊噲者也項王曰壯士賜之巵酒則與斗巵酒噲拜謝起立而飲之項王曰賜之彘肩則與一生彘肩樊噲覆其盾於地加彘肩上拔劍切而啗之項王曰壯士能復飲乎樊噲曰臣死且不避巵酒安足辭夫秦王有虎狼之心殺人如不能舉刑人如恐不勝天下皆叛之懷王與諸將約曰先破秦入咸陽者王之今沛公先破秦入咸陽豪毛不敢有所近封閉宮室還軍霸上以待大王來故遣將守關者備他盜出入與非常也勞苦而功高如此未有封侯之賞而聽細說欲誅有功之人此亡秦之續耳竊爲大王不取也項王未

有以應曰坐樊噲從良坐坐須臾沛公起如廁因招
樊噲出沛公已出項王使都尉陳平召沛公沛公曰
今者出未辭也爲之奈何樊噲曰大行不顧細謹大
禮不辭小讓如今人方爲刀俎我爲魚肉何辭爲於
是遂去乃令張良留謝良問曰大王來何操曰我持
白璧一雙欲獻項王玉斗一雙欲與亞父會其怒不
敢獻公爲我獻之張良曰謹諾當是時項王軍在鴻
門下沛公軍在霸上相去四十里沛公則置車騎脫
身獨騎與樊噲夏侯嬰靳彊紀信等四人持劍盾步
走從酈山下道芷陽閒行沛公謂張良曰從此道至
吾軍不過二十里耳度我至軍中公乃入沛公已去
閒至軍中張良入謝曰沛公不勝桮杓不能辭謹使
臣良奉白璧一雙再拜獻大王足下玉斗一雙再拜
奉大將軍足下項王曰沛公安在良曰聞大王有意

督過之脫身獨去已至軍矣項王則受璧置之坐上亞父受玉斗置之地拔劍撞而破之曰唉豎子不足與謀奪項王天下者必沛公也吾屬今爲之虜矣沛公至軍立誅殺曹無傷居數日項羽引兵西屠咸陽殺秦降王子嬰燒秦宮室火三月不滅收其貨寶婦女而東人或說項王曰關中阻山河四塞地肥饒可都以霸項王見秦宮室皆以燒殘破又心懷思欲東歸曰富貴不歸故鄉如衣繡夜行誰知之者說者曰人言楚人沐猴而冠耳果然項王聞之烹說者項王使人致命懷王懷王曰如約乃尊懷王爲義帝項王欲自王先王諸將相謂曰天下初發難時假立諸侯後以伐秦然身被堅執銳首事暴露於野三年滅秦定天下者皆將相諸君與籍之力也義帝雖無功故當分其地而王之諸將皆曰善乃分天下立諸將爲

侯王項王范增疑沛公之有天下業已講解又惡負約恐諸侯叛之乃陰謀曰巴蜀道險秦之遷人皆居蜀乃曰巴蜀亦關中地也故立沛公爲漢王王巴蜀漢中都南鄭而三分關中王秦降將以距塞漢王項王乃立章邯爲雍王王咸陽以西都廢丘長史欣者故爲櫟陽獄掾嘗有德於項梁都尉董翳者本勸章邯降楚故立司馬欣爲塞王王咸陽以東至河都櫟陽立董翳爲翟王王上郡都高奴徙魏王豹爲西魏王王河東都平陽瑕丘申陽者張耳嬖臣也先下河南郡迎楚河上故立申陽爲河南王都雒陽韓王成因故都都陽翟趙將司馬卬定河內數有功故立卬爲殷王王河內都朝歌徙趙王歇爲代王趙相張耳素賢又從入關故立耳爲常山王王趙地都襄國當陽君黥布爲楚將常冠軍故立布爲九江王都六鄱

君吳芮率百越佐諸侯又從入關故立芮爲衡山王都邾義帝柱國共敖將兵擊南郡功多因立敖爲臨江王都江陵徙燕王韓廣爲遼東王燕將臧荼從楚救趙因從入關故立荼爲燕王都薊徙齊王田市爲膠東王齊將田都從共救趙因從入關故立都爲齊王都臨菑故秦所滅齊王建孫田安項羽方渡河救趙田安下濟北數城引其兵降項羽故立安爲濟北王都博陽田榮者數負項梁又不肯將兵從楚擊秦以故不封成安君陳餘弃將印去不從入關然素聞其賢有功於趙聞其在南皮故因環封三縣番君將梅鋗功多故封十萬戶侯項王自立爲西楚霸王王九郡都彭城漢之元年四月諸侯罷戲下各就國項王出之國使人徙義帝曰古之帝者地方千里必居上游乃使使徙義帝長沙郴縣趣義帝行其羣臣稍

稍背叛之乃陰令衡山臨江王擊殺之江中韓王成無軍功項王不使之國與俱至彭城廢以爲侯已又殺之臧荼之國因逐韓廣之遼東廣弗聽荼擊殺廣無終并王其地田榮聞項羽徙齊王市膠東而立齊將田都爲齊王乃大怒不肯遣齊王之膠東因以齊反迎擊田都田都走楚齊王市畏項王乃亡之膠東就國田榮怒追擊殺之卽墨榮因自立爲齊王而西擊殺濟北王田安并王三齊榮與彭越將軍印令反梁地陳餘陰使張同夏說說齊王田榮曰項羽爲天下宰不平今盡王故王於醜地而王其羣臣諸將善地逐其故主趙王乃北居代餘以爲不可聞大王起兵且不聽不義願大王資餘兵請以擊常山以復趙王請以國爲扞蔽齊王許之因遣兵之趙陳餘悉發三縣兵與齊并力擊常山大破之張耳走歸漢陳餘

迎故趙王歇於代反之趙趙王因立陳餘爲代王是時漢還定三秦項羽聞漢王皆已幷關中且東齊趙叛之大怒乃以故吳令鄭昌爲韓王以距漢令蕭公角等擊彭越彭越敗蕭公角等漢使張良徇韓乃遺項王書曰漢王失職欲得關中如約卽止不敢東又以齊梁反書遺項王曰齊欲與趙幷滅楚楚以此故無西意而北擊齊徵兵九江王布布稱疾不往使將將數千人行項王由此怨布也漢之二年冬項羽遂北至城陽田榮亦將兵會戰田榮不勝走至平原平原民殺之遂北燒夷齊城郭室屋皆阬田榮降卒係虜其老弱婦女徇齊至北海多所殘滅齊人相聚而叛之於是田榮弟田橫收齊亡卒得數萬人反城陽項王因留連戰未能下

春漢王部五諸侯兵凡五十六萬人東伐楚項王聞之卽令諸將擊齊而自以精

兵三萬人南從魯出胡陵四月漢皆已入彭城收其貨寶美人日置酒高會項王乃西從蕭晨擊漢軍而東至彭城日中大破漢軍漢軍皆走相隨入穀泗水殺漢卒十餘萬人漢卒皆南走山楚又追擊至靈壁東睢水上漢軍卻爲楚所擠多殺漢卒十餘萬人皆入睢水睢水爲之不流圍漢王三帀於是大風從西北而起折木發屋揚沙石窈冥晝晦逢迎楚軍楚軍大亂壞散而漢王乃得與數十騎遁去欲過沛收家室而西楚亦使人追之沛取漢王家家皆亡不與漢王相見漢王道逢得孝惠魯元乃載行楚騎追漢王漢王急推墮孝惠魯元車下滕公常下收載之如是者三曰雖急不可以驅奈何棄之於是遂得脫求太公呂后不相遇審食其從太公呂后閒行求漢王反遇楚軍楚軍遂與歸報項王項王常置軍中是時呂

后兄周呂侯爲漢將兵居下邑漢王閒往從之稍稍收其士卒至滎陽諸敗軍皆會蕭何亦發關中老弱未傅悉詣滎陽復大振楚起於彭城常乘勝逐北與漢戰滎陽南京索閒漢敗楚楚以故不能過滎陽而西項王之救彭城追漢王至滎陽田橫亦得收齊立田榮子廣爲齊王漢王之敗彭城諸侯皆復與楚而背漢漢軍滎陽築甬道屬之河以取敖倉粟漢之三年項王數侵奪漢甬道漢王食乏恐請和割滎陽以西爲漢項王欲聽之歷陽侯范增曰漢易與耳今釋弗取後必悔之項王乃與范增急圍滎陽漢王患之乃用陳平計閒項王項王使者來爲太牢具舉欲進之見使者詳驚愕曰吾以爲亞父使者乃反項王使者更持去以惡食食項王使者使者歸報項王項王乃疑范增與漢有私稍奪之權范增大怒曰天下事

大定矣。君王自爲之。願賜骸骨歸卒伍。項王許之。行未至彭城。疽發背而死。漢將紀信說漢王曰。事已急矣。請爲王誑楚爲王。王可以閒出。於是漢王夜出女子、滎陽東門。被甲二千人。楚兵四面擊之。紀信乘黃屋車。傅左纛。曰。城中食盡。漢王降楚。軍皆呼萬歲。漢王亦與數十騎從城西門出走成皋。項王見紀信。問漢王安在。信曰。漢王已出矣。項王燒殺紀信。漢王使御史大夫周苛、樅公、魏豹守滎陽。周苛樅公謀曰。反國之王。難與守城。乃共殺魏豹。楚下滎陽城。生得周苛。項王謂周苛曰。爲我將。我以公爲上將軍。封三萬戶。周苛罵曰。若不趣降漢。漢今虜若。若非漢敵也。項王怒。烹周苛。幷殺樅公。漢王之出滎陽。南走宛葉。得九江王布。行收兵。復入保成皋。漢之四年。項王進兵圍成皋。漢王逃。獨與滕公出成皋北門。渡河走脩武從張耳韓信軍諸將稍稍得出成皐從漢王楚遂拔成皐欲西漢使兵距之鞏令其不得西是時彭越渡河擊楚東阿殺楚將軍薛公項王乃自東擊彭越漢王得淮陰侯兵欲渡河南鄭忠說漢王乃止壁河內使劉賈將兵佐彭越燒楚積聚項王東擊破之走彭越漢王則引兵渡河復取成皐軍廣武就敖倉食項王已定東海來西與漢俱臨廣武而軍相守數月當此時彭越數反梁地絕楚糧食項王患之爲高俎置太公其上告漢王曰今不急下吾烹太公漢王曰吾與項羽俱北面受命懷王曰約爲兄弟吾翁卽若翁必欲烹而翁則幸分我一桮羹項王怒欲殺之項伯曰天下事未可知且爲天下者不顧家雖殺之無益祇益禍耳項王從之楚漢久相持未決丁壯苦軍旅老弱罷轉漕項王謂漢王曰天下匈匈數歲者徒以

吾兩人耳願與漢王挑戰決雌雄毋徒苦天下之民
父子爲也漢王笑謝曰吾寧鬬智不能鬬力項王令
壯士出挑戰漢有善騎射者樓煩楚挑戰三合樓煩
輒射殺之項王大怒乃自被甲持戟挑戰樓煩欲射
之項王瞋目叱之樓煩目不敢視手不敢發遂走還
入壁不敢復出漢王使人閒問之乃項王也漢王大
驚於是項王乃卽漢王相與臨廣武閒而語漢王數
之項王怒欲一戰漢王不聽項王伏弩射中漢王漢
王傷走入成臯項王聞淮陰侯已舉河北破齊趙且
欲擊楚乃使龍且往擊之淮陰侯與戰騎將灌嬰擊
之大破楚軍殺龍且韓信因自立爲齊王項王聞龍
且軍破則恐使盱台人武涉往說淮陰侯淮陰侯弗
聽是時彭越復反下梁地絕楚糧項王乃謂海春侯
大司馬曹咎等曰謹守成臯則漢欲挑戰愼勿與戰

毋令得東而已。我十五日必誅彭越。定梁地。復從將軍。乃東行擊陳留外黃。外黃不下。數日已降。項王怒。悉令男子年十五已上詣城東。欲阬之。外黃令舍人兒年十三。往說項王曰。彭越彊劫外黃。外黃恐。故且降待大王。大王至。又皆阬之。百姓豈有歸心。從此以東。梁地十餘城皆恐。莫肯下矣。項王然其言。乃赦外黃當阬者。東至睢陽。聞之皆爭下項王。漢果數挑楚軍戰。楚軍不出。使人辱之。五六日。大司馬怒。渡兵汜水。士卒半渡。漢擊之。大破楚軍。盡得楚國貨賂。大司馬咎。長史翳。塞王欣。皆自剄汜水上。大司馬咎者。故蘄獄掾。長史欣亦故櫟陽獄吏。兩人嘗有德於項梁。是以項王信任之。當是時。項王在睢陽。聞海春侯軍敗。則引兵還。漢軍方圍鍾離眛於滎陽東。項王至。漢軍畏楚。盡走險阻。是時漢兵盛食多。項王兵罷食絕。

漢遣陸賈說項王請太公項王弗聽漢王復使侯公往說項王項王乃與漢約中分天下割鴻溝以西者爲漢鴻溝而東者爲楚項王許之卽歸漢王父母妻子軍皆呼萬歲漢王乃封侯公爲平國君匿弗肯復見曰此天下辯士所居傾國故號爲平國君項王已約乃引兵解而東歸漢欲西歸張良陳平說曰漢有天下大半而諸侯皆附之楚兵罷食盡此天亡楚之時也不如因其機而遂取之今釋弗擊此所謂養虎自遺患也漢王聽之漢五年漢王乃追項王至陽夏南止軍與淮陰侯韓信建成侯彭越期會而擊楚軍至固陵而信越之兵不會楚擊漢軍大破之漢王復入壁深塹而自守謂張子房曰諸侯不從約爲之奈何對曰楚兵且破信越未有分地其不至固宜君王能與共分天下今可立致也卽不能事未可知也君

王能自陳以東傅海盡與韓信睢陽以北至穀城以與彭越使各自爲戰則楚易敗也漢王曰善於是乃發使者告韓信彭越曰并力擊楚楚破自陳以東傅海與齊王睢陽以北至穀城與彭相國使者至韓信彭越皆報曰請今進兵韓信乃從齊往劉賈軍從壽春竝行屠城父至垓下大司馬周殷叛楚以舒屠六舉九江兵隨劉賈彭越皆會垓下詣項王項王軍壁垓下兵少食盡漢軍及諸侯兵圍之數重夜聞漢軍四面皆楚歌項王乃大驚曰漢皆已得楚乎是何楚人之多也項王則夜起飲帳中有美人名虞常幸從駿馬名騅常騎之於是項王乃悲歌忼慨自爲詩曰力拔山兮氣蓋世時不利兮騅不逝騅不逝兮可奈何虞兮虞兮奈若何歌數闋美人和之項王泣數行下左右皆泣莫能仰視於是項王乃上馬騎麾下壯

士騎從者八百餘人直夜潰圍南出馳走平明漢軍乃覺之令騎將灌嬰以五千騎追之項王渡淮騎能屬者百餘人耳項王至陰陵迷失道問一田父田父紿曰左左乃陷大澤中以故漢追及之項王乃復引兵而東至東城乃有二十八騎漢騎追者數千人項王自度不得脫謂其騎曰吾起兵至今八歲矣身七十餘戰所當者破所擊者服未嘗敗北遂霸有天下然今卒困於此此天之亡我非戰之罪也今日固決死願爲諸君快戰必三勝之爲諸君潰圍斬將刈旗令諸君知天亡我非戰之罪也乃分其騎以爲四隊四嚮漢軍圍之數重項王謂其騎曰吾爲公取彼一將令四面騎馳下期山東爲三處於是項王大呼馳下漢軍皆披靡遂斬漢一將是時赤泉侯爲騎將追項王項王瞋目而叱之赤泉侯人馬俱驚辟易數里

與其騎會爲三處漢軍不知項王所在乃分軍爲三復圍之項王乃馳復斬漢一都尉殺數十百人復聚其騎亡其兩騎耳乃謂其騎曰何如騎皆伏曰如大王言於是項王乃欲東渡烏江烏江亭長檥船待謂項王曰江東雖小地方千里衆數十萬人亦足王也願大王急渡今獨臣有船漢軍至無以渡項王笑曰天之亡我我何渡爲且籍與江東子弟八千人渡江而西今無一人還縱江東父兄憐而王我我何面目見之縱彼不言籍獨不愧於心乎乃謂亭長曰吾知公長者吾騎此馬五歲所當無敵嘗一日行千里不忍殺之以賜公乃令騎皆下馬步行持短兵接戰獨籍所殺漢軍數百人項王身亦被十餘創顧見漢騎司馬呂馬童曰若非吾故人乎馬童面之指王翳曰此項王也項王乃曰吾聞漢購我頭千金邑萬戶吾

爲若德乃自刎而死王翳取其頭餘騎相蹂踐爭項
王相殺者數十人最其後郎中騎楊喜騎司馬呂馬
童郎中呂勝楊武各得其一體五人共會其體皆是
故分其地爲五封呂馬童爲中水侯封王翳爲杜衍
侯封楊喜爲赤泉侯封楊武爲吳防侯封呂勝爲涅
陽侯項王已死楚地皆降漢獨魯不下漢乃引天下
兵欲屠之爲其守禮義爲主死節乃持項王頭視魯
魯父兄乃降始楚懷王初封項籍爲魯公及其死魯
最後下故以魯公禮葬項王穀城漢王爲發哀泣之
而去諸項氏枝屬漢王皆不誅乃封項伯爲射陽侯
桃侯平皋侯玄武侯皆項氏賜姓劉

太史公曰吾聞之周生曰舜目蓋重瞳子又聞項羽
亦重瞳子羽豈其苗裔邪何興之暴也夫秦失其政
陳涉首難豪傑蠭起相與並爭不可勝數然羽非有

尺寸乘埶起隴畝之中三年遂將五諸侯滅秦分裂天下而封王侯政由羽出號爲霸王位雖不終近古以來未嘗有也及羽背關懷楚放逐義帝而自立怨王侯叛己難矣自矜功伐奮其私智而不師古謂霸王之業欲以力征經營天下五年卒亡其國身死東城尚不覺寤而不自責過矣乃引天亡我非用兵之罪也豈不謬哉項羽本紀爲子長絕作總八千八百餘言首尾約分五大段自籍起兵至項梁死爲一段羽去外黃至諸侯皆屬爲一段章邯軍棘原至罷戲下就國爲一段項王之國至歸漢王父母妻子爲一段項王已約解歸至兵敗自剄爲一段五大段之中又分若干節第一段籍微時蹤跡爲一事會稽守起兵渡江爲一事項梁并陳嬰秦嘉等一軍入薛爲一事范增說項氏立楚懷王爲一事齊不助楚項梁遇秦軍敗死爲一事凡五節第二段秦將章邯擊趙懷王并軍救之爲一事羽殺宋義自立爲上將軍爲一事渡河救趙破秦軍爲一事凡三節第三段章邯降羽爲一事羽阬秦卒入關爲一事與沛公會宴鴻門爲一事項王燒秦宮室東歸爲一事分王諸將自都彭城爲一事凡五節第四段項王弒義帝諸侯叛之爲一事項王自將伐齊爲一事楚破漢軍彭城得太公呂后爲一事楚破漢滎陽爲一事

楚漢互取成皋爲一事楚漢相距廣武爲一事項王東擊彭越漢破楚軍於汜水爲一事楚漢中分鴻溝歸太公呂后爲一事凡八節第五段張良陳平說漢取楚會諸侯兵圍垓下爲一事項王潰圍出走至東城兵敗爲一事項王自到於烏江爲一事魯守禮後下及葬項王封支屬爲一事凡四節以此分析觀之

批郤導窾九千言自覺其少讀者無徒震怖其名也鴻門之會沛公留侯項伯相語凡數百言東城之敗羽與騎士亭長呂馬童語凡數百言留侯世家呂澤留侯四皓相語亦數百言讀之皆灝氣流行不厭繁複柳子厚稱太史公文曰潔當於此類求之若歸熙甫專尚一二冷雋搖曳之筆失之遠矣 敘事文字最貴有一種嗚咽之音流動簡外嗚咽則悲壯宕激使人纏綿不盡此境惟史公獨擅其長班孟堅李陵蘇武傳差可步武歐陽公史傳志銘亦有一二近似者而氣則孱弱矣 方望溪云楚與秦合兵由趙而結怨於齊齊羽之東歸又二國首難而其事亦多端故因與齊將田榮救東阿入諸田角立之釁於救趙入張耳陳餘共持趙柄以爲後事張本然後脈絡分明韓魏及燕於秦楚劉項興亡無關輕重則於羽分王諸將見之先後詳略各有義法所以能盡而不蕪也

史記趙世家 節鈔武靈王事

武靈王元年陽文君趙豹相梁襄王與太子嗣韓宣王與太子倉來朝信宮武靈王少未能聽政博聞師

三人左右司過三人及聽政先問先王貴臣肥義加其秩國三老年八十月致其禮三年城鄗四年與韓會于區鼠五年娶韓女爲夫人八年韓擊秦不勝而去五國相王趙獨否曰無其實敢處其名乎令國人謂己曰君九年與韓魏共擊秦秦敗我斬首八萬級齊敗我觀澤十年秦取我中都及西陽齊破燕燕相子之爲君君反爲臣十一年王召公子職於韓立以爲燕王使樂池送之十三年秦拔我藺虜將軍趙莊楚魏王來過邯鄲十四年趙何攻魏十六年秦惠王卒王遊大陵他日王夢見處女鼓琴而歌詩曰美人熒熒兮顏若苕之榮命乎命乎曾無我嬴異日王飲酒樂數言所夢想見其狀吳廣聞之因夫人而內其女娃嬴孟姚也孟姚甚有寵於王是爲惠后十七年王出九門爲野臺以望齊中山之境十八年秦武王

與孟說舉龍文赤鼎絶臏而死趙王使代相趙固迎公子稷於燕送歸立爲秦王是爲昭王十九年春正月大朝信宮召肥義與議天下五日而畢

王北略中山之地至於房子遂之代北至無窮西至河登黃華之上召樓緩謀曰我先王因世之變以長南藩之地屬阻漳滏之險立長城又取藺郭狼敗林人於荏而功未遂今中山在我腹心北有燕東有胡西有林胡樓煩秦韓之邊而無彊兵之救是亡社稷柰何夫有高世之名必有遺俗之累吾欲胡服樓緩曰善羣臣皆不欲於是肥義侍王曰簡襄主之烈計胡翟之利爲人臣者寵有孝弟長幼順明之節通有補民益主之業此兩者臣之分也今吾欲繼襄主之跡開於胡翟之鄉而卒世不見也爲敵弱用力少而功多可以毋盡百姓之勞而序往古之勳夫有高世之功者負

遺俗之累。有獨智之慮者。任驚民之怨。今吾將胡服騎射。以教百姓。而世必議寡人。柰何。肥義曰。臣聞疑事無功。疑行無名。王既定負遺俗之慮。殆無顧天下之議矣。夫論至德者。不和於俗。成大功者。不謀於衆。昔者舜舞有苗。禹袒裸國。非以養欲而樂志也。務以論德而約功也。愚者闇成事。智者覩未形。則王何疑焉。王曰。吾不疑胡服也。吾恐天下笑我也。狂夫之樂。智者哀焉。愚者所笑。賢者察焉。世有順我者。胡服之功未可知也。雖驅世以笑我。胡地中山吾必有之。於是遂胡服矣。使王緤告公子成曰。寡人胡服。將以朝也。亦欲叔服之。家聽於親。而國聽於君。古今之公行也。子不反親。臣不逆君。兄弟之通義也。今寡人作教易服。而叔不服。吾恐天下議之也。制國有常。利民爲本。從政有經。令行爲上。明德先論於賤。而行政先信於貴。今胡服之意。非以養欲而樂志也。事有所止而功有所出。事成功立。然后善也。今寡人恐叔之逆從政之經。以輔叔之議。且寡人聞之。事利國者行無邪。因貴戚者名不累。故願慕公叔之義。以成胡服之功。使紲謁之叔。請服焉。公子成再拜稽首曰。臣固聞王之胡服也。臣不佞。寢疾。未能趨走以滋進也。王命之。臣敢對。因竭其愚忠。曰。臣聞中國者。蓋聰明徇智之所居也。萬物財用之所聚也。賢聖之所教也。仁義之所施也。詩書禮樂之所用也。異敏技能之所試也。遠方之所觀赴也。蠻夷之所義行也。今王舍此而襲遠方之服。變古之教。易古之道。逆人之心。而怫學者。離中國。故臣願王圖之也。使者以報。王曰。吾固聞叔之疾也。我將自往請之。王遂往之公子成家。因自請之。曰。夫服者。所以便用也。禮者。所以便事也。聖人觀鄉而順宜因事而制禮所以利其民而厚其國也夫翦髮文身錯臂左袵甌越之民也黑齒雕題卻冠秫絀大吳之國也故禮服莫同其便一也鄉異而用變事異而禮易是以聖人果可以利其國不一其用果可以便其事不同其禮儒者一師而俗異中國同禮而教離況於山谷之便乎故去就之變智者不能一遠近之服賢聖不能同窮鄉多異曲學多辯不知而不疑異於己而不非者公焉而衆求盡善也今叔之所言者俗也吾所言者所以制俗也吾國東有河薄洛之水與齊中山同之無舟楫之用自常山以至代上黨東有燕東胡之境而西有樓煩秦韓之邊今無騎射之備故寡人無舟楫之用夾水居之民將何以守河薄洛之水變服騎射以備燕三胡秦韓之邊且昔者簡主不塞晉陽以及上黨而襄主并戎取代以攘

諸胡此愚智所明也先時中山負齊之彊兵侵暴吾地係累吾民引水圍鄗微社稷之神靈則鄗幾於不守也先王醜之而怨未能報也今騎射之備近可以便上黨之形而遠可以報中山之怨而叔順中國之俗以逆簡襄之意惡變服之名以忘鄗事之醜非寡人之所望也公子成再拜稽首曰臣愚不達於王之義敢道世俗之聞臣之辠也今王將繼簡襄之意以順先王之志臣敢不聽命乎再拜稽首乃賜胡服明日服而朝於是始出胡服令也趙文趙造周紹趙俊皆諫止王毋胡服如故法便王曰先王不同俗何古之法帝王不相襲何禮之循虙戲神農教而不誅黃帝堯舜誅而不怒及至三王隨時制法因事制禮法度制令各順其宜衣服器械各便其用故禮也不必一道而便國不必古聖人之興也不相襲而王夏殷

之衰也不易禮而滅然則反古未可非而循禮未足多也且服奇者志淫則是鄒魯無奇行也俗辟者民易則是吳越無秀士也且聖人利身謂之服便事謂之禮夫進退之節衣服之制者所以齊常民也非所以論賢者也故齊民與俗流賢者與變俱故諺曰以書御者不盡馬之情以古制今者不達事之變循法之功不足以高世法古之學不足以制今子不及也遂胡服招騎射二十年王略中山地至寧葭西略胡地至榆中林胡王獻馬歸使樓緩之秦仇液之韓王賁之楚富丁之魏趙爵之齊代相趙固主胡致其兵二十一年攻中山趙袑爲右軍許鈞爲左軍公子章爲中軍王幷將之牛翦將車騎趙希幷將胡代趙與之陘合軍曲陽攻取丹丘華陽鴟之塞王軍取鄗石邑封龍東垣中山獻四邑和王許之罷兵二十三年

攻中山二十五年惠后卒使周袑胡服傅王子何二十六年復攻中山攘地北至燕代西至雲中九原二十七年五月戊申大朝於東宮傳國立王子何以爲王王廟見禮畢出臨朝大夫悉爲臣肥義爲相國并傅王是爲惠文王惠文王惠后吳娃子也

武靈王自號爲主父主父欲令子主治國而身胡服將士大夫西北略胡地而欲從雲中九原直南襲秦於是詐自爲使者入秦秦昭王不知已而怪其狀甚偉非人臣之度使人逐之而主父馳已脫關矣審問之乃主父也秦人大驚主父所以入秦者欲自略地形因觀秦王之爲人也惠文王二年主父行新地遂出代西遇樓煩王於西河而致其兵三年滅中山遷其王於膚施起靈壽北地方從代道大通還歸行賞大赦置酒酺五日

封長子章爲代安陽君章素侈心不服其弟

珍倣宋版印

所立主父又使田不禮相章也李兌謂肥義曰公子章彊壯而志驕黨衆而欲大殆有私乎田不禮之爲人也忍殺而驕二人相得必有謀陰賊起一出身徼幸夫小人有欲輕慮淺謀徒見其利而不顧其害同類相推俱入禍門以吾觀之必不久矣子任重而勢大亂之所始禍之所集也子必先患仁者愛萬物而智者備禍於未形不仁不智何以爲國子奚不稱疾毋出傳政於公子成毋爲怨府毋爲禍梯肥義曰不可昔者主父以王屬義也曰毋變而度毋異而慮堅守一心以歿而世義再拜受命而籍之今畏不禮之難而忘吾籍變孰大焉進受嚴命退而不全負孰甚焉變負之臣不容於刑諺曰死者復生生者不愧吾言已在前矣吾欲全吾言安得全吾身且夫貞臣也難至而節見忠臣也累至而行明子則有賜而忠我

矣雖然吾有語在前者也終不敢失李兌曰諾子勉
之矣吾見子已今年耳涕泣而出李兌數見公子成
以備田不禮之事異日肥義謂信期曰公子與田不
禮甚可憂也其於義也聲善而實惡此爲人也不子
不臣吾聞之也姦臣在朝國之殘也讒臣在中主之
蠹也此人貪而欲大內得主而外爲暴矯令爲慢以
擅一旦之命不難爲也禍且逮國今吾憂之夜而忘
寐飢而忘食盜賊出入不可不備自今以來若有召
王者必見吾面我將先以身當之無故而王乃入信
期曰善哉吾得聞此也四年朝羣臣安陽君亦來朝
主父令王聽朝而自從旁觀窺羣臣宗室之禮見其
長子章傫然也反北面爲臣詘於其弟心憐之於是
乃欲分趙而王章於代計未決而輟主父及王遊沙
丘異宮公子章即以其徒與田不禮作亂詐以主父

令召王肥義先入殺之高信卽與王戰公子成與李兌自國至乃起四邑之兵入距難殺公子章及田不禮滅其黨賊而定王室公子成爲相號安平君李兌爲司寇公子章之敗往走主父主父開之成兌因圍主父宮公子章死公子成李兌謀曰以章故圍主父卽解兵吾屬夷矣乃遂圍主父令宮中人後出者夷宮中人悉出主父欲出不得又不得食探爵鷇而食之三月餘而餓死沙丘宮主父定死乃發喪赴諸侯是時王少成兌專政畏誅故圍主父主父初以長子章爲太子後得吳娃愛之爲不出者數歲生子何乃廢太子章而以何爲王吳娃死愛弛憐故太子欲兩王之猶豫未決故亂起以至父子俱死爲天下笑豈不痛乎

史記蕭相國世家

蕭相國何者沛豐人也以文無害爲沛主吏掾高祖爲布衣時何數以吏事護高祖高祖爲亭長常左右之高祖以吏繇咸陽吏皆送奉錢三何獨以五秦御史監郡者與從事常辨之何乃給泗水卒史事第一秦御史欲入言徵何何固請得毋行及高祖起爲沛公何常爲丞督事沛公至咸陽諸將皆爭走金帛財物之府分之何獨先入收秦丞相御史律令圖書藏之沛公爲漢王以何爲丞相項王與諸侯屠燒咸陽而去漢王所以具知天下阸塞戶口多少彊弱之處民所疾苦者以何具得秦圖書也何進言韓信漢王以信爲大將軍語在淮陰侯事中漢王引兵東定三秦何以丞相留收巴蜀填撫諭告使給軍食漢二年漢王與諸侯擊楚何守關中侍太子治櫟陽爲法令約束立宗廟社稷宮室縣邑輒奏上可許以從事即

不及奏上。輒以便宜施行。上來以聞。關中事計戶口。轉漕給軍。漢王數失軍、遁去。何常興關中卒。輒補缺。上以此專屬任何關中事。漢三年。漢王與項羽相距京索之閒。上數使使勞苦丞相。鮑生謂丞相曰。王暴衣露蓋。數使使勞苦君者。有疑君心也。爲君計。莫若遣君子孫昆弟、能勝兵者。悉詣軍所。上必益信君。於是何從其計。漢王大說。

漢五年。既殺項羽。定天下。論功行封。羣臣爭功。歲餘功不決。高祖以蕭何功最盛。封爲酇侯。所食邑多。功臣皆曰。臣等身被堅執銳。多者百餘戰。少者數十合。攻城略地。大小各有差。今蕭何未嘗有汗馬之勞。徒持文墨議論。不戰。顧反居臣等上。何也。高帝曰。諸君知獵乎。曰。知之。知獵狗乎。曰。知之。高帝曰。夫獵。追殺獸兔者。狗也。而發蹤指示獸處者。人也。今諸君徒能得走獸耳。功狗也。至如蕭何。

發蹤指示功人也且諸君獨以身隨我多者兩三人
今蕭何舉宗數十人皆隨我功不可忘也羣臣皆莫
敢言列侯畢已受封及奏位次皆曰平陽侯曹參身
被七十創攻城略地功最多宜第一上已橈功臣多
封蕭何至位次未有以復難之然心欲何第一關內
侯鄂君進曰羣臣議皆誤夫曹參雖有野戰略地之
功此特一時之事夫上與楚相距五歲常失軍亡衆
逃身遁者數矣然蕭何常從關中遣軍補其處非上
所詔令召而數萬衆會上之乏絕者數矣夫漢與楚
相守滎陽數年軍無見糧蕭何轉漕關中給食不乏
陛下雖數亡山東蕭何常全關中以待陛下此萬世
之功也今雖亡曹參等百數何缺於漢漢得之不必
待以全柰何欲以一旦之功而加萬世之功哉蕭何
第一曹參次之高祖曰善於是乃令蕭何賜帶劍履

上殿入朝不趨上曰吾聞進賢受上賞蕭何功雖高
得鄂君乃益明於是因鄂君故所食關內侯邑封爲
安平侯是日悉封何父子兄弟十餘人皆有食邑乃
益封何二千戶以帝嘗繇咸陽時何送我獨贏奉錢
二也漢十一年陳豨反高祖自將至邯鄲未罷淮陰
侯謀反關中呂后用蕭何計誅淮陰侯語在淮陰事
中上已聞淮陰侯誅使使拜丞相何爲相國益封五
千戶令卒五百人一都尉爲相國衞諸君皆賀召平
獨弔召平者故秦東陵侯秦破爲布衣貧種瓜於長
安城東瓜美故世俗謂之東陵瓜從召平以爲名也
召平謂相國曰禍自此始矣上暴露於外而君守於
中非被矢石之事而益君封置衞者以今者淮陰侯
新反於中疑君心矣夫置衞衞君非以寵君也願君
讓封弗受悉以家私財佐軍則上心說相國從其計

高帝乃大喜漢十二年秋黥布反上自將擊之數使使問相國何爲相國爲上在軍乃拊循勉力百姓悉以所有佐軍如陳豨時客有說相國曰君滅族不久矣夫君位爲相國功第一可復加哉然君初入關中得百姓心十餘年矣皆附君常復孳孳得民和上所爲數問君者畏君傾動關中今君胡不多買田地賤貰貸以自汙上心乃安於是相國從其計上乃大說上罷布軍歸民道遮行上書言相國賤彊買民田宅數千萬上至相國謁上笑曰夫相國乃利民民所上書皆以與相國曰君自謝民相國因爲民請曰長安地狹上林中多空地棄願令民得入田毋收稾爲禽獸食上大怒曰相國多受賈人財物乃爲請吾苑乃下相國廷尉械繫之數日王衛尉侍前問曰相國何大罪陛下繫之暴也上曰吾聞李斯相秦皇帝有善

歸主有惡自與今相國多受賈豎金而爲民請吾苑以自媚於民故繫治之王衞尉曰夫職事苟有便於民而請之真宰相事陛下奈何乃疑相國受賈人錢乎且陛下距楚數歲陳豨黥布反陛下自將而往當是時相國守關中搖足則關以西非陛下有也相國不以此時爲利今乃利賈人之金乎且秦以不聞其過亡天下李斯之分過又何足法哉陛下何疑宰相之淺也高帝不懌是日使使持節赦出相國相國年老素恭謹入徒跣謝高帝曰相國休矣相國爲民請苑吾不許我不過爲桀紂主而相國爲賢相吾故繫相國欲令百姓聞吾過也何素不與曹參相能及何病孝惠自臨視相國病因問曰君卽百歲後誰可代君者對曰知臣莫如主孝惠曰曹參何如何頓首曰帝得之矣臣死不恨矣何置田宅必居窮處爲家不

治垣屋曰後世賢師吾儉不賢毋爲勢家所奪孝惠二年相國何卒諡爲文終侯後嗣以罪失侯者四世絕天子輒復求何後封續酇侯功臣莫得比焉

太史公曰蕭相國何於秦時爲刀筆吏錄錄未有奇節及漢興依日月之末光何謹守管籥因民之疾秦法順流與之更始淮陰黥布等皆以誅滅而何之勳爛焉位冠羣臣聲施後世與閎夭散宜生等爭烈矣

方望溪云首舉收秦律令圖書進韓信鎮撫關中而功在萬世可知矣末記與曹參素不相能而舉以自代則公忠體國具見矣中閒但著其虛己受言以免猜忌雖定律受遺概不著於篇觀此可識立言之體要

史記曹相國世家

平陽侯曹參者沛人也秦時爲沛獄掾而蕭何爲主吏居縣爲豪吏矣高祖爲沛公而初起也參以中涓從將擊胡陵方與攻秦監公軍大破之東下薛擊泗

水守軍薛郭西復攻胡陵取之徙守方與方與反爲
魏擊之豐反爲魏攻之賜爵七大夫擊秦司馬𡰪軍
碭東破之取碭碭狐父祁善置又攻下邑以西至虞擊
章邯車騎攻爰戚及亢父先登遷爲五大夫北救阿
擊章邯軍陷陳追至濮陽攻定陶取臨濟南救雍丘
擊李由軍破之殺李由虜秦候一人秦將章邯破殺
項梁也沛公與項羽引而東楚懷王以沛公爲碭郡
長將碭郡兵於是乃封參爲執帛號曰建成君遷爲
戚公屬碭郡其後從攻東郡尉軍破之成武南擊王
離軍成陽南復攻之杠里大破之追北西至開封擊
趙賁軍破之圍趙賁開封城中西擊秦將楊熊軍於
曲遇破之虜秦司馬及御史各一人遷爲執珪從攻
陽武下轘轅緱氏絕河津還擊趙賁軍尸北破之從
南攻犨與南陽守齮戰陽城郭東陷陳取宛虜齮盡

定南陽郡從西攻武關嶢關取之前攻秦軍藍田南
又夜擊其北秦軍大破遂至咸陽滅秦項羽至以沛
公爲漢王漢王封參爲建成侯從至漢中遷爲將軍
從還定三秦初攻下辯故道雍斄擊章平軍於好畤
南破之圍好畤取壤鄉擊三秦軍壤東及高櫟破之
復圍章平章平出好畤走因擊趙賁內史保軍破之
東取咸陽更名曰新城參將兵守景陵二十日三秦
使章平等攻參參出擊大破之賜食邑於寧秦參以
將軍引兵圍章邯於廢丘以中尉從漢王出臨晉關
至河內下脩武渡圍津東擊龍且項他定陶破之東
取碭蕭彭城擊項籍軍漢軍大敗走參以中尉圍取
雍丘王武反於黃程處反於燕往擊盡破之柱天侯
反於衍氏又進破取衍氏擊羽嬰於昆陽追至葉還
攻武彊因至滎陽參自漢中爲將軍中尉從擊諸侯

及項羽敗還至滎陽凡二歲高祖三年拜爲假左丞相入屯兵關中月餘魏王豹反以假左丞相別與韓信東攻魏將軍孫遬軍東張大破之因攻安邑得魏將王襄擊魏王於曲陽追至武垣生得魏王豹取平陽得魏王母妻子盡定魏地凡五十二城賜食邑平陽因從韓信擊趙相國夏說軍於鄔東大破之斬夏說韓信與故常山王張耳引兵下井陘擊成安君而令參還圍趙別將戚將軍於鄔城中戚將軍出走追斬之乃引兵詣敖倉漢王之所韓信已破趙爲相國東擊齊參以右丞相屬韓信攻破齊歷下軍遂取臨菑還定濟北郡攻著漯陰平原鬲盧已而從韓信擊龍且軍於上假密大破之斬龍且虜其將軍周蘭定齊凡得七十餘縣得故齊王田廣相田光其守相許章及故齊膠東將軍田既韓信爲齊王引兵詣陳與

漢王共破項羽而參留平齊未服者項籍已死天下定漢王爲皇帝韓信徙爲楚王齊爲郡參歸漢相印高帝以長子肥爲齊王而以參爲齊相國以高祖六年賜爵列侯與諸侯剖符世世勿絕食邑平陽萬六百三十戶號曰平陽侯除前所食邑以齊相國擊陳豨將張春軍破之黥布反參以齊相國從悼惠王將兵車騎十二萬人與高祖會擊黥布軍大破之南至蘄還定竹邑相蕭留參功凡下二國縣一百二十二得王二人相三人將軍六人大莫敖郡守司馬侯御史各一人孝惠帝元年除諸侯相國法更以參爲齊丞相參之相齊齊七十城天下初定悼惠王富於春秋參盡召長老諸生問所以安集百姓如齊故俗諸儒以百數言人人殊參未知所定聞膠西有蓋公善治黃老言使人厚幣請之既見蓋公蓋公爲言治道

貴清靜而民自定推此類具言之參於是避正堂舍蓋公焉其治要用黃老術故相齊九年齊國安集大稱賢相惠帝二年蕭何卒參聞之告舍人趣治行吾將入相居無何使者果召參參去屬其後相曰以齊獄市爲寄愼勿擾也後相曰治無大於此者乎參曰不然夫獄市者所以幷容也今君擾之姦人安所容也吾是以先之參始微時與蕭何善及爲將相有郤至何且死所推賢唯參參代何爲漢相國舉事無所變更一遵蕭何約束擇郡國吏木詘於文辭重厚長者卽召除爲丞相史吏之言文刻深欲務聲名者輒斥去之日夜飲醇酒卿大夫已下吏及賓客見參不事事來者皆欲有言至者參輒飲以醇酒閒之欲有所言復飲之醉而後去終莫得開說以爲常相舍後園近吏舍吏舍日飲歌呼從吏惡之無如之何乃請

參游園中聞吏醉歌呼從吏幸相國召按之乃反取
酒張坐飲亦歌呼與相應和參見人之有細過專掩
匿覆蓋之府中無事參子窋爲中大夫惠帝怪相國
不治事以爲豈少朕與乃謂窋曰若歸試私從容問
而父曰高帝新棄羣臣帝富於春秋君爲相日飲無
所請事何以憂天下乎然無言吾告若也窋既洗沐
歸閒侍自從其所諫參參怒而笞窋二百曰趣入侍
天下事非若所當言也至朝時惠帝讓參曰與窋胡
治乎乃者我使諫君也參免冠謝曰陛下自察聖武
孰與高帝上曰朕乃安敢望先帝乎曰陛下觀臣能
孰與蕭何賢上曰君似不及也參曰陛下言之是也
且高帝與蕭何定天下法令既明今陛下垂拱參等
守職遵而勿失不亦可乎惠帝曰善君休矣參爲漢
相國出入三年卒謚懿侯子窋代侯百姓歌之曰蕭

何爲法。顜若畫一。曹參代之。守而勿失。載其清淨。民以寧一。

平陽侯窋。高后時爲御史大夫。孝文帝立。免爲侯。立二十九年卒。謚爲靜侯。子奇代侯。立七年卒。謚爲簡侯。子時代侯。時尚平陽公主。生子襄。時病癘歸國。立二十三年卒。謚夷侯。子襄代侯。襄尚衞長公主。生子宗。立十六年卒。謚爲共侯。子宗代侯。征和二年中。宗坐太子死。國除。

太史公曰。曹相國參攻城野戰之功。所以能多若此者。以與淮陰侯俱。及信已滅。而列侯成功。唯獨參擅其名。參爲漢相國。清靜極言合道。然百姓離秦之酷後。參與休息無爲。故天下俱稱其美矣。

史記留侯世家

留侯張良者。其先韓人也。大父開地。相韓昭侯。宣惠王。襄哀王。父平。相釐王。悼惠王。悼惠王二十三年。平卒。卒二十歲。秦滅韓。良年少未宦事韓。韓破。良家僮三百人。弟死不葬。悉以家財求客刺秦王。爲韓報仇。以大父父五世相韓故。良嘗學禮淮陽。東見倉海君。得力士。爲鐵椎重百二十斤。秦皇帝東游。良與客、狙擊秦皇帝、博浪沙中。誤中副車。秦皇帝大怒。大索天下。求賊甚急。爲張良故也。良乃更名姓。亡匿下邳。良嘗閒從容、步游下邳、圯上。有一老父。衣褐。至良所。直墮其履圯下。顧謂良曰。孺子下取履。良鄂然。欲毆之。爲其老。彊忍。下取履。父曰。履我。良業爲取履。因長跪履之。父以足受。笑而去。良殊大驚。隨目之。父去里所。復還。曰。孺子可教矣。後五日平明。與我會此。良因怪之。跪曰。諾。五日平明。良往。父已先在。怒曰。與老人期。後。何也。去。曰。後五日早會。五日雞鳴。良往。父又先在。復怒曰。後。何也。去。曰。後五日復早來。五日。良夜未半。

往有頃父亦來喜曰當如是出一編書曰讀此則爲王者師矣後十年興十三年孺子見我濟北穀城山下黃石即我矣遂去無他言不復見旦日視其書乃太公兵法也良因異之常習誦讀之

居下邳爲任俠項伯常殺人從良匿後十年陳涉等起兵良亦聚少年百餘人景駒自立爲楚假王在留良欲往從之道遇沛公沛公將數千人略地下邳西遂屬焉沛公拜良爲廏將良數以太公兵法說沛公沛公善之常用其策良爲他人言皆不省良曰沛公殆天授故遂從之不去見景駒及沛公之薛見項梁項梁立楚懷王良乃說項梁曰君已立楚後而韓諸公子橫陽君成賢可立爲王益樹黨項梁使良求韓成立以爲韓王以良爲韓申徒與韓王將千餘人西略韓地得數城秦輒復取之往來爲游兵潁川沛公之從雒陽南出

轘轅。良引兵從沛公。下韓十餘城。擊破楊熊軍。沛公乃令韓王成留守陽翟。與良俱南。攻下宛。西入武關。沛公欲以兵二萬人擊秦嶢下軍。良說曰。秦兵尚彊。未可輕。臣聞其將屠者子。賈豎易動以利。願沛公且留壁。使人先行。爲五萬人具食。益爲張旗幟諸山上。爲疑兵。令酈食其持重寶啗秦將。秦將果畔。欲連和俱西襲咸陽。沛公欲聽之。良曰。此獨其將欲叛耳。恐士卒不從。不從必危。不如因其解擊之。沛公乃引兵擊秦軍。大破之。遂北至藍田。再戰。秦兵竟敗。遂至咸陽。秦王子嬰降沛公。沛公入秦宮。宮室、帷帳、狗馬、重寶、婦女以千數。意欲留居之。樊噲諫沛公出舍。沛公不聽。良曰。夫秦爲無道。故沛公得至此。夫爲天下除殘賊。宜縞素爲資。今始入秦。即安其樂。此所謂助桀爲虐。且忠言逆耳利於行。毒藥苦口利於病。願沛公聽樊噲言。沛公乃還軍霸上。項羽至鴻門下。欲擊沛公。項伯乃夜馳入沛公軍。私見張良。欲與俱去。良曰。臣爲韓王送沛公。今事有急。亡去不義。乃具以語沛公。沛公大驚曰。爲將柰何。良曰。沛公誠欲倍項羽邪。沛公曰。鯫生教我距關。無內諸侯。秦地可盡王。故聽之。良曰。沛公自度能卻項羽乎。沛公默然良久曰。固不能也。今爲柰何。良乃固要項伯。項伯見沛公。沛公與飲。爲壽。結賓婚。令項伯具言沛公不敢倍項羽。所以距關者。備他盜也。及見項羽後解。語在項羽事中。漢元年正月。沛公爲漢王。王巴蜀。漢王賜良金百鎰。珠二斗。良具以獻項伯。漢王亦因令良厚遺項伯。使請漢中地。項王乃許之。遂得漢中地。漢王之國。良送至褒中。遣良歸韓。良因說漢王曰。王何不燒絕所過棧道。示天下無還心。以固項王意。乃使良還。行燒絕棧道。良至韓。韓王成以良從漢王故。項王不遣成之國。從與俱東。良說項王曰。漢王燒絕棧道。無還心矣。乃以齊王田榮反書告項王。項王以此無西憂漢心。而發兵北擊齊。項王竟不肯遣韓王。乃以爲侯。又殺之彭城。良亡閒行歸漢王。漢王亦已還定三秦矣。復以良爲成信侯。從東擊楚。至彭城。漢敗而還。至下邑。漢王下馬踞鞍而問曰。吾欲捐關以東等棄之。誰可與共功者。良進曰。九江王黥布。楚梟將。與項王有郄。彭越與齊王田榮反梁地。此兩人可急使。而漢王之將獨韓信可屬大事。當一面。卽欲捐之。捐之此三人。則楚可破也。漢王乃遣隨何說九江王布。而使人連彭越。及魏王豹反。使韓信將兵擊之。因舉燕代齊趙。然卒破楚者。此三人力也。張良多病。未嘗特將也。常爲畫策臣。時時從漢王。漢三年。項羽急圍漢王滎陽。

漢王恐憂與酈食其謀橈楚權食其曰昔湯伐桀封其後於杞武王伐紂封其後於宋今秦失德棄義侵伐諸侯社稷滅六國之後使無立錐之地陛下誠能復立六國後世畢已受印此其君臣百姓必皆戴陛下之德莫不鄉風慕義願爲臣妾德義已行陛下南鄉稱霸楚必斂衽而朝漢王曰善趣刻印先生因行佩之矣食其未行張良從外來謁漢王方食曰子房前客有爲我計橈楚權者具以酈生語告曰於子房何如良曰誰爲陛下畫此計者陛下事去矣漢王曰何哉張良對曰臣請藉前箸爲大王籌之曰昔者湯伐桀而封其後於杞者度能制桀之死命也今陛下能制項籍之死命乎曰未能也其不可一也武王伐紂封其後於宋者度能得紂之頭也今陛下能得項籍之頭乎曰未能也其不可二也武王入殷表商容

之閭。釋箕子之拘。封比干之墓。今陛下能封聖人之
墓。表賢者之閭。式智者之門乎。曰未能也。其不可三
也。發鉅橋之粟。散鹿臺之錢。以賜貧窮。今陛下能散
府庫以賜貧窮乎。曰未能也。其不可四矣。殷事已畢。
偃革爲軒。倒置干戈。覆以虎皮。以示天下不復用兵。
今陛下能偃武行文。不復用兵乎。曰未能也。其不可
五矣。休馬華山之陽。示以無所爲。今陛下能休馬無
所用乎。曰未能也。其不可六矣。放牛桃林之陰。以示
不復輸積。今陛下能放牛不復輸積乎。曰未能也。其
不可七矣。且天下游士。離其親戚。棄墳墓。去故舊。從
陛下游者。徒欲日夜望咫尺之地。今復六國。立韓魏
燕趙齊楚之後。天下游士。各歸事其主。從其親戚。反
其故舊墳墓。陛下與誰取天下乎。其不可八矣。且夫
楚唯無彊。六國立者。復橈而從之。陛下焉得而臣之。

誠用客之謀。陛下事去矣。漢王輟食吐哺。罵曰。豎儒。幾敗而公事。令趣銷印。漢四年。韓信破齊。而欲自立爲齊王。漢王怒。張良說漢王。漢王使良授齊王信印。語在淮陰事中。其秋。漢王追楚。至陽夏南。戰不利。而壁固陵。諸侯期不至。良說漢王。漢王用其計。諸侯皆至。語在項籍事中。漢六年正月。封功臣。良未嘗有戰鬭功。高帝曰。運籌策帷帳中。決勝千里外。子房功也。自擇齊三萬戶。良曰。始臣起下邳。與上會留。此天以臣授陛下。陛下用臣計。幸而時中。臣願封留。足矣。不敢當三萬戶。乃封張良爲留侯。與蕭何等俱封。六年。上已封大功臣二十餘人。其餘日夜爭功不決。未得行封。上在雒陽南宮。從復道望見諸將往往相與坐沙中語。上曰。此何語。留侯曰。陛下不知乎。此謀反耳。上曰。天下屬安定。何故反乎。留侯曰。陛下起布衣。以此屬取天下。今陛下爲天子。而所封皆蕭曹故人所親愛。而所誅者。皆生平所仇怨。今軍吏計功。以天下不足徧封。此屬畏陛下不能盡封。恐又見疑平生過失及誅。故卽相聚謀反耳。上乃憂曰。爲之柰何。留侯曰。上平生所憎。羣臣所共知。誰最甚者。上曰。雍齒與我故。數嘗窘辱我。我欲殺之。爲其功多。故不忍。留侯曰。今急先封雍齒以示羣臣。羣臣見雍齒封。則人人自堅矣。於是上乃置酒。封雍齒爲什方侯。而急趣丞相御史定功行封。羣臣罷酒。皆喜曰。雍齒尚爲侯。我屬無患矣。劉敬說高帝曰。都關中。上疑之。左右大臣皆山東人。多勸上都雒陽。雒陽東有成皐。西有殽黽。倍河。向伊雒。其固亦足恃。留侯曰。雒陽雖有此固。其中小。不過數百里。田地薄。四面受敵。此非用武之國也。夫關中左殽函。右隴蜀。沃野千里。南有巴蜀之饒北有胡苑之利阻三面而守獨以一面東制諸侯諸侯安定河渭漕輓天下西給京師諸侯有變順流而下足以委輸此所謂金城千里天府之國也劉敬說是也於是高帝即日駕西都關中

留侯從入關留侯性多病即道引不食穀杜門不出歲餘上欲廢太子立戚夫人子趙王如意大臣多諫爭未能得堅決者也呂后恐不知所爲人或謂呂后曰留侯善畫計筴上信用之呂后乃使建成侯呂澤劫留侯曰君常爲上謀臣今上欲易太子君安得高枕而臥乎留侯曰始上數在困急之中幸用臣筴今天下安定以愛欲易太子骨肉之閒雖臣等百餘人何益呂澤彊要曰爲我畫計留侯曰此難以口舌爭也顧上有不能致者天下有四人四人者年老矣皆以爲上慢侮人故逃匿山中義不爲漢臣然上高此四人今公誠能無

愛金玉璧帛令太子爲書卑辭安車因使辯士固請宜來來以爲客時時從入朝令上見之則必異而問之問之上知此四人賢則一助也於是呂后令呂澤使人奉太子書卑辭厚禮迎此四人四人至客建成侯所漢十一年黥布反上病欲使太子將往擊之四人相謂曰凡來者將以存太子太子將兵事危矣乃說建成侯曰太子將兵有功則位不益太子無功還則從此受禍矣且太子所與俱諸將皆嘗與上定天下梟將也今使太子將之此無異使羊將狼也皆不肯爲盡力其無功必矣臣聞母愛者子抱今戚夫人日夜侍御趙王如意常抱居前上曰終不使不肖子居愛子之上明乎其代太子位必矣君何不急請呂后承閒爲上泣言黥布天下猛將也善用兵今諸將皆陛下故等夷乃令太子將此屬無異使羊將狼莫

肯為用且使布聞之則鼓行而西耳上雖病彊載輜車臥而護之諸將不敢不盡力上雖苦為妻子自彊於是呂澤立夜見呂后呂后承閒為上泣涕而言如四人意上曰吾惟豎子固不足遣而公自行耳於是上自將兵而東羣臣居守皆送至霸上留侯病自彊起至曲郵見上曰臣宜從病甚楚人剽疾願上無與楚人爭鋒因說上曰令太子為將軍監關中兵上曰子房雖病彊臥而傅太子是時叔孫通為太傅留侯行少傅事漢十二年上從擊破布軍歸疾益甚愈欲易太子留侯諫不聽因疾不視事叔孫太傅稱說引古今以死爭太子上詳許之猶欲易之及燕置酒太子侍四人從太子年皆八十有餘鬚眉皓白衣冠甚偉上怪之問曰彼何為者四人前對各言名姓曰東園公角里先生綺里季夏黃公殿本攷證張照按漢書王貢傳序曰漢興

有園公綺里季夏黃公角里先生顏師古注曰四皓稱號本起於此更無姓名可稱蓋隱居之人匿跡遠害不自標顯祕其氏族故史傳無得而詳至于後代皇甫謐之徒及諸地理書說競爲四人施安姓氏自相錯互語又不經班氏不載於書諸家皆臆說今并棄略一無取焉臣謂師古之見卓矣索隱所引陳留志有姓名者又止三人無綺里季名字蓋有脫文而今陳留志無其書莫可攷也或云姓朱名暉字文季恐皆臆說綺里季或云當連夏字讀作綺里季夏其黃公則黃爲姓顧皇甫謐高士傳已作夏黃公陶潛聖賢羣輔錄亦然莫定其孰是也

上乃大驚曰吾求公數歲公辟逃我今公何自從吾兒游乎四人皆曰陛下輕士善罵臣等義不受辱故恐而亡匿竊聞太子爲人仁孝恭敬愛士天下莫不延頸欲爲太子死者故臣等來耳上曰煩公幸卒調護太子四人爲壽已畢趨去上目送之召戚夫人指示四人者曰我欲易之彼四人輔之羽翼已成難動矣呂后真而主矣戚夫人泣上曰爲我楚舞吾爲若楚歌歌曰鴻鵠高飛一舉千里羽翮已就橫絕四海橫絕四海當可柰何雖有矰繳尚

安所施歌數闋戚夫人噓唏流涕上起去罷酒竟不易太子者留侯本招此四人之力也留侯從上擊代出奇計馬邑下及立蕭何相國所與上從容言天下事甚衆非天下所以存亡故不著留侯乃稱曰家世相韓及韓滅不愛萬金之資爲韓報讎彊秦天下振動今以三寸舌爲帝者師封萬戶位列侯此布衣之極於良足矣願棄人閒事欲從赤松子游耳乃學辟穀道引輕身會高帝崩呂后德留侯乃彊食之曰人生一世閒如白駒過隙何至自苦如此乎留侯不得已彊聽而食後八年卒謚爲文成侯子不疑代侯子房始所見下邳圯上老父與太公書者後十三年從高帝過濟北果見穀城山下黃石取而葆祠之留侯死幷葬黃石冢每上冢伏臘祠黃石留侯不疑孝文帝五年坐不敬國除

太史公曰學者多言無鬼神然言有物至如留侯所見老父予書亦可怪矣高祖離困者數矣而留侯常有功力焉豈可謂非天乎上曰夫運籌筴帷帳之中決勝千里外吾不如子房余以爲其人計魁梧奇偉至見其圖狀貌如婦人好女蓋孔子曰以貌取人失之子羽留侯亦云方望溪云留侯所與上從容言天下事甚衆非天下所以存亡故不著此三語著爲留侯立傳之大指紀事之文義法盡於此矣

史記梁孝王世家

梁孝王武者孝文皇帝子也而與孝景帝同母母竇太后也孝文帝凡四男長子曰太子是爲孝景帝次子武次子參次子勝孝文帝即位二年以武爲代王以參爲太原王以勝爲梁王二歲徙代王爲淮陽王以代盡與太原王號曰代王參立十七年孝文後二年卒謚爲孝王子登嗣立是爲代共王立二十九年

元光二年卒。子義立，是爲代王。十九年，漢廣關，以常山爲限，而徙代王王清河。清河王徙以元鼎三年也。初武爲淮陽王十年，而梁王勝卒，謚爲梁懷王。懷王最少子，愛幸異於他子。其明年，徙淮陽王武爲梁王。梁王之初王梁，孝文帝之十二年也。梁王自初王通歷已十一年矣。梁王十四年入朝。十七年、十八年比年入朝，留其明年，乃之國。二十一年入朝。二十二年，孝文帝崩。二十四年入朝。二十五年復入朝。是時上未置太子也。上與梁王燕飲，嘗從容言曰：千秋萬歲後傳於王。王辭謝。雖知非至言，然心內喜。太后亦然。其春，吳楚齊趙七國反。吳楚先擊梁棘壁，殺數萬人。梁孝王城守睢陽，而使韓安國、張羽等爲大將軍，以距吳楚。吳楚以梁爲限，不敢過而西，與太尉亞夫等相距三月。吳楚破，而梁所破殺虜略與漢中分。明年

漢立太子其後梁最親有功又爲大國居天下膏腴
地地北界泰山西至高陽四十餘城皆多大縣孝王
竇太后少子也愛之賞賜不可勝道於是孝王築東
苑方三百餘里廣睢陽城七十里大治宮室爲複道
自宮連屬於平臺三十餘里得賜天子旌旗出從千
乘萬騎東西馳獵擬於天子出言蹕入言警招延四
方豪桀自山以東游說之士莫不畢至齊人羊勝公
孫詭鄒陽之屬公孫詭多奇邪計初見王賜千金官
至中尉梁號之曰公孫將軍梁多作兵器弩弓矛數
十萬而府庫金錢且百巨萬珠玉寶器多於京師二
十九年十月梁孝王入朝景帝使使持節乘輿駟馬
迎梁王於關下既朝上疏因留以太后親故王入則
侍景帝同輦出則同車游獵射禽獸上林中梁之侍
中郎謁者著籍引出入天子殿門與漢宦官無異十

一月上廢栗太子竇太后心欲以孝王爲後嗣大臣及袁盎等有所關說於景帝竇太后義格亦遂不復言以梁王爲嗣事由此以事祕世莫知乃辭歸國其夏四月上立膠東王爲太子梁王怨袁盎及議臣乃與羊勝公孫詭之屬陰使人刺殺袁盎及他議臣十餘人逐其賊未得也於是天子意梁王逐賊果梁使之乃遣使冠蓋相望於道覆按梁捕公孫詭羊勝公孫詭羊勝匿王後宮使者責二千石急梁相軒丘豹及內史韓安國進諫王王乃令勝詭皆自殺出之上由此怨望於梁王梁王恐乃使韓安國因長公主謝罪太后然後得釋上怒稍解因上書請朝既至關茅蘭說王使乘布車從兩騎入匿於長公主園漢使使迎王王已入關車騎盡居外不知王處太后泣曰帝殺吾子景帝憂恐於是梁王伏斧質於闕下謝罪然

後太后景帝大喜相泣復如故悉召王從官入關然景帝益疏王不同車輦矣三十五年冬復朝上疏欲留上弗許歸國意忽忽不樂北獵良山有獻牛足出背上孝王惡之六月中病熱六日卒謚曰孝王孝王慈孝每聞太后病口不能食居不安寢常欲留長安侍太后太后亦愛之及聞梁王薨竇太后哭極哀不食曰帝果殺吾子景帝哀懼不知所爲與長公主計之乃分梁爲五國盡立孝王男五人爲王女五人皆食湯沐邑於是奏之太后太后乃說爲帝加壹飡梁孝王長子買爲梁王是爲共王子明爲濟川王子彭離爲濟東王子定爲山陽王子不識爲濟陰王孝王未死時財以巨萬計不可勝數及死藏府餘黃金尚四十餘萬斤他財物稱是

梁共王三年景帝崩共王立七年卒子襄立是爲平王梁平王襄十四年母曰

陳太后共王母曰李太后李太后親平王之大母也而平王之后姓任曰任王后任王后甚有寵於平王襄初孝王在時有罍樽直千金孝王誡後世善保罍樽無得以與人任王后聞而欲得罍樽平王大母李太后曰先王有命無得以罍樽與人他物雖百巨萬猶自恣也任王后絕欲得之平王襄直使人開府取罍樽賜任王后李太后大怒漢使者來欲自言平王襄及任王后遮止閉門李太后與爭門措指遂不得見漢使者李太后亦私與食官長及郎中尹霸等士通亂而王與任王后以此使人風止李太后李太后內有淫行亦已後病薨病時任后未嘗請病薨又不持喪元朔中睢陽人類犴反者人有辱其父而與淮陽太守客出同車太守客出下車類犴反殺其仇於車上而去淮陽太守怒以讓梁二千石二千石以下

求反甚急執反親戚反知國陰事乃上變事具告知
王與大母爭樽狀時丞相以下見知之欲以傷梁長
吏其書聞天子天子下吏驗問有之公卿請廢襄爲
庶人天子曰李太后有淫行而梁王襄無良師傅故
陷不義乃削梁八城梟任王后首于市梁餘尚有十
城襄立三十九年卒諡爲平王王子無傷立爲梁王也
濟川王明者梁孝王子以桓邑侯孝景中六年爲濟
川王七歲坐射殺其中尉漢有司請誅天子弗忍誅
廢明爲庶人遷房陵地入于漢爲郡 濟東王彭離者
梁孝王子以孝景中六年爲濟東王二十九年彭離
驕悍無人君禮昏暮私與其奴亡命少年數十人行
剽殺人取財物以爲好所殺發覺者百餘人國皆知
之莫敢夜行所殺者子上書言漢有司請誅上不忍
廢以爲庶人遷上庸地入于漢爲大河郡 山陽哀王

定者。梁孝王子以孝景中六年爲山陽王。九年卒。無子。國除。地入于漢、爲山陽郡。濟陰哀王不識者。梁孝王子。以孝景中六年爲濟陰王。一歲卒。無子。國除。地入于漢爲濟陰郡。

太史公曰。梁孝王雖以親愛之故。王膏腴之地。然會漢家隆盛。百姓殷富。故能植其財貨。廣宮室車服。擬於天子。然亦僭矣。

史記五宗世家（方望溪云。同母者爲宗親。明其異于古之宗法。）

孝景皇帝子。凡十三人爲王。而母五人。同母者爲宗親。栗姬子曰榮。德。閼于。程姬子曰餘。非。端。賈夫人子曰彭祖。勝。唐姬子曰發。王夫人兒姁子曰越。寄。乘。舜。

河閒獻王德。以孝景帝前二年用皇子爲河閒王。好儒學。被服造次必於儒者。山東諸儒、多從之游。二十六年卒。子共王不害立。四年卒。子剛王基代立。十二

年卒子頃王授代立
臨江哀王閼于以孝景帝前二年用皇子爲臨江王
三年卒無後國除爲郡
臨江閔王榮以孝景前四年爲皇太子四歲廢用故
太子爲臨江王四年坐侵廟壖垣爲宮上徵榮榮行
祖於江陵北門旣已上車軸折車廢江陵父老流涕
竊言曰吾王不反矣榮至詣中尉府簿中尉郅都責
訊王王恐自殺葬藍田燕數萬銜土置冢上百姓憐
之榮最長死無後國除地入于漢爲南郡
右三國本王皆栗姬之子也
魯共王餘以孝景前二年用皇子爲淮陽王二年吳
楚反破後以孝景前三年徙爲魯王好治宮室苑囿
狗馬季年好音不喜辭辯爲人吃二十六年卒子光
代爲王初好音輿馬晩節嗇惟恐不足於財

江都易王非以孝景前二年用皇子爲汝南王吳楚反時非年十五有材力上書願擊吳景帝賜非將軍印擊吳吳已破二歲徙爲江都王治吳故國以軍功賜天子旌旗元光五年匈奴大入漢爲賊非上書願擊匈奴上不許非好氣力治宮觀招四方豪桀驕奢甚立二十六年卒子建立爲王七年自殺淮南衡山謀反時建頗聞其謀自以爲國近淮南恐一日發爲所幷卽陰作兵器而時佩其父所賜將軍印載天子旗以出易王死未葬建有所說易王寵美人淖姬夜使人迎與姦服舍中及淮南事發治黨與頗及江都王建建恐因使人多持金錢事絕其獄而又信巫祝使人禱祠妄言建又盡與其姊弟姦事旣聞漢公卿請捕治建天子不忍使大臣卽訊王王服所犯遂自殺國除地入于漢爲廣陵郡

膠西于王端以孝景前三年吳楚七國反破後端用皇子爲膠西王端爲人賊戾又陰痿一近婦人病之數月而有愛幸少年爲郎爲郎者頃之與後宮亂端禽滅之及殺其子母數犯上法漢公卿數請誅端天子爲兄弟之故不忍而端所爲滋甚有司再請削其國去太半端心慍遂爲無訾省府庫壞漏盡腐財物以巨萬計終不得收徙令吏毋得收租賦端皆去衞封其宮門從一門出游數變名姓爲布衣之他郡國相二千石往者奉漢法以治端輒求其罪告之無罪者詐藥殺之所以設詐究變彊足以距諫智足以飾非相二千石從王治則漢繩以法故膠西小國而所殺傷二千石甚衆立四十七年卒竟無男代後國除地入于漢爲膠西郡

右三國本王皆程姬之子也

趙王彭祖以孝景前二年用皇子爲廣川王趙王遂反破後彭祖王廣川四年徙爲趙王十五年孝景帝崩彭祖爲人巧佞卑諂足恭而心刻深好法律持詭辯以中人彭祖多內寵姬及子孫相二千石欲奉漢法以治則害於王家是以每相二千石至彭祖衣皁布衣自行迎除二千石舍多設疑事以作動之得二千石失言中忌諱輒書之二千石欲治者則以此迫劫不聽乃上書告及汙以姦利事彭祖立五十餘年相二千石無能滿二歲輒以罪去大者死小者刑以故二千石莫敢治而趙王擅權使使卽縣爲賈人榷會入多於國經租稅以是趙王家多金錢然所賜姬諸子亦盡之矣彭祖取故江都易王寵姬王建所盜與姦淖姬者爲姬甚愛之彭祖不好治宮室禨祥好爲吏事上書願督國中盜賊常夜從走卒行徼邯鄲

中諸使過客以彭祖險陂莫敢留邯鄲其太子丹與其女及同產姊姦與其客江充有郤充告丹丹以故廢趙更立太子

中山靖王勝以孝景前三年用皇子爲中山王十四年孝景帝崩勝爲人樂酒好內有子枝屬百二十餘人常與兄趙王相非曰兄爲王專代吏治事王者當日聽音樂聲色趙王亦非之曰中山王徒日淫不佐天子拊循百姓何以稱爲藩臣立四十二年卒子哀王昌立一年卒子昆侈代爲中山王

右二國本王皆賈夫人之子也

長沙定王發發之母唐姬故程姬侍者景帝召程姬程姬有所辟不願進而飾侍者唐兒使夜進上醉不知以爲程姬而幸之遂有身已乃覺非程姬也及生子因命曰發以孝景前二年用皇子爲長沙王以其

母徵無寵故王卑溼貧國立二十七年卒子康王庸立二十八年卒子鮒鮈立爲長沙王

右一國本王唐姬之子也

廣川惠王越以孝景中二年用皇子爲廣川王十二年卒子齊立爲王齊有幸臣桑距已而有罪欲誅距距亡王因禽其宗族距怨王乃上書告王齊與同產姦自是之後王齊數上書告言漢公卿及幸臣所忠等

膠東康王寄以孝景中二年用皇子爲膠東王二十八年卒淮南王謀反時寄微聞其事私作樓車鏃矢戰守備候淮南之起及吏治淮南之事辭出之寄於上最親意傷之發病而死不敢置後於是上聞寄有長子者名賢母無寵少子名慶母愛幸寄常欲立之爲不次因有過遂無言上憐之乃以賢爲膠東王奉

康王嗣•而封慶於故衡山地•爲六安王•膠東王賢立十四年卒•謚爲哀王•子慶•爲王•六安王慶以元狩二年用膠東康王子•爲六安王•

清河哀王乘•以孝景中三年用皇子爲清河王•十二年卒•無後•國除•地入于漢•爲清河郡•

常山憲王舜•以孝景中五年•用皇子爲常山王•舜最親•景帝少子•驕怠多淫•數犯禁•上常寬釋之•立三十二年卒•太子勃•代立爲王•初憲王舜有所不愛姬生長男梲•梲以母無寵故•亦不得幸於王•王后脩生太子勃•王多內•所幸姬生子平•子商•王后希得幸•及憲王病甚•諸幸姬常侍病•故王后亦以妒媢•不常侍病•輒歸舍•醫進藥•太子勃不自嘗藥•又不宿留侍病•及王薨•王后太子乃至•憲王雅不以長子梲爲人數•及薨•又不分與財物•郎或說太子王后•令諸子與長子

棁共分財物。太子王后不聽。太子代立。又不收恤棁。
棁怨王后太子。漢使者視憲王喪。棁自言憲王病時。
王后太子不侍。及薨。六日。出舍。太子勃私姦。飲酒博
戲擊筑。與女子載馳。環城過市。入牢視囚。天子遣大
行騫。驗王后。及問王勃。請逮勃所與姦諸證左。王又
匿之。吏求捕勃大急。使人致擊笞掠。擅出漢所疑囚
者。有司請誅憲王后脩、及王勃。上以脩素無行。使棁
陷之罪。勃無良師傅。不忍誅。有司請廢王后脩。徙王
勃。以家屬處房陵。上許之。勃王數月。遷于房陵。國絕。
月餘。天子爲最親。乃詔有司曰。常山憲王蚤夭。后妾
不和。適孽誣爭。陷于不義以滅國。朕甚閔焉。其封憲
王子平三萬戶、爲真定王。封子商三萬戶、爲泗水王。
真定王平。元鼎四年。用常山憲王子爲真定王。泗水
思王商。以元鼎四年。用常山憲王子爲泗水王。十一

年卒子哀王安世立十一年卒無子於是上憐泗水王絕乃立安世弟賀爲泗水王

右四國本王皆王夫人兒姁子也其後漢益封其支子爲六安王泗水王二國凡兒姁子孫於今爲六王

太史公曰高祖時諸侯皆賦得自除內史以下漢獨爲置丞相黄金印諸侯自除御史廷尉正博士擬於天子自吳楚反後五宗王世漢爲置二千石去丞相曰相銀印諸侯獨得食租稅奪之權其後諸侯貧者或乘牛車也

史記三王世家

大司馬臣去病昧死再拜上疏皇帝陛下陛下過聽使臣去病待罪行閒宜專邊塞之思慮暴骸中野無以報乃敢惟他議以干用事者誠見陛下憂勞天下哀憐百姓以自忘虧膳貶樂損郎員皇子賴天能勝

衣趨拜至今無號位師傅官陛下恭讓不恤羣臣私望不敢越職而言臣竊不勝犬馬心昧死願陛下詔有司因盛夏吉時定皇子位唯陛下幸察臣去病昧死再拜以聞皇帝陛下三月乙亥御史臣光守尚書令奏未央宮制曰下御史六年三月戊申朔乙亥御史臣光守尚書令丞非下御史書到言丞相臣青翟御史大夫臣湯太常臣充大行令臣息太子少傅臣安行宗正事昧死上言大司馬去病上疏曰陛下過聽使臣去病待罪行閒宜專邊塞之思慮暴骸中野無以報乃敢惟他議以干用事者誠見陛下憂勞天下哀憐百姓以自忘虧膳貶樂損郎員皇子賴天能勝衣趨拜至今無號位師傅官陛下恭讓不卹羣臣私望不敢越職而言臣竊不勝犬馬心昧死願陛下詔有司因盛夏吉時定皇子位唯願陛下幸察制曰

下御史臣謹與中二千石二千石臣賀等議古者裂地立國竝建諸侯以承天子所以尊宗廟重社稷也今臣去病上疏不忘其職因以宣恩乃道天子卑讓自貶以勞天下慮皇子未有號位臣青翟臣湯等宜奉義遵職愚憧而不逮事方今盛夏吉時臣青翟臣湯等昧死請立皇子臣閎臣旦臣胥爲諸侯王昧死請所立國名制曰蓋聞周封八百姬姓竝列或子男附庸禮支子不祭云竝建諸侯所以重社稷朕無聞焉且天非爲君生民也朕之不德海內未洽乃以未教成者彊君連城即股肱何勸其更議以列侯家之

三月丙子奏未央宮丞相臣青翟御史大夫臣湯昧死言臣謹與列侯臣嬰齊中二千石二千石臣賀諫大夫博士臣安等議曰伏聞周封八百姬姓竝列奉承天子康叔以祖考顯而伯禽以周公立咸爲建國

諸侯以相傳爲輔百官奉憲各遵其職而國統備矣竊以爲並建諸侯所以重社稷者四海諸侯各以其職奉貢祭支子不得奉祭宗祖禮也封建使守藩國帝王所以扶德施化陛下奉承天統明開聖緒尊賢顯功興滅繼絕續蕭文終之後于酇褒厲羣臣平津侯等昭六親之序明天施之屬使諸侯王封君得推私恩分子弟戶邑錫號尊建百有餘國而家皇子爲列侯則尊卑相踰列位失序不可以垂統於萬世臣請立臣閎臣旦臣胥爲諸侯王三月丙子奏未央宮制曰康叔親屬有十而獨尊者襃有德也周公祭天命郊故魯有白牡騂剛之牲羣公不毛賢不肖差也高山仰之景行嚮之朕甚慕焉所以抑未成家以列侯可四月戊寅奏未央宮丞相臣青翟御史大夫臣湯昧死言臣青翟等與列侯吏二千石諫大夫博士

臣慶等議。昧死奏請立皇子爲諸侯王。制曰。康叔親屬有十。而獨尊者。襃有德也。周公祭天命郊。故魯有白牡騂剛之牲。羣公不毛。賢不肖差也。高山仰之。景行嚮之。朕甚慕焉。所以抑未成。家以列侯可。臣青翟臣湯。博士臣將行等。伏聞康叔親屬有十。武王繼體周公輔成王。其八人皆以祖考之尊建爲大國。康叔之年幼。周公在三公之位。而伯禽據國於魯。蓋爵命之時。未至成人。康叔後扞祿父之難。伯禽殄淮夷之亂。昔五帝異制。周爵五等。春秋三等。皆因時而序尊卑。高皇帝撥亂世反諸正。昭至德。定海內。封建諸侯。爵位二等。皇子或在襁褓而立爲諸侯王。奉承天子。爲萬世法則。不可易。陛下躬親仁義。體行聖德。表裏文武。顯慈孝之行。廣賢能之路。內襃有德。外討彊暴。極臨北海。西湊月氏。匈奴西域。舉國奉師。輿械之費。

不賦於民虛御府之藏以賞元戎開禁倉以振貧窮減戍卒之半百蠻之君靡不鄉風承流稱意遠方殊俗重譯而朝澤及方外故珍獸至嘉穀興天應甚彰今諸侯支子封至諸侯王而家皇子爲列侯臣青翟臣湯等竊伏孰計之皆以爲尊卑失序使天下失望不可臣請立臣閎臣旦臣胥爲諸侯王四月癸未奏未央宮留中不下丞相臣青翟太僕臣賀行御史大夫事太常臣充太子少傅臣安行宗正事昧死言臣青翟等前奏大司馬臣去病上疏言皇子未有號位臣謹與御史大夫臣湯中二千石二千石諫大夫博士臣慶等昧死請立皇子臣閎等爲諸侯王陛下讓文武躬自切及皇子未教羣臣之議儒者稱其術或誖其心陛下固辭弗許家皇子爲列侯臣青翟等竊與列侯臣壽成等二十七人議皆曰以爲尊卑失序

高皇帝建天下為漢太祖王子孫廣支輔先帝法則
弗改所以宣至尊也臣請令史官擇吉日具禮儀上
御史奏輿地圖他皆如前故事制曰可四月丙申奏
未央宮太僕臣賀行御史大夫事昧死言太常臣充
言卜入四月二十八日乙巳可立諸侯王臣昧死奏
輿地圖請所立國名禮儀別奏臣昧死請制曰立皇
子閎為齊王旦為燕王胥為廣陵王四月丁酉奏未
央宮六年四月戊寅朔癸卯御史大夫湯下丞相丞
相下中二千石二千石下郡太守諸侯相丞書從事
下當用者如律令
維六年四月乙巳皇帝使御史大夫湯廟立子閎為
齊王曰於戲小子閎受茲青社朕承祖考維稽古建
爾國家封于東土世為漢藩輔於戲念哉恭朕之詔
惟命不于常人之好德克明顯光義之不圖俾君子

怠悉爾心允執其中天祿永終厥有愆不臧乃凶于
而國害于爾躬於戲保國艾民可不敬與王其戒之
右齊王策
維六年四月乙巳皇帝使御史大夫湯廟立子旦爲
燕王曰於戲小子旦受茲玄社朕承祖考維稽古建
爾國家封于北土世爲漢藩輔於戲葷粥氏虐老獸
心侵犯寇盜加以姦巧邊萌於戲朕命將率徂征厥
罪萬夫長千夫長三十有二君皆來降期奔師葷粥
徙域北州以綏悉爾心毋作怨毋俷德毋乃廢備非
教士不得從徵於戲保國艾民可不敬與王其戒之
右燕王策
維六年四月乙巳皇帝使御史大夫湯廟立子胥爲
廣陵王曰於戲小子胥受茲赤社朕承祖考維稽古
建爾國家封于南土世爲漢藩輔古人有言曰大江

之南五湖之閒其人輕心楊州保疆三代要服不及以政於戲悉爾心戰戰兢兢乃惠乃順毋侗好軼毋邇宵人維法維則書云臣不作威不作福靡有後羞於戲保國艾民可不敬與王其戒之

右廣陵王策 三策姚纂已入詔令

太史公曰古人有言曰愛之欲其富親之欲其貴故王者壃土建國封立子弟所以褒親親序骨肉尊先祖貴支體廣同姓於天下也是以形勢彊而王室安自古至今所由來久矣非有異也故弗論箸也燕齊之事無足采者然封立三王天子恭讓羣臣守義文辭爛然甚可觀也是以附之世家 漢代公牘文字無不彬雅絕倫如三王世家與霍光廢昌邑王奏夐乎不可幾矣又按此文義法亦有所受漢書文帝紀豫建太子文帝謙讓有司固請已開其先可見漢代公牘文字之體大抵如是

傳狀類

史記伯夷列傳

夫學者載籍極博猶考信於六藝詩書雖缺然虞夏之文可知也堯將遜位讓於虞舜舜禹之閒岳牧咸薦乃試之於位典職數十年功用既興然後授政示天下重器王者大統傳天下若斯之難也而說者曰堯讓天下於許由許由不受恥之逃隱及夏之時有卞隨務光者此何以稱焉太史公曰余登箕山其上蓋有許由冢云孔子序列古之仁聖賢人如吳太伯伯夷之倫詳矣余以所聞由光義至高其文辭不少概見何哉孔子曰伯夷叔齊不念舊惡怨是用希求仁得仁又何怨乎余悲伯夷之意睹軼詩可異焉其傳曰伯夷叔齊孤竹君之二子也父欲立叔齊及父

卒叔齊讓伯夷伯夷曰父命也遂逃去叔齊亦不肯立而逃之國人立其中子於是伯夷叔齊聞西伯昌善養老盍往歸焉及至西伯卒武王載木主號爲文王東伐紂伯夷叔齊叩馬而諫曰父死不葬爰及干戈可謂孝乎以臣弑君可謂仁乎左右欲兵之太公曰此義人也扶而去之武王已平殷亂天下宗周而伯夷叔齊恥之義不食周粟隱於首陽山采薇而食之及餓且死作歌其辭曰登彼西山兮采其薇矣以暴易暴兮不知其非矣神農虞夏忽焉沒兮我安適歸矣于嗟徂兮命之衰矣遂餓死於首陽山由此觀之怨邪非邪或曰天道無親常與善人若伯夷叔齊可謂善人者非邪積仁絜行如此而餓死且七十子之徒仲尼獨薦顏淵爲好學然回也屢空糟糠不厭而卒蚤夭天之報施善人其何如哉盜蹠日殺不辜

肝人之肉暴戾恣睢聚黨數千人橫行天下竟以壽
終是遵何德哉此其尤大彰明較著者也若至近世
操行不軌專犯忌諱而終身逸樂富厚累世不絕或
擇地而蹈之時然後出言行不由徑非公正不發憤
而遇禍災者不可勝數也余甚惑焉儻所謂天道是
邪非邪子曰道不同不相爲謀亦各從其志也故曰
富貴如可求雖執鞭之士吾亦爲之如不可求從吾
所好歲寒然後知松柏之後凋舉世混濁清士乃見
豈以其重若彼其輕若此哉君子疾沒世而名不稱
焉賈子曰貪夫徇財烈士徇名夸者死權衆庶馮生
同明相照同類相求雲從龍風從虎聖人作而萬物
覩伯夷叔齊雖賢得夫子而名益彰顏淵雖篤學附
驥尾而行益顯巖穴之士趣舍有時若此類名堙滅
而不稱悲夫閭巷之人欲砥行立名者非附青雲之

士惡能施于後世哉方望溪云本紀世家列傳後皆有論惟伯夷孟荀合傳與論而爲一故無後論

史記管晏列傳

管仲夷吾者潁上人也少時常與鮑叔牙游鮑叔知其賢管仲貧困常欺鮑叔鮑叔終善遇之不以爲言已而鮑叔事齊公子小白管仲事公子糾及小白立爲桓公公子糾死管仲囚焉鮑叔遂進管仲管仲旣用任政於齊齊桓公以霸九合諸侯一匡天下管仲之謀也管仲曰吾始困時嘗與鮑叔賈分財利多自與鮑叔不以我爲貪知我貧也吾嘗爲鮑叔謀事而更窮困鮑叔不以我爲愚知時有利不利也吾嘗三仕三見逐於君鮑叔不以我爲不肖知我不遭時也吾嘗三戰三走鮑叔不以我爲怯知我有老母也公子糾敗召忽死之吾幽囚受辱鮑叔不以我爲無恥

知我不羞小節而恥功名不顯於天下也生我者父母知我者鮑子也鮑叔既進管仲以身下之子孫世祿於齊有封邑者十餘世常爲名大夫天下不多管仲之賢而多鮑叔能知人也

管仲既任政相齊以區區之齊在海濱通貨積財富國彊兵與俗同好惡故其稱曰倉廩實而知禮節衣食足而知榮辱上服度則六親固四維不張國乃滅亡下令如流水之原令順民心故論卑而易行俗之所欲因而予之俗之所否因而去之其爲政也善因禍而爲福轉敗而爲功貴輕重愼權衡桓公實怒少姬南襲蔡管仲因而伐楚責包茅不入貢於周室桓公實北征山戎而管仲因而令燕修召公之政於柯之會桓公欲背曹沫之約管仲因而信之諸侯由是歸齊故曰知與之爲取政之寶也管仲富擬於公室有三歸反坫齊人不以

爲侈管仲卒齊國遵其政常彊於諸侯後百餘年而有晏子焉

晏平仲嬰者萊之夷維人也事齊靈公莊公景公以節儉力行重於齊既相齊食不重肉妾不衣帛其在朝君語及之卽危言語不及之卽危行國有道卽順命無道卽衡命以此三世顯名於諸侯

越石父賢在縲紲中晏子出遭之塗解左驂贖之載歸弗謝入閨久之越石父請絕晏子戄然攝衣冠謝曰嬰雖不仁免子於厄何子求絕之速也石父曰不然吾聞君子詘於不知己而信於知己者方吾在縲紲中彼不知我也夫子既已感寤而贖我是知己知己而無禮固不如在縲紲之中晏子於是延入爲上客

晏子爲齊相出其御之妻從門閒而闚其夫其夫爲相御擁大蓋策駟馬意氣揚揚甚自得也既而歸其妻請去夫問其故妻曰晏子長不滿六尺身相齊國

名顯諸侯今者妾觀其出志念深矣常有以自下者今子長八尺乃爲人僕御然子之意自以爲足妾是以求去也其後夫自抑損晏子怪而問之御以實對晏子薦以爲大夫

太史公曰吾讀管氏牧民山高乘馬輕重九府及晏子春秋詳哉其言之也既見其著書欲觀其行事故次其傳至其書世多有之是以不論論其軼事管仲世所謂賢臣然孔子小之豈以爲周道衰微桓公既賢而不勉之至王乃稱霸哉語曰將順其美匡救其惡故上下能相親也豈管仲之謂乎方晏子伏莊公尸哭之成禮然後去豈所謂見義不爲無勇者邪至其諫說犯君之顏此所謂進思盡忠退思補過者哉假令晏子而在余雖爲之執鞭所忻慕焉

史記老子韓非列傳

老子者楚苦縣厲鄉曲仁里人也姓李氏名耳字聃〔札記據索隱本各本作字伯陽諡曰聃雜志云經典釋文序錄文選征西官屬送於陟陽候詩注游天台山賦注反招隱詩注後漢書桓紀注竝引史記字聃〕周守藏室之史也孔子適周將問禮於老子老子曰子所言者其人與骨皆已朽矣獨其言在耳且君子得其時則駕不得其時則蓬累而行吾聞之良賈深藏若虛君子盛德容貌若愚去子之驕氣與多欲態色與淫志是皆無益於子之身吾所以告子若是而已孔子去謂弟子曰鳥吾知其能飛魚吾知其能游獸吾知其能走走者可以爲罔游者可以爲綸飛者可以爲矰至於龍吾不能知其乘風雲而上天吾今日見老子其猶龍邪老子脩道德其學以自隱無名爲務居周久之見周之衰迺遂去至關關令尹喜曰子將隱矣彊爲我著書於是老子迺著書上下篇言道德之意五千餘言而去

莫知其所終。或曰。老萊子亦楚人也。著書十五篇。言道家之用。與孔子同時云。蓋老子百有六十餘歲。或言二百餘歲。以其脩道而養壽也。自孔子死之後百二十九年。而史記周太史儋見秦獻公曰。始秦與周合。合五百歲而離。離七十歲而霸王者出焉。或曰儋即老子。或曰非也。世莫知其然否。老子。隱君子也。老子之子名宗。宗爲魏將。封於段干。宗子注。注子宮。宮玄孫假。假仕於漢孝文帝。而假之子解爲膠西王卬太傅。因家于齊焉。世之學老子者。則絀儒學。儒學亦絀老子。道不同。不相爲謀。豈謂是邪。李耳無爲自化。清靜自正。

莊子者。蒙人也。名周。周嘗爲蒙漆園吏。與梁惠王齊宣王同時。其學無所不闚。然其要本歸於老子之言。故其著書十餘萬言。大抵率寓言也。作漁父盜跖胠篋。以詆訿孔子之徒。以明老子之術。畏累虛亢桑子之屬皆空語無事實然善屬書離辭指事類情用剽剝儒墨雖當世宿學不能自解免也其言洸洋自恣以適己故自王公大人不能器之楚威王聞莊周賢使使厚幣迎之許以爲相莊周笑謂楚使者曰千金重利卿相尊位也子獨不見郊祭之犧牛乎養食之數歲衣以文繡以入大廟當是之時雖欲爲孤豚豈可得乎子亟去無污我我寧游戲污瀆之中自快無爲有國者所羈終身不仕以快吾志焉

申不害者京人也故鄭之賤臣學術以干韓昭侯昭侯用爲相內脩政教外應諸侯十五年終申子之身國治兵彊無侵韓者申子之學本於黃老而主刑名著書二篇號曰申子

韓非者韓之諸公子也喜刑名法術之學而其歸本於黃老非爲人口吃不能道說而善著書與李斯俱事荀卿斯自以爲不如非非見韓

之削弱數以書諫韓王韓王不能用於是韓非疾治國不務脩明其法制執勢以御其臣下富國彊兵而以求人任賢反舉浮淫之蠹而加之於功實之上以爲儒者用文亂法而俠者以武犯禁寬則寵名譽之人急則用介冑之士今者所養非所用所用非所養悲廉直不容於邪枉之臣觀往者得失之變故作孤憤五蠹內外儲說林說難十餘萬言然韓非知說之難爲說難書甚具終死於秦不能自脫說難曰凡說之難非吾知之有以說之難也又非吾辯之難能明吾意之難也又非吾敢橫失能盡之難也凡說之難在知所說之心可以吾說當之所說出於爲名高者也而說之以厚利則見下節而遇卑賤必弃遠矣所說出於厚利者也而說之以名高則見無心而遠事情必不收矣所說實爲厚利而顯爲名高者也而說

之以名高則陽收其身而實疏之若說之以厚利則
陰用其言而顯弃其身此之不可不知也夫事以密
成語以泄敗未必其身泄之也而語及其所匿之事
如是者身危貴人有過端而說者明言善議以推其
惡者則身危周澤未渥也而語極知說行而有功則
德亡說不行而有敗則見疑如是者身危夫貴人得
計而欲自以爲功說者與知焉則身危彼顯有所出
事迺自以爲也故說者與知焉則身危彊之以其所
必不爲止之以其所不能已者身危故曰與之論大
人則以爲閒己與之論細人則以爲粥權論其所愛
則以爲借資論其所憎則以爲嘗己徑省其辭則不
知而屈之汎濫博文則多而久之順事陳意則曰怯
懦而不盡慮事廣肆則曰草野而倨侮此說之難不
可不知也凡說之務在知飾所說之所敬而滅其所

醜。彼自知其計則毋以其失窮之自勇其斷則毋以其敵怒之自多其力則毋以其難概之規異事與同計譽異人與同行者則以飾之無傷也有與同失者則明飾其無失也大忠無所拂辭悟言無所擊排迺後申其辯知焉此所以親近不疑知盡之難也得曠日彌久而周澤既渥深計而不疑交爭而不罪迺明計利害以致其功直指是非以飾其身以此相持此說之成也伊尹爲庖百里奚爲虜皆所由干其上也故此二子者皆聖人也猶不能無役身而涉世如此其汙也則非能仕之所設也宋有富人天雨牆壞其子曰不築且有盜其鄰人之父亦云暮而果大亡其財其家甚知其子而疑鄰人之父昔者鄭武公欲伐胡迺以其子妻之因問羣臣曰吾欲用兵誰可伐者關其思曰胡可伐迺戮關其思曰胡兄弟之國也子言伐之何也胡君聞之以鄭爲親己而不備鄭鄭人襲胡取之此二說者其知皆當矣然而甚者爲戮薄者見疑非知之難也處知則難矣昔者彌子瑕見愛於衛君衛國之法竊駕君車者罪至刖既而彌子之母病人聞往夜告之彌子矯駕君車而出君聞之而賢之曰孝哉爲母之故而犯刖罪與君游果園彌子食桃而甘不盡而奉君君曰愛我哉忘其口而念我及彌子色衰而愛弛得罪於君君曰是嘗矯駕吾車又嘗食我以其餘桃故彌子之行未變於初也前見賢而後獲罪者愛憎之至變也故有愛於主則知當而加親見憎於主則罪當而加疏故諫說之士不可不察愛憎之主而後說之矣夫龍之爲蟲也可擾狎而騎也然其喉下有逆鱗徑尺人有嬰之則必殺人人主亦有逆鱗說之者能無嬰人主之逆鱗則幾矣

此篇已入論辨類人或傳其書至秦。秦王見孤憤五蠹之書。曰。嗟乎寡人得見此人。與之游。死不恨矣。李斯曰。此韓非之所著書也。秦因急攻韓。韓王始不用非。及急迺遣非使秦。秦王悅之。未信用。李斯姚賈害之。毀之曰。韓非韓之諸公子也。今王欲并諸侯。非終爲韓不爲秦。此人之情也。今王不用。久留而歸之。此自遺患也。不如以過法誅之。秦王以爲然。下吏治非。李斯使人遺非藥。使自殺。韓非欲自陳。不得見。秦王後悔之。使人赦之。非已死矣。申子韓子皆著書。傳於後世。學者多有。余獨悲韓子爲說難而不能自脫耳。

太史公曰。老子所貴道。虛無。因應變化於無爲。故著書辭稱微妙難識。莊子散道德。放論。要亦歸之自然。申子卑卑。施之於名實。韓子引繩墨。切事情。明是非。其極慘礉少恩。皆原於道德之意。而老子深遠矣。方望溪書老子傳後太史公傳老子著其國焉著其邑焉著其鄉焉著其里焉外此無有也著其氏焉著其名焉著其字焉著其諡焉著其官守焉外此無有也著其子焉著其孫焉著其孫之元來焉於其子孫元來仍著其爵焉著其封焉著其仕之時與國焉著其家之地焉外此無有也蓋世傳老子多幻奇荒怪之跡故特詳之以見其生也有國邑鄉里名字其仕也有官守其終有謚其身雖隱而子孫世有封爵里居則衆說之誕不辨而自熄矣世傳所以多幻怪者蓋因老子見周之衰而隱去莫知所終故不詳其年壽所極而同時有老萊子言道家之用後百餘年有周太史儋號爲能前知儋聃同音故其傳與老子相混世莫知其然否列序及此然後正言以斷之曰老子隱君子也則非有幻怪明矣終之曰李耳無爲自化清靜自正則著書言道德者乃李耳而儋與老萊子別爲二人明矣始吾友崑繩實爲是解微崑繩不知太史公用意如此也而崑繩既歿其所述蓋無傳焉由是言之凡古書之存而後人不得其意與得之而其說無傳者可勝道哉

史記商君列傳

商君者衞之諸庶孽公子也名鞅姓公孫氏其祖本姬姓也鞅少好刑名之學事魏相公叔座爲中庶子公叔座知其賢未及進會座病魏惠王親往問病曰

公叔病有如不可諱將柰社稷何公叔曰座之中庶子公孫鞅年雖少有奇才願王舉國而聽之王嘿然王且去座屏人言曰王卽不聽用鞅必殺之無令出境王許諾而去公叔座召鞅謝曰今者王問可以爲相者我言若王色不許我我方先君後臣因謂王卽弗用鞅當殺之王許我汝可疾去矣且見禽鞅曰彼王不能用君之言任臣又安能用君之言殺臣乎卒不去惠王既去而謂左右曰公叔病甚悲乎欲令寡人以國聽公孫鞅也豈不悖哉公叔既死公孫鞅聞秦孝公下令國中求賢者將修繆公之業東復侵地迺遂西入秦因孝公寵臣景監以求見孝公孝公既見衞鞅語事良久孝公時時睡弗聽罷而孝公怒景監曰子之客妄人耳安足用邪景監以讓衞鞅衞鞅曰吾說公以帝道其志不開悟矣後五日復求見鞅

鞅復見孝公益愈然而未中旨罷而孝公復讓景監
景監亦讓鞅鞅曰吾說公以王道而未入也請復見
鞅鞅復見孝公孝公善之而未用也罷而去孝公謂
景監曰汝客善可與語矣鞅曰吾說公以霸道其意
欲用之矣誠復見我我知之矣衞鞅復見孝公公與
語不自知厀之前於席也語數日不厭景監曰子何
以中吾君吾君之驩甚也鞅曰吾說君以帝王之道
比三代而君曰久遠吾不能待且賢君者各及其身
顯名天下安能邑邑待數十百年以成帝王乎故吾
以彊國之術說君君大說之耳然亦難以比德於殷
周矣孝公既用衞鞅鞅欲變法恐天下議己衞鞅曰
疑行無名疑事無功且夫有高人之行者固見非於
世有獨知之慮者必見敖於民愚者闇於成事知者
見於未萌民不可與慮始而可與樂成論至德者不

和於俗成大功者不謀於衆是以聖人苟可以彊國
不法其故苟可以利民不循其禮孝公曰善甘龍曰
不然聖人不易民而教知者不變法而治因民而教
不勞而成功緣法而治者吏習而民安之衞鞅曰龍
之所言世俗之言也常人安於故俗學者溺於所聞
以此兩者居官守法可也非所與論於法之外也三
代不同禮而王五伯不同法而霸智者作法愚者制
焉賢者更禮不肖者拘焉杜摯曰利不百不變法功
不十不易器法古無過循禮無邪衞鞅曰治世不一
道便國不法古故湯武不循古而王夏殷不易禮而
亡反古者不可非而循禮者不足多孝公曰善以衞
鞅爲左庶長卒定變法之令令民爲什伍而相收司
連坐不告姦者腰斬告姦者與斬敵首同賞匿姦者
與降敵同罰民有二男以上不分異者倍其賦有軍

功者各以率受上爵爲私鬭者各以輕重被刑大小
僇力本業耕織致粟帛多者復其身事末利及怠而
貧者舉以爲收孥宗室非有軍功論不得爲屬籍明
尊卑爵秩等級各以差次名田宅臣妾衣服以家次
有功者顯榮無功者雖富無所芬華令既具未布恐
民之不信已乃立三丈之木於國都市南門募民有
能徙置北門者予十金民怪之莫敢徙復曰能徙者
予五十金有一人徙之輒予五十金以明不欺卒下
令令行於民朞年秦民之國都言初令之不便者以
千數於是太子犯法衛鞅曰法之不行自上犯之將
法太子太子君嗣也不可施刑刑其傅公子虔黥其
師公孫賈明日秦人皆趨令行之十年秦民大說道
不拾遺山無盜賊家給人足民勇於公戰怯於私鬭
鄉邑大治秦民初言令不便者有來言令便者衛鞅

曰此皆亂化之民也盡遷之於邊城其後民莫敢議令於是以鞅爲大良造將兵圍魏安邑降之居三年作爲築冀闕宮庭於咸陽秦自雍徙都之而令民父子兄弟同室內息者爲禁而集小都鄉邑聚爲縣置令丞凡三十一縣爲田開阡陌封疆而賦稅平平斗桶權衡丈尺行之四年公子虔復犯約劓之居五年秦人富彊天子致胙於孝公諸侯畢賀其明年齊敗魏兵於馬陵虜其太子申殺將軍龐涓其明年衛鞅說孝公曰秦之與魏譬若人之有腹心疾非魏幷秦秦卽幷魏何者魏居領阨之西都安邑與秦界河而獨擅山東之利利則西侵秦病則東收地今以君之賢聖國賴以盛而魏往年大破於齊諸侯畔之可因此時伐魏魏不支秦必東徙東徙秦據河山之固東鄉以制諸侯此帝王之業也孝公以爲然使衛鞅將

而伐魏魏使公子卬將而擊之軍既相距衛鞅遺魏將公子卬書曰吾始與公子驩今俱爲兩國將不忍相攻可與公子面相見盟樂飲而罷兵以安秦魏魏公子卬以爲然會盟已飲而衛鞅伏甲士而襲虜魏公子卬因攻其軍盡破之以歸秦魏惠王兵數破於齊秦國內空日以削恐乃使使割河西之地獻於秦以和而魏遂去安邑徙都大梁梁惠王曰寡人恨不用公叔座之言也衛鞅既破魏還秦封之於商十五邑號爲商君商君相秦十年宗室貴戚多怨望者趙良見商君商君曰鞅之得見也從孟蘭皋今鞅請得交可乎趙良曰僕弗敢願也孔丘有言曰推賢而戴者進聚不肖而王者退僕不肖故不敢受命僕聞之曰非其位而居之曰貪位非其名而有之曰貪名僕聽君之義則恐僕貪位貪名也故不敢聞命商君曰

子不說吾治秦與趙良曰反聽之謂聰內視之謂明自勝之謂彊虞舜有言曰自卑也尚矣君不若道虞舜之道無爲問僕矣商君曰始秦戎翟之教父子無別同室而居今我更制其教而爲其男女之別大築冀闕營如魯衞矣子觀我治秦也孰與五羖大夫賢趙良曰千羊之皮不如一狐之掖千人之諾諾不如一士之諤諤武王諤諤以昌殷紂墨墨以亡君若不非武王乎則僕請終日正言而無誅可乎商君曰語有之矣貌言華也至言實也苦言藥也甘言疾也夫子果肯終日正言鞅之藥也鞅將事子子又何辭焉趙良曰夫五羖大夫荊之鄙人也聞秦繆公之賢而願望見行而無資自粥於秦客被褐食牛期年繆公知之舉之牛口之下而加之百姓之上秦國莫敢望焉相秦六七年而東伐鄭三置晉國之君一救荊國

之禍發教封內而巴人致貢施德諸侯而八戎來服
由余聞之款關請見五羖大夫之相秦也勞不坐乘
暑不張蓋行於國中不從車乘不操干戈功名藏於
府庫德行施於後世五羖大夫死秦國男女流涕童
子不歌謠舂者不相杵此五羖大夫之德也今君之
見秦王也因嬖人景監以爲主非所以爲名也相秦
不以百姓爲事而大築冀闕非所以爲功也刑黥太
子之師傅殘傷民以駿刑是積怨畜禍也教之化民
也深於命民之效上也捷於令今君又左建外易非
所以爲教也君又南面而稱寡人日繩秦之貴公子
詩曰相鼠有體人而無禮人而無禮何不遄死以詩
觀之非所以爲壽也公子虔杜門不出已八年矣君
又殺祝懽而黥公孫賈詩曰得人者興失人者崩此
數事者非所以得人也君之出也後車十數從車載

甲多力而駢脅者爲驂乘持矛而操闟戟者旁車而趨此一物不具君固不出書曰恃德者昌恃力者亡君之危若朝露尚將欲延年益壽乎則何不歸十五都灌園於鄙勸秦王顯巖穴之士養老存孤敬父兄序有功尊有德可以少安君尚將貪商於之富寵秦國之教畜百姓之怨秦王一旦捐賓客而不立朝秦國之所以收君者豈其微哉亡可翹足而待（姚纂已入書說）

商君弗從後五月而秦孝公卒太子立公子虔之徒告商君欲反發吏捕商君商君亡至關下欲舍客舍客人不知其是商君也曰商君之法舍人無驗者坐之商君喟然歎曰嗟乎爲法之敝一至此哉去之魏魏人怨其欺公子卬而破魏師弗受商君欲之他國魏人曰商君秦之賊秦彊而賊入魏弗歸不可遂內秦商君既復入秦走商邑與其徒屬發邑兵北出擊

鄭。秦發兵攻商君。殺之於鄭黽池。秦惠王車裂商君以徇。曰。莫如商鞅反者。遂滅商君之家

太史公曰。商君其天資刻薄人也。跡其欲干孝公以帝王術。挾持浮說。非其質矣。且所因由嬖臣。及得用。刑公子虔。欺魏將卬。不師趙良之言。亦足發明商君之少恩矣。余嘗讀商君開塞耕戰書。與其人行事相類。卒受惡名於秦。有以也夫。

史記孟子荀卿列傳

太史公曰。余讀孟子書。至梁惠王問何以利吾國。未嘗不廢書而歎也。曰。嗟乎。利誠亂之始也。夫子罕言利者。常防其原也。故曰放於利而行多怨。自天子至於庶人。好利之弊。何以異哉。孟軻。騶人也。受業子思之門人。道既通。游事齊宣王。宣王不能用。適梁。梁惠王不果所言。則見以為迂遠而闊於事情。當是之時。

秦用商君富國彊兵楚魏用吳起戰勝弱敵齊威王宣王用孫子田忌之徒而諸侯東面朝齊天下方務於合從連衡以攻伐爲賢而孟軻乃述唐虞三代之德是以所如者不合退而與萬章之徒序詩書述仲尼之意作孟子七篇其後有騶子之屬齊有三騶子其前騶忌以鼓琴干威王因及國政封爲成侯而受相印先孟子其次騶衍後孟子騶衍睹有國者益淫侈不能尚德若大雅整之於身施及黎庶矣乃深觀陰陽消息而作怪迂之變終始大聖之篇十餘萬言其語閎大不經必先驗小物推而大之至於無垠先序今以上至黃帝學者所共術大並世盛衰因載其禨祥度制推而遠之至天地未生窈冥不可考而原也先列中國名山大川通谷禽獸水土所殖物類所珍因而推之及海外人之所不能睹稱引天地剖判

以來五德轉移治各有宜而符應若茲以爲儒者所謂中國者於天下乃八十一分居其一分耳中國名曰赤縣神州赤縣神州內自有九州禹之序九州是也不得爲州數中國外如赤縣神州者九乃所謂九州也於是有裨海環之人民禽獸莫能相通者如一區中者乃爲一州如此者九乃有大瀛海環其外天地之際焉其術皆此類也然要其歸必止乎仁義節儉君臣上下六親之施始也濫耳王公大人初見其術懼然顧化其後不能行之是以騶子重於齊適梁惠王郊迎執賓主之禮適趙平原君側行撇席如燕昭王擁彗先驅請列弟子之座而受業築碣石宮身親往師之作主運其游諸侯見尊禮如此豈與仲尼菜色陳蔡孟軻困於齊梁同乎哉故武王以仁義伐紂而王伯夷餓不食周粟衛靈公問陳而孔子不答

梁惠王謀欲攻趙孟軻稱大王去邠此豈有意阿世俗苟合而已哉持方枘欲內圜鑿其能入乎或曰伊尹負鼎而勉湯以王百里奚飯牛車下而繆公用霸作先合然後引之大道騶衍其言雖不軌儻亦有牛鼎之意乎自騶衍與齊之稷下先生如淳于髡慎到環淵接子田駢騶奭之徒各著書言治亂之事以干世主豈可勝道哉

淳于髡齊人也博聞彊記學無所主其諫說慕晏嬰之爲人也然而承意觀色爲務客有見髡於梁惠王惠王屏左右獨坐而再見之終無言也惠王怪之以讓客曰子之稱淳于先生管晏不及及見寡人寡人未有得也豈寡人不足爲言邪何故哉客以謂髡髡曰固也吾前見王王志在驅逐後復見王王志在音聲吾是以默然客具以報王王大駭曰嗟乎淳于先生誠聖人也前淳于先生之來人

有獻善馬者寡人未及視會先生至後先生之來人有獻謳者未及試亦會先生來寡人雖屏人然私心在彼有之後淳于髡見壹語連三日三夜無倦惠王欲以卿相位待之髡因謝去於是送以安車駕駟束帛加璧黃金百鎰終身不仕慎到趙人田駢接子齊人環淵楚人皆學黃老道德之術因發明序其指意故慎到著十二論環淵著上下篇而田駢接子皆有所論焉騶奭者齊諸騶子亦頗采騶衍之術以紀文於是齊王嘉之自如淳于髡以下皆命曰列大夫爲開第康莊之衢高門大屋尊寵之覽天下諸侯賓客言齊能致天下賢士也荀卿趙人年五十始來游學於齊騶衍之術迂大而閎辯奭也文具難施淳于髡久與處時有得善言故齊人頌曰談天衍雕龍奭炙轂過髡田駢之屬皆已死齊襄王時而荀卿最爲老

師。齊尚脩列大夫之缺。而荀卿三爲祭酒焉。齊人或讒荀卿。荀卿乃適楚。而春申君以爲蘭陵令。春申君死而荀卿廢。因家蘭陵。李斯嘗爲弟子。已而相秦。荀卿嫉濁世之政。亡國亂君相屬。不遂大道。而營於巫祝。信禨祥。鄙儒小拘。如莊周等。又滑稽亂俗。於是推儒墨道德之行事興壞。序列著數萬言而卒。因葬蘭陵。而趙亦有公孫龍。爲堅白同異之辯。劇子之言。魏有李悝。盡地力之教。楚有尸子長盧。阿之吁子焉。自如孟子至于吁子。世多有其書。故不論其傳云。蓋墨翟宋之大夫。善守禦。爲節用。或曰竝孔子時。或曰在其後。

方望溪書孟子荀卿傳後。騶衍以下十一人。錯出孟子荀卿傳。若無倫次。及推其意義。然後知其不苟然也。蓋戰國時。守孔子之道。而不志乎利者。孟子一人耳。其次惟荀卿。而少駁矣。故首論商鞅吳起田忌以及從横之徒。著仁義所由充塞也。自騶衍自騶奭說。猶近正而著書以干世主。爲志則已騖於功利矣。其序荀卿於衍奭諸人後。非獨以時相次也。荀卿之學。雖不能無駁。而著書則非以干世。所以別之於衍奭之倫也。至公孫龍。至吁子。則舛雜鄙近。視衍奭而又下矣。至篇之終。忽著墨子之地與時。而不一言其道術。蓋世以儒墨並稱久矣。其傳已見於荀卿所序列。而不必更詳也。夫自漢及唐。莊列皆列於學官。而孟子猶未興。以韓子之明。始猶曰孔墨必相爲用。而較孟子於荀揚之閒。子長獨以並孔子一篇之中。其文四見。至荀卿受業於孔氏之門人。則弗之著也。老莊申韓衍奭諸人。皆有傳。而墨子則無之。蓋孟子拒而放之之義。然則子長於道。豈槪乎未有聞者哉。

史記平原君虞卿列傳

平原君趙勝者。趙之諸公子也。諸子中勝最賢。喜賓客。賓客蓋至者數千人。平原君相趙惠文王及孝成王。三去相。三復位。封於東武城。平原君家樓臨民家。民家有躄者。槃散行汲。平原君美人居樓上。臨見。大笑之。明日。躄者至平原君門。請曰。臣聞君之喜士。士不遠千里而至者。以君能貴士而賤妾也。臣不幸有罷癃之病。而君之後宮臨而笑臣。臣願得笑臣者頭。平原君笑應曰。諾。躄者去。平原君笑曰。觀此豎子。乃欲以一笑之故殺吾美人不亦甚乎終不殺居歲餘賓客門下舍人稍稍引去者過半平原君怪之曰勝所以待諸君者未嘗敢失禮而去者何多也門下一人前對曰以君之不殺笑躄者以君爲愛色而賤士士卽去耳於是平原君乃斬笑躄者美人頭自造門進躄者因謝焉其後門下乃復稍稍來是時齊有孟嘗魏有信陵楚有春申故爭相傾以待士

秦之圍邯鄲趙使平原君求救合從於楚約與食客門下有勇力文武備具者二十人偕平原君曰使文能取勝則善矣文不能取勝則歃血於華屋之下必得定從而還士不外索取於食客門下足矣得十九人餘無可取者無以滿二十人門下有毛遂者前自贊於平原君曰遂聞君將合從於楚約與食客門下二十人偕不外索今少一人願君卽以遂備員而行矣平原君

曰先生處勝之門下幾年於此矣毛遂曰三年於此
矣平原君曰夫賢士之處世也譬若錐之處囊中其
末立見今先生處勝之門下三年於此矣左右未有
所稱誦勝未有所聞是先生無所有也先生不能先
生留毛遂曰臣乃今日請處囊中耳使遂蚤得處囊
中乃穎脫而出非特其末見而已平原君竟與毛遂
偕十九人相與目笑之而未廢也毛遂比至楚與十
九人論議十九人皆服平原君與楚合從言其利害
日出而言之日中不決十九人謂毛遂曰先生上毛
遂按劍歷階而上謂平原君曰從之利害兩言而決
耳今日出而言從日中不決何也楚王謂平原君曰
客何爲者也平原君曰是勝之舍人也楚王叱曰胡
不下吾乃與而君言汝何爲者也毛遂按劍而前曰
王之所以叱遂者以楚國之衆也今十步之內王不

得恃楚國之衆也。王之命。縣於遂手。吾君在前。叱者何也。且遂聞湯以七十里之地王天下。文王以百里之壤而臣諸侯。豈其士卒衆多哉。誠能據其勢而奮其威。今楚地方五千里。持戟百萬。此霸王之資也。以楚之彊。天下弗能當。白起小豎子耳。率數萬之衆。與師以與楚戰。一戰而舉鄢郢。再戰而燒夷陵。三戰而辱王之先人。此百世之怨。而趙之所羞。而王弗知惡焉。合從者爲楚。非爲趙也。吾君在前。叱者何也。楚王曰。唯唯。誠若先生之言。謹奉社稷而以從。毛遂曰。從定乎。楚王曰。定矣。毛遂謂楚王之左右曰。取雞狗馬之血來。毛遂奉銅槃而跪進之楚王。曰。王當歃血而定從。次者吾君。次者遂。遂定從於殿上。毛遂左手持槃血而右手招十九人。曰。公相與歃此血於堂下。公等錄錄。所謂因人成事者也。平原君已定從而歸。歸

至於趙。曰。勝不敢復相士。勝相士多者千人。寡者百
數。自以爲不失天下之士。今乃於毛先生而失之也。
毛先生一至楚。而使趙重於九鼎大呂。毛先生以三
寸之舌。彊於百萬之師。勝不敢復相士。遂以爲上客。
平原君既返趙。楚使春申君將兵赴救趙。魏信陵君
亦矯奪晉鄙軍。往救趙。皆未至。秦急圍邯鄲。邯鄲急
且降。平原君甚患之。邯鄲傳舍吏子李同說平原君
曰。君不憂趙亡邪。平原君曰。趙亡則勝爲虜。何爲不
憂乎。李同曰。邯鄲之民。炊骨易子而食。可謂急矣。而
君之後宮以百數。婢妾被綺縠。餘粱肉。而民褐衣不
完。糟糠不厭。民困兵盡。或剡木爲矛矢。而君器物鍾
磬自若。使秦破趙。君安得有此。使趙得全。君何患無
有。今君誠能令夫人以下編於士卒之閒。分功而作。
家之所有盡散以饗士。士方其危苦之時。易德耳。於

是平原君從之得敢死之士三千人李同遂與三千人赴秦軍秦軍爲之卻三十里亦會楚魏救至秦兵遂罷邯鄲復存李同戰死封其父爲李侯

虞卿欲以信陵君之存邯鄲爲平原君請封公孫龍聞之夜駕見平原君曰龍聞虞卿欲以信陵君之存邯鄲爲君請封有之乎平原君曰然龍曰此甚不可且王舉君而相趙者非以君之智能爲趙國無有也割東武城而封君者非以君爲有功也而以國人無勳乃以君爲親戚故也君受相印不辭無能割地不言無功者亦自以爲親戚故也今信陵君存邯鄲而請封是親戚受城而國人計功也此甚不可且虞卿操其兩權事成操右券以責事不成以虛名德君君必勿聽也平原君遂不聽虞卿

平原君以趙孝成王十五年卒子孫代後竟與趙俱亡平原君厚待公孫龍公孫龍

善爲堅白之辯。及鄒衍過趙。言至道。乃絀公孫龍。虞卿者。游說之士也。躡蹻檐簦。說趙孝成王。一見。賜黃金百鎰。白璧一雙。再見爲趙上卿。故號爲虞卿。秦趙戰於長平。趙不勝。亡一都尉。趙王召樓昌與虞卿曰。軍戰不勝。尉復死。寡人使束甲而趨之。何如。樓昌曰。無益也。不如發重使爲媾。虞卿曰。昌言媾者。以爲不媾軍必破也。而制媾者在秦。且王之論秦也。欲破趙之軍乎。不邪。王曰。秦不遺餘力矣。必且欲破趙軍。虞卿曰。王聽臣。發使、出重寶。以附楚魏。楚魏欲得王之重寶。必內吾使。趙使入楚魏。秦必疑天下之合從。且必恐。如此則媾乃可爲也。趙王不聽。與平陽君爲媾。發鄭朱入秦。秦內之。趙王召虞卿曰。寡人使平陽君爲媾於秦。秦已內鄭朱矣。卿以爲奚如。虞卿對曰。王不得媾。軍必破矣。天下賀戰勝者。皆在秦矣。鄭朱貴人也入秦秦王與應侯必顯重以示天下楚魏以趙爲媾必不救王秦知天下不救王則媾不可得成也應侯果顯鄭朱以示天下賀戰勝者終不肯媾長平大敗遂圍邯鄲爲天下笑秦既解邯鄲圍而趙王入朝使趙郝約事於秦割六縣而媾虞卿謂趙王曰秦之攻王也倦而歸乎王以其力尚能進愛王而弗攻乎王曰秦之攻我也不遺餘力矣必以倦而歸也虞卿曰秦以其力攻其所不能取倦而歸王又以其力之所不能取以送之是助秦自攻也來年秦復攻王王無救矣王以虞卿之言告趙郝趙郝曰虞卿誠能盡秦力之所至乎誠知秦力之所不能進此彈丸之地弗予令秦來年復攻王王得無割其內而媾乎王曰請聽子割矣子能必使來年秦之不復攻我乎趙郝對曰此非臣之所敢任也他日三晉之交於秦相

善也今秦善韓魏而攻王王之所以事秦必不如韓
魏也今臣爲足下解負親之攻開關通幣齊交韓魏
至來年而王獨取攻於秦此王之所以事秦必在韓
魏之後也此非臣之所敢任也王以告虞卿虞卿對
曰郝言不媾來年秦復攻王王得無割其內而媾乎
今媾郝又以不能必秦之不復攻也今雖割六城何
益來年復攻又割其力之所不能取而媾此自盡之
術也不如無媾秦雖善攻不能取六縣趙雖不能守
終不失六城秦倦而歸兵必罷我以六城收天下以
攻罷秦是我失之於天下而取償於秦也吾國尚利
孰與坐而割地自弱以彊秦哉今郝曰秦善韓魏而
攻趙者必以爲韓魏不救趙也而王之軍必孤有以
王之事秦不如韓魏也是使王歲以六城事秦也即
坐而城盡來年秦復求割地王將與之乎弗與是弃

前功而挑秦禍也與之則無地而給之語曰彊者善攻弱者不能守今坐而聽秦秦兵不敝而多得地是彊秦而弱趙也以益彊之秦而割愈弱之趙其計故不止矣且王之地有盡而秦之求無已以有盡之地而給無已之求其勢必無趙矣趙王計未定樓緩從秦來趙王與樓緩計之曰予秦地何如毋予孰吉緩辭讓曰此非臣之所能知也王曰雖然試言公之私樓緩對曰王亦聞夫公甫文伯母乎公甫文伯仕於魯病死女子爲自殺於房中者二人其母聞之弗哭也其相室曰焉有子死而弗哭者乎其母曰孔子賢人也逐於魯而是人不隨也今死而婦人爲之自殺者二人若是者必其於長者薄而於婦人厚也故從母言之是爲賢母從妻言之是必不免爲妒妻故其言一也言者異則人心變矣今臣新從秦來而言勿

予則非計也。言予之。恐王以臣爲爲秦也。故不敢對。使臣得爲大王計。不如予之。王曰。諾。虞卿聞之。入見王。曰。此飾說也。王眘勿予。樓緩聞之。往見王。王又以虞卿之言告樓緩。樓緩對曰。不然。虞卿得其一。不得其二。夫秦趙構難。而天下皆說。何也。曰。吾且因彊而乘弱矣。今趙兵困於秦。天下之賀戰勝者。則必盡在於秦矣。故不如亟割地爲和。以疑天下。而慰秦之心。不然。天下將因秦之彊怒。乘趙之獘。瓜分之。趙且亡。何秦之圖乎。故曰。虞卿得其一。不得其二。願王以此決之。勿復計也。虞卿聞之。往見王。曰。危哉樓子之所以爲秦者。是愈疑天下。而何慰秦之心哉。獨不言其示天下弱乎。且臣言勿予者。非固勿予而已也。秦索六城於王。而王以六城賂齊。齊。秦之深讎也。得王之六城。幷力西擊秦。齊之聽王。不待辭之畢也。則是王失之於齊而取償於秦也而齊趙之深讎可以報矣而示天下有能爲也王以此發聲兵未窺於境臣見秦之重賂至趙而反媾於王也從秦爲媾韓魏聞之必盡重王重王必出重寶以先於王則是王一舉而結三國之親而與秦易道也趙王曰善則使虞卿東見齊王與之謀秦虞卿未返秦使者已在趙矣樓緩聞之士去（姚纂已入書說蓋依國策與此詞語多不同）趙於是封虞卿以一城居頃之而魏請爲從趙孝成王召虞卿謀過平原君平原君曰願卿之論從也虞卿入見王王曰魏請爲從對曰魏過王曰寡人固未之許對曰王過王曰魏請從卿曰魏過寡人未之許又曰寡人過然則從終不可乎對曰臣聞小國之與大國從事也有利則大國受其福有敗則小國受其禍今魏以小國請其禍而王以大國辭其福臣故曰王過魏亦過竊以

爲從便王曰善乃合魏爲從虞卿既以魏齊之故不重萬戶侯卿相之印與魏齊閒行卒去趙困於梁魏齊已死不得意乃著書上採春秋下觀近世曰節義稱號揣摩政謀凡八篇以刺譏國家得失世傳之曰虞氏春秋

太史公曰平原君翩翩濁世之佳公子也然未睹大體鄙語曰利令智昏平原君貪馮亭邪說使趙陷長平兵四十餘萬衆邯鄲幾亡虞卿料事揣情爲趙畫策何其工也及不忍魏齊卒困於大梁庸夫且知其不可況賢人乎然虞卿非窮愁亦不能著書以自見於後世云

史記魏公子列傳

魏公子無忌者魏昭王少子而魏安釐王異母弟也昭王薨安釐王卽位封公子爲信陵君是時范雎亡

魏相秦以怨魏齊故秦兵圍大梁破魏華陽下軍走芒卯魏王及公子患之公子爲人仁而下士士無賢不肖皆謙而禮交之不敢以其富貴驕士士以此方數千里爭往歸之致食客三千人當是時諸侯以公子賢多客不敢加兵謀魏十餘年公子與魏王博而北境傳舉烽言趙寇至且入界魏王釋博欲召大臣謀公子止王曰趙王田獵耳非爲寇也復博如故王恐心不在博居頃復從北方來傳言曰趙王獵耳非爲寇也魏王大驚曰公子何以知之公子曰臣之客有能深得趙王陰事者趙王所爲客輒以報臣臣以此知之是後魏王畏公子之賢能不敢任公子以國政魏有隱士曰侯嬴年七十家貧爲大梁夷門監者公子聞之往請欲厚遺之不肯受曰臣脩身絜行數十年終不以監門困故而受公子財公子於是乃置

酒。大會賓客。坐定。公子從車騎。虛左。自迎夷門侯生。
侯生攝敝衣冠。直上載公子上坐。不讓。欲以觀公子。
公子執轡愈恭。侯生又謂公子曰。臣有客在市屠中。
願枉車騎過之。公子引車入市。侯生下見其客朱亥。
俾倪。故久立。與其客語。微察公子。公子顏色愈和。當
是時。魏將相宗室賓客滿堂。待公子舉酒。市人皆觀
公子執轡。從騎皆竊罵侯生。侯生視公子。色終不變。
乃謝客就車。至家。公子引侯生坐上坐。徧贊賓客。賓
客皆驚。酒酣。公子起。爲壽侯生前。侯生因謂公子曰。
今日嬴之爲公子亦足矣。嬴乃夷門抱關者也。而公
子親枉車騎。自迎嬴於衆人廣坐之中。不宜有所過。
今公子故過之。然嬴欲就公子之名。故久立公子車
騎市中。過客以觀公子。公子愈恭。市人皆以嬴爲小
人。而以公子爲長者能下士也。於是罷酒。侯生遂爲

上客。侯生謂公子曰。臣所過屠者朱亥。此子賢者。世莫能知。故隱屠閒耳。公子往數請之。朱亥故不復謝。公子怪之。魏安釐王二十年。秦昭王已破趙長平軍。又進兵圍邯鄲。公子姊爲趙惠文王弟平原君夫人。數遺魏王及公子書。請救於魏。魏王使將軍晉鄙將十萬衆救趙。秦王使使者告魏王曰。吾攻趙。旦暮且下。而諸侯敢救者。已拔趙。必移兵先擊之。魏王恐。使人止晉鄙。留軍壁鄴。名爲救趙。實持兩端以觀望。平原君使者冠蓋相屬於魏。讓魏公子曰。勝所以自附爲婚姻者。以公子之高義。爲能急人之困。今邯鄲旦暮降秦。而魏救不至。安在公子能急人之困也。且公子縱輕勝。弃之降秦。獨不憐公子姊邪。公子患之。數請魏王。及賓客辯士說王萬端。魏王畏秦。終不聽公子。公子自度終不能得之於王。計不獨生而令趙亡。

乃請賓客約車騎百餘乘欲以客往赴秦軍與趙俱死行過夷門見侯生具告所以欲死秦軍狀辭決而行侯生曰公子勉之矣老臣不能從公子行數里心不快曰吾所以待侯生者備矣天下莫不聞今吾且死而侯生曾無一言半辭送我我豈有所失哉復引車還問侯生侯生笑曰臣固知公子之還也曰公子喜士名聞天下今有難無他端而欲赴秦軍譬若以肉投餒虎何功之有哉尚安事客然公子遇臣厚公子往而臣不送以是知公子恨之復返也公子再拜因問侯生乃屏人閒語曰嬴聞晉鄙之兵符常在王臥內而如姬最幸出入王臥內力能竊之嬴聞如姬父爲人所殺如姬資之三年自王以下欲求報其父仇莫能得如姬爲公子泣公子使客斬其仇頭敬進如姬如姬之欲爲公子死無所辭顧未有路耳公子

誠一開口請如姬如姬必許諾則得虎符奪晉鄙軍北救趙而西卻秦此五霸之伐也公子從其計請如姬如姬果盜晉鄙兵符與公子公子行侯生曰將在外主令有所不受以便國家公子卽合符而晉鄙不授公子兵而復請之事必危矣臣客屠者朱亥可與俱此人力士晉鄙聽大善不聽可使擊之於是公子泣侯生曰公子畏死邪何泣也公子曰晉鄙嚄唶宿將往恐不聽必當殺之是以泣耳豈畏死哉於是公子請朱亥朱亥笑曰臣迺市井鼓刀屠者而公子親數存之所以不報謝者以爲小禮無所用今公子有急此乃臣效命之秋也遂與公子俱公子過謝侯生侯生曰臣宜從老不能請數公子行日以至晉鄙軍之日北鄉自剄以送公子公子遂行至鄴矯魏王令代晉鄙晉鄙合符疑之舉手視公子曰今吾擁十萬

之衆屯於境上國之重任今單車來代之何如哉欲無聽朱亥袖四十斤鐵椎椎殺晉鄙公子遂將晉鄙軍勒兵下令軍中曰父子俱在軍中父歸兄弟俱在軍中兄歸獨子無兄弟歸養得選兵八萬人進兵擊秦軍秦軍解去遂救邯鄲存趙趙王及平原君自迎公子於界平原君負韊矢爲公子先引趙王再拜曰自古賢人未有及公子者也當此之時平原君不敢自比於人公子與侯生決至軍侯生果北鄉自剄魏王怒公子之盜其兵符矯殺晉鄙公子亦自知也已卻秦存趙使將將其軍歸魏而公子獨與客留趙趙孝成王德公子之矯奪晉鄙兵而存趙乃與平原君計以五城封公子公子聞之意驕矜而有自功之色客有說公子曰物有不可忘或有不可不忘夫人有德於公子公子不可忘也公子有德於人願公子忘

之也。且矯魏王令。奪晉鄙兵以救趙。於趙則有功矣。於魏則未爲忠臣也。公子乃自驕而功之。竊爲公子不取也。於是公子立自責。似若無所容者。趙王埽除自迎。執主人之禮。引公子就西階。公子側行辭讓。從東階上。自言辠過。以負於魏。無功於趙。趙王侍酒至暮。口不忍獻五城。以公子退讓也。公子竟留趙。趙王以鄗爲公子湯沐邑。魏亦復以信陵奉公子。公子留趙。公子聞趙有處士毛公藏於博徒。薛公藏於賣漿家。公子欲見兩人。兩人自匿不肯見公子。公子聞所在。乃閒步往從此兩人游。甚歡。平原君聞之。謂其夫人曰。始吾聞夫人弟公子天下無雙。今吾聞之。乃妄從博徒賣漿者游。公子妄人耳。夫人以告公子。公子乃謝夫人去。曰。始吾聞平原君賢。故負魏王而救趙。以稱平原君。平原君之游。徒豪舉耳。不求士也。無忌

自在大梁時常聞此兩人賢至趙恐不得見以無忌
從之游尚恐其不我欲也今平原君乃以爲羞其不
足從游乃裝爲去夫人具以語平原君平原君乃免
冠謝固留公子平原君門下聞之半去平原君歸公
子天下士復往歸公子公子傾平原君客公子留趙
十年不歸秦聞公子在趙日夜出兵東伐魏魏王患
之使使往請公子公子恐其怒之乃誡門下有敢爲
魏王使通者死賓客皆背魏之趙莫敢勸公子歸毛
公薛公兩人往見公子曰公子所以重於趙名聞諸
侯者徒以有魏也今秦攻魏魏急而公子不恤使秦
破大梁而夷先王之宗廟公子當何面目立天下乎
語未及卒公子立變色告車趣駕歸救魏魏王見公
子相與泣而以上將軍印授公子公子遂將魏安釐
王三十年公子使使遍告諸侯諸侯聞公子將各遣

將將兵救魏公子率五國之兵破秦軍於河外走蒙驁遂乘勝逐秦軍至函谷關抑秦兵秦兵不敢出當是時公子威振天下諸侯之客進兵法公子皆名之故世俗稱魏公子兵法秦王患之乃行金萬斤於魏求晉鄙客令毀公子於魏王曰公子亡在外十年矣今爲魏將諸侯將皆屬諸侯徒聞魏公子不聞魏王公子亦欲因此時定南面而王諸侯畏公子之威方欲共立之秦數使反閒僞賀公子得立爲魏王未也魏王日聞其毀不能不信後果使人代公子將公子自知再以毀廢乃謝病不朝與賓客爲長夜飲飲醇酒多近婦女日夜爲樂飲者四歲竟病酒而卒其歲魏安釐王亦薨秦聞公子死使蒙驁攻魏拔二十城初置東郡其後秦稍蠶食魏十八歲而虜魏王屠大梁高祖始微少時數聞公子賢及即天子位每過大

梁常祠公子。高祖十二年。從擊黥布還。爲公子置守冢五家。世世歲以四時奉祠公子。

太史公曰。吾過大梁之墟。求問其所謂夷門。夷門者。城之東門也。天下諸公子亦有喜士者矣。然信陵君之接巖穴隱者。不恥下交。有以也。名冠諸侯。不虛耳。高祖每過之。而令民奉祠不絕也。

史記廉頗藺相如列傳

廉頗者。趙之良將也。趙惠文王十六年。廉頗爲趙將。伐齊。大破之。取陽晉。拜爲上卿。以勇氣聞於諸侯。藺相如者。趙人也。爲趙宦者令繆賢舍人。趙惠文王時。得楚和氏璧。秦昭王聞之。使人遺趙王書。願以十五城請易璧。趙王與大將軍廉頗諸大臣謀。欲予秦。秦城恐不可得。徒見欺。欲勿予。即患秦兵之來。計未定。求人可使報秦者。未得。宦者令繆賢曰。臣舍人藺相如可使王問何以知之對曰臣嘗有罪竊計欲亡走燕臣舍人相如止臣曰君何以知燕王臣語曰臣嘗從大王與燕王會境上燕王私握臣手曰願結友以此知之故欲往相如謂臣曰夫趙彊而燕弱而君幸於趙王故燕王欲結於君今君乃亡趙走燕燕畏趙其勢必不敢留君而束君歸趙矣君不如肉袒伏斧質請罪則幸得脫矣臣從其計大王亦幸赦臣臣竊以爲其人勇士有智謀宜可使

於是王召見問藺相如曰秦王以十五城請易寡人之璧可予不相如曰秦彊而趙弱不可不許王曰取吾璧不予我城柰何相如曰秦以城求璧而趙不許曲在趙趙予璧而秦不予趙城曲在秦均之二策寧許以負秦曲王曰誰可使者相如曰王必無人臣願奉璧往使城入趙而璧留秦城不入臣請完璧歸趙趙王於是遂遣相如

奉璧西入秦秦王坐章臺見相如相如奉璧奏秦王
秦王大喜傳以示美人及左右左右皆呼萬歲相如
視秦王無意償趙城乃前曰璧有瑕請指示王王授
璧相如因持璧卻立倚柱怒髮上衝冠謂秦王曰大
王欲得璧使人發書至趙王趙王悉召羣臣議皆曰
秦貪負其彊以空言求璧償城恐不可得議不欲予
秦璧臣以爲布衣之交尚不相欺況大國乎且以一
璧之故逆彊秦之驩不可於是趙王乃齋戒五日使
臣奉璧拜送書於庭何者嚴大國之威以修敬也今
臣至大王見臣列觀禮節甚倨得璧傳之美人以戲
弄臣臣觀大王無意償趙王城邑故臣復取璧大王
必欲急臣臣頭今與璧俱碎於柱矣相如持其璧睨
柱欲以擊柱秦王恐其破璧乃辭謝固請召有司案
圖指從此以往十五都予趙相如度秦王特以詐詳

爲予趙城實不可得乃謂秦王曰和氏璧天下所共傳寶也趙王恐不敢不獻趙王送璧時齋戒五日今大王亦宜齋戒五日設九賓於廷臣乃敢上璧秦王度之終不可彊奪遂許齋五日舍相如廣成傳相如度秦王雖齋決負約不償城乃使其從者衣褐懷其璧從徑道亡歸璧于趙秦王齋五日後乃設九賓禮於廷引趙使者藺相如相如至謂秦王曰秦自繆公以來二十餘君未嘗有堅明約束者也臣誠恐見欺於王而負趙故令人持璧歸閒至趙矣且秦彊而趙弱大王遣一介之使至趙趙立奉璧來今以秦之彊而先割十五都予趙趙豈敢留璧而得罪於大王乎臣知欺大王之罪當誅臣請就湯鑊唯大王與羣臣孰計議之秦王與羣臣相視而嘻左右或欲引相如去秦王因曰今殺相如終不能得璧也而絕秦趙之

驩不如因而厚遇之使歸趙趙王豈以一璧之故欺秦邪卒廷見相如畢禮而歸之相如旣歸趙王以爲賢大夫使不辱於諸侯拜相如爲上大夫秦亦不以城予趙趙亦終不予秦璧

其後秦伐趙拔石城明年復攻趙殺二萬人秦王使使者告趙王欲與王爲好會於西河外澠池趙王畏秦欲毋行廉頗藺相如計曰王不行示趙弱且怯也趙王遂行相如從廉頗送至境與王訣曰王行度道里會遇之禮畢還不過三十日三十日不還則請立太子爲王以絕秦望王許之遂與秦王會澠池秦王飲酒酣曰寡人竊聞趙王好音請奏瑟趙王鼓瑟秦御史前書曰某年月日秦王與趙王會飲令趙王鼓瑟藺相如前曰趙王竊聞秦王善爲秦聲請奏盆缻秦王以相娛樂秦王怒不許於是相如前進缻因跪請秦王秦王不肯擊缻相

如曰五步之內相如請得以頸血濺大王矣左右欲刃相如相如張目叱之左右皆靡於是秦王不懌爲一擊缻相如顧召趙御史書曰某年月日秦王爲趙王擊缻秦之羣臣曰請以趙十五城爲秦王壽藺相如亦曰請以秦之咸陽爲趙王壽秦王竟酒終不能加勝於趙趙亦盛設兵以待秦秦不敢動既罷歸國以相如功大拜爲上卿位在廉頗之右廉頗曰我爲趙將有攻城野戰之大功而藺相如徒以口舌爲勞而位居我上且相如素賤人吾羞不忍爲之下宣言曰我見相如必辱之相如聞不肯與會相如每朝時常稱病不欲與廉頗爭列已而相如出望見廉頗相如引車避匿於是舍人相與諫曰臣所以去親戚而事君者徒慕君之高義也今君與廉頗同列廉君宣惡言而君畏匿之恐懼殊甚且庸人尚羞之況於將

相乎臣等不肖請辭去藺相如固止之曰公之視廉將軍孰與秦王曰不若也相如曰夫以秦王之威而相如廷叱之辱其羣臣相如雖駑獨畏廉將軍哉顧吾念之彊秦之所以不敢加兵於趙者徒以吾兩人在也今兩虎共鬭其勢不俱生吾所以爲此者以先國家之急而後私讎也廉頗聞之肉袒負荊因賓客至藺相如門謝罪曰鄙賤之人不知將軍寬之至此也卒相與驩爲刎頸之交

是歲廉頗東攻齊破其一軍居二年廉頗復伐齊幾拔之後三年廉頗攻魏之防陵安陽拔之後四年藺相如將而攻齊至平邑而罷其明年趙奢破秦軍閼與下

趙奢者趙之田部吏也收租稅而平原君家不肯出租奢以法治之殺平原君用事者九人平原君怒將殺奢奢因說曰君於趙爲貴公子今縱君家而不奉公則法削法削則國

弱國弱則諸侯加兵諸侯加兵是無趙也君安得有此富乎以君之貴奉公如法則上下平上下平則國彊國彊則趙固而君爲貴戚豈輕於天下邪平原君以爲賢言之於王王用之治國賦國賦大平民富而府庫實

秦伐韓軍於閼與王召廉頗而問曰可救不對曰道遠險狹難救又召樂乘而問焉樂乘對如廉頗言又召問趙奢奢對曰其道遠險狹譬之猶兩鼠鬬於穴中將勇者勝王乃令趙奢將救之兵去邯鄲三十里而令軍中曰有以軍事諫者死秦軍軍武安西秦軍鼓譟勒兵武安屋瓦盡振軍中候有一人言急救武安趙奢立斬之堅壁留二十八日不行復益增壘秦閒來入趙奢善食而遣之閒以報秦將秦將大喜曰夫去國三十里而軍不行乃增壘閼與非趙地也趙奢既已遣秦閒乃卷甲而趨之二日一夜至

令善射者去閼與五十里而軍軍壘成秦人聞之悉甲而至軍士許歷請以軍事諫趙奢曰內之許歷曰秦人不意趙師至此其來氣盛將軍必厚集其陣以待之不然必敗趙奢曰請受令許歷曰請就鈇質之誅趙奢曰胥後令邯鄲許歷復請諫曰先據北山上者勝後至者敗趙奢許諾卽發萬人趨之秦兵後至爭山不得上趙奢縱兵擊之大破秦軍秦軍解而走遂解閼與之圍而歸趙惠文王賜奢號爲馬服君以許歷爲國尉趙奢於是與廉頗藺相如同位

後四年趙惠文王卒子孝成王立七年秦與趙兵相距長平時趙奢已死而藺相如病篤趙使廉頗將攻秦秦數敗趙軍趙軍固壁不戰秦數挑戰廉頗不肯趙王信秦之閒秦之閒言曰秦之所惡獨畏馬服君趙奢之子趙括爲將耳趙王因以括爲將代廉頗藺相如曰

王以名使括若膠柱而鼓瑟耳括徒能讀其父書傳不知合變也趙王不聽遂將之趙括自少時學兵法言兵事以天下莫能當嘗與其父奢言兵事奢不能難然不謂善括母問奢其故奢曰兵死地也而括易言之使趙不將括卽已若必將之破趙軍者必括也及括將行其母上書言於王曰括不可使將王曰何以對曰始妾事其父時爲將身所奉飯飲而進食者以十數所友者以百數大王及宗室所賞賜者盡以予軍吏士大夫受命之日不問家事今括一旦爲將東向而朝軍吏無敢仰視之者王所賜金帛歸藏於家而日視便利田宅可買者買之王以爲何如其父父子異心願王勿遣王曰母置之吾已決矣括母因曰王終遣之卽有如不稱妾得無隨坐乎王許諾趙括既代廉頗悉更約束易置軍吏秦將白起聞之縱

奇兵詳敗走而絕其糧道分斷其軍爲二士卒離心四十餘日軍餓趙括出銳卒自搏戰秦軍射殺趙括括軍敗數十萬之衆遂降秦秦悉阬之趙前後所亡凡四十五萬明年秦兵遂圍邯鄲歲餘幾不得脫賴楚魏諸侯來救迺得解邯鄲之圍趙王亦以括母先言竟不誅也

自邯鄲圍解五年而燕用栗腹之謀曰趙壯者盡於長平其孤未壯舉兵擊趙趙使廉頗將擊大破燕軍於鄗殺栗腹遂圍燕燕割五城請和乃聽之趙以尉文封廉頗爲信平君爲假相國廉頗之免長平歸也失勢之時賓客盡去及復用爲將客又復至廉頗曰客退矣客曰吁君何見之晚也夫天下以市道交君有勢我則從君君無勢則去此固其理也有何怨乎居六年趙使廉頗伐魏之繁陽拔之趙孝成王卒子悼襄王立使樂乘代廉頗廉頗怒攻樂

乘樂乘走廉頗遂奔魏之大梁其明年趙乃以李牧爲將而攻燕拔武遂方城廉頗居梁久之魏不能信用趙以數困於秦兵趙王思復得廉頗廉頗亦思復用於趙趙王使使者視廉頗尚可用否廉頗之仇郭開多與使者金令毀之趙使者既見廉頗廉頗爲之一飯斗米肉十斤被甲上馬以示尚可用趙使還報王曰廉將軍雖老尚善飯然與臣坐頃之三遺矢矣趙王以爲老遂不召楚聞廉頗在魏陰使人迎之廉頗一爲楚將無功曰我思用趙人廉頗卒死于壽春

李牧者趙之北邊良將也常居代鴈門備匈奴以便宜置吏市租皆輸入莫府爲士卒費日擊數牛饗士習射騎謹烽火多閒諜厚遇戰士爲約曰匈奴卽入盜急入收保有敢捕虜者斬匈奴每入烽火謹輒入收保不敢戰如是數歲亦不亡失然匈奴以李牧爲

怯雖趙邊兵亦以爲吾將怯趙王讓李牧李牧如故趙王怒召之使他人代將歲餘匈奴每來出戰出戰數不利失亡多邊不得田畜復請李牧牧杜門不出固稱疾趙王乃復彊起使將兵牧曰王必用臣臣如前乃敢奉令王許之李牧至如故約匈奴數歲無所得終以爲怯邊士日得賞賜而不用皆願一戰於是乃具選車得千三百乘選騎得萬三千匹百金之士五萬人彀者十萬人悉勒習戰大縱畜牧人民滿野匈奴小入詳北不勝以數千人委之單于聞之大率衆來入李牧多爲奇陳張左右翼擊之大破殺匈奴十餘萬騎滅襜襤破東胡降林胡單于奔走其後十餘歲匈奴不敢近趙邊城趙悼襄王元年廉頗既亡入魏趙使李牧攻燕拔武遂方城居二年龐煖破燕軍殺劇辛後七年秦破殺趙將扈輒於武遂斬首十

萬。趙乃以李牧爲大將軍。擊秦軍於宜安。大破秦軍。走秦將桓齮。封李牧爲武安君。居三年。秦攻番吾。李牧擊破秦軍。南距韓魏。趙王遷七年。秦使王翦攻趙。趙使李牧司馬尚禦之。秦多與趙王寵臣郭開金。爲反閒。言李牧司馬尚欲反。趙王乃使趙蔥及齊將顏聚代李牧。李牧不受命。趙使人微捕得李牧斬之。廢司馬尚。後三月。王翦因急擊趙。大破殺趙蔥。虜趙王遷。及其將顏聚。遂滅趙。

太史公曰。知死必勇。非死者難也。處死者難。方藺相如引璧睨柱。及叱秦王左右。勢不過誅。然士或怯懦而不敢發。相如一奮其氣。威信敵國。退而讓頗。名重太山。其處智勇。可謂兼之矣。

史記田單列傳

田單者。齊諸田疏屬也。湣王時。單爲臨菑市掾。不見知。及燕使樂毅伐破齊。齊湣王出奔。已而保莒城。燕師長驅平齊。而田單走安平。令其宗人盡斷其車軸末。而傅鐵籠。已而燕軍攻安平。城壞。齊人走。爭塗以轊折車敗。爲燕所虜。唯田單宗人以鐵籠故得脫。東保卽墨。燕既盡降齊城。唯獨莒卽墨不下。燕軍聞齊王在莒。并兵攻之。淖齒既殺湣王於莒。因堅守距燕軍。數年不下。燕引兵東圍卽墨。卽墨大夫出與戰。敗死。城中相與推田單。曰。安平之戰。田單宗人以鐵籠得全。習兵。立以爲將軍。以卽墨距燕。頃之。燕昭王卒。惠王立。與樂毅有隙。田單聞之。乃縱反閒於燕。宣言曰。齊王已死。城之不拔者二耳。樂毅畏誅而不敢歸。以伐齊爲名。實欲連兵南面而王齊。齊人未附。故且緩攻卽墨。以待其事。齊人所懼。唯恐他將之來。卽墨殘矣。燕王以爲然。使騎劫代樂毅。樂毅因歸趙。燕人士卒忿而田單乃令城中人食必祭其先祖於庭飛鳥悉翔舞城中下食燕人怪之田單因宣言曰神來下教我乃令城中人曰當有神人爲我師有一卒曰臣可以爲師乎因反走田單乃起引還東鄉坐師事之卒曰臣欺君誠無能也田單曰子勿言也因師之每出約束必稱神師乃宣言曰吾唯懼燕軍之劓所得齊卒置之前行與我戰卽墨敗矣燕人聞之如其言城中人見齊諸降者盡劓皆怒堅守唯恐見得單又縱反閒曰吾懼燕人掘吾城外冢墓僇先人可爲寒心燕軍盡掘壟墓燒死人卽墨人從城上望見皆涕泣俱欲出戰怒自十倍田單知士卒之可用乃身操版插與士卒分功妻妾編於行伍之閒盡散飲食饗士令甲卒皆伏使老弱女子乘城遣使約降於燕燕軍皆呼萬歲田單又收民金得千溢令卽墨富豪

遺燕將曰即墨即降願無虜掠吾族家妻妾令安堵
燕將大喜許之燕軍由此益懈田單乃收城中得千
餘牛爲絳繒衣畫以五彩龍文束兵刃於其角而灌
脂束葦於尾燒其端鑿城數十穴夜縱牛壯士五千
人隨其後牛尾熱怒而奔燕軍燕軍夜大驚牛尾炬
火光明炫燿燕軍視之皆龍文所觸盡死傷五千人
因銜枚擊之而城中鼓譟從之老弱皆擊銅器爲聲
聲動天地燕軍大駭敗走齊人遂夷殺其將騎劫燕
軍擾亂奔走齊人追亡逐北所過城邑皆畔燕而歸
田單兵日益多乘勝燕日敗亡卒至河上而齊七十
餘城皆復爲齊乃迎襄王於莒入臨菑而聽政襄王
封田單號曰安平君

太史公曰兵以正合以奇勝善之者出奇無窮奇正
還相生如環之無端夫始如處女適人開戶後如脫

免。適不及距。其田單之謂邪。

初。淖齒之殺湣王也。莒人求湣王子法章。得之太史嬓之家。爲人灌園。嬓女憐而善遇之。後法章私以情告女。女遂與通。及莒人共立法章爲齊王。以莒距燕。而太史氏女遂爲后。所謂君王后也。燕之初入齊。聞晝邑人王蠋賢。命軍中曰。環晝邑三十里無入。以王蠋之故。已而使人謂蠋曰。齊人多高子之義。吾以子爲將。封子萬家。蠋固謝。燕人曰。子不聽。吾引三軍而屠晝邑。王蠋曰。忠臣不事二君。貞女不更二夫。齊王不聽吾諫。故退而耕於野。國既破亡。吾不能存。今又刼之以兵。爲君將。是助桀爲暴也。與其生而無義。固不如烹。遂經其頸於樹枝。自奮絕脰而死。齊亡大夫聞之曰。王蠋布衣也。義不北面於燕。況在位食祿者乎。乃相聚如莒。求諸子立爲襄王。

史記屈原賈生列傳

屈原者名平楚之同姓也爲楚懷王左徒博聞彊志明於治亂嫺於辭令入則與王圖議國事以出號令出則接遇賓客應對諸侯王甚任之上官大夫與之同列爭寵而心害其能懷王使屈原造爲憲令屈平屬草藁未定上官大夫見而欲奪之屈平不與因讒之曰王使屈平爲令衆莫不知每一令出平伐其功曰以爲非我莫能爲也王怒而疏屈平屈平疾王聽之不聰也讒諂之蔽明也邪曲之害公也方正之不容也故憂愁幽思而作離騷離騷者猶離憂也夫天者人之始也父母者人之本也人窮則反本故勞苦倦極未嘗不呼天也疾痛慘怛未嘗不呼父母也屈平正道直行竭忠盡智以事其君讒人閒之可謂窮矣信而見疑忠而被謗能無怨乎屈平之作離騷蓋

自怨生也國風好色而不淫小雅怨誹而不亂若離騷者可謂兼之矣上稱帝嚳下道齊桓中述湯武以刺世事明道德之廣崇治亂之條貫靡不畢見其文約其辭微其志絜其行廉其稱文小而其指極大舉類邇而見義遠其志絜故其稱物芳其行廉故死而不容自疏濯淖汙泥之中蟬蛻於濁穢以浮游塵埃之外不獲世之滋垢皭然泥而不滓者也推此志也雖與日月爭光可也屈平既絀其後秦欲伐齊齊與楚從親惠王患之乃令張儀詳去秦厚幣委質事楚曰秦甚憎齊齊與楚從親楚誠能絕齊秦願獻商於之地六百里楚懷王貪而信張儀遂絕齊使使如秦受地張儀詐之曰儀與王約六里不聞六百里楚使怒去歸告懷王懷王怒大興師伐秦秦發兵擊之大破楚師於丹淅斬首八萬虜楚將屈匄遂取楚之漢

中地懷王乃悉發國中兵以深入擊秦戰於藍田魏聞之襲楚至鄧楚兵懼自秦歸而齊竟怒不救楚楚大困明年秦割漢中地與楚以和楚王曰不願得地願得張儀而甘心焉張儀聞乃曰以一儀而當漢中地臣請往如楚如楚又因厚幣用事者臣靳尚而設詭辯於懷王之寵姬鄭袖懷王竟聽鄭袖復釋去張儀是時屈平既疏不復在位使於齊顧反諫懷王曰何不殺張儀懷王悔追張儀不及其後諸侯共擊楚大破之殺其將唐眛時秦昭王與楚婚欲與懷王會懷王欲行屈平曰秦虎狼之國不可信不如毋行懷王稚子子蘭勸王行柰何絕秦歡懷王卒行入武關秦伏兵絕其後因留懷王以求割地懷王怒不聽亡走趙趙不內復之秦竟死於秦而歸葬長子頃襄王立以其弟子蘭爲令尹楚人既咎子蘭以勸懷王入

秦而不反也屈平既嫉之雖放流睠顧楚國繫心懷王不忘欲反冀幸君之一悟俗之一改也其存君興國而欲反覆之一篇之中三致志焉然終無可奈何故不可以反卒以此見懷王之終不悟也人君無愚智賢不肖莫不欲求忠以自爲舉賢以自佐然亡國破家相隨屬而聖君治國累世而不見者其所謂忠者不忠而所謂賢者不賢也懷王以不知忠臣之分故內惑於鄭袖外欺於張儀疏屈平而信上官大夫令尹子蘭兵挫地削亡其六郡身客死於秦爲天下笑此不知人之禍也易曰井泄不食爲我心惻可以汲王明竝受其福王之不明豈足福哉令尹子蘭聞之大怒卒使上官大夫短屈原於頃襄王頃襄王怒而遷之屈原至於江濱被髮行吟澤畔顏色憔悴形容枯槁漁父見而問之曰子非三閭大夫歟何故而

至此屈原曰舉世混濁而我獨清衆人皆醉而我獨醒是以見放漁父曰夫聖人者不凝滯於物而能與世推移舉世混濁何不隨其流而揚其波衆人皆醉何不餔其糟而歠其醨何故懷瑾握瑜而自令見放爲屈原曰吾聞之新沐者必彈冠新浴者必振衣人又誰能以身之察察受物之汶汶者乎寧赴常流而葬乎江魚腹中耳又安能以皓皓之白而蒙世俗之溫蠖乎（姚纂已入辭賦）乃作懷沙之賦其辭曰陶陶孟夏兮草木莽莽傷懷永哀兮汨徂南土眴兮窈窈孔靜幽墨寃結紆軫兮離愍之長鞠撫情効志兮俛詘以自抑刓方以爲圜兮常度未替易初本由兮君子所鄙章畫職墨兮前度未改內直質重兮大人所盛巧匠不斲兮孰察其揆正玄文幽處兮矇謂之不章離婁微睇兮瞽以爲無明變白而爲黑兮倒上以爲下鳳

皇在笯兮雞雉翔舞同糅玉石兮一槩而相量夫黨人之鄙妒兮羌不知吾所臧任重載盛兮陷滯而不濟懷瑾握瑜兮窮不得余所示邑犬羣吠兮吠所怪也誹駿疑桀兮固庸態也文質疏內兮衆不知吾之異采材樸委積兮莫知余之所有重仁襲義兮謹厚以爲豐重華不可牾兮孰知余之從容古固有不竝兮豈知其故也湯禹久遠兮邈不可慕也懲違改忿兮抑心而自彊離湣而不遷兮願志之有象進路北次兮日昧昧其將暮含憂虞哀兮限之以大故亂曰

浩浩沅湘兮分流汨兮修路幽拂兮道遠忽兮曾唫恆悲兮永歎慨兮世既莫吾知兮人心不可謂兮懷情抱質兮獨無匹兮伯樂既歿兮驥將焉程兮人生稟命兮各有所錯兮定心廣志余何畏懼兮曾傷爰哀永歎喟兮世溷不吾知心不可謂兮知死不可讓

兮願勿愛兮明以告君子兮吾將以爲類兮姚纂已入辭賦懷沙本九章之一於是懷石遂自投汨羅以死屈原既死之後楚有宋玉唐勒景差之徒者皆好辭而以賦見稱然皆祖屈原之從容辭令終莫敢直諫其後楚日以削數十年竟爲秦所滅自屈原沈汨羅後百有餘年漢有賈生爲長沙王太傅過湘水投書以弔屈原

賈生名誼雒陽人也年十八以能誦詩屬書聞於郡中吳廷尉爲河南守聞其秀才召置門下甚幸愛孝文皇帝初立聞河南守吳公治平爲天下第一故與李斯同邑而常學事焉乃徵爲廷尉廷尉乃言賈生年少頗通諸子百家之書文帝召以爲博士是時賈生年二十餘最爲少每詔令議下諸老先生不能言賈生盡爲之對人人各如其意所欲出諸生於是乃以爲能不及也孝文帝說之超遷一歲中至太中大夫

賈生以爲漢興至孝文二十餘年天下和洽而固當改正朔易服色法制度定官名興禮樂乃悉草具其事儀法色尚黃數用五爲官名悉更秦之法孝文帝初卽位謙讓未遑也諸律令所更定及列侯悉就國其說皆自賈生發之於是天子議以爲賈生任公卿之位絳灌東陽侯馮敬之屬盡害之乃短賈生曰雒陽之人年少初學專欲擅權紛亂諸事於是天子後亦疏之不用其議乃以賈生爲長沙王太傅

賈生既辭往行聞長沙卑溼自以壽不得長又以適去意不自得及渡湘水爲賦以弔屈原其辭曰

共承嘉惠兮俟罪長沙側聞屈原兮自沈汨羅造託湘流兮敬弔先生遭世罔極兮乃隕厥身嗚呼哀哉逢時不祥鸞鳳伏竄兮鴟梟翱翔闒茸尊顯兮讒諛得志賢聖逆曳兮方正倒植世謂伯夷貪兮謂盜跖廉莫邪爲頓

兮。鉛刀爲銛。于嗟嚜嚜兮。生之無故。斡弃周鼎兮。寶
康瓠。騰駕罷牛兮。驂蹇驢。驥垂兩耳兮。服鹽車。章甫
薦屨兮。漸不可久。嗟苦先生兮。獨離此咎。訊曰。已矣。
國其莫我知。獨壹鬱兮其誰語。鳳漂漂其高逝兮。夫
固自縮而遠去。襲九淵之神龍兮。沕深潛以自珍。彌
融爚以隱處兮。夫豈從蟂與蛭螾。所貴聖人之神德
兮。遠濁世而自藏。使騏驥可得係羈兮。豈云異夫犬
羊。般紛紛其離此尤兮。亦夫子之辜也。瞝九州而相
君兮。何必懷此都也。鳳皇翔於千仞之上兮。覽惪煇
而下之。見細德之險微兮。搖增翮逝而去之。彼尋常
之汙瀆兮。豈能容吞舟之魚。横江湖之鱣鱏兮。固將
制於蟻螻。（姚纂已入辭賦）賈生爲長沙王太傅三年。有鵩飛
入賈生舍。止于坐隅。楚人命鴞曰服。賈生既以適居
長沙。長沙卑溼。自以爲壽不得長。傷悼之。乃爲賦以

自廣其辭曰單閼之歲兮四月孟夏庚子日施兮服集予舍止于坐隅貌甚閒暇異物來集兮私怪其故發書占之兮筴言其度曰野鳥入處兮主人將去請問于服兮予去何之吉乎告我凶言其菑淹數之度兮語予其期服乃歎息舉首奮翼口不能言請對以意萬物變化兮固無休息斡流而遷兮或推而還形氣轉續兮變化而嬗沕穆無窮兮胡可勝言禍兮福所倚福兮禍所伏憂喜聚門兮吉凶同域彼吳彊大兮夫差以敗越棲會稽兮句踐霸世斯游遂成兮卒被五刑傅說胥靡兮乃相武丁夫禍之與福兮何異糾纆命不可說兮孰知其極水激則旱兮矢激則遠萬物回薄兮振蕩相轉雲蒸雨降兮錯繆相紛大專槃物兮坱軋無垠天不可與慮兮道不可與謀遲數有命兮惡識其時且夫天地爲鑪兮造化爲工陰陽

爲炭兮萬物爲銅合散消息兮安有常則千變萬化兮未始有極忽然爲人兮何足控摶化爲異物兮又何足患小知自私兮賤彼貴我通人大觀兮物無不可貪夫徇財兮烈士徇名夸者死權兮品庶馮生怵迫之徒兮或趨西東大人不曲兮億變齊同拘士繫俗兮攌如囚拘至人遺物兮獨與道俱衆人或或兮好惡積意真人淡漠兮獨與道息釋知遺形兮超然自喪寥廓忽荒兮與道翺翔乘流則逝兮得坻則止縱軀委命兮不私與己其生若浮兮其死若休澹乎若深淵之靜氾乎若不繫之舟不以生故自寶兮養空而浮德人無累兮知命不憂細故蔕芥兮何足以疑（姚纂已入辭賦）後歲餘賈生徵見孝文帝方受釐坐宣室上因感鬼神事而問鬼神之本賈生因具道所以然之狀至夜半文帝前席既罷曰吾久不見賈生自以

爲過之今不及也居頃之拜賈生爲梁懷王太傅梁懷王文帝之少子愛而好書故令賈生傅之文帝復封淮南厲王子四人皆爲列侯賈生諫以爲患之興自此起矣賈生數上疏言諸侯或連數郡非古之制可稍削之文帝不聽居數年懷王騎墮馬而死無後賈生自傷爲傅無狀哭泣歲餘亦死賈生之死時年三十三矣及孝文崩孝武皇帝立舉賈生之孫二人至郡守而賈嘉最好學世其家與余通書至孝昭時列爲九卿

太史公曰余讀離騷天問招魂哀郢悲其志適長沙觀屈原所自沈淵未嘗不垂涕想見其爲人及見賈生弔之又怪屈原以彼其材游諸侯何國不容而自令若是讀服鳥賦同死生輕去就又爽然自失矣

史記刺客列傳

曹沫者魯人也以勇力事魯莊公莊公好力曹沫爲
魯將與齊戰三敗北魯莊公懼乃獻遂邑之地以和
猶復以爲將齊桓公許與魯會于柯而盟桓公與莊
公既盟于壇上曹沫執匕首劫齊桓公桓公左右莫
敢動而問曰子將何欲曹沫曰齊強魯弱而大國侵
魯亦以甚矣今魯城壞即壓齊境君其圖之桓公乃
許盡歸魯之侵地既已言曹沫投其匕首下壇北面
就羣臣之位顏色不變辭令如故桓公怒欲倍其約
管仲曰不可夫貪小利以自快棄信於諸侯失天下
之援不如與之於是桓公乃遂割魯侵地曹沫三戰
所亡地盡復予魯其後百六十有七年而吳有專諸
之事

專諸者吳堂邑人也伍子胥之亡楚而如吳也
知專諸之能伍子胥既見吳王僚說以伐楚之利吳
公子光曰彼伍員父兄皆死於楚而員言伐楚欲自

爲報私讎也非能爲吳吳王乃止伍子胥知公子光之欲殺吳王僚乃曰彼光將有內志未可說以外事乃進專諸於公子光光之父曰吳王諸樊諸樊弟三人次曰餘祭次曰夷眛次曰季子札諸樊知季子札賢而不立太子以次傳三弟欲卒致國于季子札諸樊既死傳餘祭餘祭死傳夷眛夷眛死當傳季子札季子札逃不肯立吳人乃立夷眛之子僚爲王公子光曰使以兄弟次邪季子當立必以子乎則光真適嗣當立故嘗陰養謀臣以求立光既得專諸善客待之九年而楚平王死春吳王僚欲因楚喪使其二弟公子蓋餘屬庸將兵圍楚之灊使延陵季子於晉以觀諸侯之變楚發兵絕吳將蓋餘屬庸路吳兵不得還於是公子光謂專諸曰此時不可失不求何獲且光真王嗣當立季子雖來不吾廢也專諸曰王僚可

殺也母老子弱而兩弟將兵伐楚楚絕其後方今吳外困於楚而內空無骨鯁之臣是無如我何公子光頓首曰光之身子之身也四月丙子光伏甲士於窟室中而具酒請王僚王僚使兵陳自宮至光之家門戶階陛左右皆王僚之親戚也夾立侍皆持長鈹酒既酣公子光詳爲足疾入窟室中使專諸置匕首魚炙之腹中而進之既至王前專諸擘魚因以匕首刺王僚王僚立死左右亦殺專諸王人擾亂公子光出其伏甲以攻王僚之徒盡滅之遂自立爲王是爲闔閭闔閭乃封專諸之子以爲上卿其後七十餘年而晉有豫讓之事豫讓者晉人也故嘗事范氏及中行氏而無所知名去而事智伯智伯甚尊寵之及智伯伐趙襄子趙襄子與韓魏合謀滅智伯滅智伯之後而三分其地趙襄子最怨智伯漆其頭以爲飲器豫

讓遁逃山中曰嗟乎士爲知己者死女爲說己者容今智伯知我我必爲報讎而死以報智伯則吾魂魄不愧矣乃變名姓爲刑人入宮塗廁中挾匕首欲以刺襄子襄子如廁心動執問塗廁之刑人則豫讓內持刀兵曰欲爲智伯報仇左右欲誅之襄子曰彼義人也吾謹避之耳且智伯亡無後而其臣欲爲報仇此天下之賢人也卒醳去之居頃之豫讓又漆身爲厲吞炭爲啞使形狀不可知行乞於市其妻不識也行見其友其友識之曰汝非豫讓邪曰我是也其友爲泣曰以子之才委質而臣事襄子襄子必近幸子近幸子乃爲所欲顧不易邪何乃殘身苦形欲以求報襄子不亦難乎豫讓曰既已委質臣事人而求殺之是懷二心以事其君也且吾所爲者極難耳然所以爲此者將以愧天下後世之爲人臣懷二心以事

其君者也。既去頃之。襄子當出。豫讓伏於所當過之橋下。襄子至橋馬驚。襄子曰此必是豫讓也。使人問之果豫讓也。於是襄子乃數豫讓曰。子不嘗事范中行氏乎。智伯盡滅之。而子不爲報讎。而反委質臣於智伯。智伯亦已死矣。而子獨何以爲之報讎之深也。豫讓曰。臣事范中行氏。范中行氏皆衆人遇我。我故衆人報之。至於智伯。國士遇我。我故國士報之。襄子喟然歎息而泣曰。嗟乎豫子。子之爲智伯。名既成矣。而寡人赦子。亦已足矣。子其自爲計。寡人不復釋子。使兵圍之。豫讓曰。臣聞明主不掩人之美。而忠臣有死名之義。前君已寬赦臣。天下莫不稱君之賢。今日之事。臣固伏誅。然願請君之衣而擊之。焉以致報讎之意。則雖死不恨。非所敢望也。敢布腹心。於是襄子大義之。乃使使持衣與豫讓。豫讓拔劍三躍而擊之。

曰吾可以下報智伯矣遂伏劍自殺死之日趙國志士聞之皆爲涕泣其後四十餘年而軹有聶政之事聶政者軹深井里人也殺人避仇與母姊如齊以屠爲事久之濮陽嚴仲子事韓哀侯與韓相俠累有郤嚴仲子恐誅亡去游求人可以報俠累者至齊齊人或言聶政勇敢士也避仇隱于屠者之閒嚴仲子至門請數反然後具酒自暢聶政母前酒酣嚴仲子奉黃金百溢前爲聶政母壽聶政驚怪其厚固謝嚴仲子嚴仲子固進而聶政謝曰臣幸有老母家貧客游以爲狗屠可以旦夕得甘毳以養親親供養備不敢當仲子之賜嚴仲子辟人因爲聶政言曰臣有仇而行游諸侯衆矣然至齊竊聞足下義甚高故進百金者將用爲大人麤糲之費得以交足下之驩豈敢以有求望邪聶政曰臣所以降志辱身居市井屠者徒

幸以養老母。老母在。政身未敢以許人也。嚴仲子固讓。聶政竟不肯受也。然嚴仲子卒備賓主之禮而去。久之。聶政母死。既已葬。除服。聶政曰。嗟乎。政乃市井之人。鼓刀以屠。而嚴仲子乃諸侯之卿相也。不遠千里。枉車騎而交臣。臣之所以待之。至淺鮮矣。未有大功可以稱者。而嚴仲子奉百金為親壽。我雖不受。然是者。徒深知政也。夫賢者以感忿睚眦之意。而親信窮僻之人。而政獨安得嘿然而已乎。且前日要政。政徒以老母。老母今以天年終。政將為知己者用。乃遂西至濮陽。見嚴仲子。曰。前日所以不許仲子者。徒以親在。今不幸而母以天年終。仲子所欲報仇者為誰。請得從事焉。嚴仲子具告曰。臣之仇韓相俠累。俠累又韓君之季父也。宗族盛多。居處兵衞甚設。臣欲使人刺之。衆終莫能就。今足下幸而不棄。請益其車騎壯士可爲足下輔翼者聶政曰韓之與衞相去中閒不甚遠今殺人之相相又國君之親此其勢不可以多人多人不能無生得失生得失則語泄語泄是韓舉國而與仲子爲讎豈不殆哉遂謝車騎人徒聶政乃辭獨行杖劍至韓韓相俠累方坐府上持兵戟而衞侍者甚衆聶政直入上階刺殺俠累左右大亂聶政大呼所擊殺者數十人因自皮面決眼自屠出腸遂以死韓取聶政屍暴於市購問莫知誰子於是韓購縣之有能言殺相俠累者予千金久之莫知也政姊榮聞人有刺殺韓相者賊不得國不知其名姓暴其尸而縣之千金乃於邑曰其是吾弟與嗟乎嚴仲子知吾弟立起如韓之市而死者果政也伏尸哭極哀曰是軹深井里所謂聶政者也市行者諸衆人皆曰此人暴虐吾國相王縣購其名姓千金夫人不聞

與何敢來識之也榮應之曰聞之然政所以蒙汚辱
自弃於市販之閒者爲老母幸無恙妾未嫁也親既
以天年下世妾已嫁夫嚴仲子乃察舉吾弟困汚之
中而交之澤厚矣可柰何士固爲知己者死今乃以
妾尚在之故重自刑以絕從妾其柰何畏歿身之誅
終滅賢弟之名大驚韓市人乃大呼天者三卒於邑
悲哀而死政之旁晉楚齊衛聞之皆曰非獨政能也
乃其姊亦烈女也鄉使政誠知其姊無濡忍之志不
重暴骸之難必絕險千里以列其名姊弟俱僇於韓
市者亦未必敢以身許嚴仲子也嚴仲子亦可謂知
人能得士矣其後二百二十餘年秦有荊軻之事荊
軻者衛人也其先乃齊人徙於衛衛人謂之慶卿而
之燕燕人謂之荊卿荊卿好讀書擊劍以術說衛元
君衛元君不用其後秦伐魏置東郡徙衛元君之支

屬於野王荆軻嘗游過榆次與蓋聶論劍蓋聶怒而目之荆軻出人或言復召荆卿蓋聶曰曩者吾與論劍有不稱者吾目之試往是宜去不敢留使使往之主人荆卿則已駕而去榆次矣使者還報蓋聶曰固去也吾曩者目攝之荆軻游於邯鄲魯句踐與荆軻博爭道魯句踐怒而叱之荆軻嘿而逃去遂不復會荆軻既至燕愛燕之狗屠及善擊筑者高漸離荆軻嗜酒日與狗屠及高漸離飲於燕市酒酣以往高漸離擊筑荆軻和而歌於市中相樂也已而相泣旁若無人者荆軻雖游於酒人乎然其爲人沈深好書其所游諸侯盡與其賢豪長者相結其之燕燕之處士田光先生亦善待之知其非庸人也

居頃之會燕太子丹質秦亡歸燕燕太子丹者故嘗質於趙而秦王政生於趙其少時與丹驩及政立爲秦王而丹質於

秦秦王之遇燕太子丹不善故丹怨而亡歸歸而求
爲報秦王者國小力不能其後秦日出兵山東以伐
齊楚三晉稍蠶食諸侯且至於燕燕君臣皆恐禍之
至太子丹患之問其傅鞠武武對曰秦地徧天下威
脅韓魏趙氏北有甘泉谷口之固南有涇渭之沃擅
巴漢之饒右隴蜀之山左關殽之險民衆而士厲兵
革有餘意有所出則長城之南易水以北未有所定
也柰何以見陵之怨欲批其逆鱗哉丹曰然則何由
對曰請入圖之居有閒秦將樊於期得罪於秦王亡
之燕太子受而舍之鞠武諫曰不可夫以秦王之暴
而積怒於燕足爲寒心又況聞樊將軍之所在乎是
謂委肉當餓虎之蹊也禍必不振矣雖有管晏不能
爲之謀也願太子疾遣樊將軍入匈奴以滅口請西
約三晉南連齊楚北購於單于其後迺可圖也太子

曰太傅之計曠日彌久心惽然恐不能須臾且非獨於此也夫樊將軍窮困於天下歸身於丹丹終不以迫於彊秦而棄所哀憐之交置之匈奴是固丹命卒之時也願太傅更慮之鞠武曰夫行危欲求安造禍而求福計淺而怨深連結一人之後交不顧國家之大害此所謂資怨而助禍矣夫以鴻毛燎於爐炭之上必無事矣且以鵰鷙之秦行怨暴之怒豈足道哉燕有田光先生其爲人智深而勇沈可與謀太子曰願因太傅而得交於田先生可乎鞠武曰敬諾出見田先生道太子願圖國事於先生也田光曰敬奉教乃造焉太子逢迎卻行爲導跪而蔽席田光坐定左右無人太子避席而請曰燕秦不兩立願先生留意也田光曰臣聞騏驥盛壯之時一日而馳千里至其衰老駑馬先之今太子聞光盛壯之時不知臣精已

消士矣雖然光不敢以圖國事所善荊卿可使也太子曰願因先生得結交於荊卿可乎田光曰敬諾卽起趨出太子送至門戒曰丹所報先生所言者國之大事也願先生勿泄也田光俛而笑曰諾僂行見荊卿曰光與子相善燕國莫不知今太子聞光壯盛之時不知吾形已不逮也幸而教之曰燕秦不兩立願先生留意也光竊不自外言足下於太子也願足下過太子於宮荊軻曰謹奉教田光曰吾聞之長者爲行不使人疑之今太子告光曰所言者國之大事也願先生勿泄是太子疑光也夫爲行而使人疑之非節俠也欲自殺以激荊卿曰願足下急過太子言光已死明不言也因遂自刎而死荊軻遂見太子言田光已死致光之言太子再拜而跪膝行流涕有頃而后言曰丹所以誡田先生毋言者欲以成大事之謀

也今田先生以死明不言豈丹之心哉荊軻坐定太子避席頓首曰田先生不知丹之不肖使得至前敢有所道此天之所以哀燕而不棄其孤也今秦有貪利之心而欲不可足也非盡天下之地臣海內之王者其意不厭今秦已虜韓王盡納其地又舉兵南伐楚北臨趙王翦將數十萬之衆距漳鄴而李信出太原雲中趙不能支秦必入臣入臣則禍至燕燕小弱數困於兵今計舉國不足以當秦諸侯服秦莫敢合從丹之私計愚以爲誠得天下之勇士使於秦闚以重利秦王貪其勢必得所願矣誠得劫秦王使悉反諸侯侵地若曹沫之與齊桓公則大善矣則不可因而刺殺之彼秦大將擅兵於外而內有亂則君臣相疑以其閒諸侯得合從其破秦必矣此丹之上願而不知所委命惟荊卿留意焉久之荊軻曰此國之大

事也臣駑下恐不足任使太子前頓首固請毋讓然後許諾於是尊荆卿爲上卿舍上舍太子日造門下供太牢具異物閒進車騎美女恣荆軻所欲以順適其意久之荆軻未有行意秦將王翦破趙虜趙王盡收入其地進兵北略地至燕南界太子丹恐懼乃請荆軻曰秦兵旦暮渡易水則雖欲長侍足下豈可得哉荆軻曰微太子言臣願謁之今行而毋信則秦未可親也夫樊將軍秦王購之金千斤邑萬家誠得樊將軍首與燕督亢之地圖奉獻秦王秦王必說見臣臣乃得有以報太子曰樊將軍窮困來歸丹丹不忍以己之私而傷長者之意願足下更慮之荆軻知太子不忍乃遂私見樊於期曰秦之遇將軍可謂深矣父母宗族皆爲戮沒今聞購將軍首金千斤邑萬家將奈何於期仰天太息流涕曰於期每念之常痛於

骨髓顧計不知所出耳荊軻曰今有一言可以解燕國之患報將軍之仇者何如於期乃前曰爲之柰何荊軻曰願得將軍之首以獻秦王秦王必喜而見臣臣左手把其袖右手揕其匈然則將軍之仇報而燕見陵之愧除矣將軍豈有意乎樊於期偏袒搤捥而進曰此臣之日夜切齒腐心也乃今得聞教遂自剄太子聞之馳往伏屍而哭極哀既已不可柰何乃遂盛樊於期首函封之於是太子豫求天下之利匕首得趙人徐夫人匕首取之百金使工以藥焠之以試人血濡縷人無不立死者乃裝爲遣荊卿燕國有勇士秦舞陽年十三殺人人不敢忤視乃令秦舞陽爲副荊軻有所待欲與俱其人居遠未來而爲治行頃之未發太子遲之疑其改悔乃復請曰日已盡矣荊卿豈有意哉丹請得先遣秦舞陽荊軻怒叱太子曰

何太子之遣往而不返者豎子也且提一匕首入不測之彊秦僕所以留者待吾客與俱今太子遲之請辭決矣遂發太子及賓客知其事者皆白衣冠以送之至易水之上既祖取道高漸離擊筑荊軻和而歌爲變徵之聲士皆垂淚涕泣又前而爲歌曰風蕭蕭兮易水寒壯士一去兮不復還復爲羽聲忼慨士皆瞋目髮盡上指冠於是荊軻就車而去終已不顧遂至秦持千金之資幣物厚遺秦王寵臣中庶子蒙嘉嘉爲先言於秦王曰燕王誠振怖大王之威不敢舉兵以逆軍吏願舉國爲內臣比諸侯之列給貢職如郡縣而得奉守先王之宗廟恐懼不敢自陳謹斬樊於期之頭及獻燕督亢之地圖函封燕王拜送于庭使使以聞大王唯大王命之秦王聞之大喜乃朝服設九賓見燕使者咸陽宮荊軻奉樊於期頭函而秦

舞陽奉地圖柙以次進至陛秦舞陽色變振恐羣臣怪之荆軻顧笑舞陽前謝曰北蕃蠻夷之鄙人未嘗見天子故振慴願大王少假借之使得畢使於前秦王謂軻曰取舞陽所持地圖軻既取圖奏之秦王發圖圖窮而匕首見因左手把秦王之袖而右手持匕首揕之未至身秦王驚自引而起袖絶拔劍劍長操其室時惶急劍堅故不可立拔荆軻逐秦王秦王環柱而走羣臣皆愕卒起不意盡失其度而秦法羣臣侍殿上者不得持尺寸之兵諸郎中執兵皆陳殿下非有詔召不得上方急時不及召下兵以故荆軻乃逐秦王而卒惶急無以擊軻而以手共搏之是時侍醫夏無且以其所奉藥囊提荆軻也秦王方環柱走卒惶急不知所爲左右乃曰王負劍負劍遂拔以擊荆軻斷其左股荆軻廢乃引其匕首以擿秦王不中

中銅柱秦王復擊軻軻被八創軻自知事不就倚柱而笑箕踞以罵曰事所以不成者以欲生劫之必得約契以報太子也於是左右既前殺軻秦王不怡者良久已而論功賞羣臣及當坐者各有差而賜夏無且黃金二百溢曰無且愛我乃以藥囊提荊軻也

於是秦王大怒益發兵詣趙詔王翦軍以伐燕十月而拔薊城燕王喜太子丹等盡率其精兵東保於遼東秦將李信追擊燕王急代王嘉乃遺燕王喜書曰秦所以尤追燕急者以太子丹故也今王誠殺丹獻之秦王秦王必解而社稷幸得血食其後李信追丹丹匿衍水中燕王乃使使斬太子丹欲獻之秦秦復進兵攻之後五年秦卒滅燕虜燕王喜其明年秦并天下立號爲皇帝

於是秦逐太子丹荊軻之客皆亡高漸離變名姓爲人庸保匿作於宋子久之作苦聞其

家堂上客擊筑傍偟不能去每出言曰彼有善有不善從者以告其主曰彼庸乃知音竊言是非家丈人召使前擊筑一坐稱善賜酒而高漸離念久隱畏約無窮時乃退出其裝匣中筑與其善衣更容貌而前舉坐客皆驚下與抗禮以爲上客使擊筑而歌客無不流涕而去者宋子傳客之聞於秦始皇秦始皇召見人有識者乃曰高漸離也秦皇帝惜其善擊筑重赦之乃矐其目使擊筑未嘗不稱善稍益近之高漸離乃以鉛置筑中復進得近舉筑朴秦皇帝不中於是遂誅高漸離終身不復近諸侯之人魯句踐已聞荊軻之刺秦王私曰嗟乎惜哉其不講於刺劍之術也甚矣吾不知人也曩者吾叱之彼乃以我爲非人也

太史公曰世言荊軻其稱太子丹之命天雨粟馬生

角也太過又言荆軻傷秦王皆非也始公孫季功董生與夏無且游具知其事爲余道之如是自曹沫至荆軻五人此其義或成或不成然其立意較然不欺其志名垂後世豈妄也哉

續古文辭類纂卷七

續古文辭類纂卷八　中編之三

傳狀類

史記李斯列傳

李斯者楚上蔡人也年少時爲郡小吏見吏舍廁中鼠食不絜近人犬數驚恐之斯入倉觀倉中鼠食積粟居大廡之下不見人犬之憂於是李斯乃歎曰人之賢不肖譬如鼠矣在所自處耳乃從荀卿學帝王之術學已成度楚王不足事而六國皆弱無可爲建功者欲西入秦辭於荀卿曰斯聞得時無怠今萬乘方爭時游者主事今秦王欲吞天下稱帝而治此布衣馳騖之時而游說者之秋也處卑賤之位而計不爲者此禽鹿視肉人面而能彊行者耳故詬莫大於卑賤而悲莫甚於窮困久處卑賤之位困苦之地非世而惡利自託於無爲此非士之情也故斯將西說

秦王矣。至秦會莊襄王卒李斯乃求爲秦相文信侯呂不韋舍人不韋賢之任以爲郎李斯因以得說說秦王曰胥人者去其幾也成大功者在因瑕釁而遂忍之昔者秦穆公之霸終不東并六國者何也諸侯尚衆周德未衰故五伯迭興更尊周室自秦孝公以來周室卑微諸侯相兼關東爲六國秦之乘勝役諸侯蓋六世矣今諸侯服秦譬若郡縣夫以秦之彊大王之賢由竈上騷除足以滅諸侯成帝業爲天下一統此萬世之一時也今怠而不急就諸侯復彊相聚約從雖有黃帝之賢不能并也秦王乃拜斯爲長史聽其計陰遣謀士齎持金玉以遊說諸侯諸侯名士可下以財者厚遺結之不肯者利劍刺之離其君臣之計秦王乃使其良將隨其後秦王拜斯爲客卿會韓人鄭國來閒秦以作注溉渠已而覺秦宗室大臣皆言秦王曰諸侯人來事秦者大抵爲其主游閒於秦耳請一切逐客李斯議亦在逐中斯乃上書曰臣聞吏議逐客竊以爲過矣昔繆公求士西取由余於戎東得百里奚於宛迎蹇叔於宋來丕豹公孫支於晉此五子者不產於秦而繆公用之幷國二十遂霸西戎孝公用商鞅之法移風易俗民以殷盛國以富彊百姓樂用諸侯親服獲楚魏之師舉地千里至今治彊惠王用張儀之計拔三川之地西幷巴蜀北收上郡南取漢中包九夷制鄢郢東據成皋之險割膏腴之壤遂散六國之從使之西面事秦功施到今昭王得范睢廢穰侯逐華陽彊公室杜私門蠶食諸侯使秦成帝業此四君者皆以客之功由此觀之客何負於秦哉向使四君卻客而不內疏士而不用是使國無富利之實而秦無彊大之名也今陛下致昆山

之玉有隨和之寶垂明月之珠服太阿之劍乘纖離之馬建翠鳳之旗樹靈鼉之鼓此數寶者秦不生一焉而陛下說之何也必秦國之所生然後可則是夜光之璧不飾朝廷犀象之器不爲玩好鄭衛之女不充後宮而駿良駃騠不實外廄江南金錫不爲用西蜀丹青不爲采所以飾後宮充下陳娛心意說耳目者必出於秦然後可則是宛珠之簪傅璣之珥阿縞之衣錦繡之飾不進於前而隨俗雅化佳冶窈窕趙女不立於側也夫擊甕叩缶彈箏搏髀而歌呼嗚嗚快耳目者眞秦之聲也鄭衛桑閒昭虞武象者異國之樂也今弃擊甕叩缶而就鄭衛退彈箏而取昭虞若是者何也快意當前適觀而已矣今取人則不然不問可否不論曲直非秦者去爲客者逐然則是所重者在乎色樂珠玉而所輕者在乎人民也此非所

以跨海內制諸侯之術也臣聞地廣者粟多國大者人衆兵彊則士勇是以太山不讓土壤故能成其大河海不擇細流故能就其深王者不卻衆庶故能明其德是以地無四方民無異國四時充美鬼神降福此五帝三王之所以無敵也今乃棄黔首以資敵國卻賓客以業諸侯使天下之士退而不敢西向裹足不入秦此所謂藉寇兵而齎盜糧者也夫物不產於秦可寶者多士不產於秦而願忠者衆今逐客以資敵國損民以益讎內自虛而外樹怨於諸侯求國無危不可得也（姚纂已入奏議）秦王乃除逐客之令復李斯官卒用其計謀官至廷尉二十餘年竟并天下尊主爲皇帝以斯爲丞相夷郡縣城銷其兵刃示不復用使秦無尺土之封不立子弟爲王功臣爲諸侯者使後無戰攻之患始皇三十四年置酒咸陽宮博士僕射

周青臣等頌稱始皇威德齊人淳于越進諫曰臣聞之殷周之王千餘歲封子弟功臣自爲支輔今陛下有海內而子弟爲匹夫卒有田常六卿之患臣無輔弼何以相救哉事不師古而能長久者非所聞也今青臣等又面諛以重陛下過非忠臣也始皇下其議丞相丞相謬其說絀其辭乃上書曰古者天下散亂莫能相一是以諸侯並作語皆道古以害今飾虛言以亂實人善其所私學以非上所建立今陛下幷有天下別白黑而定一尊而私學乃相與非法教之制聞令下即各以其私學議之入則心非出則巷議非主以爲名異趣以爲高率羣下以造謗如此不禁則主勢降乎上黨與成乎下禁之便臣請諸有文學詩書百家語者蠲除去之令到滿三十日弗去黥爲城旦所不去者醫藥卜筮種樹之書若有欲學者以吏

爲師始皇可其議收去詩書百家之語以愚百姓使天下無以古非今明法度定律令皆以始皇起同文書治離宮别館周徧天下明年又巡狩外攘四夷斯皆有力焉

斯長男由爲三川守諸男皆尚秦公主女悉嫁秦諸公子三川守李由告歸咸陽李斯置酒於家百官長皆前爲壽門廷車騎以千數李斯喟然而嘆曰嗟乎吾聞之荀卿曰物禁大盛夫斯乃上蔡布衣閭巷之黔首上不知其駑下遂擢至此當今人臣之位無居臣上者可謂富貴極矣物極則衰吾未知所稅駕也

始皇三十七年十月行出游會稽竝海上北抵琅邪丞相斯中車府令趙高兼行符璽令事皆從始皇有二十餘子長子扶蘇以數直諫上上使監兵上郡蒙恬爲將少子胡亥愛請從上許之餘子莫從其年七月始皇帝至沙丘病甚令趙高爲書賜公

子扶蘇曰以兵屬蒙恬與喪會咸陽而葬書已封未授使者始皇崩書及璽皆在趙高所獨子胡亥丞相李斯趙高及幸宦者五六人知始皇崩餘羣臣皆莫知也李斯以爲上在外崩無真太子故祕之置始皇居轀輬車中百官奏事上食如故宦者輒從轀輬車中可諸奏事趙高因留所賜扶蘇璽書而謂公子胡亥曰上崩無詔封王諸子而獨賜長子書長子至卽立爲皇帝而子無尺寸之地爲之柰何胡亥曰固也吾聞之明君知臣明父知子父捐命不封諸子何可言者趙高曰不然方今天下之權存亡在子與高及丞相耳願子圖之且夫臣人與見臣於人制人與見制於人豈可同日道哉胡亥曰廢兄而立弟是不義也不奉父詔而畏死是不孝也能薄而材譾彊因人之功是不能也三者逆德天下不服身殆傾危社稷

不血食高曰臣聞湯武殺其主天下稱義焉不爲不忠衞君殺其父而衞國載其德孔子著之不爲不孝夫大行不小謹盛德不辭讓鄉曲各有宜而百官不同功故顧小而忘大後必有害狐疑猶豫後必有悔斷而敢行鬼神避之後有成功願子遂之胡亥喟然歎曰今大行未發喪禮未終豈宜以此事干丞相哉趙高曰時乎時乎閒不及謀蠃糧躍馬唯恐後時胡亥既然高之言高曰不與丞相謀恐事不能成臣請爲子與丞相謀之高乃謂丞相斯曰上崩賜長子書與喪會咸陽而立爲嗣書未行今上崩未有知者也所賜長子書及符璽皆在胡亥所定太子在君侯與高之口耳事將何如斯曰安得亡國之言此非人臣所當議也高曰君侯自料能孰與蒙恬功高孰與蒙恬謀遠不失孰與蒙恬無怨於天下孰與蒙恬長子

舊而信之孰與蒙恬斯曰此五者皆不及蒙恬而君
責之何深也高曰高固內官之廝役也幸得以刀筆
之文進入秦宮管事二十餘年未嘗見秦免罷丞相
功臣有封及二世者也卒皆以誅亡皇帝二十餘子
皆君之所知長子剛毅而武勇信人而奮士即位必
用蒙恬爲丞相君侯終不懷通侯之印歸於鄉里明
矣高受詔教習胡亥使學以法事數年矣未嘗見過
失慈仁篤厚輕財重士辯於心而詘於口盡禮敬士
秦之諸子未有及此者可以爲嗣君計而定之斯曰
君其反位斯奉主之詔聽天之命何慮之可定也高
曰安可危也危可安也安危不定何以貴聖斯曰斯
上蔡閭巷布衣也上幸擢爲丞相封爲通侯子孫皆
至尊位重祿者故將以存亡安危屬臣也豈可負哉
夫忠臣不避死而庶幾孝子不勤勞而見危人臣各

守其職而已矣君其勿復言將令斯得罪高曰蓋聞
聖人遷徙無常就變而從時見末而知本觀指而覩
歸物固有之安得常法哉方今天下之權命懸於胡
亥高能得志焉且夫從外制中謂之惑從下制上謂
之賊故秋霜降者草花落水搖動者萬物作此必然
之效也君何見之晚斯曰吾聞晉易太子三世不安
齊桓兄弟爭位身死爲戮紂殺親戚不聽諫者國爲
丘墟遂危社稷三者逆天宗廟不血食斯其猶人哉
安足爲謀高曰上下合同可以長久中外若一事無
表裏君聽臣之計卽長有封侯世世稱孤必有喬松
之壽孔墨之智今釋此而不從禍及子孫足以爲寒
心善者因禍爲福君何處焉斯乃仰天而歎垂淚太
息曰嗟乎獨遭亂世既以不能死安託命哉於是斯
乃聽高高乃報胡亥曰臣請奉太子之明命以報丞

相丞相斯敢不奉令。於是乃相與謀。詐爲受始皇詔
丞相立子胡亥爲太子。更爲書賜長子扶蘇曰朕巡
天下禱祠名山諸神以延壽命今扶蘇與將軍蒙恬
將師數十萬以屯邊十有餘年矣不能進而前士卒
多耗無尺寸之功乃反數上書直言誹謗我所爲以
不得罷歸爲太子日夜怨望扶蘇爲人子不孝其賜
劍以自裁將軍恬與扶蘇居外不匡正宜知其謀爲
人臣不忠其賜死以兵屬裨將王離封其書以皇帝
璽遣胡亥客奉書賜扶蘇於上郡使者至發書扶蘇
泣入內舍欲自殺蒙恬止扶蘇曰陛下居外未立太
子使臣將三十萬衆守邊公子爲監此天下重任也
今一使者來卽自殺安知其非詐請復請復請而後
死未暮也使者數趣之扶蘇爲人仁謂蒙恬曰父而
賜子死尚安復請卽自殺蒙恬不肯死使者卽以屬

吏繫於陽周使者還報胡亥斯高大喜至咸陽發喪太子立爲二世皇帝以趙高爲郎中令常侍中用事二世燕居乃召高與謀事謂曰夫人生居世閒也譬猶騁六驥過決隙也吾既已臨天下矣欲悉耳目之所好窮心志之所樂以安宗廟而樂萬姓長有天下終吾年壽其道可乎高曰此賢主之所能行也而昏亂主之所禁也臣請言之不敢避斧鉞之誅願陛下少留意焉夫沙丘之謀諸公子及大臣皆疑焉而諸公子盡帝兄大臣又先帝之所置也今陛下初立此其屬意怏怏皆不服恐爲變且蒙恬已死蒙毅將兵居外臣戰戰栗栗惟恐不終且陛下安得爲此樂乎二世曰爲之奈何趙高曰嚴法而刻刑令有罪者相坐誅至收族滅大臣而遠骨肉貧者富之賤者貴之盡除去先帝之故臣更置陛下所親信者近之此則

陰德歸陛下害除而姦謀塞羣臣莫不被潤澤蒙厚
德陛下則高枕肆志寵樂矣計莫出於此二世然高
之言乃更爲法律於是羣臣諸公子有罪輒下高令
鞠治之殺大臣蒙毅等公子十二人僇死咸陽市十
公主矺死於杜財物入於縣官相連坐者不可勝數
公子高欲奔恐收族乃上書曰先帝無恙時臣入則
賜食出則乘輿御府之衣臣得賜之中廄之寶馬臣
得賜之臣當從死而不能爲人子不孝爲人臣不忠
不忠者無名以立於世臣請從死願葬酈山之足唯
上幸哀憐之書上胡亥大說召趙高而示之曰此可
謂急乎趙高曰人臣當憂死而不暇何變之得謀胡
亥可其書賜錢十萬以葬法令誅罰日益刻深羣臣
人人自危欲畔者衆又作阿房之宮治直馳道賦斂
愈重戍傜無已於是楚戍卒陳勝吳廣等乃作亂起

於山東傑俊相立自置爲侯王叛秦兵至鴻門而卻李斯數欲請閒諫二世二世不許而二世責問李斯曰吾有私議而有所聞於韓子也曰堯之有天下也堂高三尺采椽不斲茅茨不翦雖逆旅之宿不勤於此矣冬日鹿裘夏日葛衣粢糲之食藜藿之羹飯土匭啜土鉶雖監門之養不觳於此矣禹鑿龍門通大夏疏九河曲九防決渟水致之海而股無胈脛無毛手足胼胝面目黎黑遂以死于外葬於會稽臣虜之勞不烈於此矣然則夫所貴於有天下者豈欲苦形勞神身處逆旅之宿口食監門之養手持臣虜之作哉此不肖人之所勉也非賢者之所務也彼賢人之有天下也專用天下適己而已矣此所以貴於有天下也夫所謂賢人者必能安天下而治萬民今身且不能利將惡能治天下哉故吾願賜志廣欲長享天下而

無害爲之奈何李斯子由爲三川守羣盜吳廣等西略地過去弗能禁章邯以破逐廣等兵使者覆案三川相屬誚讓斯居三公位如何令盜如此李斯恐懼重爵祿不知所出乃阿二世意欲求容以書對曰夫賢主者必且能全道而行督責之術者也督責之則臣不敢不竭能以徇其主矣此臣主之分定上下之義明則天下賢不肖莫敢不盡力竭任以徇其君矣是故主獨制於天下而無所制也能窮樂之極矣賢明之主也可不察焉故申子曰有天下而不恣睢命之曰以天下爲桎梏者無他焉不能督責而顧以其身勞於天下之民若堯禹然故謂之桎梏也夫不能修申韓之明術行督責之道專以天下自適也而徒務苦形勞神以身徇百姓則是黔首之役非畜天下者也何足貴哉夫以人徇己則己貴而人賤以己徇

人則己賤而人貴故徇人者賤而人所徇者貴自古及今未有不然者也凡古之所爲尊賢者爲其貴也而所爲惡不肖者爲其賤也而堯禹以身徇天下者也因隨而尊之則亦失所爲尊賢之心矣夫可謂大繆矣謂之爲桎梏不亦宜乎不能督責之過也故韓子曰慈母有敗子而嚴家無格虜者何也則能罰之加焉必也故商君之法刑弃灰於道者夫弃灰薄罪也而被刑重罰也彼唯明主爲能深督輕罪夫罪輕且督深而況有重罪乎故民不敢犯也是故韓子曰布帛尋常庸人不釋鑠金百鎰盜跖不搏者非庸人之心重尋常之利深而盜跖之欲淺也又不以盜跖之行爲輕百鎰之重也搏必隨手刑則盜跖不搏百鎰而罰不必行也則庸人不釋尋常是故城高五丈而樓季不輕犯也泰山之高百仞而跛牂牧其上夫

樓季也。而難五丈之限。豈跛牂也。而易百仞之高哉
峭塹之勢異也。明主聖王之所以能久處尊位。長執
重勢。而獨擅天下之利者。非有異道也。能獨斷而審
督責。必深罰。故天下不敢犯也。今不務所以不犯。而
事慈母之所以敗子也。則亦不察於聖人之論矣。夫
不能行聖人之術。則舍爲天下役何事哉。可不哀邪。
且夫儉節仁義之人立於朝。則荒肆之樂輟矣。諫說
論理之臣閒於側。則流漫之志詘矣。烈士死節之行
顯於世。則淫康之虞廢矣。故明主能外此三者。而獨
操主術。以制聽從之臣。而修其明法。故身尊而勢重
也。凡賢主者。必將能拂世磨俗。而廢其所惡。立其所
欲。故生則有尊重之勢。死則有賢明之謚也。是以明
君獨斷。故權不在臣也。然後能滅仁義之塗。掩馳說
之口。困烈士之行。塞聰揜明。內獨視聽。故外不可傾

以仁義烈士之行而內不可奪以諫說忿爭之辯故能犖然獨行恣睢之心而莫之敢逆若此然後可謂能明申韓之術而脩商君之法法脩術明而天下亂者未之聞也故曰王道約而易操也唯明主爲能行之若此則謂督責之誠則臣無邪臣無邪則天下安天下安則主嚴尊主嚴尊則督責必督責必則所求得所求得則國家富國家富則君樂豐故督責之術設則所欲無不得矣羣臣百姓救過不給何變之敢圖若此則帝道備而可謂能明君臣之術矣雖申韓復生不能加也（姚纂已入奏議）書奏二世悅。於是行督責益嚴稅民深者爲明吏二世曰。若此則可謂能督責矣。刑者相半於道。而死人日成積於市。殺人衆者爲忠臣。二世曰。若此。則可謂能督責矣。初趙高爲郎中令所殺及報私怨衆多恐大臣入朝奏事毀惡之乃說

二世曰天子所以貴者但以聞聲羣臣莫得見其面
故號曰朕且陛下富於春秋未必盡通諸事今坐朝
廷譴舉有不當者則見短於大臣非所以示神明於
天下也且陛下深拱禁中與臣及侍中習法者待事
事來有以揆之如此則大臣不敢奏疑事天下稱聖
主矣二世用其計乃不坐朝廷見大臣居禁中趙高
常侍中用事事皆決於趙高高聞李斯以爲言乃見
丞相曰關東羣盜多今上急益發繇治阿房宮聚狗
馬無用之物臣欲諫爲位賤此真君侯之事君何不
諫李斯曰固也吾欲言之久矣今時上不坐朝廷上
居深宮吾有所言者不可傳也欲見無閒趙高謂曰
君誠能諫請爲君候上閒語君於是趙高待二世方
燕樂婦女居前使人告丞相上方閒可奏事丞相至
宮門上謁如此者三二世怒曰吾常多閒日丞相不

來、吾方燕私、丞相輒來請事、丞相豈少我哉、且固我哉、趙高因曰、如此殆矣、夫沙丘之謀、丞相與焉、今陛下已立爲帝、而丞相貴不益、此其意亦望裂地而王矣、且陛下不問臣、臣不敢言、丞相長男李由爲三川守、楚盜陳勝等、皆丞相傍縣之子、以故楚盜公行過三川、城守不肯擊、高聞其文書相往來、未得其審、故未敢以聞、且丞相居外、權重於陛下、二世以爲然、欲案丞相、恐其不審、乃使人案驗三川守與盜通狀、李斯聞之、是時二世在甘泉、方作觳抵優俳之觀。李斯不得見。因上書言趙高之短。曰。臣聞之、臣疑其君、無不危國、妾疑其夫、無不危家、今有大臣於陛下、擅利擅害、與陛下無異、此甚不便、昔者司城子罕相宋、身行刑罰、以威行之、朞年遂劫其君、田常爲簡公臣、爵列無敵於國、私家之富、與公家均、布惠施德、下得百姓上得羣臣陰取齊國殺宰予於庭卽弒簡公於朝遂有齊國此天下所明知也今高有邪佚之志危反之行如子罕相宋也私家之富若田氏之於齊也兼行田常子罕之逆道而劫陛下之威信其志若韓玘爲韓安相也陛下不圖臣恐其爲變也二世曰何哉夫高故宦人也然不爲安肆志不以危易心絜行脩善自使至此以忠得進以信守位朕實賢之而君疑之何也且朕少失先人無所識知不習治民而君又老恐與天下絕矣朕非屬趙君當誰任哉且趙君爲人精廉彊力下知人情上能適朕君其勿疑李斯曰不然夫高故賤人也無識於理貪欲無厭求利不止列勢次主求欲無窮臣故曰殆二世已前信趙高恐李斯殺之乃私告趙高高曰丞相所患者獨高高已死丞相卽欲爲田常所爲於是二世曰其以李斯屬

郎中令。趙高案治李斯。李斯拘執束縛居囹圄中仰天而歎曰。嗟乎。悲夫。不道之君。何可爲計哉。昔者桀殺關龍逢。紂殺王子比干。吳王夫差殺伍子胥。此三臣者。豈不忠哉。然而不免於死。身死而所忠者非也。今吾智不及三子。而二世之無道過於桀紂夫差。吾以忠死宜矣。且二世之治。豈不亂哉。日者夷其兄弟而自立也。殺忠臣而貴賤人。作爲阿房之宮。賦斂天下。吾非不諫也。而不吾聽也。凡古聖王飲食有節。車器有數。宮室有度。出令造事。加費而無益於民利者禁。故能長久治安。今行逆於昆弟。不顧其咎。侵殺忠臣。不思其殃。大爲宮室。厚賦天下。不愛其費。三者已行。天下不聽。今反者已有天下之半矣。而心尚未寤也。而以趙高爲佐。吾必見寇至咸陽。麋鹿游於朝也。於是二世乃使高案丞相獄。治罪。責斯與子由謀反

狀皆收捕宗族賓客趙高治斯榜掠千餘不勝痛自
誣服斯所以不死者自負其辯有功實無反心幸得
上書自陳幸二世之寤而赦之李斯乃從獄中上書
曰臣爲丞相治民三十餘年矣逮秦地之陜隘先王
之時秦地不過千里兵數十萬臣盡薄材謹奉法令
陰行謀臣資之金玉使游說諸侯陰脩甲兵飾政教
官鬬士尊功臣盛其爵祿故終以脅韓弱魏破燕趙
夷齊楚卒兼六國虜其王立秦爲天子罪一矣地非
不廣又北逐胡貉南定百越以見秦之彊罪二矣尊
大臣盛其爵位以固其親罪三矣立社稷脩宗廟以
明主之賢罪四矣更剋畫平斗斛度量文章布之天
下以樹秦之名罪五矣治馳道興游觀以見主之得
意罪六矣緩刑罰薄賦斂以遂主得衆之心萬民戴
主死而不忘罪七矣若斯之爲臣者罪足以死固久

矣上幸盡其能力乃得至今願陛下察之書上趙高使吏弃去不奏曰因安得上書趙高使其客十餘輩詐爲御史謁者侍中更往覆訊斯斯更以其實對輒使人復榜之後二世使人驗斯斯以爲如前終不敢更言辭服奏當上二世喜曰微趙君幾爲丞相所賣及二世所使案三川之守至則項梁已擊殺之使者來會丞相下吏趙高皆妄爲反辭二世二年七月具斯五刑論腰斬咸陽市斯出獄與其中子俱執顧謂其中子曰吾欲與若復牽黃犬俱出上蔡東門逐狡兔豈可得乎遂父子相哭而夷三族李斯已死二世拜趙高爲中丞相事無大小輒決於高高自知權重乃獻鹿謂之馬二世問左右此乃鹿也左右皆曰馬也二世驚自以爲惑乃召太卜令卦之太卜曰陛下春秋郊祀奉宗廟鬼神齋戒不明故至于此可依盛

德而明齋戒於是乃入上林齋戒日游弋獵有行人入上林中二世自射殺之趙高教其女壻咸陽令閻樂劾不知何人賊殺人移上林高乃諫二世曰天子無故賊殺不辜人此上帝之禁也鬼神不享天且降殃當遠避宮以禳之二世乃出居望夷之宮留三日趙高詐詔衞士令士皆素服持兵內鄉入告二世曰山東羣盜兵大至二世上觀而見之恐懼高卽因劫令自殺引璽而佩之左右百官莫從上殿殿欲壞者三高自知天弗與羣臣弗許乃召始皇弟授之璽子嬰卽位患之乃稱疾不聽事與宦者韓談及其子謀殺高高上謁請病因召入令韓談刺殺之夷其三族子嬰立三月沛公兵從武關入至咸陽羣臣百官皆畔不適子嬰與妻子自係其頸以組降軹道旁沛公因以屬吏項王至而斬之遂以亡天下

太史公曰李斯以閭閻歷諸侯入事秦因以瑕釁以輔始皇卒成帝業斯爲三公可謂尊用矣斯知六藝之歸不務明政以補主上之缺持爵祿之重阿順苟合嚴威酷刑聽高邪說廢適立庶諸侯已畔斯乃欲諫爭不亦末乎人皆以斯極忠而被五刑死察其本乃與俗議之異不然斯之功且與周召列矣

史記張耳陳餘列傳

張耳者大梁人也其少時及魏公子毋忌爲客張耳嘗亡命游外黃外黃富人女甚美嫁庸奴亡其夫去抵父客父客素知張耳乃謂女曰必欲求賢夫從張耳女聽乃卒爲請決嫁之張耳張耳是時脫身游女家厚奉給張耳張耳以故致千里客乃宦魏爲外黃令名由此益賢陳餘者亦大梁人也好儒術數游趙苦陘富人公乘氏以其女妻之亦知陳餘非庸人也

餘年少。父事張耳。兩人相與爲刎頸交。秦之滅大梁也張耳家外黃高祖爲布衣時嘗數從張耳游客數月秦滅魏數歲亦聞此兩人魏之名士也購求有得張耳千金陳餘五百金張耳陳餘乃變名姓俱之陳爲里監門以自食兩人相對里吏嘗有過笞陳餘陳餘欲起張耳躡之使受笞吏去張耳乃引陳餘之桑下而數之曰始吾與公言何如今見小辱而欲死一吏乎陳餘然之秦詔書購求兩人兩人。亦反用門者以令里中。陳涉起蘄至入陳兵數萬張耳陳餘上謁陳涉涉及左右生平數聞張耳陳餘賢未嘗見見卽大喜陳中豪傑父老乃說陳涉曰將軍身被堅執銳率士卒以誅暴秦復立楚社稷存亡繼絕功德宜爲王且夫監臨天下諸將不爲王不可願將軍立爲楚王也陳涉問此兩人。兩人對曰夫秦爲無道破人國家滅人社稷絕人後世罷百姓之力盡百姓之財將軍瞋目張膽出萬死不顧一生之計爲天下除殘也今始至陳而王之示天下私願將軍毋王急引兵而西遣人立六國後自爲樹黨爲秦益敵也敵多則力分與衆則兵彊如此野無交兵縣無守城誅暴秦據咸陽以令諸侯諸侯亡而得立以德服之如此則帝業成矣今獨王陳恐天下解也陳涉不聽遂立爲王陳餘乃復說陳王曰大王舉梁楚而西務在入關未及收河北也臣嘗游趙知其豪桀及地形願請奇兵北略趙地於是陳王以故所善陳人武臣爲將軍邵騷爲護軍以張耳陳餘爲左右校尉予卒三千人北略趙地武臣等從白馬渡河至諸縣說其豪桀曰秦爲亂政虐刑以賤賊天下數十年矣北有長城之役南有五嶺之戍外內騷動百姓罷敝頭會箕斂以供

軍費財匱力盡民不聊生重之以苛法峻刑使天下
父子不相安陳王奮臂爲天下倡始王楚之地方二
千里莫不響應家自爲怒人自爲鬬各報其怨而攻
其讎縣殺其令丞郡殺其守尉今已張大楚王陳使
吳廣周文將卒百萬西擊秦於此時而不成封侯之
業者非人豪也諸君試相與計之夫天下同心而苦
秦久矣因天下之力而攻無道之君報父兄之怨而
成割地有土之業此士之一時也豪桀皆然其言乃
行收兵得數萬人號武臣爲武信君下趙十城餘皆
城守莫肯下乃引兵東北擊范陽范陽人蒯通說范
陽令曰竊聞公之將死故弔雖然賀公得通而生范
陽令曰何以弔之對曰秦法重足下爲范陽令十年
矣殺人之父孤人之子斷人之足黥人之首不可勝
數然而慈父孝子莫敢傳刃公之腹中者畏秦法耳

今天下大亂秦法不施然則慈父孝子且傳刃公之腹中以成其名此臣之所以弔公也今諸侯畔秦矣武信君兵且至而君堅守范陽少年皆爭殺君下武信君君急遣臣見武信君可轉禍爲福在今矣范陽令乃使蒯通見武信君曰足下必將戰勝然後略地攻得然後下城臣竊以爲過矣誠聽臣之計可不攻而降城不戰而略地傳檄而千里定可乎武信君曰何謂也蒯通曰今范陽令宜整頓其士卒以守戰者也怯而畏死貪而重富貴故欲先天下降畏君以爲秦所置吏誅殺如前十城也然今范陽少年亦方殺其令自以城距君君何不齎臣侯印拜范陽令范陽令則以城下君少年亦不敢殺其令令范陽令乘朱輪華轂使驅馳燕趙郊燕趙郊見之皆曰此范陽令先下者也卽喜矣燕趙城可毋戰而降也此臣之所

謂傳檄而千里定者也武信君從其計因使蒯通賜范陽令侯印趙地聞之不戰以城下者三十餘城至邯鄲張耳陳餘聞周章軍入關至戲卻又聞諸將爲陳王徇地多以讒毀得罪誅怨陳王不用其筴不以爲將而以爲校尉乃說武臣曰陳王起蘄至陳而王非必立六國後將軍今以三千人下趙數十城獨介居河北不王無以塡之且陳王聽讒還報恐不脫於禍又不如立其兄弟不卽立趙後將軍毋失時時閒不容息武臣乃聽之遂立爲陳王以陳餘爲大將軍張耳爲右丞相邵騷爲左丞相使人報陳王陳王大怒欲盡族武臣等家而發兵擊趙陳王相國房君諫曰秦未亡而誅武臣等家此又生一秦也不如因而賀之使急引兵西擊秦陳王然之從其計徙繫武臣等家宮中封張耳子敖爲成都君陳王使使者賀趙

令趣發兵西入關。張耳陳餘說武臣曰。王王趙。非楚意。特以計賀王。楚已滅秦。必加兵於趙。願王毋西兵。北徇燕代。南收河內。以自廣。趙南據大河。北有燕代。楚雖勝秦。必不敢制趙。趙王以爲然。因不西兵。而使韓廣略燕。李良略常山。張黶略上黨。韓廣至燕。燕人因立廣爲燕王。趙王乃與張耳陳餘北略地燕界。趙王閒出。爲燕軍所得。燕將囚之。欲與分趙地半。乃歸王。使者往。燕輒殺之。以求地。張耳陳餘患之。有廝養卒謝其舍中曰。吾爲公說燕。與趙王載歸。舍中皆笑曰。使者往十餘輩。輒死。若何以能得王。乃走燕壁。燕將見之。問燕將曰。知臣何欲。燕將曰。若欲得趙王耳。曰。君知張耳陳餘何如人也。燕將曰。賢人也。曰。知其志何欲。曰。欲得其王耳。趙養卒乃笑曰。君未知此兩人所欲也。夫武臣張耳陳餘杖馬箠下趙數十城。此亦各欲南面而王豈欲爲卿相終已邪夫臣與主豈可同日而道哉顧其勢初定未敢參分而王且以少長先立武臣爲王以持趙心今趙地已服此兩人亦欲分趙而王時未可耳今君乃囚趙王此兩人名爲求趙王實欲燕殺之此兩人分趙自立夫以一趙尚易燕況以兩賢王左提右挈而責殺王之罪滅燕易矣燕將以爲然乃歸趙王養卒爲御而歸

李良已定常山還報趙王復使良略太原至石邑秦兵塞井陘未能前秦將詐稱二世使人遺李良書不封曰良嘗事我得顯幸良誠能反趙爲秦赦良罪貴良良得書疑不信乃還之邯鄲益請兵未至道逢趙王姊出飲從百餘騎李良望見以爲王伏謁道旁王姊醉不知其將使騎謝李良李良素貴起慙其從官從官有一人曰天下畔秦能者先立且趙王素出將軍下今女

兒乃不爲將軍下車請追殺之李良已得秦書固欲反趙未決因此怒遣人追殺王姊道中乃遂將其兵襲邯鄲邯鄲不知竟殺武臣邵騷趙人多爲張耳陳餘耳目者以故得脫出收其兵得數萬人客有說張耳曰兩君羈旅而欲附趙難獨立趙後扶以義可就功乃求得趙歇立爲趙王居信都李良進兵擊陳餘陳餘敗李良李良走歸章邯章邯引兵至邯鄲皆徙其民河內夷其城郭張耳與趙王歇走入鉅鹿城王離圍之陳餘北收常山兵得數萬人軍鉅鹿北章邯軍鉅鹿南棘原築甬道屬河餉王離王離兵食多急攻鉅鹿鉅鹿城中食盡兵少張耳數使人召前陳餘陳餘自度兵少不敵秦不敢前數月張耳大怒怨陳餘使張黶陳澤往讓陳餘曰始吾與公爲刎頸交今王與耳旦暮且死而公擁兵數萬不肯相救安在其

相爲死苟必信胡不赴秦軍俱死且有十一二相全
陳餘曰吾度前終不能救趙徒盡亡軍且餘所以不
俱死欲爲趙王張君報秦今必俱死如以肉委餓虎
何益張黶陳澤曰事已急要以俱死立信安知後慮
陳餘曰吾死顧以爲無益必如公言乃使五千人令
張黶陳澤先嘗秦軍至皆沒當是時燕齊楚聞趙急
皆來救張敖亦北收代兵得萬餘人來皆壁餘旁未
敢擊秦項羽兵數絶章邯甬道王離軍乏食項羽悉
引兵渡河遂破章邯章邯引兵解諸侯軍乃敢擊圍
鉅鹿秦軍遂虜王離涉閒自殺卒存鉅鹿者楚力也
於是趙王歇張耳乃得出鉅鹿謝諸侯張耳與陳餘
相見責讓陳餘以不肯救趙及問張黶陳澤所在陳
餘怒曰張黶陳澤以必死責臣臣使將五千人先嘗
秦軍皆沒不出張耳不信以爲殺之數問陳餘陳餘

怒曰不意君之望臣深也豈以臣爲重去將哉乃脫
解印綬推予張耳張耳亦愕不受陳餘起如廁客有
說張耳曰臣聞天與不取反受其咎今陳將軍與君
印君不受反天不祥急取之張耳乃佩其印收其麾
下而陳餘還亦望張耳不讓遂趨出張耳遂收其兵
陳餘獨與麾下所善數百人之河上澤中漁獵由此
陳餘張耳遂有郤 趙王歇復居信都張耳從項羽諸
侯入關漢元年二月項羽立諸侯王張耳雅游人多
爲之言項羽亦素數聞張耳賢乃分趙立張耳爲常
山王治信都信都更名襄國陳餘客多說項羽曰陳
餘張耳一體有功於趙項羽以陳餘不從入關聞其
在南皮即以南皮旁三縣以封之而徙趙王歇王代
張耳之國陳餘愈益怒曰張耳與餘功等也今張耳
王餘獨侯此項羽不平及齊王田榮畔楚陳餘乃使

夏說說田榮曰項羽為天下宰不平盡王諸將善地
徙故王王惡地今趙王乃居代願王假臣兵請以南
皮為扞蔽田榮欲樹黨於趙以反楚乃遣兵從陳餘
陳餘因悉三縣兵襲常山王張耳張耳敗走念諸侯
無可歸者曰漢王與我有舊故而項羽又彊立我我
欲之楚甘公曰漢王之入關五星聚東井東井者秦
分也先至必霸楚雖彊後必屬漢故耳走漢漢王亦
還定三秦方圍章邯廢丘張耳謁漢王漢王厚遇之
陳餘已敗張耳皆復收趙地迎趙王於代復為趙王
趙王德陳餘立以為代王陳餘為趙王弱國初定不
之國留傅趙王而使夏說以相國守代漢二年東擊
楚使使告趙欲與俱陳餘曰漢殺張耳乃從於是漢
王求人類張耳者斬之持其頭遺陳餘陳餘乃遣兵
助漢漢之敗於彭城西陳餘亦復覺張耳不死即背

漢。漢三年。韓信已定魏地。遣張耳與韓信擊破趙井陘。斬陳餘泜水上。追殺趙王歇襄國。漢立張耳爲趙王。漢五年。張耳薨。諡爲景王。子敖嗣立爲趙王。高祖長女魯元公主。爲趙王敖后。漢七年。高祖從平城過趙。趙王朝夕袒韝蔽。自上食。禮甚卑。有子壻禮。高祖箕踞詈。甚慢易之。趙相貫高趙午等年六十餘。故張耳客也。生平爲氣。乃怒曰。吾王孱王也。說王曰。夫天下豪桀並起。能者先立。今王事高祖甚恭。而高祖無禮。請爲王殺之。張敖齧其指出血。曰。君何言之誤。且先人亡國。賴高祖得復國。德流子孫。秋豪皆高祖力也。願君無復出口。貫高趙午等十餘人皆相謂曰。乃吾等非也。吾王長者。不倍德。且吾等義不辱。今怨高祖辱我王。故欲殺之。何乃汙王爲乎。令事成歸王。事敗。獨身坐耳。漢八年。上從東垣還。過趙。貫高等乃壁人柏人要之置廁上過欲宿心動問曰縣名爲何曰柏人柏人者迫於人也不宿而去漢九年貫高怨家知其謀乃上變告之於是上皆并逮捕趙王貫高等十餘人皆爭自剄貫高獨怒罵曰誰令公爲之今王實無謀而并捕王公等皆死誰白王不反者乃轞車膠致與王詣長安治張敖之罪上乃詔趙羣臣賓客有敢從王皆族貫高與客孟舒等十餘人皆自髡鉗爲王家奴從來貫高至對獄曰獨吾屬爲之王實不知吏治榜笞數千刺剟身無可擊者終不復言呂后數言張王以魯元公主故不宜有此上怒曰使張敖據天下豈少而女乎不聽廷尉以貫高事辭聞上曰壯士誰知者以私問之中大夫泄公曰臣之邑子素知之此固趙國立名義不侵爲然諾者也上使泄公持節問之箯輿前仰視曰泄公邪泄公勞苦如生平

驩與語問張王果有計謀不高曰人情寧不各愛其父母妻子乎今吾三族皆以論死豈以王易吾親哉顧爲王實不反獨吾等爲之具道本指所以爲者王不知狀於是泄公入具以報上乃赦趙王上賢貫高爲人能立然諾使泄公具告之曰張王已出因赦貫高貫高喜曰吾王審出乎泄公曰然泄公曰上多足下故赦足下貫高曰所以不死一身無餘者自張王不反也今王已出吾責已塞死無恨矣且人臣有簒殺之名何面目復事上哉縱上不殺我我不愧於心乎乃仰絶肮遂死當此之時名聞天下張敖已出以尚魯元公主故封爲宣平侯於是上賢張王諸客以鉗奴從張王入關無不爲諸侯相郡守者及孝惠高后文帝孝景時張王客子孫皆得爲二千石張敖高后六年薨子偃爲魯元王以母呂后女故呂后封爲

魯元王元王弱兄弟少乃封張敖他姬子二人壽爲樂昌侯侈爲信都侯高后崩諸呂無道大臣誅之而廢魯元王及樂昌侯信都侯孝文帝卽位復封故魯元王偃爲南宮侯續張氏

太史公曰張耳陳餘世傳所稱賢者其賓客廝役莫非天下俊桀所居國無不取卿相者然張耳陳餘始居約時相然信以死豈顧問哉及據國爭權卒相滅亡何鄉者相慕用之誠後相倍之戾也豈非以勢利交哉名譽雖高賓客雖盛所由殆與太伯延陵季子異矣

史記黥布列傳

黥布者六人也姓英氏秦時爲布衣少年有客相之曰當刑而王及壯坐法黥布欣然笑曰人相我當刑而王幾是乎人有聞者共俳笑之布已論輸麗山麗

山之徒數十萬人布皆與其徒長豪桀交通迺率其曹偶亡之江中爲羣盜陳勝之起也布迺見番君與其衆叛秦聚兵數千人番君以其女妻之章邯之滅陳勝破呂臣軍布乃引兵北擊秦左右校破之清波引兵而東聞項梁定江東會稽涉江而西陳嬰以項氏世爲楚將迺以兵屬項梁渡淮南英布蒲將軍亦以兵屬項梁項梁涉淮而西擊景駒秦嘉等布常冠軍項梁至薛聞陳王定死迺立楚懷王項梁號爲武信君英布爲當陽君項梁敗死定陶懷王徙都彭城諸將英布亦皆保聚彭城當是時秦急圍趙趙數使人請救懷王使宋義爲上將范曾爲末將項籍爲次將英布蒲將軍皆爲將軍悉屬宋義北救趙及項籍殺宋義於河上懷王因立籍爲上將軍諸將皆屬項籍項籍使布先渡河擊秦布數有利籍迺悉引兵涉

河從之遂破秦軍降章邯等楚兵常勝功冠諸侯諸侯兵皆以服屬楚者以布數以少敗衆也項籍之引兵西至新安又使布等夜擊阬章邯秦卒二十餘萬人至關不得入又使布等先從閒道破關下軍遂得入至咸陽布常爲軍鋒項王封諸將立布爲九江王都六漢元年四月諸侯皆罷戲下各就國項氏立懷王爲義帝徙都長沙迺陰令九江王布等行擊之其八月布使將擊義帝追殺之郴縣漢二年齊王田榮畔楚項王往擊齊徵兵九江九江王布稱病不往遣將將數千人行漢之敗楚彭城布又稱病不佐楚項王由此怨布數使使者誚讓召布布愈恐不敢往項王方北憂齊趙西患漢所與者獨九江王又多布材欲親用之以故未擊漢三年漢王擊楚大戰彭城不利出梁地至虞謂左右曰如彼等者無足與計天下

事謁者隨何進曰不審陛下所謂漢王曰孰能爲我使淮南令之發兵倍楚留項王於齊數月我之取天下可以百全隨何曰臣請使之迺與二十人俱使淮南至因太宰主之三日不得見隨何因說太宰曰王之不見何必以楚爲彊以漢爲弱此臣之所以爲使使何得見言之而是邪是大王所欲聞也言之而非邪使何等二十人伏斧質淮南市以明王倍漢而與楚也太宰迺言之王王見之隨何曰漢王使臣敬進書大王御者竊怪大王與楚何親也淮南王曰寡人北鄉而臣事之隨何曰大王與項王俱列爲諸侯北鄉而臣事之必以楚爲彊可以託國也項王伐齊身負板築以爲士卒先大王宜悉淮南之衆身自將之爲楚軍前鋒今迺發四千人以助楚夫北面而臣事人者固若是乎夫漢王戰於彭城項王未出齊也大

王宜騷淮南之兵渡淮日夜會戰彭城下大王撫萬人之衆無一人渡淮者垂拱而觀其孰勝夫託國於人者固若是乎大王提空名以鄉楚而欲厚自託臣竊爲大王不取也然而大王不背楚者以漢爲弱也夫楚兵雖彊天下負之以不義之名以其背盟約而殺義帝也然而楚王恃戰勝自彊漢王收諸侯還守成皐滎陽下蜀漢之粟深溝壁壘分卒守徼乘塞楚人還兵閒以梁地深入敵國八九百里欲戰則不得攻城則力不能老弱轉糧千里之外楚兵至滎陽成皐漢堅守而不動進則不得攻退則不得解故曰楚兵不足恃也使楚勝漢則諸侯自危懼而相救夫楚之彊適足以致天下之兵耳故楚不如漢其勢易見也今大王不與萬全之漢而自託於危亡之楚臣竊爲大王惑之臣非以淮南之兵足以亡楚也夫大王

發兵而倍楚項王必留留數月漢之取天下可以萬
全臣請與大王提劒而歸漢漢王必裂地而封大王
又況淮南淮南必大王有也故漢王敬使使臣進愚
計願大王之留意也淮南王曰請奉命陰許畔楚與
漢未敢泄也楚使者在方急責英布發兵舍傳舍隨
何直入坐楚使者上坐曰九江王已歸漢楚何以得
發兵布愕然楚使者起何因說布曰事已搆可遂殺
楚使者無使歸而疾走漢并力布曰如使者教因起
兵而擊之耳於是殺使者因起兵而攻楚楚使項聲
龍且攻淮南項王留而攻下邑數月龍且擊淮南破
布軍布欲引兵走漢恐楚王殺之故閒行與何俱歸
漢淮南王至上方踞牀洗召布入見布甚大怒悔來
欲自殺出就舍帳御飲食從官如漢王居布又大喜
過望於是迺使人入九江楚已使項伯收九江兵盡

殺布妻子布使者頗得故人幸臣將衆數千人歸漢漢益分布兵而與俱北收兵至成皋四年七月立布爲淮南王與擊項籍漢五年布使人入九江得數縣六年布與劉賈入九江誘大司馬周殷周殷反楚遂舉九江兵與漢擊楚破之垓下項籍死天下定上置酒上折隨何之功謂何爲腐儒爲天下安用腐儒隨何跪曰夫陛下引兵攻彭城楚王未去齊也陛下發步卒五萬人騎五千能以取淮南乎上曰不能隨何曰陛下使何與二十人使淮南至如陛下之意是何之功賢於步卒五萬人騎五千也然而陛下謂何腐儒爲天下安用腐儒何也上曰吾方圖子之功迺以隨何爲護軍中尉布遂剖符爲淮南王都六九江廬江衡山豫章郡皆屬布七年朝陳八年朝雒陽九年朝長安十一年高后誅淮陰侯布因心恐夏漢誅梁

王彭越醢之盛其醢徧賜諸侯至淮南淮南王方獵見醢因大恐陰令人部聚兵候伺旁郡警急布所幸姬疾請就醫醫家與中大夫賁赫對門姬數如醫家賁赫自以爲侍中迺厚餽遺從姬飲醫家姬侍王從容語次譽赫長者也王怒曰汝安從知之具說狀王疑其與亂赫恐稱病王愈怒欲捕赫赫言變事乘傳詣長安布使人追不及赫至上變言布謀反有端可先未發誅也上讀其書語蕭相國相國曰布不宜有此恐仇怨妄誣之請繫赫使人微驗淮南王淮南王布見赫以罪亡上變固已疑其言國陰事漢使又來頗有所驗遂族赫家發兵反反書聞上迺赦賁赫以爲將軍上召諸將問曰布反爲之奈何皆曰發兵擊之阬豎子耳何能爲乎汝陰侯滕公召故楚令尹問之令尹曰是故當反滕公曰上裂地而王之疏爵而

貴之南面而立萬乘之主其反何也令尹曰往年殺
彭越前年殺韓信此三人者同功一體之人也自疑
禍及身故反耳滕公言之上曰臣客故楚令尹薛公
者其人有籌筴之計可問上迺召見問薛公薛公對
曰布反不足怪也使布出於上計山東非漢之有也
出於中計勝敗之數未可知也出於下計陛下安枕
而臥矣上曰何謂上計令尹對曰東取吳西取楚并
齊取魯傳檄燕趙固守其所山東非漢之有也何謂
中計東取吳西取楚并韓取魏據敖庾之粟塞成皋
之口勝敗之數未可知也何謂下計東取吳西取下
蔡歸重於越身歸長沙陛下安枕而臥漢無事矣上
曰是計將安出令尹對曰出下計上曰何謂廢上中
計而出下計令尹曰布故麗山之徒也自致萬乘之
主此皆爲身不顧後爲百姓萬世慮者也故曰出下

計。上曰。善。封薛公千戶。迺立皇子長爲淮南王。上遂發兵自將東擊布。布之初反。謂其將曰。上老矣。厭兵。必不能來。使諸將。諸將獨患淮陰彭越。今皆已死。餘不足畏也。故遂反。果如薛公籌之。東擊荆。荆王劉賈走死富陵。盡劫其兵。渡淮擊楚。楚發兵與戰徐僮閒。爲三軍。欲以相救爲奇。或說楚將曰。布善用兵。民素畏之。且兵法。諸侯戰其地爲散地。今別爲三。彼敗吾一軍。餘皆走。安能相救。不聽。布果破其一軍。其二軍散走。遂西。與上兵遇蘄西會甄。布兵精甚。上迺壁庸城。望布軍置陳如項籍軍。上惡之。與布相望見。遙謂布曰。何苦而反。布曰。欲爲帝耳。上怒罵之。遂大戰。布軍敗走。渡淮。數止戰。不利。與百餘人走江南。布故與番君婚。以故長沙哀王使人紿布。僞與亡。誘走越。故信而隨之番陽。番陽人殺布茲鄉民田舍。遂滅黥布。

立皇子長爲淮南王。封賁赫爲期思侯。諸將率多以功封者。

太史公曰。英布者。其先豈春秋所見楚滅英六皐陶之後哉。身被刑法。何其拔興之暴也。項氏之所阬殺人以千萬數。而布常爲首虐。功冠諸侯。用此得王。亦不免於身爲世大僇。禍之興自愛姬。殖妒媢生患。竟以滅國。

史記淮陰侯列傳

淮陰侯韓信者。淮陰人也。始爲布衣時。貧無行。不得推擇爲吏。又不能治生商賈。常從人寄食飲。人多厭之者。常數從其下鄉南昌亭長寄食。數月。亭長妻患之。乃晨炊蓐食。食時信往。不爲具食。信亦知其意。怒竟絕去。信釣於城下。諸母漂。有一母見信飢。飯信。竟漂數十日。信喜。謂漂母曰。吾必有以重報母。母怒曰。

大丈夫不能自食吾哀王孫而進食豈望報乎淮陰屠中少年有侮信者曰若雖長大好帶刀劍中情怯耳衆辱之曰信能死刺我不能死出我袴下於是信孰視之俛出袴下蒲伏一市人皆笑信以爲怯及項梁渡淮信杖劍從之居戲下無所知名項梁敗又屬項羽羽以爲郎中數以策干項羽羽不用漢王之入蜀信亡楚歸漢未得知名爲連敖坐法當斬其輩十三人皆已斬次至信信乃仰視適見滕公曰上不欲就天下乎何爲斬壯士滕公奇其言壯其貌釋而不斬與語大說之言於上上拜以爲治粟都尉上未之奇也信數與蕭何語何奇之至南鄭諸將行道亡者數十人信度何等已數言上上不我用卽亡何聞信亡不及以聞自追之人有言上曰丞相何亡上大怒如失左右手居一二日何來謁上上且怒且喜罵何

曰若亡何也何曰臣不敢亡也臣追亡者上曰若所
追者誰何曰韓信也上復罵曰諸將亡者以十數公
無所追追信詐也何曰諸將易得耳至如信者國士
無雙王必欲長王漢中無所事信必欲爭天下非信
無所與計事者顧王策安所決耳王曰吾亦欲東耳
安能鬱鬱久居此乎何曰王計必欲東能用信信即
留不能用信終亡耳王曰吾爲公以爲將何曰雖爲
將信必不留王曰以爲大將何曰幸甚於是王欲召
信拜之何曰王素慢無禮今拜大將如呼小兒耳此
乃信所以去也王必欲拜之擇良日齋戒設壇場具
禮乃可耳王許之諸將皆喜人人各自以爲得大將
至拜大將乃韓信也一軍皆驚信拜禮畢上坐王曰
丞相數言將軍將軍何以教寡人計策信謝因問王
曰今東鄉爭權天下豈非項王邪漢王曰然曰大王

自料勇悍仁彊孰與項王漢王默然良久曰不如也信再拜賀曰惟信亦爲大王不如也然臣嘗事之請言項王之爲人也項王喑噁叱咤千人皆廢然不能任屬賢將此特匹夫之勇耳項王見人恭敬慈愛言語嘔嘔人有疾病涕泣分食飲至使人有功當封爵者印刓敝忍不能予此所謂婦人之仁也項王雖霸天下而臣諸侯不居關中而都彭城有背義帝之約而以親愛王諸侯不平諸侯之見項王遷逐義帝置江南亦皆歸逐其主而自王善地項王所過無不殘滅者天下多怨百姓不親附特劫於威彊耳名雖爲霸實失天下心故曰其彊易弱今大王誠能反其道任天下武勇何所不誅以天下城邑封功臣何所不服以義兵從思東歸之士何所不散且三秦王爲秦將將秦子弟數歲矣所殺亡不可勝計又欺其衆降

諸侯至新安項王詐阬秦降卒二十餘萬唯獨邯欣翳得脫秦父兄怨此三人痛入骨髓今楚彊以威王此三人秦民莫愛也大王之入武關秋豪無所害除秦苛法與秦民約法三章耳秦民無不欲得大王王秦者於諸侯之約大王當王關中關中民咸知之大王失職入漢中秦民無不恨者今大王舉而東三秦可傳檄而定也於是漢王大喜自以爲得信晚遂聽信計部署諸將所擊

八月漢王舉兵東出陳倉定三秦漢二年出關收魏河南韓殷王皆降合齊趙共擊楚四月至彭城漢兵敗散而還信復收兵與漢王會滎陽復擊破楚京索之閒以故楚兵卒不能西漢之敗卻彭城塞王欣翟王翳亡漢降楚齊趙亦反漢與楚和六月魏王豹謁歸視親疾至國卽絕河關反漢與楚約和漢王使酈生說豹不下其八月以信爲左

丞相擊魏。魏王盛兵蒲坂，塞臨晉。信乃益爲疑兵，陳船欲度臨晉，而伏兵從夏陽以木罌缻渡軍，襲安邑。魏王豹驚，引兵迎信。信遂虜豹，定魏爲河東郡。漢王遣張耳與信俱，引兵東，北擊趙、代。後九月，破代兵，禽夏說閼與。信之下魏破代，漢輒使人收其精兵，詣滎陽以距楚。信與張耳以兵數萬，欲東下井陘擊趙。趙王、成安君陳餘聞漢且襲之也，聚兵井陘口，號稱二十萬。廣武君李左車說成安君曰：「聞漢將韓信涉西河，虜魏王，禽夏說，新喋血閼與，今乃輔以張耳，議欲下趙，此乘勝而去國遠鬭，其鋒不可當。臣聞千里餽糧，士有飢色；樵蘇後爨，師不宿飽。今井陘之道，車不得方軌，騎不得成列，行數百里，其勢糧食必在其後。願足下假臣奇兵三萬人，從閒道絕其輜重；足下深溝高壘，堅營勿與戰。彼前不得鬭，退不得還，吾奇兵

絕其後使野無所掠不至十日而兩將之頭可致於
戲下願君留意臣之計否必為二子所禽矣成安君
儒者也常稱義兵不用詐謀奇計曰吾聞兵法十則
圍之倍則戰今韓信兵號數萬其實不過數千能千
里而襲我亦已罷極今如此避而不擊後有大者何
以加之則諸侯謂吾怯而輕來伐我不聽廣武君策
廣武君策不用韓信使人閒視知其不用還報則大
喜乃敢引兵遂下未至井陘口三十里止舍夜半傳
發選輕騎二千人人持一赤幟從閒道萆山而望趙
軍誡曰趙見我走必空壁逐我若疾入趙壁拔趙幟
立漢赤幟令其裨將傳飧曰今日破趙會食諸將皆
莫信詳應曰諾謂軍吏曰趙已先據便地為壁且彼
未見吾大將旗鼓未肯擊前行恐吾至阻險而還信
乃使萬人先行出背水陳趙軍望見而大笑平旦信

建大將之旗鼓鼓行出井陘口趙開壁擊之大戰良
久於是信張耳詳弃鼓旗走水上軍水上軍開入之
復疾戰趙果空壁爭漢鼓旗逐韓信張耳韓信張耳
已入水上軍軍皆殊死戰不可敗信所出奇兵二千
騎共候趙空壁逐利則馳入趙壁皆拔趙旗立漢赤
幟二千趙軍已不勝不能得信等欲還歸壁壁皆漢
赤幟而大驚以爲漢皆已得趙王將矣兵遂亂遁走
趙將雖斬之不能禁也於是漢兵夾擊大破虜趙軍
斬成安君泜水上禽趙王歇信乃令軍中毋殺廣武
君有能生得者購千金於是有縛廣武君而致戲下
者信乃解其縛東鄉坐西鄉對師事之諸將效首虜
休畢賀因問信曰兵法右倍山陵前左水澤今者將
軍令臣等反背水陳曰破趙會食臣等不服然竟以
勝此何術也信曰此在兵法顧諸君不察耳兵法不

曰陷之死地而後生置之亡地而後存且信非得素
拊循士大夫也此所謂驅市人而戰之其勢非置之
死地使人人自爲戰今予之生地皆走寧尚可得而
用之乎諸將皆服曰善非臣所及也於是信問廣武
君曰僕欲北攻燕東伐齊何若而有功廣武君辭謝
曰臣聞敗軍之將不可以言勇亡國之大夫不可以
圖存今臣敗亡之虜何足以權大事乎信曰僕聞之
百里奚居虞而虞亡在秦而秦霸非愚於虞而智於
秦也用與不用聽與不聽也誠令成安君聽足下計
若信者亦已爲禽矣以不用足下故信得侍耳因固
問曰僕委心歸計願足下勿辭廣武君曰臣聞智者
千慮必有一失愚者千慮必有一得故曰狂夫之言
聖人擇焉顧恐臣計未必足用願效愚忠夫成安君
有百戰百勝之計一日而失之軍敗鄗下身死泜上

今將軍涉西河虜魏王禽夏說閼與一舉而下井陘不終朝破趙二十萬衆誅成安君名聞海內威震天下農夫莫不輟耕釋耒褕衣甘食傾耳以待命者若此將軍之所長也然而衆勞卒罷其實難用今將軍欲舉倦獘之兵頓之燕堅城之下欲戰恐久力不能拔情見勢屈曠日糧竭而弱燕不服齊必距境以自彊也燕齊相持而不下則劉項之權未有所分也若此者將軍所短也臣愚竊以爲亦過矣故善用兵者不以短擊長而以長擊短韓信曰然則何由廣武君對曰方今爲將軍計莫如案甲休兵鎮趙撫其孤百里之內牛酒日至以饗士大夫醳兵北首燕路而後遣辯士奉咫尺之書暴其所長於燕燕必不敢不聽從燕已從使諠言者東告齊齊必從風而服雖有智者亦不知爲齊計矣如是則天下事皆可圖也兵固

有先聲而後實者此之謂也韓信曰善從其策發使
使燕燕從風而靡乃遣使報漢因請立張耳爲趙王
以鎭撫其國漢王許之乃立張耳爲趙王楚數使奇
兵渡河擊趙趙王耳韓信往來救趙因行定趙城邑
發兵詣漢楚方急圍漢王於滎陽漢王南出之宛葉
閒得黥布走入成臯楚又復急圍之六月漢王出成
臯東渡河獨與滕公俱從張耳軍脩武至宿傳舍晨
自稱漢使馳入趙壁張耳韓信未起卽其臥內上奪
其印符以麾召諸將易置之信耳起乃知漢王來大
驚漢王奪兩人軍卽令張耳備守趙地拜韓信爲相
國收趙兵未發者擊齊信引兵東未渡平原聞漢王
使酈食其已說下齊韓信欲止范陽辯士蒯通說信
曰將軍受詔擊齊而漢獨發閒使下齊寧有詔止將
軍乎何以得毋行也且酈生一士伏軾掉三寸之舌

下齊七十餘城將軍將數萬衆歲餘乃下趙五十餘城爲將數歲反不如一豎儒之功乎於是信然之從其計遂渡河齊已聽酈生即留縱酒罷備漢守禦信因襲齊歷下軍遂至臨菑齊王田廣以酈生賣己乃亨之而走高密使使之楚請救韓信已定臨菑遂東追廣至高密西楚亦使龍且將號稱二十萬救齊齊王廣龍且并軍與信戰未合人或說龍且曰漢兵遠鬬窮戰其鋒不可當齊楚自居其地戰兵易敗散不如深壁令齊王使其信臣招所亡城亡城聞其王在楚來救必反漢漢兵二千里客居齊城皆反之其勢無所得食可無戰而降也龍且曰吾平生知韓信爲人易與耳且夫救齊不戰而降之吾何功今戰而勝之齊之半可得何爲止遂戰與信夾濰水陳韓信乃夜令人爲萬餘囊滿盛沙壅水上流引軍半渡擊龍

且詳不勝還走龍且果喜曰固知信怯也遂追信渡水信使人決壅囊水大至龍且軍大半不得渡卽急擊殺龍且龍且水東軍散走齊王廣亡去信遂追北至城陽皆虜楚卒漢四年遂皆降平齊使人言漢王曰齊僞詐多變反覆之國也南邊楚不爲假王以鎮之其勢不定願爲假王便當是時楚方急圍漢王於滎陽韓信使者至發書漢王大怒罵曰吾困於此旦暮望若來佐我乃欲自立爲王張良陳平躡漢王足因附耳語曰漢方不利寧能禁信之王乎不如因而立善遇之使自爲守不然變生漢王亦悟因復罵曰大丈夫定諸侯卽爲真王耳何以假爲乃遣張良往立信爲齊王徵其兵擊楚楚已亡龍且項王恐使盱眙人武涉往說齊王信曰天下共苦秦久矣相與勠力擊秦秦已破計功割地分土而王之以休士卒今

漢王復興兵而東。侵人之分。奪人之地。已破三秦。引兵出關。收諸侯之兵以東擊楚。其意非盡吞天下者不休。其不知厭足如是甚也。且漢王不可必。身居項王掌握中數矣。項王憐而活之。然得脫。輒倍約。復擊項王。其不可親信如此。今足下雖自以與漢王爲厚交。爲之盡力用兵。終爲之所禽矣。足下所以得須臾至今者。以項王尚存也。當今二王之事。權在足下。足下右投則漢王勝。左投則項王勝。項王今日亡。則次取足下。足下與項王有故。何不反漢與楚連和。參分天下王之。今釋此時。而自必於漢以擊楚。且爲智者固若此乎。韓信謝曰。臣事項王。官不過郎中。位不過執戟。言不聽。畫不用。故倍楚而歸漢。漢王授我上將軍印。予我數萬衆。解衣衣我。推食食我。言聽計用。故吾得以至於此。夫人深親信我。我倍之不祥。雖死不

易幸爲信謝項王武涉已去齊人蒯通知天下權在
韓信欲爲奇策而感動之以相人說韓信曰僕嘗受
相人之術韓信曰先生相人何如對曰貴賤在於骨
法憂喜在於容色成敗在於決斷以此參之萬不失
一韓信曰善先生相寡人何如對曰願少閒信曰左
右去矣通曰相君之面不過封侯又危不安相君之
背貴乃不可言韓信曰何謂也蒯通曰天下初發難
也俊雄豪桀建號壹呼天下之士雲合霧集魚鱗襍
遝熛至風起當此之時憂在亡秦而已今楚漢分爭
使天下無罪之人肝膽塗地父子暴骸骨於中野不
可勝數楚人起彭城轉鬭逐北至於滎陽乘利席卷
威震天下然兵困於京索之閒迫西山而不能進者
三年於此矣漢王將數十萬之衆距鞏雒阻山河之
險一日數戰無尺寸之功折北不救敗滎陽傷成皋

遂走宛葉之閒此所謂智勇俱困者也夫銳氣挫於險塞而糧食竭於內府百姓罷極怨望容容無所倚以臣料之其勢非天下之賢聖固不能息天下之禍當今兩主之命縣於足下足下為漢則漢勝與楚則楚勝臣願披腹心輸肝膽效愚計恐足下不能用也誠能聽臣之計莫若兩利而俱存之參分天下鼎足而居其勢莫敢先動夫以足下之賢聖有甲兵之衆據彊齊從燕趙出空虛之地而制其後因民之欲西鄉為百姓請命則天下風走而響應矣孰敢不聽割大弱彊以立諸侯諸侯已立天下服聽而歸德於齊案齊之故有膠泗之地懷諸侯以德深拱揖讓則天下之君王相率而朝於齊矣蓋聞天與弗取反受其咎時至不行反受其殃願足下孰慮之韓信曰漢王遇我甚厚載我以其車衣我以其衣食我以其食吾

聞之乘人之車者載人之患衣人之衣者懷人之憂食人之食者死人之事吾豈可以鄉利倍義乎蒯生曰足下自以爲善漢王欲建萬世之業臣竊以爲誤矣始常山王成安君爲布衣時相與爲刎頸之交後爭張黶陳澤之事二人相怨常山王背項王奉項嬰頭而竄逃歸於漢王漢王借兵而東下殺成安君泜水之南頭足異處卒爲天下笑此二人相與天下至驩也然而卒相禽者何也患生於多欲而人心難測也今足下欲行忠信以交於漢王必不能固於二君之相與也而事多大於張黶陳澤故臣以爲足下必漢王之不危己亦誤矣大夫種范蠡存亡越霸句踐立功成名而身死亡野獸已盡而獵狗亨夫以交友言之則不如張耳之與成安君者也以忠信言之則不過大夫種范蠡之於句踐也此二人者足以觀矣

願足下深慮之且臣聞勇略震主者身危而功蓋天下者不賞臣請言大王功略足下涉西河虜魏王禽夏說引兵下井陘誅成安君徇趙脅燕定齊南摧楚人之兵二十萬東殺龍且西鄉以報此所謂功無二於天下而略不世出者也今足下戴震主之威挾不賞之功歸楚楚人不信歸漢漢人震恐足下欲持是安歸乎夫勢在人臣之位而有震主之威名高天下竊爲足下危之韓信謝曰先生且休矣吾將念之後數日蒯通復說曰夫聽者事之候也計者事之機也聽過計失而能久安者鮮矣聽不失一二者不可亂以言計不失本末者不可紛以辭夫隨廝養之役者失萬乘之權守儋石之祿者闕卿相之位故知者決之斷也疑者事之害也審豪氂之小計遺天下之大數智誠知之決弗敢行者百事之禍也故曰猛虎之

猶豫不若蜂蠆之致螫騏驥之蹢躅不如駑馬之安
步孟賁之狐疑不如庸夫之必至也雖有舜禹之智
吟而不言不如瘖聾之指麾也此言貴能行之夫功
者難成而易散時者難得而易失也時乎時不再來
願足下詳察之韓信猶豫不忍倍漢又自以爲功多
漢終不奪我齊遂謝蒯通蒯通說不聽已詳狂爲巫
漢王之困固陵用張良計召齊王信遂將兵會垓下
項羽已破高祖襲奪齊王軍漢五年正月徙齊王信
爲楚王都下邳信至國召所從食漂母賜千金及下
鄉南昌亭長賜百錢曰公小人也爲德不卒召辱己
之少年令出胯下者以爲楚中尉告諸將相曰此壯
士也方辱我時我寧不能殺之邪殺之無名故忍而
就於此項王亡將鍾離眛家在伊盧素與信善項王
死後亡歸信漢王怨眛聞其在楚詔楚捕眛信初之

國行縣邑陳兵出入漢六年人有上書告楚王信反
高帝以陳平計天子巡狩會諸侯南方有雲夢發使
告諸侯會陳吾將游雲夢實欲襲信信弗知高祖且
至楚信欲發兵反自度無罪欲謁上上恐見禽人或說
信曰斬眛謁上上必喜無患信見眛計事眛曰漢所
以不擊取楚以眛在公所若欲捕我以自媚於漢吾
今日死公亦隨手亡矣乃罵信曰公非長者卒自剄
信持其首謁高祖於陳上令武士縛信載後車信曰
果若人言狡兔死良狗亨高鳥盡良弓藏敵國破謀
臣亡天下已定我固當亨上曰人告公反遂械繫信
至雒陽赦信罪以爲淮陰侯信知漢王畏惡其能常
稱病不朝從信由此日夜怨望居常鞅鞅羞與絳灌
等列信嘗過樊將軍噲噲跪拜送迎言稱臣曰大王
乃肯臨臣信出門笑曰生乃與噲等爲伍上常從容

與信言諸將能不。各有差。上問曰。如我能將幾何。信
曰。陛下不過能將十萬。上曰。於君何如。曰。臣多多而
益善耳。上笑曰。多多益善。何爲爲我禽。信曰。陛下不
能將兵。而善將將。此乃信之所以爲陛下禽也。且陛
下所謂天授。非人力也。陳豨拜爲鉅鹿守。辭於淮陰
侯。淮陰侯挈其手。辟左右與之步於庭。仰天歎曰。子
可與言乎。欲與子有言也。豨曰。唯將軍令之。淮陰侯
曰。公之所居。天下精兵處也。而公陛下之信幸臣也。
人言公之畔。陛下必不信。再至。陛下乃疑矣。三至。必
怒而自將。吾爲公從中起。天下可圖也。陳豨素知其
能也。信之。曰。謹奉教。漢十年。陳豨果反。上自將而往。
信病不從。陰使人至豨所。曰。弟舉兵。吾從此助公。信
乃謀與家臣夜詐詔赦諸官徒奴。欲發以襲呂后太
子。部署已定。待豨報。其舍人得罪於信。信囚。欲殺之。

舍人弟上變告信欲反狀於呂后呂后欲召恐其黨不就乃與蕭相國謀詐令人從上所來言豨已得死列侯羣臣皆賀相國紿信曰雖疾彊入賀信入呂后使武士縛信斬之長樂鍾室信方斬曰吾悔不用蒯通之計乃爲兒女子所詐豈非天哉遂夷信三族高祖已從豨軍來至見信死且喜且憐之問信死亦何言呂后曰信言恨不用蒯通計高祖曰是齊辯士也乃詔齊捕蒯通蒯通至上曰若教淮陰侯反乎對曰然臣固教之豎子不用臣之策故令自夷於此如彼豎子用臣之計陛下安得而夷之乎上怒曰亨之通曰嗟乎冤哉亨也上曰若教韓信反何冤對曰秦之綱絶而維弛山東大擾異姓竝起英俊烏集秦失其鹿天下共逐之於是高材疾足者先得焉蹠之狗吠堯堯非不仁狗固吠非其主當是時臣唯獨知韓信

非知陛下也。且天下銳精持鋒。欲爲陛下所爲者甚衆。顧力不能耳。又可盡亨之邪。高帝曰。置之。乃釋通之罪。

太史公曰。吾如淮陰。淮陰人爲余言。韓信雖爲布衣時。其志與衆異。其母死。貧無以葬。然乃行營高敞地。令其旁可置萬家。余視其母冢。良然。假令韓信學道謙讓。不伐己功。不矜其能。則庶幾哉。於漢家勳可以比周召太公之徒。後世血食矣。不務出此。而天下已集。乃謀畔逆。夷滅宗族。不亦宜乎。

方望溪書淮陰侯列傳後。太史公於漢與諸將。皆列數其成功。而不及其方略。以區區者不足言也。惟於信。詳哉其言之。蓋信之戰。劉項之興亡係焉。且其兵謀足爲後世法也。然自井陘而外。陽夏濰水之蹟。蓋略矣。其擊楚破代。亦約舉其成功。至定三秦。則以一言蔽之。而其事反散見於他傳。蓋漢楚之爭。惟定三秦爲易。雖信之部署。亦不足言也。左氏紀韓之戰。方及卜徒父之占。而承以三敗及韓。作觀之。辭意似不相承。然使戰韓之前具列兩國之將佐。三敗之時地。則重膇滯壅。其體尚能自舉乎。此紀事之文。所以左史稱最也。其詳載武涉蒯通之言。則微文以志痛也方信據全齊軍鋒震楚漢不忍鄉利倍義乃謀畔於天下既集之後乎其始被誣以行縣陳兵出入耳終則見紿被縛斬於宮禁未聞讞獄而明徵其辭所據乃告變之誣其與陳豨辭人挈手之語孰聞之乎列侯就第無符璽節篆而欲與家臣夜詐詔發諸官徒奴孰聽之乎信之過獨在請假王與約分地而後會兵垓下然秦失其鹿欲逐而得之者多矣蒯通教信以反罪尚可釋況定齊而求自王滅楚而利得地乃不可末減乎故以通之語終焉

史記田儋列傳

田儋者狄人也故齊王田氏族也儋從弟田榮榮弟田橫皆豪宗彊能得人陳涉之初起王楚也使周市略定魏地北至狄狄城守田儋詳為縛其奴從少年之廷欲謁殺奴見狄令因擊殺令而召豪吏子弟曰諸侯皆反秦自立齊古之建國儋田氏當王遂自立為齊王發兵以擊周市周市軍還去田儋因率兵東略定齊地秦將章邯圍魏王咎於臨濟急魏王請救於齊齊王田儋將兵救魏章邯夜銜枚擊大破齊魏

軍殺田儋於臨濟下儋弟田榮收儋餘兵東走東阿齊人聞王田儋死迺立故齊王建之弟田假爲齊王田角爲相田閒爲將以距諸侯田榮之走東阿章邯追圍之項梁聞田榮之急迺引兵擊破章邯軍東阿下章邯走而西項梁因追之而田榮怒齊之立假迺引兵歸擊逐齊王假假亡走楚齊相角亡走趙角弟田閒前求救趙因留不敢歸田榮乃立田儋子市爲齊王榮相之田橫爲將平齊地

項梁既追章邯章邯兵益盛項梁使使告趙齊發兵共擊章邯田榮曰使楚殺田假趙殺田角田閒迺肯出兵楚懷王曰田假與國之王窮而歸我殺之不義趙亦不殺田角田閒以市於齊齊曰蝮螫手則斬手螫足則斬足何者爲害於身也今田假田角田閒於楚趙非直手足戚也何故不殺且秦復得志於天下則齮齕用事者墳墓

矣楚趙不聽齊亦怒終不肯出兵章邯果敗殺項梁破楚兵楚兵東走而章邯渡河圍趙於鉅鹿項羽往救趙由此怨田榮

項羽既存趙降章邯等西屠咸陽滅秦而立侯王也迺徙齊王田市更王膠東治即墨齊將田都從共救趙因入關故立都爲齊王治臨淄故齊王建孫田安項羽方渡河救趙田安下濟北數城引兵降項羽項羽立田安爲濟北王治博陽田榮以負項梁不肯出兵助楚趙攻秦故不得王趙將陳餘亦失職不得王二人俱怨項王項王既歸諸侯各就國田榮使人將兵助陳餘令反趙地而榮亦發兵以距擊田都田都亡走楚田榮留齊王市無令之膠東市之左右曰項王彊暴而王當之膠東不就國必危市懼迺亡就國田榮怒追擊殺齊王市於即墨還攻殺濟北王安於是田榮迺自立爲齊王盡并三齊

之地。項王聞之大怒迺北伐齊齊王田榮兵敗走平原平原人殺榮項王遂燒夷齊城郭所過者盡屠之齊人相聚畔之榮弟橫收齊散兵得數萬人反擊項羽於城陽而漢王率諸侯敗楚入彭城項羽聞之迺醳齊而歸擊漢於彭城因連與漢戰相距滎陽。以故田橫復得收齊城邑。立田榮子廣爲齊王。而橫相之。專國政。政無巨細。皆斷於相。橫定齊三年漢王使酈生往說下齊王廣及其相國橫橫以爲然解其歷下軍漢將韓信引兵且東擊齊齊初使華無傷田解軍於歷下以距漢漢使至迺罷守戰備縱酒且遣使與漢平漢將韓信已平趙燕用蒯通計度平原襲破齊歷下軍因入臨淄齊王廣相橫怒以酈生賣己而亨酈生齊王廣東走高密相橫走博陽守相田光走城陽將軍田既軍於膠東楚使龍且救齊齊王與合軍高密漢將韓信與曹參破殺龍且虜齊王廣漢將灌嬰追得齊守相田光至博陽而橫聞齊王死自立爲齊王還擊嬰嬰敗橫之軍於嬴下田橫亡走梁歸彭越彭越是時居梁地中立且爲漢且爲楚韓信已殺龍且因令曹參進兵破殺田既於膠東使灌嬰破殺齊將田吸於千乘韓信遂平齊乞自立爲齊假王漢因而立之後歲餘漢滅項籍漢王立爲皇帝以彭越爲梁王田橫懼誅而與其徒屬五百餘人入海居島中高帝聞之以爲田橫兄弟本定齊齊人賢者多附焉今在海中不收後恐爲亂迺使使赦田橫罪而召之田橫因謝曰臣亨陛下之使酈生今聞其弟酈商爲漢將而賢臣恐懼不敢奉詔請爲庶人守海島中使還報高皇帝迺詔衞尉酈商曰齊王田橫卽至人馬從者敢動搖者致族夷迺復使使持節具告以詔

商狀曰田橫來大者王小者迺侯耳不來且舉兵加誅焉田橫迺與其客二人乘傳詣雒陽未至三十里至尸鄉廏置橫謝使者曰人臣見天子當洗沐止留謂其客曰橫始與漢王俱南面稱孤今漢王爲天子而橫迺爲亡虜而北面事之其恥固已甚矣且吾亨人之兄與其弟竝肩而事其主縱彼畏天子之詔不敢動我我獨不愧於心乎且陛下所以欲見我者不過欲一見吾面貌耳今陛下在洛陽今斬吾頭馳三十里閒形容尚未能敗猶可觀也遂自剄令客奉其頭從使者馳奏之高帝高帝曰嗟乎有以也夫起自布衣兄弟三人更王豈不賢乎哉爲之流涕而拜其二客爲都尉發卒二千人以王者禮葬田橫既葬二客穿其冢旁孔皆自剄下從之高帝聞之迺大驚以田橫之客皆賢吾聞其餘尚五百人在海中使使召

之至則聞田橫死亦皆自殺於是乃知田橫兄弟能得士也

太史公曰甚矣蒯通之謀亂齊驕淮陰其卒亡此兩人蒯通者善爲長短說論戰國之權變爲八十一首通善齊人安期生安期生嘗干項羽項羽不能用其筴已而項羽欲封此兩人兩人終不肯受亡去田橫之高節賓客慕義而從橫死豈非至賢余因而列焉不無善畫者莫能圖何哉

史記張丞相列傳

張丞相蒼者陽武人也好書律厤秦時爲御史主柱下方書有罪亡歸及沛公略地過陽武蒼以客從攻南陽蒼坐法當斬解衣伏質身長大肥白如瓠時王陵見而怪其美士乃言沛公赦勿斬遂從西入武關至咸陽沛公立爲漢王入漢中還定三秦陳餘擊走

常山王張耳耳歸漢漢乃以張蒼爲常山守從淮陰
侯擊趙蒼得陳餘趙地已平漢王以蒼爲代相備邊
寇已而徙爲趙相相趙王耳耳卒相趙王敖復徙相
代王燕王臧荼反高祖往擊之蒼以代相從攻臧荼
有功以六年中封爲北平侯食邑千二百戶遷爲計
相一月更以列侯爲主計四歲是時蕭何爲相國而
張蒼乃自秦時爲柱下史明習天下圖書計籍蒼又
善用算律厤故令蒼以列侯居相府領主郡國上計
者黥布反亡漢立皇子長爲淮南王而張蒼相之十
四年遷爲御史大夫周昌者沛人也其從兄曰周苛
秦時皆爲泗水卒史及高祖起沛擊破泗水守監於
是周昌周苛自卒史從沛公沛公以周昌爲職志周
苛爲客從入關破秦沛公立爲漢王以周苛爲御史
大夫周昌爲中尉漢王四年楚圍漢王滎陽急漢王

遁出去而使周苛守滎陽城楚破滎陽城欲令周苛將苛罵曰若趣降漢王不然今爲虜矣項羽怒亨周苛於是乃拜周昌爲御史大夫常從擊破項籍以六年中與蕭曹等俱封封周昌爲汾陰侯周苛子周成以父死事封爲高景侯

昌爲人彊力敢直言自蕭曹等皆卑下之昌嘗燕時入奏事高帝方擁戚姬昌還走高帝逐得騎周昌項問曰我何如主也昌仰曰陛下卽桀紂之主也於是上笑之然尤憚周昌及帝欲廢太子而立戚姬子如意爲太子大臣固爭之莫能得上以留侯策卽止而周昌廷爭之彊上問其說昌爲人吃又盛怒曰臣口不能言然臣期期知其不可陛下雖欲廢太子臣期期不奉詔上欣然而笑既罷呂后側耳於東箱聽見周昌爲跪謝曰微君太子幾廢

是後戚姬子如意爲趙王年十歲高祖憂卽萬歲

之後不全也趙堯年少爲符璽御史趙人方與公謂御史大夫周昌曰君之史趙堯年雖少然奇才也君必異之是且代君之位周昌笑曰堯年少刀筆吏耳何能至是乎居頃之趙堯侍高祖高祖獨心不樂悲歌羣臣不知上之所以然趙堯進請問曰陛下所爲不樂非爲趙王年少而戚夫人與呂后有郤邪備萬歲之後而趙王不能自全乎高祖曰然吾私憂之不知所出堯曰陛下獨宜爲趙王置貴彊相及呂后太子羣臣素所敬憚乃可高祖曰然吾念之欲如是而羣臣誰可者堯曰御史大夫周昌其人堅忍質直且自呂后太子及大臣皆素敬憚之獨昌可高祖曰善於是乃召周昌謂曰吾欲固煩公公彊爲我相趙王周昌泣曰臣初起從陛下陛下獨奈何中道而弃之於諸侯乎高祖曰吾極知其左遷然吾私憂趙王念

非公無可者。公不得已。彊行。於是徙御史大夫周昌爲趙相。既行久之。高祖持御史大夫印弄之。曰誰可以爲御史大夫者。孰視趙堯。曰無以易堯。遂拜趙堯爲御史大夫。堯亦前有軍功食邑。及以御史大夫從擊陳豨有功。封爲江邑侯。高祖崩。呂太后使使召趙王。其相周昌令王稱疾不行。使者三反。周昌固爲不遣趙王。於是高后患之。乃使使召周昌。周昌至謁高后。高后怒而罵周昌曰。爾不知我之怨戚氏乎。而不遣趙王何。昌既徵。高后使使召趙王。趙王果來。至長安月餘。飲藥而死。周昌因謝病不朝見。三歲而死。後五歲。高后聞御史大夫江邑侯趙堯高祖時定趙王如意之畫。乃抵堯罪。以廣阿侯任敖爲御史大夫。任敖者故沛獄吏。高祖嘗辟吏。吏繫呂后。遇之不謹。任敖素善高祖。怒擊傷主呂后吏。及高祖初起。敖以客從爲御史守豐二歲高祖立爲漢王東擊項籍敖遷爲上黨守陳豨反時敖堅守封爲廣阿侯食千八百戶高后時爲御史大夫三歲免以平陽侯曹窋爲御史大夫高后崩不與大臣共誅呂祿等免以淮南相張蒼爲御史大夫蒼與絳侯等尊立代王爲孝文皇帝四年丞相灌嬰卒張蒼爲丞相自漢興至孝文二十餘年會天下初定將相公卿皆軍吏張蒼爲計相時緒正律曆以高祖十月始至霸上因故秦時本以十月爲歲首弗革推五德之運以爲漢當水德之時尚黑如故吹律調樂入之音聲及以比定律令若百工天下作程品至於爲丞相卒就之故漢家言律曆者本之張蒼蒼本好書無所不觀無所不通而尤善律曆張蒼德王陵王陵者安國侯也及蒼貴常父事王陵陵死後蒼爲丞相洗沐常先朝陵夫人上食然

后敢歸家蒼爲丞相十餘年魯人公孫臣上書言漢土德時其符有黃龍當見詔下其議張蒼張蒼以爲非是罷之其後黃龍見成紀於是文帝召公孫臣以爲博士草土德之厤制度更元年張丞相由此自絀謝病稱老蒼任人爲中候大爲姦利上以讓蒼蒼遂病免蒼爲丞相十五歲而免孝景前五年蒼卒謚爲文侯子康侯代八年卒子類代爲侯八年坐臨諸侯喪後就位不敬國除初張蒼父長不滿五尺及生蒼蒼長八尺餘爲侯丞相蒼子復長及孫類長六尺餘坐法失侯蒼之免相後老口中無齒食乳女子爲乳母妻妾以百數嘗孕者不復幸蒼年百有餘歲而卒

申屠丞相嘉者梁人以材官蹶張從高帝擊項籍遷爲隊率從擊黥布軍爲都尉孝惠時爲淮陽守孝文帝元年舉故吏士二千石從高皇帝者悉以爲關內

侯食邑二十四人而申屠嘉食邑五百戶張蒼已爲
丞相嘉遷爲御史大夫張蒼免相孝文帝欲用皇后
弟竇廣國爲丞相曰恐天下以吾私廣國廣國賢有
行故欲相之念久之不可而高帝時大臣又皆多死
餘見無可者乃以御史大夫嘉爲丞相因故邑封爲
故安侯嘉爲人廉直門不受私謁是時太中大夫鄧
通方隆愛幸賞賜累巨萬文帝嘗燕飲通家其寵如
是是時丞相入朝而通居上傍有怠慢之禮丞相奏
事畢因言曰陛下愛幸臣則富貴之至於朝廷之禮
不可以不肅上曰君勿言吾私之罷朝坐府中嘉爲
檄召鄧通詣丞相府不來且斬通通恐入言文帝文
帝曰汝第往吾今使人召若通至丞相府免冠徒跣
頓首謝嘉坐自如故不爲禮責曰夫朝廷者高皇帝
之朝廷也通小臣戲殿上大不敬當斬吏今行斬之

通頓首首盡出血不解文帝度丞相已困通使使者持節召通通而謝丞相曰此吾弄臣君釋之鄧通既至爲文帝泣曰丞相幾殺臣

嘉爲丞相五歲孝文帝崩孝景帝卽位二年鼂錯爲內史貴幸用事諸法令多所請變更議以謫罰侵削諸侯而丞相嘉自絀所言不用疾錯錯爲內史門東出不便更穿一門南出南出者太上皇廟堧垣嘉聞之欲因此以法錯擅穿宗廟垣爲門奏請誅錯錯客有語錯錯恐夜入宮上謁自歸景帝至朝丞相奏請誅內史錯景帝曰錯所穿非真廟垣乃外堧垣故他官居其中且又我使爲之錯無罪罷朝嘉謂長史曰吾悔不先斬錯乃先請之爲錯所賣至舍因歐血而死謚爲節侯

子共侯蔑代三年卒子侯去病代三十一年卒子侯臾代六歲坐爲九江太守受故官送有罪國除。自申屠嘉死之後景帝時開封侯陶青桃侯劉舍爲丞相及今上時柏至侯許昌平棘侯薛澤武彊侯莊青翟高陵侯趙周等爲丞相皆以列侯繼嗣娖娖廉謹爲丞相備員而已無所能發明功名有著於當世者

太史公曰張蒼文學律厤爲漢名相而絀賈生公孫臣等言正朔服色事而不遵明用秦之顓頊厤何哉周昌木彊人也任敖以舊德用申屠嘉可謂剛毅守節矣然無術學殆與蕭曹陳平異矣此篇以御史大夫爲經以張蒼爲緯　方望溪云漢興爲御史大夫者五人皆在張蒼之前張蒼既相而申屠嘉代之故於蒼相淮南潁書十四年遷爲御史大夫然後五人之爲御史大夫脈絡相貫而主客之分判然蒼以前爲丞相者名跡顯著故不復言嘉以後爲丞相者六人別無所表見故最其名氏而以娖娖備員蔽之別有見者不列皆義法之不得不然者

西元二〇二二年一月一日重製一版

續古文辭類纂　冊一（清黎庶昌輯）

平裝四冊基本定價參仟元正
（郵運匯費另加）

發行人：張敏君
發行處：中華書局
臺北市內湖區舊宗路二段一八一巷八號五樓（5FL., No. 8, Lane 181, JIOU-TZUNG Rd., Sec 2, NEI HU, TAIPEI, 11494, TAIWAN）
客服電話：886-8797-8396
公司傳真：886-8797-8909
匯款帳戶：華南商業銀行西湖分行
179100026931
印　刷：維中科技有限公司
海瑞印刷品有限公司

No. N3062-1

國家圖書館出版品預行編目(CIP)資料

續古文辭類纂/(清)黎庶昌輯. -- 重製一版. -- 臺北市 :
中華書局, 2022.01
冊 ; 公分
ISBN 978-986-5512-79-8(全套 : 平裝)

830 110021473